사랑하라,
희망없이

사랑하라, 희망없이

윤영수 소설

민음사

차례

생태 관찰 7

올가미 씌우기 37

봄뜰 91

잔일(殘日) 125

사랑하라, 희망 없이 177

도묘(都墓) 243

여인 입상(女人 立像) 275

모든 벽은 문이다 303

바람의 눈 349

개정판을 내며 393

생태 관찰

다방 안은 눅눅했다. 서너 개의 빈 테이블이 눈에 들어왔다. 수현은 왼쪽으로 벽이 닿는 자리에 앉았다. 유리 박스 안에는 검은 반소매 티셔츠에 안경과 헤드폰을 쓴 디제이가 로봇처럼 앉아 있었다. 미색 인조가죽을 씌운 다방 의자들은 통통하게 부풀어 올라 있었지만 막상 앉아 보니 탄력이 좋은 편은 아니었다. 유리 박스 앞 의자에 앉아 있던 목이 긴 남자가 일어서더니 디제이의 등 뒤에 걸린 작은 칠판을 가리켰다. 디제이가 칠판지우개를 집어 '베토벤 피아노 협. 황제'라고 썼던 것 중에 '협'자만을 남기고 앞뒤를 지운 다음 앞부분에 '차이코프스키 바이올린', 뒷부분에 '35'라 쓰고 다시 자리에 앉았다. 글자가 몰려 있는 칠판의 앞부분은 숨이 막혀 보였고 뒷부분은 허전했다. 글자가 고쳐지는 것을 바라보던 목이 긴 남자가 수현에게 다가왔다.

"주문하시겠어요?"

손님이 아니라 종업원이었다. 수현은 "조금 이따가요." 하고 말했다. 메고 있던 흰색 비닐 가방에서 그녀는 크고 얇은 책자를 꺼냈다. 책 표지에는 나방 한 마리가 날개를 퍼덕이는 천연색 사진이 실려 있었다. 실제 3~4센티미터밖에 되지 않을 알록달록한 무늬의 나방이 중비둘기 정도로 확대되어, 펼쳐진 날개의 끝부분에 있는 태극점이 꼭 사람의 부릅뜬 눈알처럼 생급스러웠다. 그녀는 반으로 접힌 노란색 메모 쪽지가 끼워져 있던 곳을 펴고 리포트 용지에 번역하기 시작했다.

1942년 하버드 대학의 캐럴 윌리엄스는 곤충의 탈바꿈에 관한 신비를 푸는 실험 결과를 발표했다. '머리가 없이도 호르몬만 있으면 나방은 성숙하여 알을 낳을 수 있다.'는 것이었다. 번데기의 머리·가슴 부분을 완전히 떼어 내고 뇌 호르몬과 가슴 호르몬을 복부에 삽입한 후 그 단면에 얇은 플라스틱 판을 덮어 두면 일정 기간이 지나 완전한 나방의 복부로 탈바꿈한다. 하반신만의 암컷이지만 수컷이 가까이 오면 나름대로 유인할 뿐 아니라 교미하고 수정하여 알을 낳기도 하는 것이다.

"오래 기다렸어?"
미란의 스커트 자락이 보였다.
"내가 일찍 왔어."
"공부 열심이로구나."

어깨와 목 부분이 대담하게 파인 셔츠와 미니스커트 차림의 미란이 맞은편 의자에 조심성 없이 출렁 주저앉으며 자료 책자를 낚아채어 몇 장 넘겨 보았다. 끼워 두었던 노란색 메모지가 탁자 밑으로 떨어졌으나 둘 다 집으려 하지 않았다. 메모 쪽지는 수현이 도서관에 내려간 사이에 그녀의 2년 선배인 김 조교가 연구실 공동 책상 위에 남겨 놓은 것이었다.

10시 50분 집에서 전화. 11시 7분 집에서 전화. 연락 바람. 11시 10분 나 먼저 나가요. 김주희.

메모를 본 직후 연구실의 전화 코드를 빼 버리고는 다시 끼우지 않은 것이 생각났다. 그러나 별 문제는 없었다. 내일은 일요일이고 월요일 아침에는 그녀가 제일 먼저 연구실에 도착할 것이 분명했다. 수현은 집에 전화를 걸어야 했지만 학교에 있는 동안에는 바쁜 척하기로 했고 학교에서 집에 들어갈 때까지는 무시해 버리기로 마음먹었다. 앞머리를 부분적으로 노랗고 파랗게 염색하여 세련이 지나친 미란은 다리를 꼬고 앉아 종업원에게 냉커피 두 잔을 시켰다. 수현보다 석 달 늦게 태어난 배다른 동생이었다. 수현이 먼저 태어났지만 미란의 엄마가 본처였고 수현 엄마가 첩실이었다.
"집에 별일 없지? 니 동생도 군대에 잘 처박혀 있고?"
미란이 책자에서 눈을 떼지 않으며 물었다. 수현은 의자 등받이에 기대며 건조하게 대답했다.
"아버지가 쓰러졌어. 그래도 정신은 또렷해."

"언제?"

"두 달쯤 되었나."

"끝끝내 속 썩이는구나. 우리의 박길호 씨."

수현은 리포트 용지들을 가방에 챙겨 넣으며 책을 쥐고 있는 미란의 날카로운 보라색 손톱을 바라보았다.

"잘돼 가니?"

"나야 뭐. 늙은이가 그저께 일본에 돌아갔어. 이번엔 열흘이나 있는 바람에 내가 지겨워서 혼났지. 그건 그렇고."

얼음을 넣은 냉커피 두 잔이 탁자에 놓였다. 컵의 겉면에 맺힌 차가운 물방울들이 책에 묻어 미란의 손끝에 달린 보라색들이 번지기라도 할 듯 수현의 신경을 건드렸으나 내색하지 않았다. 미란은 책 속의 화보를 보며 천천히 말했다.

"그러니까 번데기를 반쪽으로 잘라 놓아도 산다는 거지, 이 그림이?"

"어떻게 알았니?"

"뻔한 거 아니니? 이게 죽는다면 뭣 땜에 책에 실험이라고 나겠니? 번데기로 반찬 만드는 요리책도 아닌데. 그런데 이 옆의 점 세 개는 뭐야?"

"반쪽짜리 나방이 낳은 알이야."

"그건…… 좀 놀랍구나. 대가리도 없는 게 새끼를 낳다니. 대책 없는 술집 것들처럼. 그럼 윗부분은?"

"머리 부분이 살았다는 얘기는 안 써 있어."

"그렇겠지. 이 세상에 머리만 굴려 되는 일이 있는 줄 아니? 결국 진리는 밑구멍에 있는 거라고."

미란은 때마침 은은해진 음악에 맞추어 노래라도 흥얼거리듯 목소리를 깔았다.

"그래도 뭐, 윗부분도 살 수 있을 거야. 여기엔 안 쓰여 있는지 몰라도. 그렇게 살 수도 있는 거지."

미란은 낯선 표정으로 수현에게 책을 넘겨주었다. 냉커피에 꽂혀 있던 빨대를 빼 버리고 미란은 유리컵을 입술에 대고 커피를 마시기 시작했다. 반쯤 남은 냉커피를 탁자에 내려 놓는 동안에 그녀는 생기를 되찾아 다시 목소리를 높였다.

"나, 어젯밤에 일창이 봤다."

수현은 고개를 돌려 유리 박스 안의 디제이를 바라보았다. 음악이 바뀌었는지 디제이는 다시 칠판지우개를 들고 중간의 어떤 글자를 이용해 먹을까 궁리하는 것 같았다. 싹싹 다 지워 버려. 주접떨지 말고. 그리고 다시 써, 이 머저리야.

"무교동에 나 아는 애가 하는 술집이 있거든. 거길 웬 닳아빠진 계집애하고 들어오더라. 나도 처음엔 못 알아봤지. 근데 일창이 벌써 지난봄에 제대했다던데 넌 알고 있었니?"

"이제 한 학기 다니면 졸업이지."

디제이는 '차이코프스키'를 그대로 두고 뒤만 고치기 시작했다. 머저리 같은 친구는 고쳐 쓰기 싫어서 차이코프스키의 곡을 이어 틀기로 결정한 모양이었다.

"커핀지 보리 태운 건지 싱겁기는, 이 다방도 이젠 한물갔어. 음악 구질구질한 것도 여전하고. 저 차 나르는 애 빌빌거리는 거 하며. 왜들 그렇게 늙은 거고 젊은 것들이고 물에 물 탄 듯 술에 술 탄 듯 데데한지 말이야."

미란은 백에서 은색 담배 케이스를 꺼내 소리 나게 탁자에 내려놓고 담배 한 개비를 피워 물었다. 그녀의 바른쪽 어깨 옆 벽에는 지휘에 여념이 없는 외국인의 사진 패널이 붙어 있었다. 미란은 지휘자의 얼굴에 입에 모았던 담배 연기를 훅 끼얹었다.

"내가 일부러 일창이 옆에 딱 붙어 앉아서 그 계집애를 빤히 쳐다봐 줬지. 일창이가 머뭇거리다 걔 먼저 보내더라. 뭐 괜히 심술이 나더라고."

미란처럼 입을 직접 대고 마시는 것이 나을 거라고 수현은 생각했지만 그냥 빨대로 냉커피를 빨아 마셨다.

"제대했는지 몰랐다고 내가 그랬지. 수현 언니, 너하고 만났느냐고 물었더니 가만있다가, 내가 먼저 연락해 볼까요, 그러더라. 그것도 완전 숙맥이야. 그런데 너희들은 어떻게 그리 서로 민숭민숭할 수가 있니. 한땐 그래도 열심히 붙어 다녔잖아."

"넌 흥분할 것 없어. 다 끝난 일이니까. 나도 마찬가지고."

"마찬가지라고? 너하고 나하고 마찬가지라고? 남녀가 서로 미쳐서 부들부들 떨고 껴안아도 마찬가지고 덤덤하게 딴 생각하며 껴안아도 마찬가지야. 군대에 있는 3년 동안 편지 한 통 안 보냈다며? 휴가 때도 만나 주지도 않고. 잘난 척은 오라질. 끝났는지는 몰라도 넌 새로 시작하지도 않았잖아. 도대체 너넨 뭐가 그리 어렵니? 첩의 딸이라고 그 집에서 반대한다고 그냥 끝나는 거야? 그렇게 잘난 척하면 좀 낫니?"

잘난 것과 못난 것은 대체로 그 의미가 같을 것이다. 수현은 쉽사리 어디 빠져 든다거나 감정에 사로잡히는 것 따위가 되지 않았다. 그녀는, 말하자면 1, 2인칭이 아니었다. 주위의 모든 숨 쉬는 것들과 또는 그 뒤에 서 있는 배경들처럼 수현 스스로에게도 '박수현'이라는 여자는 일반 3인칭에서 더 가까이 오는 법이 없었다.

"집에 같이 안 들어갈래?"

"미쳤니, 내가 느이 집에 가게. 똥 싸는 영감은 봐서 뭘 해? 그런 미련 있으면 점쟁이 우리 엄마 찾아가겠다. 어쨌든 일창이 내일 아침 10시에 이 다방에 오기로 했어. 샌님 너무 기다리게 하지 마라. 순진한 게 삐질삐질 울라."

들려 오는 바이올린의 떨림 음에 맞추듯 꽁초를 재떨이에 비벼 끄는 미란의 손이 떨렸다.

"술도 좀 줄이고. 웬만하면 집에 들어와서 살아."

여고 시절에 미란이 아무 말 없이 집을 뛰쳐나갔을 때 느꼈던 묘한 배반감과 또 한 줄기 느꼈던 시원스러움처럼, 말은 그렇게 했지만 미란이 막상 들어온다고 하면 집 안 구석구석에 자리 잡은 무거움을 같이 져 줄 것 같은 기대보다는 거기에 덧보태질 새로운 혼돈이 부담스러운 것이 사실이었다.

"공부 열심히 해서 성공해. 박가 집안에 어디 박사 나는 꼴 좀 보자. 박 박사라. 그래, 그렇게 기 쓰고 살아. 난 그냥 왜놈 현지처가 편하니까. 자매지간에 어딘가 조화 있지 않니?"

소공동 쪽으로 길을 건너 그들은 백화점에 들어갔다. 옷들을 보고 미란은 입으로 열심히 야유를 해 댔지만 몸으로는 옷을 벗고 입고를 입에 못지않게 했다. 미란은 갈라진 틈서리가 특히 강조되는 원피스를 하나 사 입었고 수현은 훨씬 더 고상해 보이는 미색 마직 투피스를 사서 손에 들었다. 돈은 미란이 냈고 영수증은 수현이 받았다.

그들은 꽤 고급스러워 보이는 양식집에 들어갔다. 어두워지려면 아직 시간이 있는데도 네온사인이 현란하게 번쩍이는 집이었다. 저녁을 먹은 후 미란이 돈 계산을 하는 동안 수현은 음식점 앞에 먼저 나와 지나가는 사람들을 바라보았다. 미란이 손을 흔들며 주말의 흥청대는 인파에 묻혀 사라지자 수현은 갑자기 풍선처럼 사람들의 머리 위로 떠올라 미란의 뒤를 따라가고 싶은 유혹을 느꼈다. 그런데 곧 어둠이 짙어진 거리의 불그레한 불빛들이 미란의 눈빛과 닮았음을 알아차렸다. 만났을 때는 몰랐는데 헤어지고 나자 미란이 불면으로 지쳐 있다는 걸 깨달았다. 그녀는 지하철역을 향해 천천히 걷기 시작했다. 어깨에 멘 가방에는 번역해야 할 자료집과 미란이 찔러 넣어 준 만 원짜리 지폐가 몇 장 있었다. 그리고 오른쪽 손에는 새로 산 옷 봉지가 들려 있었다. 그 정도면 괜찮은 편이었다. 그녀는 지하철을 타고 가며 책을 꺼내 번역을 계속하기로 마음먹었다. 어차피 삶이란 순간의 합산이었다. 집에 들어가서 어머니를 마주하기 전까지는 여유가 있었다.

수현이 열쇠를 꽂아 대문을 열고 작은 마당을 지나 현관에 들어섰을 때 어머니 장 여사는 거실 바닥에 주저앉아 지점토 반죽을 이기고 있었다. 문이 닫힌 안방에서 큰 한숨 비슷한 아버지의 목소리가 흘러나왔다. 여느 때 집에 들어온 것과 전혀 다름이 없어서 수현은 도리어 짜증이 났다. 학교로 그렇게 급하게 전화를 해 댔으면 뭔가 달라도 달라야 할 것이었다. 어머니의 투덜대는 혼잣말도 여전했다. 아무런 조짐을 눈치 챌 수 없는 것이 그녀의 마음을 더욱 야멸치게 만들었다. 수현은 현관에 바로 붙은 자기 방문을 열고 불을 켰다.

"니 큰에미랑 이혼하고 나하고 결혼하겠다는 걸 내 느이 아부지 앞날에 흠 갈까 봐 눈물 뿌리며 마다한 줄이나 알아라."

아버지 박길호 교장은 뇌일혈로 쓰러졌다. 신문에도 한 줄 보도가 되었다. 은정여고 교장 교무회의 주재 중 과로로 쓰러져. 교육구청의 장학관도 한마디 덧붙였다. 평소 박 교장의 교육에 대한 집념과 열의는 이 시대의 사표(師表)로서 한 점 부끄럼이 없는 운운. 그들은 박 교장이 그 자리에서 죽어 버렸더라면 더더욱 신나게 떠벌렸을 텐데 하고 아쉬운 눈치였다. 꽃과 과일을 들고 짐짓 걱정스러운 표정으로 병원에 들락거리던 학교 교사들도 생명에는 일단 지장이 없고 때에 따라서는 반신불수로 장기화될 수 있다는 진단 결과가 나오자 약속이나 한 듯이 발길을 끊었다.

이 이르 줌 와아아.

수현은 가방에서 책을 꺼내어 책상 위에 펼쳤다. 지하철 속에서 본 부분의 다음을 펴서, 선 채로 문장을 입 속으로 가다듬기 시작했다.

곤충은 지속적인 살충제에 대해서는 도리어 저항력을 갖추게 되는데 그들의 잘못된 생활 방법에 대해 저항성을 가지게 되는 일은 없어 보인다. 곤충에게 있어서 근본적인 약점은 그들의 세세하고 복잡한 생활양식 속에 있음이 틀림없다. 장차 가장 유효한 해충 구제 방법은 이 복잡한 생활사에서 발견될 것이다……

"느이 아부지 죽으면 같이 무덤에 눕는 건 김기순이 저야. 늬 에민 처녀 귀신이라고. 내가 즈이를 괴롭히는 게 뭐이 있으며 내가 지금까지 바랐던 것이 뭐이 있어."

수현은 의자를 당겨 책상에 바짝 붙어앉았다. 제자리를 찾지 못하고 떠도는 것은 어머니의 넋두리뿐이었다.

"지 딸년 시집갈 때 지한테 연락 안 한 게 가슴에 못이 박혔다지만 연락한들 뭐 해. 거기 지가 나타나면 나는 고사하고 박길호는 뭐가 되며 자기 딸 시댁에 떳떳할 거 뭐 있어. 미란이도 어디 입 뻥끗이나 해? 약은 계집년이 점치는 즈이 엄마 챙피하니까 그런 거지. 그것도 저것도 벌써 옛날 얘기 아니야. 미란이 년 1년도 못 가 이혼하고 지 맘대로 사는 게 벌써 4년인데."

번데기의 피부가 머리 뒷부분에서 먼저 세로로 찢어지고 그 틈으로 머리를……

지점토 반죽 덩어리가 마루에 쿵 떨어지는 소리가 났다.

"도대체 이럴 수가 있는 거야 그것이. 말이나 되느냐고. 지금 와서 늙은일 내놓으라니."

이제야 본론이었다. 전화를 급하게 건 어머니의 새로운 오늘의 주제였다. 느이 아부지를 달란다. 시체 다 된 아부지 돌아갈 때까지만 내 옆에 두라는데도. 수현은 그제서야 블라우스부터 옷을 벗기 시작했다.

번데기의 피부가 머리 뒤부터 세로로 먼저 찢어지고 찢어지고…….

으으으 아아 으그 와아아.

"그럼 나는 뭐냐 말이야. 집 뛰쳐나가 방울 흔드는 주제에 그런 소릴 해? 내 언제 장영희로 떳떳이 행세 한번 하더냐고. 박길호 마누라는 영원히 김기순이 석 자 아니야. 지가 나 때문에 점쟁이 됐다고? 그래 남편 자식 연연했으면 점쟁이질을 해? 교육자 마누라가?"

먼저 세로로 찢어지고 그 틈으로 머리를 내민다. 번데기가 다리를 펴서…… 세로로 찢어진 틈으로 머리를…….

"내가 자기 보고 언제 한번 똥오줌 받아 내는 게 힘들다고 했어? 나보고 힘들 테니 아부지를 지가 맡겠다고? 입에다 침이나 바르고 얘기하라지. 거짓말은. 본마누라 티 내겠다는 수작이지. 아침부터 전화 걸어서 내 속장을 뒤집어 놓는 것이."

으으와아아 이르 아아.

수현은 방문을 발로 슬쩍 밀어 닫았다. 문이 닫히기가 무섭게 어머니는 우악스레 문을 열고는 다시 지점토 반죽 앞에 주저앉았다. 수현 역시 아무 일 없었다는 듯 잠옷으로 갈아입고 안방 옆 욕실에 들어갔다.

으아아아 으르 와아아무우.

수돗물 소리가 크게 나자 아버지의 울부짖음도, 발악하는 듯한 어머니의 말소리도 함께 커졌다.

"아부지가 그 집으로 가겠다고 그럴 것 같아? 지를 보고 싶어 하기나 할 것 같냐고. 말도 아니라니까. 지금 와서 딴 사람들이 뭐라고 하겠어? 과로로 쓰러진 존경받는 교육자가. 신문에까지 떠들썩하게 났던 교장 선생 딴으로 무당 집엘 가서 누워? 아직도 선생들이 낮에 문안 오고 하는데. 오늘 낮에도, 아니 요전에도."

문안은 그친 지 오래였다. 그들은 이제 박길호 교장의 부음에만 얼굴을 내밀면 되는 무리였다.

"김기순이. 그래 내 평생 김기순으로 살아왔어. 지금까지 자리 내줬으니 나한테 공치사라도 받으려는 거야? 내 속을 누가 알아. 내 밑으로 뽑은 자식 연놈들은 얼음장 같아서 꿈에라도 따뜻한 말 한마디 건네는 법이 없고, 일자무식하고 천하의 상것인 큰여편네 역성이나 들고. 우리 엄마 불쌍하니 그저 가만 놔두란 얘기 한마디 해 주길 하나."

수현은 목욕탕에서 나오며 침착하게 말했다.

"아버지가 부르잖아요."

어머니는 들은 척도 않고 지점토 반죽을 쿵쿵 판에다 찧어 대기만 했다. 반죽은 굳을 대로 굳어 있었다. 판에 떨어뜨릴 때마다 돌비늘처럼 허연 조각들이 사방으로 흩어졌다. 수현은 방으로 들어와 다시 책상 앞에 앉았다. 로션을 손바닥에 따라 얼굴에 바르기 시작했다.

세로로 찢어진 틈으로 번데기가 머리부터 껍질에서 떨어져 나오고 낙하산처럼 작게 접힌 벨벳 같은 날개에 혈액이 통하기 시작한다. 성충은 가지에 올라 날개를 늘어뜨린다.

으으으 아아 으그 와아아.

아버지의 고함 소리는 이제 힘이 빠져 가는 듯했다.

"딸년이라고 거기 한번 찾아가서, 돌아가시는 날까지 아부지는 못 움직인다고 딱 부러지게 얘기만 해도 그 여편네가."

"알았어요. 내일 아침에 갈게요."

오늘 밤에라도 아부지 목을 졸라 버리면 되잖아요. 은밀한 한마디를 목울대로 삼키며 수현은 조용하게 대꾸했다. 어머니가 천천히 일어나 안방 문을 열었다. 아버지의 울부짖음은 이내 그쳤다. 수현은 그녀의 방문을 닫고 안으로 잠가 버렸다.

화보에 실린 나방 날개의 태극점은 희번덕이는 사람의 눈알을 그대로 떼어다 붙인 것처럼 섬뜩한 기운이 있었다. 수현은 눈싸움이라도 하듯 책상 위에 펼쳐진 나방 사진을 한참 노려보았다. 대학 도서관 열람실에서 빼내 온 곤충학 자료였다. 학내 추계 세미나에서 지도 교수가 발표할 연구 논문의 보조로 그녀는 늦어도 9월 말까지 서너 가지 원서의 부분 번역을 해 내야 했다.

거슴츠레 눈을 뜨는 것이 스스로를 더욱 지적으로 보이게 한다고 굳게 믿는 반 대머리의 지도 교수는 나비의 뇌와 가슴 호르몬이 하는 일을 관찰하여 결국은 다른 모든 생물에게도 적용할 수 있다고 주장하고 싶은 것이었는데 그런 주장은 대체로 맞아 들어갈 것이었다. 생물학이란 모든 생물이 하나같이 똑같다는 것을 증명하는 학문이었다. 수천 마리의 번데기들이 예리한 칼로 잘라져 이미 쓰레기통에 버려졌다 하더라도 실험에 성공한 나방 한 마리의 생태는 먼저 죽은 번데기들에게도 똑같은 결과일 것이었으므로 그들은 아까울 것이 없었다. 수천 분의 일이라는 숫자는 수천 쪽이 아니라 한 쪽에 의미가 있었다. 어차피 학문이란 생물을 살리자는 것이 아니다. 그런 쓸데없고 사소한 문제는 자연환경 보존 협회나 TV 캠페인이 할 일이었다.
 전등을 끄고 이불이 펴진 침대로 가서 수현은 벌렁 누워 버렸다. 사위가 한적하게 가라앉았다. 8월 말부터 새로 든 늦장마 뒤끝으로 날씨는 개는가 하면 또 한차례 비가 흩뿌려지곤 했다. 음울하고 눅진 방 안에 마르지 않은 달빛이 어슴푸레 비쳐 들었다. 더러운 늪에서 건져 올린 헝겊 인형을 빨지도 않은 채 달빛으로 꾸덕꾸덕 말리는 듯한 기분이 들었다. 결국 다시 늪에 처박히리라는 확신 때문인지, 우선은 또 견딜 만했다. 나방의 가슴과 뇌 호르몬. 머리가 제거된 채 가능한 생식 부분의 기능. 알. 무엇에 골몰하는 것도 삶의 한 방법이었다. 수현에게 있어 학문이란 일종의 피난처였다. 학문에 몰두해 있다는 것은 남 보기에도 꽤 그럴듯한 삶의 방식인 셈이었다. 번데기의 잘린 윗부분도……. 어쩌면 미란의 말대로 살 수 있을지 몰랐다.
 창턱에 높이를 맞춘 나지막한 책장이 비껴 보였다. 책장 위에 놓인 지점토 인형들의 크고 작은 실루엣들이 얼크러져 방바닥에 드리워 있었다. 수현의 동생 태현이 대학 입시에서 두 번 낙방하고 군에 입대한 후부터 어머니는 지점토를 주무르기 시작했다. 거의 하루 내내 거실 바닥에 주저앉아 지점토 덩어리를 손으로 쳐 댔다. 빚어진 것들은 모두 사람의 형상이었지만 팔이나 목들이 채 마르기도 전에 떨어지기 일쑤였다. 팔다리를 겨우 갖춘 인형들은 수현의 책장 위에만 놓인 것이 아니었다. 거실의 장식장, 창가, 신발장 위, 큰 화분의 흙더미 위에까지 핼쑥하고 창백한 지점토 인형들이 시체 더미처럼 쌓여 갔다.

지난봄이던가. 수현이 책장 위에 놓였던 십여 개의 크고 작은 지점토 인형들을 방바닥으로 한꺼번에 밀어붙인 때가 있었다. 어머니는 마치 문 밖에서 기다리고 있었다는 듯이 빗자루를 들고 뛰어 들어왔다.

"어디냐, 어디?"

목과 손이 떨어져 나간 인형들의 기괴한 몸체. 허리에서 반 동강으로 잘려 치마폭만 남은 아가씨들의 아랫도리들을 어머니는 놀라는 기색도 없이 쓰레받기에 담았다.

"이게 액이다. 인형에 붙었던 저주가 이렇게 해코지를 하는 게야. 온갖 잡신들을 우리 집에 붙여 놓았어, 그 귀신하고 통하는 여편네가. 이것들이 괜히 금이 가고 떨어지는 줄 아니?"

생명력을 충전받기라도 한 것처럼 지점토 인형들은 일주일이 못 가 더욱 크고 당당하게 그 자리에 다시 놓였다. 우울하고 건조한 덩어리들이 집 안의 생기를 먹어 치웠다.

"겉으론 그렇게 순박한 척하면서. 소식을 모르니 더 미치겠어. 무슨 짓을 하는지."

어머니는 지점토 반죽을 치대며 끝없이 큰어머니를 지켜워했다. 1942년의 캐럴 윌리엄스의 실험, 하반신만의 암컷이 낳은 알은 완전한 형태를 갖춘 애벌레와 번데기로 자라났을까. 그리고 화려한 나방으로 탈바꿈했을까. 고치를 뚫고 갓 나온 나방이 낙하산처럼 작게 접혔던 날개를 펴서 말리듯 수현은 침대에 누운 채로 양팔을 펼쳤다.

아침 10시 10분에 수현은 택시에서 내렸다. 표면이 파인 찻길에는 군데군데 흙탕물이 괴어 차가 지날 때마다 절컥거렸다. 푸르퉁퉁한 영업용 택시가 멀리 보이는 네거리에서 휘어져 사라질 때까지 수현은 멍하니 서 있었다. 수습되지 않는 감정의 한 올은 적어도 일창에 대한 아쉬움 또는 정이라 느꼈다. 그러나 수현은 끝까지 택시를 돌리지 않았다. 차는 갔다고. 수현은 스스로에게 말하며 산성 입구를 둘러보았다. 큰어머니의 집은 남한산성 기슭이었다. 수현이 9시가 채 안 되어 눈을 떴을 때 잠긴 방문 밖에서는 잦은 기침과 투덜거림이 내내 이어지고 있었다. 문이 열리는 것을 확인하고서야 어머니는 안방으로 건너갔다. 하지만 수현이 일창에게 가지 않고 이리 온 것은 꼭 어머니 때문만은 아니었다. 큰어머니에게 가는 척하면서 일창에게 갈 수도 있었다. 단지 택시 기사에게 남한산성 쪽으로 가자고 말하는 순간 그렇게 입에서 남한산성이라는 소리가 자연스레 나온 것으로 보아 일창보다는 큰어머니를 만나는 것을 자신이 바라고 있었음이 분명하다고 단정했을 뿐이다. 어느 쪽을 택하건 별 차이가 없을 때에 그녀가 한쪽을 택하는 방법이기도 했다.

주위 풍경은 완전히 달라져 있었다. 일창이 입대하기 한 달쯤 전에 그와 함께 왔던 그 가을, 키대로 큰 갈대가 나부끼던 벌판은 사라지고 없었다. 판잣집을 겨우 면한 슬레이트 지붕의 집들과 점포가 길 양쪽으로 빽빽이 이어지고 있었다. 묵무침·막걸리 간판을 띄엄띄엄 지나면서 이윽고 등산로가 펼쳐졌다. 풀과 나무들은 이른 아침에 내린 비로 젖어 있었다. 눅눅한 숲 바람이 불어왔다. 일창의 목소리는 소나무 숲 사이를 휘돌고 나오는 바람 소리를 닮았다.

면회 안 오면 아무 여자한테나 장가갈 거야.

입대하는 날 일창의 장난 같은 전화 목소리가 귀에 들리는 듯했다. 힘줄처럼 불거진 나무뿌리들이 계단을 이룬 등산로는 질퍽했지만 길섶에 난 풀들은 퍼런 날들을 세우고 빳빳했다. 수현은 발밑에 밟히는 잡초들이 사각대며 누웠다가 다시 일어나는 소리를 들었다. 채광 안 되는 그 눅진 다방에서 일창은 기다리고 있을까? 이 갠 날씨를 두고.

일창은 새에 미친 같은 과 선배였다. 교정에서 며칠째 최루탄이 터지자 잡목 덤불에서 날아오르는 휘파람새처럼 일창이 흥분하여 강의실을 뛰쳐나간 적이 있었다. 시위 대열에 끼어든 일창을 수현은 2층 강의실 창문에서 의아스럽게 바라보았다. 그는 며칠 있다가 나타나서 히히 웃었다. 새들이 기침하는 거 걱정해 주는 사람도 하나쯤은 있어야 되지 않겠어?

멀찍이 떨어진 산골짜기에서 새소리가 들려왔다. 박새 같았다.

광릉 임업 시험장에서 근 세 시간 동안 찾아 헤맨 끝에 본 큰유리새의 몸체는 참으로 환한 푸른색이었다. 큰유리새를 기다리다가 노랑턱멧새와 꽤 큰 진박새를 그들은 덤으로 관찰할 수 있었다. 하루 성과 치고는 대단한 날이었다. 서울로 돌아와서 일창이 못 마시는 막걸리를 주전자째로 마시고 토했던 날이기도 했다. 수현은 일창 덕에 참새와 울새, 휘파람새의 차이점과 재갈매기와 괭이갈매기의 영역을 나눌 수 있게 되었다. 바위나 꽤 큰 도랑을 건너뛰며 그가 손을 내밀 때마다 수현은 매몰차게 거부하곤 했다. 일창의 절절한 눈빛에서 수현은 번번이 미란의 고양이 같은 몸짓을 맞닥뜨려야 했다. 안방 문 앞에 시커멓게 웅크린 미란을 그녀가 발견한 것은 자정도 지난 시간에 우연히 변소를 가다가였지만, 그녀가 켠 거실의 밝은 불빛에 번들거리던 미란의 표정은 그 후 내내 머리에서 떠나지 않았다. 미란은 자기 방에 돌아가며 이죽거렸다.

재밌잖아. 어차피 동물들 하는 짓이 뻔한데. 특히 그 소리가 기막히거든 느이 엄마는.

일창은 하릴없이 허공에 뻗쳤던 자신의 손을 멋쩍게 거두며 피식 웃곤 했다.

수현아, 너, 남성혐오증 중증이다, 너.

아버지 박길호, 큰어머니, 어머니, 셋 중에 한 사람을 고르라면 수현은 그래도 큰어머니 쪽에 정이 갔다. 수현의 눈으로 보기에는 큰어머니가 그중 솔직하게 사는 사람이었다. 어머니 장 여사의 성품은 도리어 미란과 비슷했다. 미란이 샘이 많고 급하고 다혈질인데 비해 수현은 냉철하고 과묵한 편이었다. 그것이 둘 사이에 별 문제가 되지는 않았다. 그들은 둘만이 통하는 공동의 채널이 있었다. 똑같은 환경에 처한 사람이 자신 말고도 또 하나 있다는 사실이 철드는 그녀들에게 서로 위안일 수 있었다. 어느 한쪽이 의외의 행동을 하더라도 그것은 바로 자신 속에 숨어 있는 또 하나의 자기 모습이라는 묘한 일치감을 그들은 문득문득 절감하곤 했다. 미란은 여고 2학년이 되던 해 3월에 아버지 지갑에서 돈을 빼내어 집을 나가 버렸다. 그녀가 집에 다시 나타난 것은 3년 후, 결혼을 하기 위해서였다. 수현의 방문을 삐드득 열고 금방 꾼 꿈 얘기를 하듯 심상한 어조로 그녀는 말했다.

나 결혼하기로 했어. 오이씨만 하지만 돈도 좀 있는 놈이야. 어쨌거나 이 집에 있는 것보다야 안 낫겠어?

무슨 마음에서였는지, 군대에 간다는 일창을 데려간 곳은 그녀의 어머니 장 여사 앞이 아니라 큰어머니의 집이었다. 쪽머리에 푸른 용옥잠을 지르고 연두색과 선홍색 치마저고리를 입은 큰어머니는 내리꽂는 듯한 눈빛으로 일창의 모습을 한순간도 놓치지 않으며 작은 북을 쳐 댔다.

쯧쯧 우리 불쌍한 어린것들. 가슴 답답해서 어쩌려는고. 이 친구는 얼굴에 여난이 있어. 겹치는 여자 얼굴이 한둘이 아니라니까. 느이 둘이는 틀렸어. 궁합이 흉해. 저승에나 가야 살이 다할까. 삐끄러지겠는데 뭘.

큰어머니인 줄도 모르고 들렀다가 산성을 내려오던 일창은 둘이 궁합을 보러 가자고 수현이 앞장섰던 것만으로 입이 찢어질 듯이 감격했다.

너같이 독한 애한테 장가들면 바람피울 수나 있겠어? 뼈다귀도 안 남으라고. 저 점쟁이가 뭘 몰라.

그리고 이틀이 지난 후였다.

전화가 왔다는데. 너네 집이 복잡하다는 게…… 정말이야?

전화를 건 이가 누구인지 따져 보기에 앞서 수현은 어느새 그녀 키의 반도 안 되게 졸아든 딱한 청년을 멍하니 바라보아야 했다. 흙탕물이 튄 흰 도화지를 들고 어찌할 바를 모르는, 그는 철부지 사내아이였다. 막걸리 주전자를 옆에 두고 엎드린 꼭 주전자 크기만 한 일창의 머리통은 의외로 뒤통수가 납작했다. 그녀는 손가락을 뻗쳐 그의 머리칼을 어루만져 주고 싶은 충동을 참았다.

일창이 형하고 나 사이에 형이 책임질 일 손끝 하나 없었잖아? 딴 여자하고 결혼해. 이제 며칠 후에 군대로 떠나면 마음도 가라앉을 거고. 난 미련 없어. 궁합도 안 맞잖아, 봤지?

일창은 갑자기 얼떨떨한 표정으로 그녀를 바라보았다.

너, 너 그렇게 말할 수 있는 거야? 나는, 글쎄, 어 어쨌든지 결론을 내지 말고 좀 생각해 보자.

연말이 되고 카드가 날아왔다. 아이들 서넛이 연을 띄우는 그림이었는데 통상적인 새해 인사말이 씌어 있었다. 육군 538X부대 이병 문일창. 부대 명을 밝히고 카드를 부친 것만으로도 그로서는 대단한 용기가 필요했으리라.

사초 덤불이 가득 둘린 너럭바위 옆 오솔길로 들어서자 이내 큰어머니네 푸른 지붕이 보였다. 파란색 철 대문 안으로 잡초가 자라던 아담한 뜰은 샅샅이 시멘트 콘크리트로 덮여 흙이라곤 찾아볼 수 없었다. 북소리가 덩덩 들려왔다. 반지르르한 대청에 덧댄 유리문이 활짝 열린 채였고 중년의 세 여자가 깊숙이 들어앉아 있었다. 긴 댓돌 위에 신발들이 놓여 있었다. 수현도 신발을 벗고 대청에 올라 안방이 마주 보이는 방향으로 자리를 잡고 앉았다. 해바라기 무늬 긴 치마를 입은 여자가 한쪽에 앉았다가 무릎맞춤으로 다가오며 말을 붙였다.

"아가씨 혼자 왔수?"

"예."

"결혼 사주 보러 왔나? 여기 사모님이 잘 맞힌다고는 하더구먼."

"예에."

여자의 눈이 수현의 차림새를 얼른 훑었다.

"사주 봐야지 그럼. 아무리 요새 젊은이들 자기 좋으면 끝이다 하지만. 그런데 아가씨는 직장 다니우?"

수현은 대꾸하기에 갑자기 짜증이 났다.

"아뇨. 이제 집안일 배워야지요."

"그리엄, 음식 하는 것도 배워 두면 좋지."

수현은 입을 다물었다. 안방 쪽 가까이 앉았던 여자들 둘 중 하나는 잠자리 같은 금테 안경을 쓰고 또 하나는 단발머리를 했는데 저희들끼리 수군대느라고 바빴다. 해바라기 치마의 여자가 이 집 화장실이 어딘가, 중얼대며 뒤란을 돌아갔다. 장지문이 열리고 안방에 있던 여자들이 나왔다. 이내 다음 사람 들어오라는 소리가 들려왔다. 금테 안경과 단발머리 여자가 안방으로 들어갔다. 다짜고짜 큰어머니의 고함이 들려왔다.

"조심해. 남편 죽어 이것아. 뒈진 시어미 한이 하늘에 닿았어. 그러니 몸이 아프지. 쌍초상 나기 전에 어여 지노귀를 지내야지 뭐 하는 거야."

"예에……."

"천하 잡것들. 따로따로 노는 게 보인다고 우리 대감님 혀를 차시네. 남정네 논다고 너까지 놀아 젖히고 남편한테 들킬까 봐 예까지 찾아왔구나."

"아이고 대감님."

"임을 믿을 것이냐, 못 믿을 건 임이로세. 믿을 만한 사시절도 전혀 믿지 못하련마는 하물며 남의 임 정이야 어이 진정 믿을쏘냐……"

노랫가락이 흥얼흥얼 이어졌다.

어머니의 넋두리는 높낮이 없는 또 하나의 가락으로 수현의 귀에 배어 있었다. 내 고3 때 담임이었다, 느이 아부지는. 혼자 서울에서 자취하는 게 안되어서 빨래도 해 주러 가고 그러다가…… 집안에서 억지 결혼시킨 일자무식 여편네와 오늘낼 하는 홀어머니, 아들이 하나 있었는데 난 지 몇 달 안 되어 잃었다는 걸 일이 있던 날 밤에 얘기하더라. 그리고 얼마나 지났을까, 자기 어머니가 세상 버렸다고 통지가 오자 모든 걸 해결하고 오겠다고 혼자 시골에 내려가더구나. 느이 아부지는 즈이 엄마 장사 치르며 그 여편네 뱃속에 미란일 만들어 놓고 온 사람이다. 그런 사실도 난 그 여자가 신이 지펴 시골집을 뛰쳐나가고 미란이 년 초등학교 겨우 나와 오갈 데 없어 우리 대문에 들어설 때까지 까맣게 몰랐다. 느이 시골에서 뭐라고 그러는 줄 아니? 그 여편네가 날 위해 대신 집을 나갔다는 게야. 산속으로 불공 드린다고 다니더니 신이 통했다는구나. 미란이 왔을 때만 해도 사실 한편으론 미안한 맘이 있었다. 미란이도 맡기고 정말 속세를 떠났나 보다 했다. 너까지도 이 에미가 남의 서방 가로챈 죽일 년이라고 생각하니? 아냐, 넌 그 여자를 몰라. 그게 아니라니까.

얼마 안 있어 단발머리 여자가 콧등의 땀을 닦는 척하며 손으로 얼굴을 가리고 나왔는데 뒤따라 나오는 금테 안경은 단발머리의 얼굴을 살피느라 바빴다. 열린 문으로 큰어머니의 모습이 보였다. 노랗게 염색한 파마머리에 선홍빛 갑사 치마저고리를 입고 짙은 화장을 한 그녀는 늙은 매춘부처럼 변해 있었다. 눈꼬리의 주름도 성형을 했는지 지나치게 빤빤했다.

"너, 수현이 아니냐?"

큰어머니가 앉은 아랫목의 뒷벽 쪽으로 작은 덧문이 열리면서 해바라기 치마의 여자가 상반신을 들이밀었다.

"고사떡은 어떻게. 이쪽 잠깐 봐 주시면."

"아니야. 내 친척 아이야."

큰어머니가 뒤돌아보지 않은 채 대답했다.

"별일 없으시죠?"

"오랜만이로구나. 너, 그때 왔던 녀석하고는 어떻게 됐니?"

"뭐 그렇죠."

딱 부러지게 끝났다고 말하는 것도 새삼스러웠다. 큰어머니는 북채를 잡고 자진모리로 장단을 치기 시작했다.

"반대하는 어른이 어느 한쪽이라도 있으면 그만두는 거야. 시댁에서 싫어하는 며느리가 옳게 배겨나기나 하겠니. 특히나 외며느리 자리, 아쉬울 것 없는 집안에서."

일창이 외아들인 것을 수현은 그제서야 기억해 냈다. 일창의 집에 전화를 건 이는 큰어머니였을까. 수현은 무표정하게 말을 이었다.

"엄마는 아부지를 못 보내신대요. 아부지 돌아가시면 옆에 묻힐 사람은 큰엄마니까 지금은 양보하시라고요."

"난 이날 이때꺼정…… 느이 에미랑 너를 미워한 적이 없다. 다 업인걸. 느이 에미하고 나는 전생에."

북소리는 갑자기 크고 거세졌다가 다시 잔잔하게 가라앉았다.
 "천생연분 부부였지. 부부라는 연은 얼마나 질긴지 삼생(三生)을 간단다. 난 느이 에미를 처음 보고 한눈에 알아봤다. 느이 에미가 내 마누라였으니. 내 지은 죄 많아서 계집으로 태어나고 그 미물도 죄가 많아 사내는 되지 못하고 한 지붕 밑에서 살게 된 게야. 다 모두 내 죄다. 연이 깊었어."
 낮고 깊은 북소리의 울림이 낱낱이 살아서 사람의 감정을 속속들이 헤집어 놓는 듯한 느낌이었다.
 "이만 가겠어요."
 "미란이한테서 연락 오드냐?"
 "아아뇨. 어디서든 잘살겠지요. 걱정 마세요."
 오금을 펴며 돌아서서 고개를 번쩍 쳐들다가 수현은 우연히 안방 문설주 위에 사람 화상이 붙어 있는 것을 발견했다. 누런 창호지에 먹물로 눈, 코, 입이 조악하게 그려진 그 밑에는 서투른 글자들이 한글로 씌어 있었다. 닭띠 7월 초엿새 묘시. 엄마의 사주였다. 이마와 입에 제법 굵은 대침 화살이 꽂혀 있었다. 엄마의 관자놀이에 검은 점이 있다는 것도 수현은 그림을 보고 새삼 떠올렸다. 큰어머니의 허둥대는 품이 수현의 등 뒤로 느껴졌다. 깊은 동굴에서 울려나오듯이 큰어머니의 목소리는 낮고 굵게 떨렸다.
 "네년들이, 느이 것들이. 아부지 얼른 보내지 못해? 사람보다 못한 뭇짐승도 죽을 때가 되면 다 제 굴을 찾아드는 법이야. 니 에미가 뭔데 내 낭군을 안 보내. 천하에 사악한 년 같으니라고. 갈가리 찢어 죽여 마땅할 년. 남의 서방 가로채 평생을 호강하고 딸까지 빼

앗아? 이년, 어디 지 새끼들은 잘 풀리나 두고 보자."

수현은 잠시 그대로 서 있다가 천천히 돌아섰다. 으르렁대는 큰어머니를 내려다보며 내뱉듯이 말했다.

"축하드려요. 이번엔 칠순 다 된 왜놈 사위를 보셔서. 딸 하나 갖고 여러 사위 보시네요."

투명하고 날카로운 화살이 큰어머니의 가슴에 박히는 것을 그녀는 확인했다. 대청으로 나와 침착하게 신발을 꿰었다. 잠시 끊겼던 북소리와 함께 큰어머니의 구성진 노랫가락이 어우러져 흘러나왔.

동산에 달이 돋아 왼 천하를 비춰 있고 외기러기 홀로 떠서 짝을 불러 슬피 울 제 무정한 우리 임은 언제나 오시려나 일경 이경 삼사오경 어느덧 새벽일세 상사일념 애타는 줄 그대는 아시는가 띠리릿 띠리 띠리 띠리 띠리띠리 띠리리리. 풀 데 없는 이 내 심사 어디다가 붙여 볼까 차라리 잊자 해도 욕망이 난망이라 차마 진정 못 잊겠네.

노랫가락은 큰어머니의 집 담을 끼고 돌아 오솔길로 들어선 수현의 뒤를 한참 따라왔다. 노랫소리가 완전히 들리지 않게 된 순간 수현은 가슴속에서 무언가 툭하고 끊어지는 소리를 들었다. 후덥지근하고 눅눅하여 영혼까지 곰팡이가 필 듯한 9월의 바람 한 줄기가 미란이 뿜어내던 담배 연기처럼 그녀의 얼굴에 훅 끼쳐졌다. 수현은 군부대 앞 종점에서 때마침 떠나는 버스를 잡아탔다. 두세 정거장 지나지 않아 공중전화 부스가 눈에 띄었다. 그녀는 급히 벨을 눌러 막 떠나려는 버스를 세우고 뛰어내렸다. 기사가 뭐라고 막된 소리를 했다.

"영자니? 미란이 좀 바꿔."

"응, 수현 언니구나. 미란 언니는 조금 아까 들어왔다가 다시 나갔는데요. 그렇지 않아도 수현 언니 얘기를 뭐라고 하던데, 같이 들어온 남자하고, 오늘 안 들어올지도 몰라요. 카메라하고 여행 가방 챙겨갔으니까."

"예전에도 왔던 남자디?"

"모올라 나는. 워낙 한둘인가. 일본 할아버지가 갔거든요, 엊그제. 그러고 나면 왜 더 그러잖우……. 그런데 그 남자도 수현 언니 아는 것 같던데. 언니 몰라요? 키가 크고 목소리가 좀 쉰 것같이……."

수현은 수화기를 다시 걸어 놓았다. 80원이 남았는데 재발신을 누를 것을 그녀가 그냥 끊었기 때문에 뒤에 서 있던 중년 남자는 못마땅한 듯이 그녀를 훑어보고 100원짜리 동전을 전화기에 다시 먹였다. 다가오는 버스에 수현은 발을 올렸다. 빈자리가 많이 눈에 띄었지만 수현은 굳이 버스의 제일 뒷자리 구석으로 갔다. 갑작스러운 한기를 느꼈다.

1942년 캐럴 윌리엄스의 번데기. 그 반쪽의 윗부분도 살 수 있었을까. 아랫도리가 갖지 못한, 윗부분만이 갖고 있는 성충의 날개 조직을 퍼덕여 창공으로 멋지게 날아올랐을까. 크고 완전하고 힘찬 날개를 펴고 이 도시의 모든 것들이 아주 조그맣게 보일 때까지 까마득한 허공으로 날아서 날아서.

청소한답시고 더 더럽혀 놓은 얼룩진 버스 유리창을 통하여 수현은 반토막의 나방이 날아올라야 할 하늘을 바라보았다. 비가 다시 한 차례 뿌리려는지 낮게 깔린 회색 구름이 하늘 가운데로 몰리고 있었다. 덜덜대는 버스에 수차례 어깨를 부딪치면서도 수현은 블라우스의 소맷부리로 손을 집어넣어 자신의 겨드랑이를 더듬었다. 축축하고 뜨뜻한 겨드랑이에 이제 오롯이 돋기 시작한 날개 털이 몇 가닥 만져졌다. 수현은 눈을 감았다.

올가미 씌우기

두드려라, 그러면 열릴 것이오……. 두드려도 꿈쩍도 않는다. 문이 아니라 벽이다. 32분. 앞으로 32분이면 공주는 술탄의 손에 넘어가 버린다. 그럼 이쪽 길은…… 아, 낭떠러지다. 조심조심, 뒤로 살짝 돌아서서…… 큰일 날 뻔했다. 자, 이제 가 보지 않은 길은 어느 쪽인가. 문은 어디에 있는가. 조심! 올가미가 떨어진다. 길이 다시 막혔다. 한 층 위로 올라가 볼까.

31분. 시간은 쉬지 않고 흐른다. 사장이 몇 분 안에 들이닥칠 것이다. 벌겋게 독이 오른 사장의 얼굴이 보이는 듯하다. 들어서자마자 그는 아무 데나 대고 고함을 지를 것이다. 운전수 최 씨는 사장을 벼락대신이라 부른다. 사장의 고함소리는 정말 크다.

아무도 말이 없다. 모두들 제각기 떨어져 앉아서 자기 할 일에 여념이 없는 척하지만 그들은 모두 내 쪽으로 신경을 곤두세우고 있다. 곁눈으로 뵈는 김 과장은 매장 구석의 사무대 앞에서 바쁜 듯이 팸플릿들을 추스르는 중이다. 엉거주춤하게 허리 굽힌 자세 때문에 그의 목에 매인 푸르죽죽한 넥타이가 시계추처럼 흔들거린다. 운전수 최 씨는 내 의자 뒤 소파에 앉아 짐짓 부스럭대며 신문을 뒤적이고 있지만 그 역시 내 거동만 살피고 있다. 내 등허리를 쳐다보다가는 김 과장과 눈짓을 나누고 아무래도 제정신이 아니라는 듯 관자놀이에 손가락을 대고 맴을 돌리곤 한다. 최 씨는 내가 게임을 하느라 마주하고 앉은 모니터에 자기 모습이 그대로 얼비치는 것을 전혀 모르고 있다. 모니터 유리에 비치는 거무스름한 최 씨의 몸피는 동물원의 고릴라같이 구부정하고 귀접스럽다. 모니터 오른쪽 귀퉁이에는, 눈치라면 끝내 주는 송 군도 조그마하니 박혀 있다. 양손에 마른걸레를 들고 매장 전면의 유리벽을 닦고 있다. 그러나 그 역시 시늉뿐이다. 사장이 나타날 길목을 살피기 위한 동작으로는 안성맞춤인 셈이다. 사장의 심상찮은 전화가 있기 전만 해도 그는 줄창 유행가 자락의 한 소절을 흥얼대며 모닝커피를 준비하고 있었다. 언젠가 어디선가 본 듯한 얼굴인데에······. 이제 그의 노랫소리는 더 이상 들리지 않는다.

29분. 왕자는 헤매고 있다. 오던 길을 다시 갔다가 하릴없이 되돌아서곤 한다. 아무 데나 무턱대고 갈 수는 없다. 술탄의 부하가 어느 구석에 숨어 있을지 모른다. 그뿐 아니다. 전혀 예상할 수 없는 지점에서 불규칙하게 떨어지는 올가미가 있다. 굵직한 밧줄로 엮인 올가미는 왕자를 꼼짝달싹 못하게 한다. 왕자가 구출해야 할 공주는 신통하게도 길 건너 정신병원의 제(齊) 선생님을 빼다 박았다.

공주의 치렁한 드레스도 제 선생의 흰 가운과 비슷하지만 동그란 눈매나 가냘파 보이는 몸집 등이 그대로 제 선생님과 닮았다. 틀림없이 제 선생님의 허리는 공주처럼 한 줌도 안 될 것이다. 가운 자락에 가려서 잘 볼 수는 없지만.

매장 안은 조용하다. 오늘따라 거리의 차 소리도 별로 들리지 않는다. 내 손끝에서 또각대는 키보드 소리가 유난히 크게 들린다. 왕자가 조심스레 내딛는 발걸음 소리도 쿵쿵 울리는 것 같다.

김 과장이나 최 씨가 내게 말이라도 걸었을 때는 그래도 좀 나은 편이었다. 아무도 소리를 내지 않으니까 숨이 더욱 막힌다. 모두들 불안하다. 그중에서도 내가 제일 불안하다. 손가락이 자꾸 오그라든다. 그렇다고 게임을 끄고 돌아앉아 그들을 마주 볼 배짱은 더욱 없다. 키보드라도 계속 두드리지 않으면 심장의 박동이 점점 거세어져서 그만 터져 버릴 것 같다. 컴퓨터에서 나온다는 보이지 않는 전자파가 매장을 메운 공기의 어느 빈 틈서리를 팍팍하게 채워서 터질 듯한 내 몸의 압력과 팽팽히 맞서는지도 모를 일이다.

매장 구석 기둥에 붙은 벽시계는 이제야 8시 20분이다. 출근 시간은 원래 8시 반이지만 아침 8시면 우리는 모두 매장에 나온다. 김 과장이 8시에 나오기 때문이다. 그는 창동의 시영 아파트에 사는데 8시가 넘으면 교통체증으로 버스에 한두 시간씩 갇혀서 시간을 맞출 수가 없다고 한다. 김 과장이 그렇게 나오는 데야 송 군과 나도 별 수 없다. 우리 역시 앞서거니 뒤서거니 8시면 매장에 도착한다. 운전수 최 씨도 투덜거리며 8시경에 나온다. 그러나 그도 과히 싫은 눈치는 아니다.

아웅, 미스 송이에요, 모닝커피 한 잔씩.

어제 아침만 해도 이 시간이면 나보다 두 살 어린 송 군이 히프를 흔들어대며 커피를 날랐다. 언젠가 어디선가 본 듯한 얼굴인데에…… . 송 군은 노래보다도 가수의 손짓 몸짓이 전문이다. 8시 반 전후가 되면 영락없이 사장의 전화가 걸려온다.

너 누구야? 김 과장은? 알았어, 끊어.

나도 몇 번 사장의 전화를 받곤 했다. 별다른 용무는 없다. 그는 우리가 모두 제 시간에 출근했나를 확인하는 것뿐이다. 컴퓨터 구입 문의나 수리 의뢰가 들어오는 것은 대개 10시가 넘어서다. 사장은 11시나 되어야 어슬렁거리며 나타나서 매장을 휙 둘러본다. 빨리빨리 움직이라고, 배달할 거 제 시간에 착착 하고. 꼭 누구에게랄 것도 없이 몇 마디 판에 박은 호통을 친다. 그러고는 이내 목소리를 가다듬어 몇 군데 전화를 건다. 사장은 12시가 못 되어 나간다.

무슨 일 있으면 연락해.

예.

김 과장이 허리를 90도로 굽힌다.

오늘 아침 첫 전화 벨 소리는 8시 10분이 채 안 되어 울렸다. 십중팔구 잘못 걸린 전화일 것이었다. 어떤 새끼가 꼭두새벽부터 전화질이야? 벨이 열 번쯤 울리고 나서야 커피를 타던 송 군이 목소리를 착 깔았다.

여보쇼. 예. ……예? 예. 저 송인데요. 영석이 형요? 예. 김 과장님요? 예.

전화를 받는 도중에 벌떡 일어난 송 군은 수화기를 내려놓고도 그대로 빳빳이 서서 허둥거렸다.

뭐야, 무슨 전화야.

최 씨가 물었다.

사장이 왜 이리 방방 뛰지? ……지금 나온다는데?

무슨 일이야?

김 과장이 나를 쳐다보았다.

무슨 일이냐니까?

전혀 동요하지 않는 내 기색을 보고 그들은 내게 뭔가 있다고 짚이는 모양이었다. 나는 눈을 몇 번 끔쩍였다.

어제 내가 전화를 했어요.

어젯밤 나는 오래간만에 꿈도 안 꾸고 잠을 푹 잤다.

누구한테? 무슨 전화?

모두들 나를 바라보았다.

사장님 집에요. 남편이 낮에 무엇을 하는지 사모님은 전혀 모르잖아요.

그게…… 무슨 말이야. 니가 일부러 전화를 했단 말이야?

나는 천천히 고개를 끄덕였다. 그들은 재빨리 서로의 안색들을 살폈다. 최 씨가 믿기지 않는 표정으로 조심스레 입을 뗐다.

그, 앙짜, 아니, 그 사모님한테?

그들이 한 발짝씩 다가섰다. 나는 편안하게 소파에 앉아 있었고 그들 셋은 내 앞에 둘러서 있었다.

그럼, 사장님이 메리하고 붙는 거 그런 거? ……사장 집에 있던 식모 애, 걔 희숙이도 계속 사장이 만난다는 얘기도 했어?

나는 고개만 끄덕였다. 그들이 서로 마주 보고, 그리고 잠깐 침묵이 흘렀다. 최 씨가 말을 더듬었다.
그런 얘기 내, 내가 해, 했다는 얘기도 했어?
그런 얘길 뭐 하러 해요?
나를 몰라도 너무 모른다. 내가 벌인 일은 내가 책임진다. 나는 여유 있게 눈을 찡긋거리며 그들을 안심시키려 했으나 그들은 그게 잘 안 되는 모양이었다. 어이가 없다는 듯 헉헉대기만 할 뿐이었다.
너…… 그런 얘길 뭐 하러 했냐?
이윽고 김 과장이 입을 뗐다. 최 씨도 울 듯한 표정으로 말을 이었다.
어디다 대고 입바른 소리를 하냐? 그러고도 너 여, 여기 궁둥이 붙이고 일할 수 있을 것 같냐? 네 주제에, 사람이 구, 국어를 배웠으면 주제를 알고, 산수를 배웠으면 분수를 알라고 했다. 들었다고 옮기냐? 할 말이 따로 있지, 너 나이가 몇이냐?
더 이상 내가 할 말은 없었다. 그것뿐이었다. 멍하니 서 있던 그들은 갑자기 생각이 난 듯이 제각기 할 일들을 찾기 시작했다. 걸어서 20여 분 거리에 사는 사장이 곧 들이닥칠 판이었다. 김 과장은 사무대로 향했고 송 군은 이제 막 끓어오르려는 커피포트의 전원을 빼 버렸다. 매장 안에서는 별 표 나게 자기 할 일이 없는 최 씨는 한동안 바장이다가 소파에 털썩 앉아서 저녁 신문을 뒤적여 댔다. 나 역시 하릴없이 컴퓨터의 스위치를 올렸다. 그리고 비장한 마음으로 공주를 찾아 나섰다. 이내 부팅 신호음이 울리고 웅웅대는 파워 소리가 매장에 퍼져 갔다. 컴퓨터에서 쏟아져 나온다는 전자

파 자장이 투명한 거미줄로 엮여 사방 벽에 달라붙기 시작했다. 좋은 아침. 어제만 해도 정말 이 시간은 느긋하고 여유가 있었다.

 모니터 화면에 얼비치는 그림자로 제일 큰 비중을 차지하는 것은 아무래도 내 얼굴과 가슴팍이다. 나는 왜 사내새끼가 어깨도 제대로 바라지지 못했을까? 그래서 숨쉬기가 항상 답답한 건지도 모른다.
 왜 툭하면 한숨이냐? 버릇된다는데도.
 엄마의 가느다란 두 눈썹이 실지렁이처럼 꿈틀거린다. 그녀는 눈썹에 문신을 했다. 벌써 재작년의 일이다.
 갔다 와아, 거기 무라어시므니……. 내가 출근할 때마다 그녀는 뭐라고 한참 웅얼대지만 나는 대개 무슨 이야기인지 모르고 집을 나선다. 잠자는 그녀를 깨워서 꼬치꼬치 물어봤자, 기껏해야 방문 쪽 구석에 놓인 식기에 찬밥 있으니 먹고 가라든가 아니면 슬로 슬로 두 번 하고 퀵이라니까 식의 영판 얼토당토않은 잠꼬대를 주워섬길 뿐이다. 저번에는 뭔가 중요한 말을 하려는 것 같아서 다시 캐물었다가 그녀의 난데없는 지청구에 공연히 가슴이 서늘했다.
 이게 어디다 대고 지랄이야, 재수 없이. 피박이라니? 풍 껍질이 여기 있는데.
 침이 허옇게 말라붙은 뭉툭한 그녀의 얼굴에서 눈썹만 쌩하니 깨어 나를 배웅한다. 두둑한 눈두덩 위에 흰 바늘처럼 누운 그녀의 눈썹은 잠도 자지 않는다.
 그녀는 오늘 경수 엄마하고 매장에 온다고 했다. 하필이면 오늘이다.

어떻게든 네가 말을 잘해야 돼. 내 소원이 뭔지 너는 알지?

어제 저녁에도 그녀는 내게 여러 번 같은 말을 했다. 그녀는 내 월급을 담보로 경수 엄마에게서 돈을 꾸기로 했다. 그녀는 그 돈으로 쌍꺼풀 수술을 하려고 한다. 경수 엄마는 일수놀이를 한다. 경수네는 작년까지 우리 바로 옆방에서 살았다. 주인집 없이 방 여덟 개에 여덟 가구가 사는 우리 집에서 나가서 골목 밑 집으로 넓혀 갔다. 경수네는 이제 방 두 개와 부엌이 따로 달린 집에서 산다.

나도 돈이 모이면 팔자 편케 일수놀이나 할 거야. 그래도 난 경수 에미처럼 지독히는 안 할려. 사람을 믿고 살아야지, 담보 챙기는 데만 눈이 새빨개서…….

그러나 그녀는 일수놀이를 할 수가 없다. 돈이 모이지 않기 때문이다. 웬수 같은 놈의 돈. 그녀는 돈이 있으면 먼저 원수 갚을 데가 너무나 많다. 눈가의 주름도 펴야 하고 가능하면 불거진 광대뼈도 깎아 내려야 한다. 예의로 배워 둬야 하는 사교춤 교습비와 반반한 외출복을 마련하는 데도 돈이 많이 든다.

우리 영석이 직장으로 같이 가서 직접 두 눈으로 확인하면 될 거 아뉴? 컴퓨터 기사라면 웬만한 월급쟁이 두 배라니까. 게다가 재 기술이 보통이 아니라우. 벌써 사장한테 신임을 받아서 쟤라면 뻑 죽는다고.

방문 밖 툇마루에 걸터앉아 그녀가 경수 엄마에게 열성으로 하는 얘기를 나는 차가운 방바닥에 배를 깔고 듣고 있었다. 방바닥은 서서히 온기를 잃어 가는 중이었다. 나는 꼼짝하지 않았다. 방의 온기는 내가 조금만 움직여도 사르르 식어 버릴 것 같았다. 온돌의 온기로 내 몸을 데우는지, 아니면 내 몸의 체온으로 방바닥을 데우는지 모를 지경이었다. 연탄불은 꺼진 게 틀림없었다. 연탄 값도 수월치가 않아. 그러나 그건 그녀가 얼버무리는 소리일 뿐이다. 그녀가 연탄 한 장 값을 살뜰히 아끼기 위해 연탄불을 늦게 가는 것은 아니다. 우리 집의 경우에는 착화탄 값도 무시할 수 없다.

　내가 국수 살게. 탄불 하나 가지고 유세는······.

　딴 방 아궁이에서 수시로 탄불을 댕겨 오면서 그녀는 선심도 꽤 많이 쓴다.

　40만 원 다섯 달에 갚을게. 당장 내달 초면 애 아부지한테서도 돈이 나오고. 안 돼? ······ 그럼 석 달 합시다. 15만 원씩 두 달하고 그 담에 10만 원. ······ 아이고 그 정도는 봐줘야지. 경수 엄마 나한테 이러기야? 글쎄 요번엔 실수 안 한다니까.

　지난봄에 그녀는 일숫돈을 꾸어서 철 지난 밍크 목도리를 마련했다. 그 돈을 아버지가 갚아 준다고 떵떵댔다가 경수 엄마가 결국은 아버지 직장인 미군 부대까지 쫓아갔다. 야채 부대를 어깨에 메고 부대 식당에 들어가는 아버지를 본 경수 엄마가 말을 퍼뜨렸다.

　내, 내가 뭐랬기에. 애 아부지가, 글쎄 거기 식당 책임을 맡아서는······. 아이고 경수 엄마 대단하네. 제 남편은 온종일 구들 지고 사는 주제에.

　목요일에만 나타나는 아버지가 화요일에 나타나서는 그녀를 늘씬하게 팼다. 아버지는 그녀가 밍크 목도리를 샀다는 사실보다도 자기가 미군 부대 피엑스에서 잡역을 하는 것을 경수 엄마에게 들켰다는 사실이 더욱 창피했던 모양이다. 하기는 엄마도 그때까지 아버지가 신사복을 입고 부대에 출근하여 영어를 자유자재로 지껄이며 사무를 보는 줄로만 알고 있었다.

고깝게는 생각 말고, 영석이. 뭐 아무 일도 아니니까. 직장에 찾아가서 사장을 만나는 것은 원래가 다 그렇게 하는 법이거든. 그럴 리야 없지만 만에 하나라도 영석 엄마가 돈을 제 날짜에 갚지 못하면 일단 월급에서 제하겠다는 얘기지.

갈가위 같은 경수 엄마는 돈 때문에 동네에서 욕도 많이 먹는다. 57번지 미친 영감이 동네에 이제껏 사는 것도 그녀 때문이라고 사람들이 숙덕거렸다. 하굣길에 6학년 계집아이를 뒷산 언덕 후미로 끌고 가 욕보였다는 영감이었다. 동네에서 쫓겨나게 된 것을 경수 엄마가 유독 두둔하고 나섰다.

인간이 불쌍하잖우. 어디 방 구할 때까지 몇 달 봐줍시다.

영감에게 꾸어 준 일숫돈을 뜯길까 봐 엉너리 친다는 것을 누구나 알고 있었지만 경수 엄마를 맞대 놓고 한마디 할 동네 사람이 또 그리 없었다. 경수 엄마가 배에 찬 끌끌치 못한 돈이 온 동네 사람들의 비상금이기도 했다.

사내들이란 게 다 그렇고 그렇지, 늙으나 젊으나.

언제 그런 일이 있었느냐는 듯 영감은 제법 흠흠거리고 다니는데, 도리어 남부끄럽다고 계집아이 집이 훌쩍 동네를 떠 버렸다.

돈이 웬수지 뭘 그러냐. 내가 경수 엄마하고 어울리고 싶니, 어디? …… 그래도 경수네가 딱 부러지는 데는 있다. 돈만 제 날짜 맞춰 갖다 주면 여자가 얼마나 함함한데. 경수 애비 장가 잘 들었지.

발톱에 바른 매니큐어를 말리며 엄마는 찢어지게 하품을 했다.

그런데 그 집은 힘도 좋아, 어째 허구한날 밤마다 끙끙 앓아? 옆방 생각도 좀 해 줘야지, 우리 딸년 보기 창피해 죽겠구먼.

아이고 그래도 나는 좋네. 그 낙도 없으면 뭘로 산대?

자지러지게 웃는 여자는 얼굴이 가무스름하고 몸매가 똥똥한, 안채에서 두 번째 방 여자일 터이다.

괜히 게염 내지 마요. 김 안 나는 숭늉 더 뜨겁다고 그 집은 짓거리를 입으로 하는가 보지, 조용한 거 보면. 난 어쨌든지 16년 동안 딱 두 번밖에 안 했다고. 우리 애가 둘 아냐.

방 여덟 개 중에 적어도 서너 칸에는 바깥사내가 들어앉았음 직한 토요일 오후에도 마당 한가운데 수돗가에서 벌이는 여자들의 음담은 그칠 줄 모른다. 쩍쩍 금이 간 양회 칠한 마당 바닥 틈새에 찔꺽거리는 물기만큼이나 그들의 얘기는 질펀하다. 손바닥만 한 마당 하나에 니은 자로 앉은 방 여섯 칸과 대문에 연달아 붙어 출입문이 골목 쪽으로 난 방 두 칸, 그리고 약간 뒤로 물러앉은 퍼런 페인트 문의 변소까지 머리를 맞대고 둘러싼 형국이라 그네들이 쏟아놓는 시시덕거림은 굳이 귀 기울이지 않아도 어느 방에서건 쉽게 들을 수 있다.

미친 여편네들, 그저 모이면 밑구멍 농사 얘기밖에 할 게 없니?

여덟 가구 여자들 중 나이가 많은 축에 속하는 엄마가 또 사박스레 그녀들 틈에 끼어든다.

어째 성님이 안 보인다 했수. 귀신 듣는 데서 떡 소리 했지.

한바탕 깔깔대는 소리가 마당을 울린다.

엄마를 닮았으면 나도 덩치가 클 텐데. 내 나이가 스물둘인데 그녀보다 키가 8센티미터나 작다. 나는 평생 그녀보다 키가 크지 않을지도 모른다. 그녀는 키만 큰 게 아니다. 목소리도 크고 어깨도 넓고 손도 발도 다 크다. 그녀의 별명은 왜골이다. 50이 되어 가는 나이에도 그녀의 젖통은 한 보따리다.

여자 가슴이 풍만한 게 흉이야 될 수 없지.

그녀는 그게 은근히 자랑이다.

아이고, 편타.

잠든 척하고 누워 있는 내 옆에 시큼한 술내를 풍기며 옷도 안 갈아입고 누워서 두 팔과 두 다리로 으스러지게 나를 껴안는다. 그녀의 젖통에 파묻혀 나는 숨쉬기가 힘들다.

자니?

곰팡내가 나는 이불을 머리끝까지 끌어올리며 내 귓불에 묻히는 그녀의 낮고 은밀한 속삭임을 나는 기다려 온 것이 아닐까. 그녀가 내 가운뎃다리를 거머쥘 때마다 그녀의 손은 이내 불집이 된다. 안으로 잠긴 방문 바로 바깥에는 밤 깊도록 오가는 다른 방 식구들의 인기척이 손을 뻗으면 그대로 잡힐 듯하다. 벽을 타고 울리는 옆방 새댁의 끈끈한 콧소리도 조심스럽기 짝이 없다. 그녀의 입이 뱉어 내는 쉰 술내를 나는 정말 견디기가 어렵다.

나는 아버지를 닮았다. 오종종한 얼굴도, 체구도, 술 못 마시는 것도 아버지를 닮았다. 막걸리 반 주전자면 나는 정신이 하나도 없다.

먹자고 하면 그깟 말술 못 먹어? 막걸리, 그 맹물 같은 거.

그녀는 배포도 나와는 비교가 안 될 정도로 크다. 그녀와 싸워서 당당히 이기는 사람을 나는 이제껏 본 적이 없다. 물론 목요일이면 찾아오는 아버지에게만은 예외다. 아버지 앞에서 그녀는 숨소리 한 번 크게 내지 않는다. 방바닥만 내려다보며 날 잡아 잡수하고 앉은 그녀를 땅딸막한 아버지가 발끝으로 툭툭 차는 것을 보면 되레 웃음이 풀썩 날 때가 있다. 아버지 앞에서 그녀는 다만 모든 것을 참아 주는 다소곳한 여편네일 뿐이다. 그러나 그림은 전혀 그렇지 않다. 억지로 짜 맞춰 놓은 주말 저녁 코미디 프로처럼 안쓰럽고 서글프다.

키보드의 화살표 하나를 가볍게 누르는 것으로 전혀 다른 미로가 나타나는 컴퓨터 게임처럼 아버지의 두 얼굴은 또 그렇게 각각일 수가 없다. 미제 물건들로 가득 찬 큰엄마 집 대청 소파에 어울리는 희멀끔한 가장의 얼굴과, 햇빛이라곤 그저 30분 설핏 들다 마는 우리 방의 음습함에 어울리는 검차고 모지락스러운 야차의 얼굴을 그는 함께 가지고 있다. 미제 파자마를 걸치고 부인과 함께 백포도주를 마시는, 이제 섞이기 시작한 흰머리마저도 멋스럽게 뵈는 동안(童顔)의 중년 남자와 쉰 김칫내와 곰팡내가 밴 어둑한 방 안에 비루먹은 개처럼 쭈그린 여편네의 무릎을 발꿈치로 짓뭉개 가며 포악을 떠는 붉은 얼굴의 그는 희한하게도 한 사람이다. 두 얼굴의 교차를 혼란스럽게 지켜봐야 하는 나는 현기증이 날 정도로 어쩔하지만 정작 본인은 한 치의 오차도 없이, 컴퓨터의 새로 선택된 화면처럼 그 변신이 신속하고 깔끔하다.

어쩔한 혼란 속에 나를 계속 머물게 하는 사람은 다름 아닌 그녀다. 가장자리가 꺼멓게 죽어 어둠침침한 20촉 형광등 밑에 뒤웅스레 덩치를 사리고 앉은 그녀의 몸피는 우스꽝스러울 정도로 미욱하다. 누구에게 말 한마디 밑지지 않는 그녀가 아버지가 던지는 재떨이를 이마로 받아 내고도 제대로 비비지도 못하고 애잔한 표정으로 얼굴을 떨어뜨리는 걸 보면 나는 웬만한 코미디도 이 이상 가는 게 없지 싶다.

느이 아부지가 그래도 속정은 깊은 사람이야. 그때 언제냐, 내가 아플 때도 그렇게 걱정이 많지 않데?

그녀의 머리끄덩이를 아버지가 갑자기 낚아챈 바람에 그녀가 밥통 모서리에 뒷통수를 받히고 그만 정신을 잃은 적이 있었다.

괜찮아? 이봐, 정신 차려. 이거 봐, 영석 엄마.

기겁한 아버지가 그녀를 품에 안았을 때 가까스로 눈을 뜬 그녀는 아버지를 알아보자 수줍은 듯 함초롬히 입에 미소를 물었다.

이 재수 없는 년, 죽지도 않은 것이 연극을 하고 자빠졌어. 사람 놀래키기는.

대문 옆방 숙이 엄마를 붙잡고 그녀는 바보처럼 키득대며 몇 번이고 같은 얘기를 되뇌곤 했다.

요전에 왜 내 눈에 피멍 들었을 때 말이야, 애 아버지가 뭐라는 줄 알아? 여편네가 그 주제로 어딜 돌아다녀, 계란이라도 좀 사다 문지르지, 그러더라고. 그 말수 없는 양반이. 때릴 때는 사내라 욱했다가 그래도 제 여편네라고 걱정은 되는가 봐. ……우리 집 양반 성격이 워낙 꽉꽉해서 말이지, 나 같은 건 꼼짝 못 한다고. 여편네가 아무런들 사내를 이길 수 있간? 그저 참고 사는 거지. 세상 만물 이치가 다 그런 거 아녀?

아버지는 목요일 저녁마다 신사복 차림으로 집에 온다. 그리고 한 시간 정도 있다가 이내 큰엄마 집으로 내빼듯 돌아간다. 어쩌다가 다른 요일에 나타나는 양이면 그녀는 이번엔 또 무슨 일이 잘못되었나 전전긍긍이다.

그녀는 씨받이고 나는 그녀의 씨다. 그리고 아버지와 한쪽 다리가 짧은 큰엄마가 원래 씨 임자다. 그렇지만 그녀는 절대로 나를 내주지 않는다. 그들이 계산을 잘못했다. 그녀는 죽어서도 내게서 떠나가지 않을 것이다. 살아서나 죽어서나 그녀는 내가 책임져야 할 짐이다.

그녀와 경수 엄마는 언제나 올까. 그녀는 아침에 늦잠을 자지만 신명 나는 일이 있는 날이면 새벽부터 바람처럼 휙휙 날아다닌다. 둔팍한 그녀의 몸이 그렇게 가벼울 수가 없다.

물론 내가 그녀의 두둑한 배짱을 믿고 사장 집에 전화를 건 것은 아니다. 내가 믿는 사람이 있다면 그건 도리어 콧수염의 신사 장국환 씨다. 글쎄, 그의 무엇을 내가 믿었을까. 아무래도 자연스럽지 못한 그의 검은 연미복은 제쳐 두고라도 남자다운 화통한 목소리와 우아하게 꼬부라진 콧수염, 그리고 그의 손에서 자유자재로 움직이는 곧고 날렵한 지팡이가 우선 든든했다고 볼 수는 있다.

밝힐 건 밝혀야 됩니다. 목에 칼이 들어와도.

장국환 씨는 그 말을 하는 순간에 목을 길게 늘여 빼면서 지그시 눈을 감았다.

누가 뭐래도 그른 건 그르다고 말해 줘야지요. 진리는 끝내 이깁니다. 청천 하늘이 내려다보고 있습니다. 옳은 건 옳다, 그른 건 그르다 말해야 됩니다. 목에 칼이 들어와도 할 말은 해야 됩니다. 영석 군은 젊습니다. 이 시대의 양심입니다. 절대로 그냥 넘어가서는 안 되지요.

옆 사람에게 침이 튀는지도 모르고 얼굴이 벌겋게 달아오르던 장국환 씨다. 그러나 지금 그에게는 연락이 되지 않는다. 전화번호를 잘못 알았다. 물론 연락이 된다 해도 그에게 이 일의 책임을 떠맡길 생각은 없다. 그건 비겁한 일이다. 내가 뿌린 씨앗은 내가 거둔다. 하지만…… 막막한 건 사실이다. 그는 지금 어디에 있는 것일까. 통로가 아닌, 꽉 막힌 벽 앞에서 그 역시 두드리고 있는 것일까. 미로에 갇힌 왕자처럼.

매장의 비스듬한 삼단 진열대에 꽂힌 팸플릿들을 깔끔하게 정리한 김 과장은 사무대 옆 자기 자리에 하릴없이 앉는다. 주머니에서 담뱃갑을 꺼내어 한 개비 피우려다가 흠칫 다시 집어넣는다. 그는 맞은편 벽에 걸린 시계를 쳐다본다. 뚝별 씨 사장이 들이닥치면 황황히 재떨이 찾아 비비기에도 바쁠 것이다. 김 과장은 사장과 먼 일가뻘이라지만 본관만 같을 뿐이지 서로 전혀 몰랐던 사이인 듯싶다. 둘은 우선 성품이나 외모가 너무 반대다. 사장이 걸핏하면 불뚝불뚝 성질을 잘 내는 땅딸이인데 반해 금테 안경을 쓴 김 과장은 척 보기에도 예절 바르고 공사가 분명한 콩나물이다. 성질 급한 사람들이 보통 그렇듯 사장은 사람을 잡아먹을 듯이 몰아세우다가도 뒤끝이 개운한 반면, 김 과장은 뭐든지 또아리고 앉아서 두고두고 씹어 보자는 식이다. 웃는 낯이라곤 좀체 볼 수 없는 근엄한 김 과장을 나는 처음부터 무척 어려워했던 편이다. 그러던 어느 날 매장에 막 들어서다가 그가 친구와 전화하는 것을 우연히 듣고 나는 깜짝 놀랐다. 그렇게 얄팍하고 유치하게 지껄여댈 수가 없었다. 콧소리가 많이 섞여 앵앵대는 말투 또한 김 과장의 그것이라고는 도저히 믿기지 않을 지경이었다.

사장 새끼 뭐 아는 게 있어야지, 내가 홱 돌겠다니까.

내가 들어온 기미를 뒤늦게 알아챈 그는 꽤 당황하는 눈치였다. 서둘러 전화를 끊고는 한동안 흠흠댔다. 나는 그의 목소리가 원래 낮고 위엄 있는 줄로만 알았다. 그리고 천성적으로 과묵한 사람이라고 믿고 있었다. 나는 한참 동안 무언가 속은 기분에 멍하니 앉아 있어야 했다. 사장도 김 과장을 책임감 있고 말수 적은 사람으로만 알 것이다. 듬직하게 무게를 잡고 싶어 하는 김 과장의 거드름을 보면 나는 왠지 시원하게 트림을 하고 싶은 충동이 인다. 공기가 빵빵하게 든 과대 포장의 과자 봉지처럼 그는 어느 순간 피시식 바람이 빠질 사람이다.

하기야 사장과 김 과장이 닮은 점도 있다. 속마음이 완악하고 자기 것을 야무지게 챙기는 점에서는 똑같다. 단지 사장은 미간을 있는 대로 찌푸리며 버럭버럭 자기 것을 챙길 사람이고, 김 과장은 점잖게 눈을 내리깔고 있다가 잽싸게 손아귀에 틀어쥐고 시치미를 뗄 사람이다. 나는 숫제 왈살스러운 사장에게 호감이 더 간다. 그렇다고 내가 사장을 믿고 존경한다거나 하는 건 아니다. 단지 그는 헛공기가 든 사람은 아니라는 뜻이다.

내가 아는 장국환 씨는 이 사람들과는 바탕 자체가 다른 게 틀림없다. 그는 정말 타고난 성품이 곧고 솔직하다. 자기 생각을 표현하는 방법이 약간 어색하고 서투를 뿐이다. 그런 그의 모습 때문에 남들에게 웃음을 사고 비정상이라고 손가락질을 받지만 서투른 건 흠이 될 수 없다. 그의 어엿한 참모습을 꿰뚫어 보지 못하는 주위의 어리석은 사람들이 오히려 비정상이다.

담뱃갑이 든 주머니로 손이 자주 가던 김 과장은 급기야 책상 한 모퉁이를 손가락으로 톡톡 치기 시작한다. 그에게 돈과 사장이라는 지위가 생긴다면 그도 사장처럼 호령을 하며 사람을 몰아세울까. 앵앵거리는 자신의 본래 목소리를 드러내고? 나도 모르게 김 과장을 빤히 쳐다보다가 그만 움찔하고 말았다. 그가 설핏 내 쪽으로 고개를 돌리는 중이었다. 얼른 모니터로 눈을 돌렸다. 24분. 왕자는 6단계에서 오도 가도 못 하고 고민 중이다. 어디로 가야 하나. 7단계로 향하는 문은 과연 어느 쪽에 나 있는 것인가. 숨을 죽이고 차분하게, 세밀하게……. 미로에 갇힌 왕자는 한 발 한 발 힘겹게 공주를 찾아 나선다. 보폭을 조금만 넓게 잡아도 낭떠러지로 떨어지거나 가시덤불에 찔려 죽고 만다. 그리고 또…… 천장에서 떨어지는 올가미가 있다. 굵직한 밧줄로 만들어진 올가미를 아슬아슬 피할 때마다 가슴이 철렁거린다.

길 건너 정신병원의 제 선생님에게 컴퓨터를 배달한 날은 내가 이 매장에 취직을 해서 며칠 되지 않았을 때였다. 정신병원에 들어서는 게 재수 없다고 운전수 최 씨가 정문에서 내뺀 다음 나는 컴퓨터 본체와 모니터, 두 덩어리를 어떻게 날라야 할지 난감했다. 결국 모니터는 수위실에 맡기고 우선 본체를 어깨에 둘러멨다. 힘들여 찾아간 본관 2층의 제 선생님 방은 굳게 잠겨 있었다. 컴퓨터를 되옮기기에 만만치 않은 거리의 수위실로 다시 돌아오면서 나는 약간 창피스러웠다. 본관에 들어설 때부터 입구에 서 있던 환자복을 입은 두세 명의 여자가 큼직한 박스를 다시 메고 나오는 나를 보고 킥킥댔기 때문이다. 그렇다고 다시 돌아설 수도 없었다. 뒤통수가 간질거렸다. 여기저기로 전화를 해 보던 중년의 수위는 제 선생님이 강당에 있다고 알려주었다. 그의 손이 가리키는 대로 나는 본관 건물을 왼쪽으로 끼고 경사가 그리 심하지 않은 오르막길을 올랐다.

정신병원의 곳곳을 혼자 돌아다닌다는 게 아닌 게 아니라 으스스한 건 사실이었다. 군데군데 환자복을 입은 사람들을 지나칠 때마다 괜히 불안하고 머리카락이 쭈뼛 서는 것 같았다. 그러나 뭐니 뭐니 해도 가장 당황했던 때는 겨우 찾은 강당의 문을 노크하고 잠시 망설이다가 슬며시 열어젖힌 순간이었다. 깜깜한 어둠 속에서 누군가가 갑자기 내 어깨를 잡아끌더니 문을 꽉 닫아 버리는 게 아닌가. 아, 나는 정말 끔찍했다. 이게 악몽이겠거니 싶었다. 소리를 지르지 않은 것이 천만다행이었다. 어둠에 익숙해지면서 강당 안쪽의 희붐한 불빛이 눈에 들어왔다.

어 엄마, 왜 내 머리를 빗겨 주지 않아? 유치원에 가야 하는데. ……그리고 이 옷 어떻게 입는 거야, 나는 혼자 못 입겠어요. ……엄마, 이 가방은 너무 크잖아요? 내 키는 이렇게 작은데.

연극이 진행 중이었다. 스물은 되어 보이는 예쁘장한 아가씨가 옆에 놓인 빈 의자를 향하여 발까지 구르며 어린아이 시늉을 하는 중이었다. 자세히 보니 무대 옆 어두운 곳에서 의사 선생인 듯싶은 남자가 계속 지시를 내리고 있었다.

자, 이번엔 지영 씨가 엄마입니다. 의자에 앉으세요. 앞에 서 있는 여자는 딸인 지영 씨고요.

무대에 새로 올라간 중년 여자가 지영이 하던 행동을 흉내 냈다. 백여 명에 가까운 사람들이 숨소리도 죽여 가며 무대 위를 쳐다보고 있었다. 장소가 비좁아 벽면에 착 달라붙은 사람도 많았다. 밝은 대낮 햇빛을 등에 업고 출입문에 어리둥절하니 서 있는 내가 그들에게 방해가 되었을 것임은 분명했다.

자, 이제 열두 살이 되었습니다. 지영 씨는 무엇을 하고 있습니까.

의사는 그녀를 점점 자라게 했다. 그런데 지영은 나이를 먹는 것이 싫은 모양이었다. 말도 없어지고 얼굴 표정이 점점 시무룩해져 갔다. 무대는 그녀가 열일곱이 되던 해로 바뀌었다. 생리를 시작한 그녀를 보고 엄마는 아이를 낳을 수 있는 진짜 여자가 된 증거라고 이해시키려 했지만 한사코 지영은 그 말을 부인했다. 밑엣도리를 다쳐서 피가 나는 거라고 우겨댔다. 생리 말이 나오자 뒷줄의 여자 관객들 몇몇이 킥킥댔다. 그러나 앞줄에 앉은 환자들이나 무대 위의 지영은 전혀 웃지 않았다. 그녀는 영원히 어린아이로 남아 있고 싶은 모양이었다.

박수 속에서 배우들이 인사를 하고 의사가 무대에 올라왔다.

자, 여기 오늘 수고하신 지영 씨에게 무슨 해 주고 싶으신 얘기 없어요, 관객 여러분 중에서?

앞줄에서 힘차게 손을 들었던 여 환자가 막상 지적을 받으니까 너무 부끄럽다는 듯 얼굴을 가리고 무대 위로 올라섰다.

물론 어른이 된다는 건 힘든 일이지만 어차피 어른이 돼야 하는 거 아녜요? 용기를 내서 지영 씨가 열심히 살아갔으면 좋겠어요.

강당 문 쪽의 구석에서 웬 남자가 손을 들었다. 의사가 남자를 지그시 노려보다가 마지못한 듯 허락했다.

얘기하세요, 짧게.

검은 연미복 차림에 지팡이를 쥔 그가 무대 위로 올라섰다. 그 사람이 바로 콧수염의 신사 장국환 씨였다.

우선…… 배우가 아주 능수능란하게 연기를 잘해 냈습니다. 여러 배역을 소화해야 하는 데도 연기에 무리가 없었고 표정이나 제스처 역시…… 단지 흠을 잡자면 목소리가 너무 작아서…… 이 배우는 연극에 확실히 재능이 있는 게 분명하지요. 안 그렇습니까, 여러분?

그만하세요.

장국환 씨는 이제야 서두를 꺼내는 것 같았는데 의사가 말을 잘랐다. 객석 한편에서 웃음소리가 쿡쿡 비어져 나왔다. 장국환 씨는 머리를 긁으며 쑥스러운 듯 무대에서 내려왔다. 무척 유순한 사람이었다. 이후 몇 사람의 말이 이어졌고 관객 모두가 함께 부르는 합창 순서로 프로는 모두 끝이 났다. 강당에 불이 켜지고 사람들이 삼삼오오 짝을 지어 밖으로 나갔지만 나는 콧수염의 신사 장국환 씨에게서 쉽사리 눈을 뗄 수가 없었다. 검은 연미복 윗도리를 왼쪽 팔목에 걸친 채 혼자서 슬그머니 출입구로 향하는 그에게서 나는 다른 이에게서 찾아볼 수 없는 따뜻한 가슴을 느꼈던 것이다. 나는 강당에서 제 선생님을 찾아야 했으나 굳이 애쓸 필요는 없었다. 컴퓨터를 고르느라 몇 번 매장에 들렀던 그녀의 얼굴을 나는 쉽게 찾아낼 수 있었다. 연극을 지휘하던 의사와 무대 옆에서 얘기를 나누고 있었기 때문이다.

나는 장국환 씨를 이내 다시 볼 수 있었다. 그녀를 따라 강당을 나와서 본관 건물로 가기 위해 길을 걷다가 바로 길 옆 등나무 그늘 벤치에서 그를 발견한 것이다. 그는 혼자가 아니었다. 환자들 대여섯 명에게 둘러싸여 무슨 얘긴가를 즐겁게 하고 있었다.

어디가 아픈데요? 지영이란 그 아가씨.

나는 한참을 머뭇거리다 물었다. 제 선생님은 웃으며 나를 쳐다보고는 자기 방의 문을 열었다.

환자들이야…… 머리가 아프지요. 아니면 가슴이 아프거나. 그런데 컴퓨터는 안 가지고 와요?

…… 아 참, 수위실에 있습니다.

나는 무안해서 뒤돌아 뛰었다.

컴퓨터에 좀체 익숙해지지 못하는 제 선생님 덕분에 나는 그 후로도 몇 번 병원에 들렀고 그때마다 나는 등나무 그늘 밑에서 장국환 씨를 만날 수 있었다. 장국환 씨 역시 나를 환한 웃음으로 반겨 주었다.

영석 군, 나는 군의 고민을 압니다. 아무도 이해를 못 한다 하더라도 나만은 군의 심정을 이해합니다. 가슴을 펴세요. 그리고 신념을 가지고 행동에 옮기세요. 반 세기 전의 우리 독립군들을 보시오. 드넓은 만주 벌판에서 말갈기를 흩날리며 달리던 그들은 진리를 위해서, 조국의 빛나는 미래를 위해서 자신의 목숨을 초개와 같이 버렸습니다. 불의를 보고 단호히 꾸짖을 줄 아는 정신, 그것이 바로 젊은이의 특권입니다. 누가 이 나라를 걱정합니까. 누가 이 나라의 앞날을 진심으로 염려합니까.

내 손을 아프도록 꽉 잡으며 그윽이 바라보던 장국환 씨의 절절한 눈빛에는 그의 입에서 흘러나오는 어떤 말보다도 내 가슴을 깊숙이 어루만져 주는 힘이 있었다. 장국환 씨의 믿음 직한 목소리를 듣고 싶다. 그의 손에서 움직이는 곧은 지팡이도, 그의 우아한 콧수염도 보고 싶다.

"사장 와요."

송 군의 목소리가 속삭이듯 들린다. 최 씨가 신문을 놓고 화닥닥 일어난다. 엉겁결에 나도 컴퓨터를 끄고 의자에서 일어난다. 벌컥 출입문이 열리는 서슬에 갑자기 매장 안의 공기가 압축된다.

"나오셨습니까."

김 과장이 깍듯이 허리를 굽힌다. 최 씨와 송 군도 다른 날과 다르게 깊숙이 고개를 숙인다.

"뭣들 하는 거야?"

나 역시 고개를 숙였으나 사장이 곁눈으로 내 머리끝부터 발끝까지 훑어 내리는 것을 낱낱이 느낄 수 있다. 둥둥대는 심장 음이 점점 커진다. 가슴이 터질 것 같다. 나는 눈을 감은 채 얼른얼른 심호흡을 한다.

사내가 죽을 때 죽더라도 배짱이 있어야지, 배짱이.

그녀 같으면 이런 때 아무렇지도 않을 것이다. 이제 사장의 벼락같은 고함이 들릴 차례다.

의외로 주위는 죽은 듯이 고요하다. 나는 머뭇거리다 결국 고개를 들어 사장의 얼굴을 바라본다. 사장이 똑바로 나를 쳐다보고 있다.

"네가 우리 집에 전화를 걸었나, 어제?"

목소리가 그렇게 부드러울 수 없다. 나는 갑자기 사장에게 미안하다는 생각이 든다.

"예, 저."

"김 과장, 이번 달 박 군 계산이 어떻게 되나? 날짜 계산해 주지."

돌아서는 사장의 목소리는 매끄럽다.

"옙."

김 과장은 기다렸다는 듯 경쾌하게 대답하고는 입을 꽉 다문다.

사장이 출입문을 거세게 밀고 나가 버리자 전면의 유리벽이 한동안 저르릉 울린다. 미처 따라 나가지 못한 사장의 거친 흥분이 공중에서 어쩔 줄 모르고 떠다닌다. 매장 한쪽 벽을 채운 디스켓 박스와 팸플릿들, 하다못해 천장부터 드리워진 색색의 장식용 리본까지 바짝 긴장했다가 후르르 안도의 숨을 내쉬는 것 같다. 김 과장도 송 군도 최 기사도 맥이 풀려 자기 자리를 찾아 앉는다. 나도 컴퓨터 앞 의자에 다시 앉는다. 컴퓨터에서 게임 디스켓을 빼 낸다. 그리고 오늘 설치해 주기로 한 치과 의사의 하드를 포맷하기 시작한다.

경고! 하드 디스크 C의 모든 데이터가 지워짐. 포맷을 계속하시겠습니까? (예스, 노)

예스다, 이놈아. 계속하겠다.

마지막 경고! 데이터는 모두 지워짐. 계속하시…….

그래, 그래, 지우라니까. 말짱 깨끗하게, 하나도 남기지 말고 깨꿋하게.

　키를 쾅 소리가 나게 두드린다. 빌어먹을 놈, 잘난 체는. 벅벅대는 소리와 함께 디스크 드라이브에 불이 켜진다.

　실린더 15, 16, 17……

　박 군, 이 컴퓨터가 속도가 빠르다며? 말해 보라고, 뭐가 얼마만큼 빠른지. 체계적으로 구체적으로 예를 들어서 말해 보라니까.

　전달 초순에 컴퓨터를 구입한 아래 골목의 치과 의사는 질문을 시작하면 끝이 없었다.

　그게 왜 그렇지? 그 이유가 어디 있지?

　글쎄요, 속도야 뭐, 빠른 건 분명하지요. 선생님이야 직접 느끼시지는 못하겠지만. 속도를 요하는 프로그램이 있거든요, 그런 데선 표가 나지요. …… 적어도 처음에 부팅할 때는 확실히 차이가 있잖아요? 힘이 좋거든요.

　여유 있게 미소 지어 가며 나는 말했다. 그는 대답이 마음에 들지 않는다는 얼굴이었지만 어쨌든 고개를 주억거렸다. 어쨌든 깔보여선 안 돼. 너도 모르는 걸 상대방이 물을 때는, 자세하게 설명해도 당신 따위는 모를 거다 식으로 밀고 나가란 말이야. 사장은 목소리를 깔며 말하곤 했다.

　컴퓨터로 의료보험 청구나 할 것이라면서 컴퓨터 처리 결과가 왜 그렇게 초를 다투어야 하는지 모를 일이다. 환자들의 입속이나 정확히 들여다보면 될 그가 컴퓨터의 내부에 관해 왜 그렇게 체계적으로 구체적으로 알아야만 하는지 그것 또한 모를 일이다. 그는 조바심도 날 것이다. 아무리 들여다봐도 체계적으로 알 수 없는 컴퓨터가, 생떼 같은 돈 백여만 원을 잡아먹은 괴물이, 돈 버는 데에 구체적으로 어떤 요술을 피워 줄 것인가를 모르니 뒤숭숭하기도 할 것이다. 키보드를 두드리는 내 손이 굼뜬 것을 그는 개운치 않은 눈초리로 쳐다보았다.

제발 후딱후딱 움직여라, 애늙은이도 아니고 한창 나이에 너는 왜 그렇게 느리니. 뭐든지 빨라야 해.

그녀는 가슴에서 탕탕 소리가 날 정도로 자기 가슴을 치곤 한다. 나는 무엇이든 빨리하지 못한다. 그러나 나 역시 컴퓨터는 처리 속도가 빠른 게 좋다. 빨리빨리 움직여라, 이 괴물아. 뭘 그렇게 벌벌 주무르고 있냐, 절대로 틀릴 수가 없다는 컴퓨터 주제에. 인간의 능력과는 비교할 수 없을 정도로 뭐든지 빠르다는 컴퓨터 주제에.

모니터에 얼비치는 최 씨는 내 등만 쳐다보고 넋 나간 듯 멀거니 앉아 있다. 최 씨 옆 자리에 나란히 앉았던 송 군이 일어서는 게 보인다. 전면 유리벽으로 다가가더니 그는 이번엔 입김까지 하하 불어 가며 본격적으로 유리를 닦기 시작한다. 모니터에 얼비치는 그의 활갯짓이 이젠 자못 심각하기까지 하다. 사장이 가 버렸는데 그는 왜 유리벽에 다시 매달렸을까. 사장에 대한 험구를 자신도 만만찮게 거들었다는 사실을 머릿속에서 말끔히 지워 버리고 싶은 것일까. 유리에 얼룩진 지문을 닦아 내듯이.

포맷 컴플리트. 완료되었습니다. 포맷 언아더?

그래, 뭐든지 지워 버려라. 다 지워 버려라. 모든 것이 처음처럼 깨끗해질 수 있다면. 처음이 깨끗한 것이라면. 처음부터 깨끗한 것이라곤 아무것도 없다. 갓 태어난 아기라 할지라도 엄마 자궁에서 쏟아진 양수로 뒤발했다더라. 대문 옆방의 숙이 엄마가 애를 낳았을 때 그녀가 산간(産看)을 했다.

미끈미끈해서 잡을 수가 있어야지. 얼마나 앳물이 많은지.

방에 들어와 양말을 벗어 터는 그녀는 왠지 기분이 찝찝한 듯했다. 애를 잠깐 놓쳤는데…… 뭐 다치지는 않았다고 했다. 그녀가 탯줄을 자르고 태운 숙이 동생은 사내아이다. 이번 여름에 두 돌이 지났는데 아직 걷지를 않는다. 늦되는 애가 얼마나 많간? 누구 입에서 말 한마디 비칠라치면 그녀는 펄쩍 뛴다. 숙이 엄마는 제 아이 역성을 들어 주는 그녀를 무조건 좋아한다. 숙이 동생은 아직까지 이름도 없다. 하루 종일 천장만 보고 누워 있다.

글쎄, 난 쟤한테는 공연히 정이 간다고. 내가 받은 애라 그런가 봐. 그때 내가 칠성판에 애를 얹어서 머리에 이고 방 안을 돌았어야 하는 건데. 그랬으면 쟤가 총기가 있을 텐데. 괜히 남의 집 귀한 종자 조심스러워서 말이야…….

내가 대학 시험에 떨어졌을 때에도 그녀는 칠성판 얘기를 또 했다.

느이 아버지 집에서 동네 산파 여자를 불러다가 너를 낳았거든. 밑으로 피를 철철 흘리면서도 칠성판에 너를 얹으라고 내 얼마나 그랬는 줄 아니. 방문 열고 들여다보더니 무슨 짓이냐고 펄쩍 뛰더라고, 느이 큰에미란 것이. 무식하다나? 그렇게 유식한 것이 왜 아들은 못 낳아? 그렇게 잘난 것이 왜 다리 한쪽은 짧아? 느이 아버지도 쯧쯧거리며 마당에 섰고. ……우리 고향에 김중이라고, 판사 아니니. 인물도 훤한 게 얼마나 좋다고. 그 애 낳았을 적에 그렇게 얹어 돌았거든, 친할매가 직접. 칠성판에 얹어서 머리에 이고는 방 안을 일곱 바퀴. 그렇지, 탯줄 끊은 그 자리에서. 머리가 비상 안 하냐. 판사도 이젠 무언 판사라더라? 삼신할매가 그 자리에서 점찍는 거라. 오죽하면 똑똑한 사람 보고 머리가 잘 돌아간다 안 하냐.

사장의 고정 메뉴가 신라장 골목 입구 노들 카페의 메리라는 것은 최 씨의 입에서 나온 소리였다. 대가리에 피도 안 마른 송 군까지 다 아는 사실을 나만 까맣게 몰랐던 것이다. 보름 전 그러니까 전달 8월 말까지만 해도 나는 사장이 그런 인물인지 전혀 몰랐다. 하기야 나는 여기서 일한 지가 지난 7월 초부터였고 또 내 할 일이 애프터서비스라 출장이 대부분이니 10시경부터 거의 외근이기는 했다. 그래도 나는 사장이 골목 안 신라장 주인하고 친하거나 해서 바둑이라도 두러 매일 그리로 가는 줄로만 알았다.

그거 물갠가 봐, 어떻게 그래 만날 지치지도 않고.

거기 비디오가 기막히대요. 그것도 만날 바뀐다고 그러더라고요. 화끈한 걸로요. 동두천에서 직송한대요.

이놈은, 이 대가리에 피도 안 마른 놈이 벌써부터.

아이고 거 손버릇하고는. 왜 툭하면 머릴 때려요? …….

카페에 들르면 그년 나도 슬슬 건드리곤 했는데 이상하지, 사장이 데리고 논다니까 켕기더라고. 고년도 요새 안면 싹 바꾸고 말이야. 더러워서. 어차피 술집 년 아니야? 요전에는 사장이 입맛 돋운다고 카페의 딴 애를 건드렸더니 그게 컵을 던지며 암상을 부렸다는 거야. 왜 그날 있잖아? 사장이 눈 밑을 뭐 어디에 긁혔다고 한 날. 메리 제가 조강지처야 뭐야. 그 꼴에 샘은? 하긴 고런 암팡진 년이 갖고 놀긴 더 짜릿할 거구먼. 사장 마누라, 그 쑥 같은 새퉁이.

집에 있던 희숙이 년만 그저 눈앞에서 내쫓으면 되는 줄 알고.

세상 다 그렇죠, 뭐. 알고 속고 모르고 속고. 돈 있겠다, 마누라 고물이겠다, 사내가 안 그러는 게 고자지.

이제 와서 내가 이런 일로 사장에게 새삼 실망했다거나 불결한 놈이라고 흥분한 것은 아니다. 처음부터 사장에게 기대 같은 건 없었으니 실망이랄 것도 없었다. 그리고 청결한 것으로 말하자면 사장은 오히려 지나칠 정도다. 머리부터 발끝까지 반들반들한 데다가 신선한 향수 내도 가끔씩 난다. 더러운 것은 우리 엄마다. 그녀는 손을 씻지 않는다.

물일이라면 지긋지긋하단 말이야.

방 걸레를 만지던 손을 치맛자락에 쓱쓱 문지르고는 그냥 나물을 무친다. 그리고 그 손으로 상을 본다. 그녀가 만지는 상 바닥이나 그릇이나 윗목에 놓인 14인치 텔레비전 채널에는 언제나 기름기가 겉돈다. 항상 미끈미끈한 숟가락으로 밥을 먹고 기름기가 둥둥 뜬 물을 마시는 나에 비하면 사장은 몸속까지 나보다 더 청결할 수도 있다. 그렇지만 이건 깨끗하고 더럽고의 문제가 아니다. 나는 사모님에게 전화한 것을 후회하지 않는다. 사장은 바람을 피울 수도 있다. 그러나 적어도 그 사실을 부인이 알고 있어야 한다. 자기 남편의 일인데, 모든 사람들이 다 알고 손가락질들을 하고 있는 터에 마누라만 모르고 있다는 것은 말도 안 된다. 사장의 이중적인 생활을 누군가가 알려줘야 마땅한 일 아닌가. 겉으로는 모르는 척 눈 감아주는 옆 사람들에게 모두 책임이 있다. 속으로는 짐승 같은 놈이라고 있는 대로 경멸하면서 겉으로는 사장님, 사장님하고 변죽을 맞쳐 주는 놈들이 잘못이다.

사장 부인 역시 우리 집 변소 같은 여자다. 속으로는 썩어 널브러지면서도 겉만 반반하게 꾸미려 하고 있다. 도와줄 가치가 이미 없는 여자인지 모른다. 썩은 나무로 삐걱거리는 변소 바닥을 비닐로 덮어 놓기만 했다고 그걸로 말짱하지 않은데 그것들을 모른다. 우리 집 변소 바닥은 언제 어느 때 가라앉을지 모른다. 직장을 잃게 되면 나는 그 변소가 있는 집에서 하루 종일 있어야 한다. 그러나 나는 후회하지 않는다.

그 좁은 집에서 삐댈 것이 아니라 너 혼자는 여기 와 있어도……. 어떠냐? 영희 시집가고 나면 건넌방도 빌 테니까.

희멀끔한 얼굴의 아버지는 내게 의향을 물으면서도 눈은 매운탕 찌개를 퍼서 나누는 큰엄마의 얼굴에 가 있다.

……글쎄, 그것도 좋겠네요. 영석아 네 생각대로 하렴, 우리도 적적하니까.

대화는 더 이상 계속되지 않았다. 옆에 앉은 영희 누나 역시 숟가락질만 열심히 해 댔다. 영희 누나와 나는 여섯 살 차이다. 큰엄마는 누나를 낳은 후 2년 만에 아기집을 떼어 냈다. 자궁외임신이 되어 하마터면 목숨을 잃을 뻔했기 때문이다. 원래도 오목조목하게 생긴 영희 누나는 요새 더더욱 예뻐진다. 영희 누나는 혼처가 정해져서 오는 12월에 시집을 간다. 상대는 같은 초등학교에 근무하는 선생인데 시댁이 충청도 어디라 했다.

대청마루 소파 옆에 차렸던 저녁상이 치워지고 소파에 앉아 과일을 깎는 큰엄마의 얼굴은 무언가 골똘히 생각하는 눈치였다. 아버지는 미군 방송을 시청하면서 과장되게 고개를 끄덕거리고 있다. 나는 공연히 심사가 시틋하여 안방으로 들어갔다. 아랫목에 반으로 개켜 있던 요를 펴고 누웠다.

아버지는 매주 목요일 저녁 7시경에 우리 집에 들른다. 그리고 대개 8시경이 되면 온다 간다 말 대신 헛기침을 몇 번 하고는 이내 돌아간다. 매달 첫 번째 목요일에 아버지는 생활비를 방바닥에 놓고 간다. 그리고 나는 매주 토요일 저녁에 큰집에 들른다.

영석이 왔구나. 별일 없었니?

문을 따 주는 큰엄마의 목소리는 언제나 따사롭다. 대청마루에 서 있는 아버지는 대개 잠옷 바람이다. 미군 부대에 나가는 아버지는 주 5일 근무다. 큰엄마와 나란히 집 안에 들어서는 나를 보는 아버지의 얼굴에는 은근한 안도의 빛이 서려 있다. 저녁밥은 언제나 아버지, 큰엄마, 영희 누나와 함께다. 큰엄마의 목소리는 여리다. 몸집도 작고 얼굴에는 주름살도 별로 없이 곱게 늙는 형이다. 다리를 약간 절름거리는 것이 흠일 수도 있겠지만 그 역시 주위 사람들로 하여금 동정을 불러일으키는 이점이 되기도 한다. 엄마가 큰엄마의 반만큼만 얌전하고 교양이 있었으면 얼마나 좋을까. 엄마를 대하는 아버지의 태도가 예나 지금이나 냉랭한 것을 나는 한편으로 당연하다고 생각한다.

요는 푹신하고 아늑했다. 몸이 께느른한 게 잠이 올 것 같았다. 그러나 잠이 들면 안 되었다. 집에 돌아가야 했다. 우리 집의 내 요는 눅눅하고 딱딱하다. 그나마 다리께는 솜이 한쪽으로 뭉쳐서 아예 따로 돌아다닌다. 나는 겨울에 덮는 밍크 담요를 그 위에 깔고 잔다. 그러면 한결 덜 배긴다.

햇빛에 말린들 뭐 하니. 솜을 새로 둬야지. 솜 새로 살 바에야 침대 들여놓지.

그녀는 시큰둥하게 말한다. 그러나 침대를 들여놓으면 우리 방은 밥상도 들여놓지 못한다. 밥상은 뭐 하러 들여놓니. 쪽마루에서 먹지. 그녀는 그렇게 말할지 모른다.

너 뺏기면 나는 칵 목 따고 죽는다.

그녀의 벌건 얼굴이 떠오른다. 큰집에 내가 들어와 산다는 것은 이루어질 수 없는 꿈이다. 그녀는 절대로 나를 내놓지 않을 것이다.

밤 9시쯤, 내가 돌아갈 시간이 되면 큰집 식구들은 으레 자고 가라고 나를 붙잡는다. 그러나 나는 자고 갈 수가 없다. 전에 한두 번 큰집에서 자고 왔다가 혼이 난 적이 있었다. 그녀는 내가 올 때까지 술을 퍼질러 마신다. 술이 센 그녀도 밤새 술을 마셔 대면 방이고 마루고 엉망이 된다.

너 뺏기면 나는 이 자리에서 칵 목 따고 죽는다.

그녀는 붉은 눈으로 과도를 휘두르며 그렇게 말했다.

이년의 팔자. 알지도 못하는 년한테 남편 뺏기고 자식 앗기고.

그녀는 아버지가 가고 난 목요일 밤과 내가 큰엄마를 만나러 가는 토요일 밤에는 항상 취한다. 술병을 빼앗으면 그녀는 비실비실 웃으며 흐느적댄다.

그럼 그렇지, 너는 내 편이지? 언제까지고 너는 내 편이지? ……영석아, 나중에 제사를 지낼 때라도 행여 그년 밥은 떠 놓지 마라. 이렇게 내 가슴에 대못을 박고. 니 애비도 천하 불상놈이다. 뒤를 이을 아들은 내 배에서 났는데 지가 어디를 헤매고 다녀? 계집 치마폭에서 헤어나질 못하고. 고년의 옴팡눈 때문이야. 옴팡눈이 사내를 그렇게 호린다는구나. 나는 왜 이렇게 못났다니.

 엄마를 씨받이로 받아들여서 대를 이어 보자고 마음먹은 아버지와 큰엄마가 계산을 크게 잘못한 거다. 그녀는 절대로 나를 내놓지 않는다. 죽어서 귀신이 되어서도 그녀는 내게서 떨어져 나가지 않는다.

 미군 부대 잡역부인 아버지의 생활비는 양쪽 집으로 갈라진다. 큰엄마는 결혼할 때부터 꽤 돈이 있었다고 했다. 지금 사는 큰집도 큰엄마가 무남독녀라 친정에서 물려받은 것이라 했다.

 봐라, 친정 잘 두니까 기세가 등등하지 않냐. 찔뚝이 주제에…….

 그녀는 큰엄마 얘기만 나오면 입에 게거품을 문다. 그녀는 외삼촌 명의의 논마지기가 항상 눈앞에 어른거린다.

 흉악한 올케 넌 문서 딱 움켜쥐고 뵈 주지도 않는다야. 한 번 보기만 하자는 데도……. 핏줄이 많기나 하냐. 온 천지에 남매 단 둘인데 오라비란 인물부터가 내가 다니러 가면 그저 뭐나 없어지지 않나 눈이 벌개 가지고.

 영석아, 느이 큰엄마한테 잘해야 한다.

 몇 달에 한 번씩 올라와 쌀말을 두고 가는 외삼촌이 도리어 그렇게 말한다. 그녀가 씨받이를 자청했다고 했다. 아무도 데려갈 사람 없는 혼기 놓친 동생을 그래도 처녀 귀신이나 면케 해 주자고 외삼촌도 응했다고 했다.

어린 게 뭘 알아? 느이 외삼촌이 쌀 다섯 가마니로 나를 팔았지. 내가 그러겠다고 한들 그게 오라비로서 할 짓이야? 이렇게 평생 내 눈에서 피눈물 날 줄 알고도. 못된 올케 년이 시누이 거두기 귀찮아서 그런 거지 뭘 그래.

고추를 덜렁 달고 나온 나를 본 순간 그녀는 절대로 아이를 내어 줄 수 없다고 생각했다.

수고했네, 우리 집안의 대를 이어 줘서.

생모 젖이 채 돌기도 전에 차비를 쥐여 내치려는 큰엄마에게 그녀는 꿍꿍이셈을 안고 이삼 일만 쉬었다 가기를 청했다고 한다. 그녀가 야반도주를 한 것은 사흘째 되는 날 밤이었다. 동도 안 튼 새벽에 핏덩이를 안고 귀신같이 들어서는 그녀를 보고 외삼촌은 놀라 꾸짖었지만 그녀는 콧방귀도 안 뀌었다. 날이 밝자 큰엄마가 이내 외삼촌 집으로 쫓아와 눈물을 뿌렸을 때 그녀는 큰엄마를 향하여 휘이휘이 소금을 뿌렸다.

큰집에서 그들과 화기애애하게 얘기를 나눌 때는 친엄마가 없어졌으면 하고 바란 적이 한두 번이 아니었다. 그들과 깔깔거리며 같이 웃다가도 어느 순간 웃을 마음이 거짓말처럼 가셔 버리는 때도 많았다.

왜 그러니? 어디 몸이 안 좋으냐?

모두들 걱정스러운 표정을 지었지만 나는 그들에게 마음을 털어놓을 수가 없었다. 집에 돌아가는 대로 나는 엄마에게 팔뚝을 꼬집혀 가며 큰집 식구가 내게 섭섭하게 해 준 일에 대해 낱낱이 고해야만 했다. 별 꼬투리가 없을 때는 하다못해 음식이 맛없었다는 얘기라도 꾸며 대야 했다.

돼지 불고기? 매친 년, 쌔부러진 돈은 어디다 두고 돼지냐 돼지가. 그래 어떻게 양념했데? 고추장 넣고? 아니면. 그냥 구웠어? 삼겹살로다. 미친년 천하에 득 될 거 없다는 돼지고기는 원.

큰집에서 있었던 낱낱의 장면들을 시시콜콜히 파헤친 다음에는 으레 그녀의 술 취한 넋두리가 밤새 뒤를 이었다.

큰에미란 게 어떤 년인데. 네 탯줄 마르기도 전에 나를 내쫓던 년이다.

큰집에서 나와 집으로 돌아오는 길이면 나는 그녀가 누웠을 눅눅하고 미끈대는 우리 방에 홀라당 불이라도 나서 이미 시꺼먼 숯덩이가 되어 죽어 널브러진 그녀를 붙잡고 통곡하는 내 모습을 상상하며 혼자 즐기곤 했다.

아니 얘가 내 요에, 일어나라. 원 아무리 못 배워 먹…….

나는 반사적으로 벌떡 일어났다. 입을 앙다문 큰엄마는 신경질적으로 몇 번이고 요를 털어 냈다. 퍽이나 찜찜한 모양이었다. 나는 반쯤 열린 방문 앞에서 무르춤하여 그녀의 행동을 바라보았다. 소파에 앉았던 아버지가 일어나 방을 들여다보았을 때 큰엄마는 여느 때와 다름없는 여린 목소리로 돌아와 따사롭게 말했다.

젊은 애가 아무 데서나 눕네……. 영석아 너 몸이 어디 안 좋으냐? 허드레 요를 하나 마련해 놔야겠구나.

근근 9시를 채우고 대문을 나서려는데 큰엄마가 누런 피엑스 봉지를 가슴에 안고 바래다주기도 할 겸 골목 어귀 슈퍼에 볼일이 있다며 따라 나섰다.

느이 아부지가 빼 오는 물건들도 요새는 그리 찾는 사람이 없어. 수입 자유화가 다 돼 갖고는 실속도 없고.

미군 부대에서 사오는 식료품들을 동네 슈퍼에 되넘겨서 버는 돈이 꽤 푼푼한 모양이었다.

영석아, 너…… 지금 있는 집이 불편하지는 않지? 그래, 누구나 자기 사는 집이 제일 편한 법이지, 좋거나 나쁘거나. 이제 너도 다 커서 돈도 벌고 하는데 쓸데없이 우리 같은 늙은이 간섭 받기도 싫을 거고. 네가 이렇게 훌륭하게 커 줘서 내가 항상 마음이 좋다. ……그래, 뭐 영석이 네가 굳이 생각이 없는데 우리 집에서 같이 살 거야 있니? 적적해도 내가 참아야지.

수은 가로등의 불빛이 연극 무대처럼 빤하게 골목 모퉁이를 밝히고 있었다. 초가을 바람이 제법 산산했다. 몇 마리 남지 않은 부나비들이 수은등에 부딪쳐 탁탁 소리를 냈다.

너도 직장 다니느라 몸이 피곤한데, 토요일마다 올 거 있니? 내가 마음이 안돼서. 느이 아버지도 목요일마다 그 도봉동 꼭대기 올라가시는 거 이젠 힘에 부치는 모양이더라. 생활비야 네가 가져가도 되는 거고……. 이젠 너도 꽤 벌지 않니? 요새 컴퓨터 기술자가 인기라던데.

골목 앞 슈퍼에 이를 때까지 그녀는 독백하는 배우처럼 혼자서 조근조근 말을 이었다. 누런 식료품 봉지를 내게서 다시 받아 안으며 그녀는 차 조심 하라는 자상한 당부를 잊지 않았다. 바로 전주 토요일의 일이었다.

포맷은 끝났다. 이젠 시스템 입력이다. 빌어먹을 놈의 치과 의사, 썩은 이나 틀림없이 잘 뽑아라. 키보드를 두드리는 손바닥에 땀이 괴어 온다. 바지 자락에다 손바닥을 비벼 댄다. 저번에 대학생 녀석 하드에 데이터를 저장할 때는 입력을 하고 컨피그할 줄을 몰라서 곤욕을 치렀다.

잘하는 사람도 실수는 많다고.

사장은 그렇게 말했다. 그러나 내가 정식 기사가 아닌 건 언제고 들통이 날 것이다. 정신병원의 제 선생님조차 그러지 않던가.

박 기사는 대학 나온 사람 치고 무척 어려 봬요. 1급 기사 자격은 해당 학과 4년제 끝내야 얻지요?

내가 정식 기사가 아닌 것을 알면 제 선생님은 어떤 표정을 지을까. 내 월급은 한 달에 20만 원이다.

그럼요, 컴퓨터 1급 기술자가 나가지요. 물론 정식 기사고말고요.

호탕하게 웃는 사장은 내가 정식 컴퓨터 기사 자격증을 따지 못한 것을 원래부터 알고 있다. 그래도 매번 1급 기사라고 소개한다. 정규 대졸 1급 기사 같으면 20만 원 가지고는 어림도 없다. 나보다 두 살 어린 송 군은 단돈 10만 원을 받는다. 작년에 상고를 나와 지난봄에 전산 학원에 등록한 그는 기사는 아니라도 기능사 자격을 딸 수 있다고 꿈에 부풀어 있다. 그러나 자격증은 쉽게 따지는 것이 아니다. 사장은 그것을 잘 알고 있다. 그는 우리를 데리고 적당히 눙치는 것이 훨씬 이익이라고 생각한다. 나는 항상 마음이 조마조마하다. 세상에 비밀이라곤 없다. 탄로는 언제고 나게 되어 있다. 그 걱정을 집에서 그녀에게 털어놓은 것이 잘못이었는지도 모른다.

그게 왜 네가 걱정할 일이냐. 네가 그만큼 실력이 있으니까 사장이 그렇게 말하는 거지. 너도 당당히 컴퓨터 기사라고 말해. 당연하잖아. 사장 체면을 봐서도.

그날부터 그녀는 내가 컴퓨터 최고 1급 기사라고 마구 떠벌리고 다닌다. 그녀는 신이 나서 죽을 지경이다. 기사라고 옆에서들 불러주기만 하면 없던 기사 자격증이 그냥 따진다고 생각하는 모양이다.

전산 학원을 다니면서도 나는 항상 자신이 없었다. 목젖이 부어라 떠들어 대는 강사 선생의 말을 나는 잘 쫓아갈 수가 없었고 고개를 끄덕대는 다른 학생들 틈에서 차마 이거 다시 한번 하고 넘어가자는 말을 할 수 없었다. 너를 낳자마자 칠성판에 이고 돌았어야 하는데. 느이 큰에미가 웬수라니까. 그녀는 못내 그것이 억울하다. 더욱이나 옆방 새댁으로부터 애들 머리는 아빠가 아니라 엄마를 닮는다는 말을 듣고 그녀는 벌컥 화를 냈다. 내가 그럼, 그 찔뚝이 영희 에미보다도 바보란 말이야? 우리 영석이가 늦게 트이는 애라 그렇지 머리가 얼마나 비상한데.

기죽을 거 하나 없다, 사내자식이. 어디다 내놓은들 그깟 짝 찢어진 계집년하고 비해? 뭐니 뭐니 해도 넌 이렇게 두둑한 밑천이 있잖니?

그녀는 낮이고 밤이고 내 가운뎃다리를 거머쥔다. 바닥을 알 수 없는 그녀의 늪으로 다리는 깊이 빠져 들고 나는 뒤집어쓴 이불 속보다도 더욱 깜깜한 좌절로 부들부들 떨며 자맥질을 계속한다. 돌아누워 한숨을 내쉬는 그녀의 등짝에도 후회스러움이 깊이 배인 건 마찬가지다.

쌔부러진 계집년들 후려 갖고 궁둥이나 펑펑 차 주고 다녀라, 너는.

골목 안집 경희하고 내가 좀 친해졌을 때 그녀는 비상한 관심을 보였다. 내게는 별말이 없었는데 경희에겐 필요 이상으로 꼬치꼬치 캐묻곤 했던 모양이다. 그 애와 내가 서로 시큰둥하여 헤어져 버리자 그녀는 기다렸다는 듯 떠벌리고 다녔다.

영석이 안목이 얼마나 높은데 그깟 년이 꼬리를 쳐, 그 인물로다?

그녀는 내가 결혼하기를 원치 않는다. 말로는 우리 아이 색싯감 좀 구해 보라지만 내심은 그게 아니다. 막상 여자 애들이 접근하면 어쩌나 그녀는 불안하기 짝이 없다.

"최 씨."

김 과장이 운전사 최 씨를 부른다. 모니터 안에 웅크리고 있던 최 씨의 검은 몸피가 갑자기 커진다. 나는 화들짝 놀라서 컴퓨터를 꺼 버렸다. 하드에 시스템 입력은 벌써 끝난 상태였다. 괜히 꾸물거리던 중이었다.

"은행 좀 다녀오지."

김 과장의 책상 앞에 다가서던 최 씨가 나를 흘끗 돌아본다. 안됐다고 생각하는 것일까. 그는 은행에서 내 반달치 월급을 찾아올 것이다. 그러고 나면 김 과장이 냉랭한 얼굴로 그것을 내게 쥐여 줄 것이다. 그러면 나는 어떻게 해야 하는가. 최 씨가 채 움직이기 전에 내가 먼저 황급히 출입문에 다가갔다.

"잠깐 다녀올 데가 있어요."

바깥쪽 유리를 닦던 송 군이 물끄러미 나를 쳐다본다. 조금 있으면 그녀가 경수 엄마와 함께 올 것이다. 그러나 나는 더 이상은 배겨 낼 수가 없다. 불쌍한 그녀. 하루만 빨랐어도 그녀는 돈을 꿀 수 있었을 텐데. 모두 다 내 탓이다.

찻길을 따라 걷기 시작한다. 그들이 내 등 뒤에서 손가락질을 하며 뭐라고 떠들어 댈지 나는 환히 다 알고 있다. 내가 문을 나서자마자 그들은 제각기 일손을 놓고 모여 앉아서 침을 튀기며 열을 올릴 것이다.

주제넘은 녀석, 할 말이 따로 있고 못 할 말이 따로 있지. 어디다 대고 그게.

사장이 지한테 뭘 잘못했어? 제 계집을 뺏었나, 제 에미를 건드렸나. 미친 놈, 그거 분명히 제정신 아니지?

저 정신병원에 드나들 때부터 이상했다니까요. 거기만 가면 숨쉬기가 편안하다느니, 거기서 어떤 신사를 만났는데 정말 훌륭한 사람이라느니 안 그랬어요?

차 클랙슨 소리가 갑자기 귀를 때린다. 왕복 2차선 도로는 좁고 답답하다. 병원 옆 골목에서 나오는 승용차가 주춤거리며 도로로 내려서는 중이다. 차도에 밀리기 시작하는 서너 대의 영업용 택시와 트럭들이 마구 경적을 울려 댄다.

사람들은 참을성이 없다. 자기 앞길을 잠시라도 누가 가로막는 듯하면 미친 듯이 열을 올린다. 모두들 잔뜩 인상을 쓰고 산다. 남에게 호락호락하게 보이지 않으려고 목에 힘을 잔뜩 넣고 우악스러운 표정으로 살아간다. 이런 때 경찰이 나타나서 깔끔하게 교통정리를 해 주면 얼마나 좋을까. 어렸을 때부터 나는 교통경찰이 되고 싶었다. 직진, 우회전, 좌회전, 정지, 거울 앞에서 팔을 흔들며 교통 정리하는 시늉을 열심히 하곤 했다.

밀렸던 차들이 서서히 움직이면서 경적은 겨우 그친다. 길 건너편으로 병원의 블록 담장이 눈에 들어오기 시작한다. 담장 너머에는 제 선생님 연구실이 있는 흰 본관 건물이 납작하게 엎드려 있을 것이다.

그거 참 이상한 일이야. 왜 내가 할 때는 안 되다가 박 기사가 오기만 하면 컴퓨터가 말을 듣지?

미안쩍은 표정으로 배시시 웃던 제 선생님은 잇바디도 가지런하니 고왔다.

공중전화 부스 앞에 다다르자 저절로 발이 멈추어진다. 어제, 사장 부인에게 전화를 했던 데다. 사장 부인이 매장에 나온 것을 언젠가 나는 한 번 본 적이 있다. 성질이 깐작깐작하고 암상을 심하게 떠는 작달막한 여자였다. 내가 그 여자를 동정하거나 그 여자에게 호감을 가져서가 결코 아니다. 어쨌든지 그녀에게 전화한 것을 나는 후회하지 않는다. 누군가가 해야 할 일을 했을 뿐이다. 장국환 씨도 그것이 당연하다고 말하지 않던가. 457에 9055. 장국환 씨의 전화번호는 도대체 어디가 틀린 것일까. 어제 사장 부인에게 전화하기 바로 전에도, 전화를 끊고 나서도 나는 장국환 씨에게 터질 듯한 가슴을 겨우 억누르고 전화를 걸었다. 장국환 씨는 거기 없었다.

공중전화 부스 안에서 껌을 씹으며 전화를 하던 여자가 유심히 나를 바라본다. 내가 그녀를 똑바로 쳐다보니까 고개를 슬며시 돌린다. 그러다 어느새 곁눈으로 힐끔대며 다시 나를 살피기 시작한다. 공중전화 부스에서 말 한마디 잘못했다가 칼부림을 당했다는 신문 기사를 여자도 본 것일까. 내게는 칼이 없다. 물론 칼을 들이댈 용기도 없다. 여자의 투실한 양어깨는 이상하게 부풀어 있다. 윗옷 어깨에 큼직한 퍼프를 넣었기 때문이리라. 모두들 본래의 자기보다 부풀려 보이기를 좋아한다. 동화책에 나오는 맹꽁이 제 배 키우듯 크게 보이려고 용을 쓴다. 빤빤한 그녀의 뺨도 그렇다. 부푼 빵에 든 가스처럼 찌르면 피도 안 나고 공기만 포옥 빠져 나올 것 같은 기분이 든다. 그러고 나면 그녀도 자기 몸피에 딱 맞는 옷을 입게 되리라.

공중전화 부스 속의 여자는 입술이 새빨갛다. 두 눈두덩은 보라색으로 진하게 칠했다.

어때, 예쁘지? 맘에 들어?

가성의 간드러진 웃음소리를 내며 엄마는 뾰족하게 날이 선 손톱을 내 코앞에 들이댄다. 그녀는 길게 손톱을 길러 새빨간 매니큐어 칠을 하고 다닌다. 손톱 밑에 새까맣게 낀 때를 그녀는 밤에 텔레비전을 보며 귀이개로 파낸다.

사람은 일단 꾸미기 나름이야. 계집은 더 더욱이 말할 것도 없고.

정신병원에서 연극을 하던 지영은 얼굴이 예뻤다. 고등학교 때 학교에서 친구들의 연극을 본 걸 빼고는 나는 연극 구경이 그게 처음이었다. 지영의 발그레한 뺨은 홀쭉하니 참 고왔다. 전화를 하며 껌을 씹어 대는 저 여자의 뺨과는 전혀 달랐다. 그녀는 혼잣말처럼 힘없이 중얼거렸다.

난 아직 어리잖아요. 아무것도 모른다고요.

그녀는 적어도 자신의 몸피에 맞게 사는 여자다. 그러나 나는 지영 같은 여자도 별로다. 제 선생님 타입이 좋다. 어딘지 모르게 푸근하고 지적인 여자가 좋다.

또 경적이 울린다. 좁은 도로에서 차들이 밀리는 틈을 타서 트럭이 옆으로 끼어들었다. 택시와 트럭 기사 간에 언성이 높아진다. 길을 지나는 행인들이 걸음을 멈추고 재미있다는 듯 힐끔힐끔 그들을 쳐다본다. 내가 웬만치 공부를 잘했더라면, 그리고 마음대로 내 진로를 선택할 수 있었더라면 나는 교통경찰이 되었을 것이다. 입에는 호루라기를 물고 찻길 한가운데 똑바로 서서. 오른손을 뻗쳐 왼쪽으로, 고개도 단호하게 왼쪽을 향한다. 좌회전, 우회전, 직진, 정지, 건너가시오. 저까짓 우스꽝스러운 신호등은 필요 없다. 차들은 질서정연하게 움직인다. 차고 사람이고 시비 붙을 것이 없다. 그런데 요새 경찰은 그러지 않는다. 기껏해야 전봇대에 붙은 신호 조작기 옆에서 수동 조작을 하거나 아니면 골목에 슬쩍 숨었다가 신호 위반하는 차들을 적발하여 딱지를 떼는 척하고 돈을 긁을 뿐이다. 그들도 나처럼 무자격자인 것일까. 그래서 당당하게 찻길에 나서지 못하는 것일까.

"여기서 뭐 하는 거야?"

깜짝 놀라서 옆을 쳐다보았다. 운전사 최 씨다. 손에는 누런 은행 봉투가 쥐어 있다. 내 월급 반달치를 찾아 가지고 오는 것이리라.

"좀 볼일이 있어서요."

나는 전화 걸 순번을 기다리고 있었다는 듯 공중전화 부스를 가리켰지만 부스는 비어 있었다. 거리의 차들을 바라보고 있는 동안 전화를 걸던 여자는 어느새 가 버리고 없었다.

"어디다 또 걸려고?"

최 씨의 눈빛이 비상하게 흔들린다. 나는 부스에 올라서려다 멈칫했다.

"아니요, 참 걸 필요는 없을……."

되지도 않는 말을 횡설수설하다가 하릴없이 부스에서 내려선다. 나는 전화를 어디에 하고 싶었을까. 콧수염의 신사 장국환 씨의 전화번호는 엉터리다. 457에 905 그리고 5. 어디가 틀린 것일까. 허둥지둥 맞은편으로 길을 건너기 시작한다.

"병원에 볼일이 있어서요."

나는 뒤를 돌아보며 큰 소리로 외친다.

"병원? 병원엔 왜?"

최 씨도 맞고함을 친다. 정체되어 느릿느릿 움직이는 차들 사이를 헤집으며 나는 소리를 질렀다.

"하여간 좀 이따 들어갈게요."

병원 정문 앞에서 건너다보니 최 씨는 여전히 알아듣지 못한 듯 찜찜한 얼굴로 나를 쳐다보고 있다. 마침 차들이 빠지기 시작한다. 속력을 내기 시작하는 봉고와 트럭들로 최 씨의 몸체가 희끗희끗 가려진다. 구구하게 이유를 말하려야 할 수도 없다. 나 스스로도 병원에 왜 가는지 모르지 않는가.

병원 정문으로 서슴없이 발을 들여놓는다. 순간 불현듯이 마음이 편안해진다.

그래, 여기에 오고 싶었어. 제 선생님이 있는 곳.

흰 가운의 제 선생님은 공주를 닮았다. 청결, 정돈, 아늑함, 믿음, 미소. 그런 좋은 낱말들은 모두 제 선생님 곁에 모여 있다. 그리고 어쩌면 오늘쯤은 등나무 밑 벤치에 장국환 씨가 나타날지도 모른다. 직장에서 떨려 나면 일부러 여기 오기도 힘들 것이다. 음습하고 눅눅한 우리 방에 하릴없이 누워 있으면 이곳이 가장 그리워질지도 모른다.

병원 정문에 들어서면 우선 맞닥뜨리는 화단에 자잘한 이파리들을 풀어헤친 채 서 있는 자귀나무가 나는 항상 좋았다. 오늘따라 왠지 푸른빛이 힘이 없어 뵌다. 내 마음을 알아주기라도 하는 듯이. 하기야 원래도 짙푸른 녹음의 색깔은 아니었다. 지난 7월초, 내가 처음 제 선생님에게 컴퓨터 배달을 왔을 때는 가지마다 소담하게 분홍색 꽃이 피어 있었다. 바람에 살랑대는 폼이 꿈을 꾸듯 환상적이었는데 또 어찌 보면 부연 꽃 색깔하며 흐드러진 솜꽃하며가 정 헤픈 여자의 짙은 화장같이 뵈기도 했다.

자귀나무에서 오른쪽 언덕길로 조금만 오르면 널찍한 등나무 그늘 아래로 흰 페인트칠을 한 벤치가 여럿 놓여 있다. 행여나 기대하던 그곳에 장국환 씨는 역시 없다. 여기 오면 으레 마주치던 두어 명의 낯익은 환자들도 오늘따라 뵈지 않는다. 시간이 이른 탓일까. 몸에서 힘이 빠진다. 주위 사람을 의식하지 않고 대화에 열을 올리던 장국환 씨의 손짓 몸짓이 눈에 선하다.

요의(尿意)가 저릿하게 느껴진다. 등나무 벤치에서 마주 바라보이는 본관 건물 옆문으로 들어선다. 오른쪽으로 방향을 한 번만 꺾으면 복도 벽 높이 매달린 화장실 팻말이 보인다. 병원에 올 때마다 나는 어김없이 이 화장실에 들르곤 했다. 화장실은 한가하다. 오줌이 마렵더라도 나는 계집애처럼 대변 누는 칸막이로 들어가서 변기 하나를 차고 앉는다. 쭈그리고 앉아서 한참을 끙끙거리다 보면 생각 없던 대변이 나오는 경우도 있다. 깨끗하고 튼튼한 타일 바닥의 병원 화장실이 나는 좋다. 진한 소독수 냄새도 역시 좋다.

넌 무슨 똥개 새끼냐? 어디 자리만 옮기면 변소부터 찾더라. 그렇게 냄새를 피워 놔야 마음이 편하냐.

친구들은 아무것도 모른다. 그들은 삐걱거리는 변소를 드나들지 않는다. 본관 건물의 이 화장실은 튼튼하고 깨끗하다. 조그만 타일들로 모자이크 된 바닥부터 벽까지 청결하고 위생적이다. 우리 집 변소는 삐꺼덕거린다. 나무 송판으로 발판을 댄 우리 집 변소는 항상 불안하다. 언제 그 발판이 부러질지 모른다. 나무 송판에 박힌 대못도 녹이 슨 데다 송판이 쪼개어져 못이 오르락내리락한다. 사람들은 왜 그것을 고치려 하지 않을까.

그걸 왜 우리가 고쳐? 주인이 짠돌이라 고쳐 주질 않는걸.

변소는 여덟 가구 스물두 명이 같이 쓴다. 아무도 그 공중변소를 자기 것처럼 고치려는 사람이 없다. 도리어 오물로 더럽혀 놓고도 모른 척 그냥 나오기 일쑤다.

어때? 내 솜씨가? 젠장, 머리들은 뒀다가 장식용으로 쓰나? 나 아니면 다들 죽은 송장들이니. 내 이리 고생한 거 보고도 고맙다는 말 한마디 어느 연놈 아가리에서 안 새나오는구먼.

수돗가에서 그녀는 떵떵거렸다. 변소가 더럽다고 내가 꺼려 하는 것을 알고 그녀가 비닐 장판을 변소 바닥에 깐 것이다. 큰길에 버려진 누런색 방바닥용 민속 장판 쪼가리였다. 오물이 떨어지는 곳만 구멍을 내 둥그렇게 오려 내고 변소 바닥 전체를 세 조각으로 처덕처덕 덮어 버렸다.

똥구멍 삐뚤어진 년들 얼마나 좋아. 똥이 옆에 묻어도 이렇게 물로 씻어 버리면 그만이고.

냄새 때문에 눈까지 아픈 변소 문을 열고 그녀는 물바가지로 물을 끼얹어 가며 사람들 앞에서 시범을 보였다.

나는 그날부터 더 그곳에 갈 수가 없었다. 밤이고 낮이고 비닐 장판 밑에서 나무 송판이 썩는 것을 생각하면 나는 잠도 안 온다. 가뜩이나 바닥이 잘 마르지 않아 삐꺼덕거리던 중이었는데 비닐로 덮어 버리기까지 했으니 송판의 습기는 이제 갈 데가 없다. 물청소까지 마음 놓고 해 댈 테니 푹푹 썩어날 것이다. 그뿐 아니다. 못이 들락거리는 송판의 부러진 바깥 부분을 그나마 나는 조심스레 내디디곤 했는데, 비닐로 덮어 놓으니 그 자리를 정확히 가늠할 수가 없다. 자칫 잘못하여 똥통에 빠지기라도 하는 날에는……. 허리춤을 채 여미지도 않고 마당에 내려설 때마다 나는 탄탄한 땅을 다시 밟는다는 사실이 다행스럽기 그지없다.

꿈에서 나는 변소에 곧잘 가곤 한다. 겉으로 보기엔 깔끔하고 버젓한 건물에 들어갔는데 변소에서 엉뚱한 상황이 벌어지곤 하다. 칸막이 안에 들어가 보면 궁둥이를 들이댈 수가 없도록 칸이 좁아서 대변을 볼 수가 없든지, 아니면 앞쪽으로는 공간이 많은데 변기가 뒤편으로 너무 처져서 똑바로도 뒤로 돌아서도 이용을 할 수 없는 지경일 때가 있다. 어떤 때는 대변 누는 자리가 기찻길처럼 주욱 펼쳐져 있어 여러 사람이 한꺼번에 주욱 앉아 있기도 하다. 비켜 주지 않는 그들 틈서리에 나는 정작 파고들 데가 없다. 변기 구멍 폭이 너무 넓어서 발을 대고 앉을 수 없는 경우도 종종 있다. 그런데도 어느새 남의 똥이 내 궁둥이에 잔뜩 묻어 있다.

꿈에 변소에 갔는데.

그래? 야, 너 오늘 돈 벌려나 보다. 똥 꿈이 원래 돈 아니더냐? 화투짝에도 오동동이 돈이잖니. 너는 똥 꿈을 자주 꾸니까 큰 재벌이 될 거다. 이병철이 정주영이만큼만 되라 잉?

그녀는 헤벌쩍 입이 벌어져 끼륵댄다. 그리고 내 허벅지를 슬슬 쓰다듬으며 살갑게 말을 잇는다.

야야 너 요전 토요일 날 느이 큰에미한테서 용돈 받았지야?

그 말은 그녀가 이미 내 주머니를 뒤졌다는 얘기다. 내 돈을 그녀가 가졌다는 통보일 뿐이다. 그녀는 어디든지 다 뒤진다. 그녀의 눈과 손에서 비켜날 곳은 적어도 우리 집 안엔 없다. 직장에서 쫓겨나면 나는 우리 집에만 있어야 한다. 계집은 그저 예쁘고 볼 일이야. 어디 가나 대접을 받지 않아? 그녀는 쌍꺼풀 수술이 소원이다. 그러나 그녀의 꿈은 이루어지지 않는다. 그녀와 경수 엄마는 언제 올까. 아니 지금쯤 벌써 매장에 들러서 한숨을 쉬며 낙담하고 있을지도 모른다. 그녀는 항상 낮잠을 자지만 신바람이 나는 일에는 번갯불처럼 동에 번쩍 서에 번쩍 한다.

바지춤을 추스르고 나와 세면대에서 손을 깨끗이 씻는다. 제 선생님 방에는 세면대가 설치되어 있다. 언제라도 손을 씻을 수 있는 세면대가 방 안에 있다니. 그래서 그녀는 항상 청결하다. 엄마는 절대로 손을 씻지 않는다. 바닥이 썩어 가는 그 변소에 갔다 오면서도 그녀는 수돗가를 그냥 지나친다.

지겨워. 지겨워. 물일이라면.

그녀는 방 걸레를 만지는 것도 지겨워한다. 방바닥이 지금거려 어쩔 수 없을 때는 빨지도 않고 방구석에 밀어 둔 걸레를 당겨 건성 훔치고는 다시 그 자리로 밀어 놓는다. 걸레에선 썩은 냄새가 난다. 바퀴벌레가 한꺼번에 두어 마리 튀어나올 때도 있다. 걸레가 놓인 방바닥이 우글우글 울다가 갖가지 색의 곰팡이가 핀 지는 벌써 오래다. 그러면서도 내가 대신 걸레를 잡을라치면 그녀는 눈을 부라리며 노여워한다.

사내새끼가 걸레질은. 너 장가가서 그런 일만 해 봐라. 기집년 가랭이를 짝 찢어 버릴 테니.

그녀는 생각만 해도 소름이 끼친다는 듯 몸을 부르르 떨곤 한다. 햇빛이라곤 아침에 그저 반 시간 설핏 들다 마는 우리 방은 끈적끈적하고 음습하다.

이제 어디로 가야 하나. 화장실 문을 열고 복도로 나와 서서 나는 잠깐 양쪽 방향을 살핀다. 복도는 양옆으로 주욱 뻗어 있다. 진녹색 아스타일을 깐 복도는 낡았으나 깨끗하다. 그리고 벽에도 바닥에도 엷은 소독내가 배어 있다. 좌우로도 길은 뚫려 있고 위층으로도 길은 있다. 왕자가 찾는 7단계 문은 어디에 나 있는 것일까. 장국환 씨는 내 앞에 영영 나타나지 않는 것일까.

일단 갈 곳은 한 군데뿐이다. 2층의 제 선생님 방이다. 그녀는 장국환 씨의 행방을 알지 모른다. 그리고 또…… 중요한 일이 남아 있다. 내가 정식 기사가 아니라는 말을 내 입으로 해야 한다. 제 선생님은 실망하리라. 그러나 나는 알려야 한다. 오늘 말할 기회를 놓치면 영원히 기회는 오지 않을지 모른다. 내가 직장을 그만두더라도 진실은 진실이다.

용기를 내십시오. 해야 할 일은 망설이지 말고 실천에 옮기십시오. 군은 이 나라의 양심입니다. 어두운 길을 밝히는 횃불입니다.

하나 둘, 하나 둘. 나도 모르게 발자국을 세고 있다. 보폭을 작게 조심조심. 보폭을 조금만 넓게 잡아도 왕자는 자칫하면 낭떠러지로 떨어진다. 그리고 또 언제 떨어질지 모르는 올가미가 있다. 튼튼한 밧줄로 만들어진 올가미는 왕자를 옴짝달싹 못하게 한다. 제 선생님은 방에 없을지도 모른다. 없으면 얼마나 좋을까. 아무래도 내 입으로 내가 정식 기사가 아니라는 사실을 실토할 용기가 없다. 내가 처음 이 병원에 왔을 때에도 제 선생님은 자기 방에 없었다. 그래서 강당으로 갔고 거기서 장국환 씨를 만날 수 있었다.

나는 영석 군이 어떤 사람인지 잘 알아요, 자 힘을 냅시다.

그의 믿음 직한 눈빛이 보고 싶다. 그의 당당한 목소리도 듣고 싶다.

장국환 씨, 소독내가 배인 건물, 깨끗하고 튼튼한 화장실, 지영의 연극, 제 선생님의 가운 자락 밑으로 언뜻 보이던 속치마의 섬세한 레이스. 제 선생님의 서늘한 눈이 보이는 듯하다. 그녀와 관계되는 모든 낱말들을 나는 얼마나 가슴 깊이 좋아했던가. 내가 제 선생님을 얼마나 좋아하는지 그녀가 안다면. 그러나 그것은 허황된 꿈이다. 나는 제 선생님 앞에서 절대로 그 비슷한 얘기조차도 비치지 않는다. 물론 앞으로도 그럴 것이다. 나의 감정이 그녀에게는 쓸데없는 부담이 될 뿐이다. 그녀가 나에게 지금보다 더 가까이 다가온다 하더라도…… 내가 뒤로 물러설 수밖에 없다. 그녀는 내게서 실망만 거듭할 테니까. 정말이지, 나는 그녀 앞에 버젓이 내세울 아무것도 없다. 그러나…… 아름다운 경치 앞에 서면 나는 나도 모르게 주위를 살핀다. 당연한 줄 알면서도 내 옆에 그녀가 없는 것이 섭섭하다. 어쩌다 오른 집동네 언덕에서 붉게 지는 저녁 해를 바라볼 때, 소나기가 쏟아진 후 깔끔해진 낯선 아파트 단지 모퉁이에서 저만치서 걸어오는 여자가 행여나 그녀이기를 나도 모르게 간절히 바라곤 한다. 나는 방 안에 누워서도 그녀를 상대로 변변히 용두질도 못 한다. 그녀는 내 몸뚱이 밑에 깔려서 헐떡일 더러운 정욕의 대상이 아니다. 허공에 떠 있는 별처럼 그녀는 내게 잡히지 않는 먼 이상일 뿐이다. 마음속에 있는 나의 별을 그리는 마음은 이 세상의 아무도 건드릴 수 없다. 엄마도, 본인인 제 선생님마저도 간섭할 일이 아니다. 나는 그녀에게 아무것도 바라지 않는다. 그녀가 나랑 같은 하늘 밑에서 숨 쉬고 살아간다는 사실만으로 나는 가슴이 저리다. 내가 진심으로 좋아하는 여자가 이 세상에 실재한다는 것만으로 나는 더 이상 바랄 게 없다. 드디어 제 선생님의 방문 앞이다. 자 두드리자. 7단계로 통하는 출구가 여기인지도 모른다. 두드려라, 그러면 열릴 것이오…….

"예, 들어오세요."

나는 소스라치게 놀랐다. 그러나 이젠 별 도리가 없다. 나는 조용히 문의 손잡이를 돌린다. 제 선생님은 큼직한 사무용 책상 앞에 반듯이 앉아 있다.

"으응, 박 기사, 마침 잘 왔네. 그러지 않아도 컴퓨터가 안 되어서 고민하는 중이었는데."

그녀가 반색을 하며 보조 책상에 놓인 컴퓨터를 가리킨다. 나는 이내 컴퓨터를 마주하고 앉는다. 컴퓨터는 부팅이 되지 않는 상태였다.

"커맨드 명령이 가끔 고리가 풀리는 경우가 있어요."

그녀로부터 시스템 디스켓을 건네받아 하드 디스크에 다시 복사한다. 컴퓨터는 몇 분 만에 정상으로 가동된다.

"역시 기술자라 다르구나. 그저 손 한 번 가니까……."

그녀는 나를 쳐다보며 예의 그 푸근한 미소를 지어 보인다.

"아, 아닙니다. 이건 워낙 쉬운 거죠. 기사가 아니고서도 충분히 할 수 있는……. 제 선생님이 도스 운영에 익숙하지 않으셔서 그런 거지요."

내가 정식 기사가 아니라는 말을 그녀에게 지금 해 버릴까. 그녀는 내 말을 듣고 어떤 표정을 지을까. 나는 급히 마른 입술에다 침을 축인다.

"커피 한 잔 마실래요? 나도 안 마셨는데."

그녀가 일어서자 흰 가운 자락이 펄럭 들춰진다. 그녀는 세면대에서 조금 떨어진 사물함에 다가가더니 커피 잔을 두 개 꺼내고 이내 설탕을 덜어 낸다. 그러고 보니 은은한 커피 향이 방 안에 가득하다. 커피포트의 뚜껑이 한창 들썩대는 중이다. 그녀의 희고 정갈

한 손. 속치마의 섬세하고 고운 레이스. 만일 결혼을 한다면 나는 제 선생님 같은 여자와 하고 싶다. 영혼이 깨끗한 여자, 몸가짐이 절도가 있으면서도 사람을 푸근하게 감싸 줄 줄 아는 여자. 그러나 엄마는 내가 결혼하는 것을 원치 않는다. 그녀의 등쌀에 제 선생님은 배겨날 수가 없다. 나는 엄마를 버리지 못한다. 그녀는 평생 내가 걸머져야 할 짐이다.

폭이 좁고 높은 격자창으로 부드러운 아침 햇살이 비쳐 들고 있다. 나는 괜히 눈물이 날 것만 같다.

"저……"

"무슨 일 있어요?"

장국환 씨에 대해 물어보리라. 내가 정식 기사가 아니라는 말은 제 선생님의 방을 나설 때 한마디면 족할 것이다. 그것이 서로 편하다. 그녀의 얼굴에 떠오를 낭패감을 마주 대할 자신이 내게는 없다. 그녀 역시 전혀 생각지도 못했던 거북한 상황이 오래 이어지는 것을 바랄 리가 없다.

"혹시 장국환 씨라고…… 콧수염 기르고, 검은 연미복을 입은…… 아세요?"

"아, 명동 신사? 알죠, 물론. ……한데 그 사람은 왜?"

역시 제 선생님은 알고 있었다. 그윽한 눈빛의 명동 신사 장국환 씨를. 7단계로 향하는 문은…… 바로 여기였다!

"저한테 많은 도움을 주셨거든요, 정신적으로."

"누가? 그 환자가? ……아하 그 사람 박 기사한테 또 뭐라고 떵떵거린 모양이지? 속기 쉬워요. 이거 봐, 박 기사도 홀딱 속았잖아?"

그녀가 흰 이를 활짝 드러내고 재미있다는 듯 웃기 시작한다.

"장국환 씨…… 그분은 환자라기보다는…… 그, 환자복도 안 입고……."

"낮반 환자예요. 집에서 출퇴근하는. 하이포매니아, 조증. 항상 들떠 있죠. 장황하게 떠벌리기 좋아하고."

"아녜요, 제 선생님이 뭔가 잘못 알고 계신……."

가슴이 다시 답답해지기 시작한다. 물론 나도 그를 이 병원에서 알게 된 이상 정상인이 아닐 수도 있다는 생각은 했다.

벌써 치료가 끝났죠, 난. 뭐랄까…… 현대인이라면 왜 좀 그렇지 않습니까. 노이로제가 약간. 이 가공할 만한 비인간적인 기계문명의 시대, 도덕이 무너져 가는 이 사회에 염증이 나서 말이죠. 원래 그리 심한 편도 아니었고……. 여기 병원 의사들한테 가끔 들르곤 하지요. 사람 정이라는 게 그게 아닙니다, 허허.

장국환 씨의 듬직한 너털웃음이 그대로 귓가에 맴돌았다.

"그분은 제가 보기엔…… 물론, 저는 잘 모르지만…… 정직하고 올바르게 사는 분 같았는데요. 가식이 없고, 그러니까 적어도 겉과 속이 다른 그런 사람은 아니라는 뜻이지요."

그녀가 웃으며 뜨거운 커피를 내민다.

"박 기사. 그 사람, 외양을 봐도 알 수 있잖아? 콧수염, 지팡이, 연미복. ……참 어떻게 구했을까, 연미복은 요새 아무 데서나 팔지도 않을 텐데……. 남 앞에서 으스대고 싶은 거지. 어떻게든 인정받고 싶고. 뭐 그런 식이에요. 순 가식이고."

"그렇게 겉모양으로만 사람을……. 하여간."

숨이 콱콱 막혀 온다.

사람은 일단 꾸미기 나름이야. 겉으로 근사하게 뽑고 나가면 야, 벌써 쳐다보는 눈들이 다르잖디.

"의사들도 까딱하면 속는 수가 많아요. 겉으로는 정말 멀쩡한 사람이⋯⋯. 하기야 그 명동 신사는 겉으로도 표가 나지만. 박 기사, 정신 바짝 차리라고. 잘못하면 정신 뺏겨. 오죽하면 여기가 정신병원이야?"

커피를 손에 들고도 나는 즐겁게 마실 수가 없다. 역시 이곳은 벽이었던가. 7단계로 통하는 출구가 아니라 꽉 막힌 암담한 벽일 뿐이었던가. 나는 그만 커피를 책상에 내려놓는다.

"하여간, 그분 전화번호를 알았으면 좋겠는데요. 457에 905⋯⋯ 뭐라 했는데 헷갈려서요, 어떻게 좀 알 수 있을까요?"

"전화번호는 엉터리일 거예요. 조증 환자의 특징이 바로 그거지. 일을 벌여 놓고는 감당할 수 없으면 어디론가 숨어 버리고. 457에 905⋯⋯. 아아, 0905. 457에 0905, 우리 병원 전화번호잖아."

"병원 전화번호라고요?"

병원 전화번호. 457에 0905. 457에 905, 그리고 5.

열흘쯤 되었던가. 등나무 그늘에서 그를 마지막으로 본 때가. 장국환 씨가 자신의 주머니에서 꺼낸 조그만 메모지에다 볼펜으로 직접 적어 준 번호였다.

곤란한 일이 있든지 하면 내게 전화를 걸어요. 어떻게든 도와줄 테니까. 457-905.

나는 그것을 받아들고 웃으며 그에게 말했다.

아저씨 이거 뒷 번호 하나 안 쓰신 것 아녜요?

아 그랬나, 써 넣어 자네가. 암, 5.

무언가 혼동이 온다는 듯 장국환 씨는 손을 이마에 대며 양미간을 한참 찌푸렸다. 나는 5를 하나 더 덧붙여 쓰고 메모지를 윗주머니에 소중히 접어 넣었다. 그러나 전화번호는 맞지 않았다. 나는 하염없이 전화번호를 돌렸다. 457에 9055, 455에 7905, 9505, 5905, 5090, 5790,…… 암, 5. …… 아무. 그까짓 전화번호가 아무려면 어떠냐. 그는 내게 그렇게 말하고 싶었던 것일까.

복도 쪽에서 구두 발자국 소리가 어지럽게 들려왔다. 노크도 없이 문이 벌컥 열리더니 시뻘겋게 상기된 얼굴이 들이닥쳤다. 사장이었다.

"이거 봐. 내 이럴 줄 알았다고. 내놔. 빨리!"

출입구를 막고 버티어 선 사장은 오른손 손바닥을 벌리며 소리쳤다. 오도 가도 못 하게 된 사냥감을 몰듯 한 발짝씩 다가서는 사장의 어깨 너머로 엄마의 뭉툭한 얼굴이 불쑥 솟아올랐다. 갑자기 머리가 텅 비어 온다. 기억의 필름 한 자락이 머릿속에서 접히듯, 정적 속에 가라앉는 주위의 물건들을 나는 오히려 휘둥그레 쳐다본다. 내가 여기 있는 줄 이들이 어떻게 알았을까. 그리고 사장은 내게서 무엇을 받아 내려 하는 것일까. 흰 가운을 입은 제 선생의 휑뎅그렁한 눈이 아슴아슴 멀리 비쳐 들어온다.

"무슨 일로…… 아침부터?"

제 선생님의 목소리가 들려온다. 사장의 형형한 눈빛으로부터 나는 좀체 놓여날 수가 없다. 쫙 벌린 그의 손바닥이 시시각각 내 앞으로 다가오고 있다. 엄마의 둔탁한 몸피가 사장의 팔꿈치 밑으로 굴러들어 내 어깨를 잡아 흔든 것은 순식간의 일이었다.

"영석아…… 빌어라 빌어. 얼른 돈 내놓고."

그녀의 목소리는 절박하다. 쌍꺼풀 수술이 하고 싶은 그녀의 두꺼운 눈시울이 퍼들퍼들 떨린다. 경수 엄마가 문으로 슬쩍 들어서는 것이 보인다. 이게 다 무슨 소리일까. 그녀의 쌍꺼풀 수술 할 돈을 내가 가로채기라도 했다는 말일까.

"영석아, 뭐 해? 니가 이러면 돼? 얼른 내놓으라는데도. 얘가 어려서……."

그녀는 내 잠바 주머니부터 시작하여 허겁지겁 앞뒤 바지 주머니를 훑기 시작한다.

"…… 내가 아침에 얘 보고 돈이 좀 필요하다고 했더니, 오늘 좀 내가 몇십만 원 필요하다고 했더니…… 얘가 무슨 일을 저지르는지도 모르고, 내가 돈이 필요해서…… 얘는 이런 일은 입때까지……."

그녀의 횡설수설은 계속된다.

"대체 무슨 일들이냐니까요?"

제 선생님의 야무진 음성이 들려온다.

"아, 예."

내 몸에서 시선을 떼지 않은 채 사장은 제 선생님을 향하여 건성으로 고개를 숙인다.

"이거…… 죄송합니다. 다름 아니고요, 저 녀석한테 컴퓨터 잔금을 주셨죠?"

"아, 그거. 아직 안 줬는데요. 이번 월말까지 내기로 했잖아요. 오늘 받으러 오신 거예요?"

제 선생님이 사장을 기분 나쁜 듯 쳐다본다. 천장이라도 뚫을 것 같이 흥분하여 씩씩거리던 사장이 갑자기 뜨악한 표정을 짓는다. 나는 아무것도 안 가졌어요. 나는 그제서야 겨우 고개를 좌우로 흔든다.

"아, 그 그래요? 그럼요, 이번 월말까지 주시기로 했죠. 그…… 참, 그랬죠."

내 좁은 바지 주머니에 힘들게 쑤셔 박았던 엄마의 덜퍽진 손이 슬그머니 빠져나온다. 구부렸던 그녀의 허리가 서서히 펴진다. 그녀가 뒤쪽에 섰던 경수 엄마를 흘깃 쳐다본다. 경수 엄마가 몇 발짝 다가선다.

"그럼, 우리 영석이가 받지도 않은 돈을……. 그러면 그렇지, 우리 영석이가 어떤 앤데 받지도 않은 돈을 내라고……. 사장님, 우리 애를 뭘로 보고."

엄마의 목소리에 힘이 들어가기 시작하자 사장이 대신 말을 더듬기 시작한다.

"이, 이거 내가 조, 좀 착각……. 그런데 사실."

사장이 목을 쑥 빼며 침을 삼킨다. 사장의 얼굴에 낭패한 표정이 스친 것은 잠깐이다.

"이, 일단 제 선생님, 이거 실례가 많았습니다. 녀석이 컴퓨터 잔금을 가로채려고 여기를……. 아, 아니 그건 아니라도, 안 주셨으면 그건 천만다행이고요. 어쨌든 저 녀석이 뭐라고 하든 간에 믿지 마십쇼. 그리고 잔금은 저한테 연락하고 직접 주셔야 됩니다. 사실은 이거…… 말씀 드리기가 뭐한데."

제 선생님과 엄마의 눈치를 번갈아 살피던 사장이 손으로 목을 쓱 훑어 내리며 입맛을 쩍 다신다.

"다름 아니고요, 저 녀석을 해고했거든요. 그 이유야 뭐, 그, 그렇죠, 컴퓨터 정식 기사가 아니라서요. 저 녀석이 그동안, 교수님도 아시겠지만 1급 자격증을 딴 걸로 행세를 했거든요. 나도 물론 새까맣게 몰랐죠. 이게 거짓말이 들통 나니까는, 그래 내 하는 수 없이 잘랐더니, 뭐 뭐라든가 참, 망측한 소문을 내고 다닌단 말입니다. 내…… 이거 창피해서 원, 이 나이에 별 구설수에 다 오른단 말입니다. 허허."

벌겋게 상기된 얼굴의 사장은 어색한 웃음을 짓는다.

"박 기사가 뭐라고 했게요?"

제 선생님이 흥미롭다는 듯 묻는다.

"글쎄 뭐, 내가 뭐 딴 여자하고 바람이 났다고 우리 집에 전화를 걸어서는……. 뭐, 딸아이 같은 애하고."

"딸아이하고 논다고요?"

제 선생님이 다시 확인했다.

"아니, 뭐, ……아 그렇지요. 쟤가 제정신이 아니에요. 그러니까 그러죠. 날 보고 딸년하고 그 짓을 한다고……. 그것 참, 쟤가 제정신이 아니란 말입니다. 그게 어디 말이나 됩니까?"

사장의 클클대는 웃음과 함께 방 안에 한 자락 깔리기 시작한 것은 바닥에 퍼질러 앉은 그녀의 울먹이는 목소리였다.

"사장님, 쟤가 아직 어려서, 쟤가 아직 철이 없는 애라 그만……. 그, 그렇죠. 말도 안 되죠. 그…… 자기 자식하고 그런다는 게……. 선, 선생님 용서해 주세요. 내가 죽일 년이라……."

 엄마의 피둥피둥한 어깨가 심하게 들썩이기 시작하자 건물 바닥이 같이 흔들리는 것 같았다. 툭 불거진 광대뼈를 타고 철철 흐르는 눈물을 엄마는 닦을 생각도 안 했다. 그녀는 더 이상 힘이 세지 않았다. 흰 바늘처럼 날카로운 그녀의 문신한 두 눈썹도 소용이 없었다. 그녀는 누구에게나 지는 사람이었다. 그녀는 지금까지 아무에게도 무엇에도 이겨 본 적이 없었다. 올가미였다. 천장에서 갑자기 떨어진 뿌리칠 수 없는 밧줄 올가미가 온몸을 옭아매고 있었다. 7단계를 향한 문은 어디에 있는 것일까. 도대체 이 미로는 어떻게 빠져나가야 하는 것일까.

 나는 사장을 밀치고 그대로 방을 뛰쳐나온다. 복도는 휑하니 비어 있다. 마구잡이로 복도를 뛰기 시작한다. 그녀는 제 선생님 방에 주저앉아서 또 무슨 소리를 넋 없이 늘어놓을 것인가. A드라이브에 쓰기 방지된 디스크. ESC를 누르시오. 휭휭한 내 구둣발짝의 여운이 아스타일 바닥을 훑고 복도 양쪽의 높은 회벽을 타고 올라 천장에 부딪친다. 시스템 에러. ESC를 누르시오. 본관을 빠져나와 그대로 마당 앞에 선 자귀나무를 지난다. 그리고 병원 정문까지 한달음에 내닫는다. 병원 앞은 차로 계속 붐비는 중이다.

 자, 뛰자. 뛰자. 올가미를 피해서 멀리멀리 도망가자. ESC를 누르시오. ESC. 도망. ESC. 도스 상태로. 방향키, 엔터, 엔터. 왼쪽 엔터, 오른쪽 엔터. 제발 후딱후딱 움직여라. 애늙은이도 아니고 한창 나이에 너는 왜 그렇게 느리니. 뭐든지 빨라야 해. 자 뛰자. 있는 힘을 다하여 뛰자. 땅바닥이 춤추듯 일렁이고 집채가 들썩이고 가로수들이 가지를 마구 흔들어 대기 시작한다.

건물에 붙었던 크고 작은 간판들이 색종이 전단처럼 속절없이 휘날리고 반듯한 스테인리스제 쓰레기통이 자빠지면서 속에 있던 것들을 꾸역꾸역 토해 낸다. 암상을 떨던 납작한 차들이 놀라 브레이크를 잡고 그 서슬에 차의 지붕들이 훌렁훌렁 벗겨지기 시작한다. 경찰 복장을 한 술탄의 부하들이 골목에서 튀어나왔으나 그들 역시 엉덩방아를 찧으며 뒤로 나가떨어진다. 허공에 매달린 위풍당당한 신호등의 유리가 박살이 나면서 앙상한 힘줄 끝에 매달린 색색의 전구가 생눈알처럼 튀어나온다. 부팅이 되지 않습니다. 재시도 하시겠습니까? 키를 누르시오. 커맨드 컴 파일을 넣으시오. 키를 누르시오. 키를 누르시오……. 길을 지나던 모든 사람들이 자신들의 머리통을 떨어뜨리고, 둥그런 머리통이 수박처럼 화들짝 깨지면서 금속 쪼가리의 조잡한 뇌수가 훤히 드러나기 시작한다. 아, 이것이었다, 그들의 정체는. 끊임없이 무언가를 명령하고 요구하는, 그 지치지도 않는 기계 덩어리, 말간 피부로 위장된 가식의 미소들. 그들의 정체를 제대로 알아보기에 나는 얼마나 많은 시간을 허비했던가. 얼마나 이 순간을 고대했던가. 두드려라, 그러면 열릴 것이오. 구하라, 그러면 얻을 것이니. 온몸을 결박하던 겹겹의 올가미가 하나씩 하나씩 끊겨 나가기 시작한다. 가슴이 뻐개질 듯 숨이 가쁘다. 주체 못할 정도로 두 다리가 후들거린다. 나는 그대로 주저앉는다.

정말 믿을 수 없는 일이다. 고개를 들어 보니 어느새 내 눈앞에는 화려하고 육중한 문이 우뚝 서 있다. 처음 대하는 문이었으나 결코 낯설지 않은 문. 옛날부터 보아 온, 바로 이 자리에 분명히 있었던, 내가 익히 알고 있는 문이다. 양 날개를 펼친 듯 활짝 열린 문 안으로 나는 조심스레 한 발을 들여놓는다. 가슴께로부터 무언가 스멀스멀 피어오르는 것이 있다. 웃음이다.

 웃음은 이내 온몸의 세포 하나하나를 열어젖히고 터진 눈구멍과 콧구멍과 입을 통하여 비어져 흘러내리기 시작한다. 가슴에 굽이굽이 접었던 웃음을 다 끄집어낼 때까지 아무래도 입은 쉬이 다물리지 않을 모양이다. 대책 없이 땅바닥에 게워 놓은, 이 끅끅대는 소리를 어떻게 하면 멈출 수 있을지 참으로 나는 오래간만에 행복한 고민에 휩싸인다.

 눈물이 질금거리는 눈으로 올려다본 문 안의 하늘은 쾌청이다.

봄뜰

무엇을 그리 구무럭대는지 계집아이의 방에서는 아직도 피아노 소리가 나지 않는다. 교습 선생 미스 장과 의자에 나란히 앉아 피아노 뚜껑을 열어젖히고, 오래 사용해서가 아니라 함부로 다루어서 겉장이 너덜거리는 교본을 수십 차례 펴고도 남았을 시간이다.

아이의 방문 앞에 바싹 다가서서 경실은 엇붙은 마루청을 두 발로 천천히 구르기 시작한다. 방문 앞 마룻바닥은 무늬목 합판 위로 두어 번 덧못을 쳤는데도 밟을 때마다 삐걱거리는 소리를 낸다. 바로 방 바깥에 그녀가 있다는 신호를 보내는데도 문틈으로 새어 나오는 둘의 속닥거림은 좀체 그치지 않는다. 마루청 소리가 처음 나기 시작했을 때 그저 인사 삼아 잠깐 멈칫했을 뿐, 낮게 두런대는 소리는 끈질기게 이어진다.

문 바깥에서 그녀가 엿듣고자 한들, 소리를 낮춘 그들의 대화 내용이 들리지 않는다는 것을 이미 그들은 알고 있다. 도리어 연신 삐걱대는 마루청 소리가, 자기들의 얘기를 감춰 주는 보조음이 될 수 있다는 사실에 안심하고 있는지도 모른다.

한심한 계집애.

경실은 방 안의 아이를 향하여 가래침을 뱉듯 중얼거린다. 미스 장의 어깨와 가슴팍을 주먹으로 과장되게 쳐 가며 섣부른 아양의 몸짓을 익히고 있을 아이의 꼬락서니는 문을 열고 확인하지 않아도 눈에 보이는 듯하다. 오늘따라 더욱 거드름을 피우는 아이의 행짜에는 아침 상머리에서 그녀가 한마디 한 것에 정면으로 맞서려는 의도가 섞였음이 분명하다.

선생하고 노닥거리기만 하잖아. 한 시간이라고 하지만 도대체 10분이나 제대로 치니?

숨이 막혀 쓰러질 것만 같아요. 저 좀 가만히 내버려 둘 수 없어요? 속상하셔도 어떡해요. 아무리 못났어도 엄마 아빠 딸이잖아요?

계집아이는 쥐고 있던 숟가락을 식탁 유리 위에 보란 듯이 내팽개쳤다. 필요에 따라 솜씨 있게 목소리를 후들거릴 줄 아는 아이의 능력도 천부적인 것이리라. 남편은 식탁 위에서 한참이나 팽그르르 돌아가는 아이의 숟가락을 무슨 큰 구경거리라도 되듯 바라보고 있었다. 분위기를 견디지 못하고 의자에서 먼저 일어난 사람은 경실 자신이었다.

그녀가 일껏 한 행동이라고는 부엌 조리대 위에 얹힌 물주전자를 식탁으로 가져온 것뿐이었다. 아이가 시선을 내리깔고 다시 밥을 먹기 시작했는데도, 그녀는 아이의 날카로운 눈초리에서 전혀 벗어나지 못하는 느낌을 받았다. 경실의 일거일동을 놓치지 않고 노려보는 것은 무스를 처발라 세운 아이의 앞머리였다.

이 집 아이가 아닐 수도 있다는 가능성에 대해서 생각해 보았니? 우선 우리와 너는 생김새부터가 너무 닮은 데가 없지. 네가 이 집 딸이 아니라고 굳이 밝힌 적은 없지만, 또 우리 딸이라고 네게 못 박아 말한 적도 없지 않니?

지나가는 말처럼 자연스럽게, 수천 번도 더 연습하여 이제는 감정의 굴곡이 전혀 없이 멋지게 해 낼 수 있을 것 같은 그 대사를 들으면 아이는 과연 어떤 표정을 지을까. 칼날처럼 오똑 선 머리칼을 쥐어뜯으며, 생각도 못 할 흉측한 꿈이라고 짐짓 울부짖기라도 할 것인가.

몽똑몽똑한 몸매에 낙타 등처럼 불거지는 젖가슴이나 엉덩이를 보면 아이는 육질(肉質)의 혈통을 이어받은 것은 틀림없다. 핏덩어리를 두고 내뺀 아이의 생모는 필경 술집 작부일 것이다. 아이와 꼭 닮은 뭉뚝한 콧날, 속눈썹이 천하게 내리 뻗쳐 습해 보이는 눈으로 아이의 생모는 부둣가 싸구려 선술집에서 뱃사람들을 상대로 젓가락을 두드리고 있으리라. 한복 저고리 앞섶 밑으로 물컹한 젖통이 비어져 나오는 느른한 옷매무새에는 노란 물을 들인 빠글빠글한 파마머리가 제격이다.

피아노 소리가 들려온다. 건성으로 오가는 아이의 삐죽한 손끝에서 피아노 건반이 섣부르게 비걱댄다. 경실은 그제서야 천천히 발을 옮겨 거실 쪽으로 나선다.

베란다 유리문을 통하여 보이는 봄의 공기는 뿌옇다. 분(紛)기가 풀려 미끈거리는 세숫물처럼, 얼굴에 온통 회벽 칠을 하고 다니는 미스 장이 세수를 하면 꼭 그러할, 구역질이 치밀어 오를 것 같은 현탁액이다. 눈에 띄게 부풀어 오른 앞뜰의 화단도 마찬가지다. 흙덩어리를 쳐들고 비릿한 속살을 드러내는 풀들이나 아직 잎은 돋지 않았어도 하루하루 태가 달라지는 나무들의 암내는 암수 동물들의 짓거리보다도 더욱 집요하고 추잡스러운 감이 있다. 자목련의 추저분한 빛깔이라니. 자목련 봉오리는 소름이 끼친다. 조그만 이파리 하나 달지 않은 채 딱딱한 가지를 뚫고 막무가내로 불뚝불뚝 솟아오르는, 실핏줄로 둘러싸인 자주색의 뭉툭한 덩어리들은 노골적이다 못해 파렴치하다.

 아무리 집의 창과 문을 꼭 잠그고 여미어도 바깥의 공기를 완전히 차단할 수는 없다. 뒤둥그러진 현관문의 긴 삼각형 틈서리, 더 이상 아물리지도 벌어지지도 않는 마루청의 어름, 설거지물이 꾸룩대며 돌아나가는 하수도 파이프를 통해서도 공기는 스며든다.

 그녀는 입고 있는 옷의 앞섶을 더듬는다. 목까지 올라오는 앞트임 블라우스의 수많은 단추들이 빠짐없이 다 채워져 있나 그녀는 손으로 하나씩 더듬기 시작한다. 맨 위 단추에 다다랐을 때 그녀의 손길이 우연히 턱에 닿는다. 순간적으로 오싹 끼쳐 오는 전율이 겨우 가라앉았던 얼굴의 근지러움을 다시 일깨운다. 턱과 뺨, 눈가, 이마에까지 근지러움이 저릿하게 퍼져 간다. 눈가를 꾹꾹 누르던 그녀는 더 이상 참지 못하고 눈두덩을 마구 비벼 대기 시작한다. 우툴두툴한 살거스러미가 일제히 일어선다. 눈 주위뿐 아니라 입언저리, 뺨과 목, 귓불까지, 그녀의 손톱이 닿는 곳마다 근지러움은 이내 통증으로 변하여 욱신대기 시작한다. 그녀는 눈을 감는다.

그녀는 장식장에 다가가 서랍 하나를 연다. 마개가 달린 10밀리그램짜리 흰색 튜브에는 아무 글자도 씌어 있지 않다. 하기야 연고가 어떤 성분의 것인지는 피부과 의사나 알면 될 일이다. 환자는 의사가 시키는 대로 바르기만 하면 되는 것이다. 그녀는 손가락에 약을 짜서 처덕처덕 얼굴에 바르기 시작한다. 장식장의 서랍 속에는 수면제가 든 피부과의 내복약 봉지들도 수북이 쌓여 있다.

알레르기성 피부염인데 뭐 뚜렷한 원인을 알 수 있나요. 근본적으로 치료가 되는 것도 아니고. 긁지 마세요. 피부가 뭐가 되겠어요?

벌긋벌긋하게 부풀어 오른 경실의 피부 부스럼이 마치 자신의 말간 얼굴에 옮겨 오기라도 할 것처럼 여 의사는 한편으로 몸을 씰그러뜨리며 먼 손으로 약 처방을 적었다. 매번 똑같은 내용의 알약과 연고를 쥐어 주는 의사가 또 매번 무엇을 그렇게 새로 쓰는지 알 수 없는 일이다.

눈꺼풀이 얇아졌나 봐요. 요새는 눈이 자꾸 아파요.

잠을 깊이 주무시지 못하는 모양이죠? 그러니 좀 푸욱 주무시랄밖에요.

의사들은 알지 못한다. 그들이 할 줄 아는 얘기는 빤하다. 수면제가 든 약을 정시에 맞추어 복용하고 죽은 듯이 늘어져서, 그저 아무 생각도 말고 눈을 감아 버리라는 말뿐이다. 천지에 진동하는 봄의 광기, 땅속 밑뿌리까지 들쑤셔 대는 정염들, 이 세상의 산 것들 모두가 미친 듯이 발악을 하는 이때에. 봄, 공기에서 문득 싸구려 향수 내가 난다고 느껴지는 그 순간에 두드러기들은 소름처럼 일제히 솟아났다. 그것들을 어찌 하릴없는 잠으로 다스릴 수 있단 말인가. 춘화라더니. 봄이 벌이는 추태로부터 비겁하게 눈을 돌릴 생각은 없다. 부릅뜬 두 눈으로 그들의 유치한 행태를 낱낱이 꿰뚫어 하나씩 하나씩 맞서는 수밖에 없다. 만물이 저마다의 해괴한 소리로 상대를 부르고 교접의 음란한 몸짓을 끝낸 후에야 소름은 서서히 가라앉아 갈 것이다. 그녀의 얼굴에 핀 두드러기는 그 추잡한 기운들에 대처하기 위해 분연히 일어선, 마치 갑옷의 미늘과 같은 것이다.

먹지 않을 것이 분명한 약봉지를 손에 들고 병원 건물을 나설 때마다 자신을 낚아채는 술 취한 사내의 거친 손길을 매번 만나는 것은 봄의 공기가 만들어 내는 아지랑이 같은 환영일지 모른다.

얼굴에 꽃이 활짝 피었군. 미친년.

낮술에 흠씬 취해 비틀거리던 사내는 먹이를 노리는 짐승처럼 병원 앞을 지나는 경실에게 덤벼들었다. 한쪽 어깨가 잡히는 순간 그녀는 비명을 지르며 그의 손을 뿌리쳤다. 보도블록에 나둥그러진 사내가 허공을 향해 허우적대는 투박한 손에는 검숭한 털이 수북하게 나 있었다.

병원 옆으로는 겨우 눈 가릴 만한 함석 담장이 이어졌다. 병원 건물이 또 하나 들어설 정도의, 담장 안의 꽤 넓은 공터에는 헌 타이어와 쓰레기, 녹슨 철재들이 아무렇게나 야적되어 있었다. 함석 벽을 따라 그녀는 걸음을 옮겼다. 나이트클럽의 웨이터 스티커, 영화 포스터, 흑염소 생사탕 광고들이 너저분하게 붙고 찢기고 덧붙은, 눈비에 삭아 내린 담장은 끝없이 이어지는 기분이었다. 그녀는 입 안에 고이는 침을 뱉어 냈다. 서투르게 떨어진 침은 땅바닥에도, 붉은 페인트로 낙서를 휘갈긴 담벼락에도 없었다. 한참 후에야 그녀는 자신의 웃옷 앞깃에 흥건히 배어드는 침 자국을 정말 축축한 기분으로 바라보았다.

건성으로 치는 하농 음계가 그저 네댓 번 오르내렸을까. 갑자기 소리가 끊긴 주위를 그녀는 낯설게 휘둘러본다. 이상스레 숨이 차오른다. 그들의 킬킬대는 소리가 들린다. 경실은 얼른 아이의 방문 앞에 다가서서 다시 마루청을 구르기 시작한다. 환부를 누를 때마다 비어져 나오는 누런 고름처럼, 늘어진 익사체에 행여나 거는 기대로 끈질기게 인공호흡을 시도하는 입처럼 그녀는 마루청을 지성으로 밟는다.

피아노 의자를 당기는 소리가 나고 아이의 응석 섞인 한숨 소리와 미스 장의 웃음이 새어 나온다. 피아노 소리가 이어진다. 소나타, 어제 막혔던 부분에서 곡이 끊긴다. 며칠이 지나도록 매끄럽게 처리하지 못하는 그 소절에서 아이는 내일도 모레도 덜컥댈 것이다. 그녀는 숨을 죽이고 방문에 귀를 댄다. 이제 둘은 웬만치 긴장이 풀려 말소리가 커질 때가 되었다.

대단한데. 초콜릿을 몇 개나 받은 거니? 요런 계집애, 너, 네 짝한테 맘 있구나?

홍, 걔네들 다 유치해. 어차피 시동생감인걸.

문을 열고 치지 그래, 날씨가 후덥지근해서.

아이의 방문을 열어젖히며 경실은 그들에게 짐짓 밝은 미소를 띤다. 둘의 아연한 표정을 맞닥뜨리는 것만으로도 그녀의 가슴에는 시원한 물줄기가 흘러내린다.

　왜 문을 열고 난리예요, 레슨 중에.

　아이가 살차게 일어나 경실이 잡고 서 있는 문손잡이를 낚아 간다.

　창문이라도 열어. 환기를 시켜야지. 선생님.

　그녀는 거의 닫혀 가는 문틈으로 다급하게 소리를 밀어 넣는다.

　예, 그럴게요.

　미스 장이 다소곳이 대답한다. 창문 열리는 소리가 난다. 경실은 서둘러 거실을 지난다. 부엌문을 열고 나가 뒤곁으로 나선다. 빨랫줄에 널어 놓았던 내의들을 서둘러 걷기 시작한다. 넌 지 한두 시간밖에 안 되었는데도 세탁기로 짠 빨래는 벌써 버성버성 말라 가는 중이다. 빨래 바구니를 들고 들어와 그녀는 거실에서 베란다로 나가는 문을 열어젖힌다. 베란다는 거실 앞에서부터 아이의 방 앞까지 이어져 있다. 그녀는 베란다에 놓인 슬리퍼를 일부러 소리 내어 끌며 아이의 방 창문 앞으로 다가간다. 창문 앞에는 흰 알루미늄 자재의 이동용 빨래 걸이가 놓여 있다. 신경질적으로 쏘아보는 아이의 눈길이 암팡지다. 아이와 함께 나란히 시선을 돌리는 미스 장은 경실과 눈길이 마주치자 얼른 낯빛을 바꾸어 미소 짓는다.

　방해되었으면 미안해. 비가 올 것 같네. 빨래가 젖을까 봐. 봄 날씨는 워낙 변덕이 심해서.

　그녀는 짐짓 눈을 가늘게 뜨며 함박웃음을 웃는다. 미스 장이 머리를 끄덕이며 그녀의 웃음에 답한다. 그녀는 아예 방 안을 들여다보며 빨래를 널기 시작한다.

　나는 커도 우리 엄마 같은 여자는 절대로 되지 않겠어요.

아이가 피아노 건반을 두드리며 큰 소리로 말한다.

별 소릴 다해.

미스 장이 웃음으로 얼버무린다. 경실은 다시 말을 삼킨다.

나 같은 엄마? 너 따위는 흉내도 낼 수 없어, 피가 더러운걸. 꼭 집어서 가르쳐 줘야만 알겠니?

겉으로야 아무리 아닌 척해도 감정까지 속일 수는 없는 법이다. 그녀가 아이에게 한순간도 마음을 트지 못하는 것처럼 아이 역시 좀처럼 그녀에게 속마음을 열지 않는다. 어쩌면 아이는 자신이 이 집의 친딸이 아님을 이미 눈치 채고 있는지 모른다. 도리어 그 사실을 아이 편에서, 경실에게 내걸 무기로 생각하는지도 알 수 없다. 이 집에서 벗어나고자 마음먹으면 자신은 어느 때라도 미련 없이 훌훌 떠나 버릴 수도 있음을, 이 어설픈 둥지가 깨어지는 것을 정작 두려워해야 할 사람은 자신이 아니라 경실 쪽임을 아이는 보여 주고 싶은 것인지도 모른다. 친자식이 아니기 때문에 이제까지 아이에게 가져 왔던 증오와 갈등의 부피는, 친자식이었더라면 아이에게 마땅히 쏟았을 사랑이나 헌신의 부피만큼 큰 것이어서 그녀의 삶에서 좀처럼 따로 들어낼 수 없다는 사실을, 아이의 존재가 바로 곧 그녀의 삶 자체이기도 했다는 사실을 아이는 영악스럽게도 이미 알고 있는지 모른다.

경실은 아이의 팬티를 집어서 방에서 빤히 내다보이는 앞줄에 판판히 펴서 넌다. 아이의 팬티는 덜 삶겼는지 붉은색 얼룩이 아직도 희미하게 남아 있다. 경실은 빨래를 쥐던 손을 멈추고 이제는 제법 선이 매끄러워진 아이의 목덜미를 바라본다.

잠깐 내 방으로 와 보세요.

학교에서 돌아와 가방을 내려놓은 아이는 무슨 일인지 자신의 방으로 경실을 불러들였다. 드문 일이었다. 아이는 방 한가운데에 오도카니 모로 서 있었다. 아이는 잠자코 허리 벨트를 풀었다. 교복 치마, 속치마, 검은 스타킹이 한 덩어리로 뭉쳐 발치에 감기고, 아이는 서슴없이 팬티까지 벗어 내렸다. 도톰한 궁둥이가 드러났다. 계집아이의 살 깊은 아랫도리를 본 지가 언제였던가. 경실은 자신도 모르게 입을 가렸다. 팬티에 묻은 황토색 얼룩. 초경 자국이었다. 팔짱을 낀 아이는 마치 무언가를 당당히 시위하는 듯한 자세로 한참 동안 그대로 서 있었다. 아이의 가무스름한 사타구니에는 이제 자리 잡기 시작한 음모도 몇 가닥 보였다. 중학교 2학년, 열넷이면 요새 아이들로서는 결코 빠른 편이 아닌데도 경실은 어찌된 일인지 전혀 예상하지 못했던 것이다. 머릿속이 마구 헝클어지면서 그녀는 허둥대기 시작했다.

그래. 이제…… 너도 어른이로구나.

경실은 옆에 놓여 있던 의자 모서리를 두 손으로 움켜잡았다. 허청거리는 자신의 다리가 못 미더워서였다.

너네만 한 나이에는 이런 게 너무 창피하고 부끄럽지. 당황할 건 없어. 당황이라니, 여자라면 누구나 겪어야 하는 일이니까. 앞으로 몸가짐 더욱 조심하고. 이제 너는 어린아이가 아니라 여자니까 말이다. ……너도 크면 엄마가 될 수 있는 거야. 완전한 여자라는 표시지. 축하한다.

경실이 터무니없이 당황하는 동안, 팔짱을 끼고 아랫도리를 다

드러낸 채 서 있는 아이의 모습은 너무도 당차고 떳떳했다.

쓰시던 거 없어요?

생청스러운 아이의 말에 경실은 낯선 외국어를 듣듯 멍청하게 아이의 얼굴을 바라보았다.

슈퍼에서 넉넉히 좀 사다 놓으세요.

아이는 옷을 발에 건 채로 책상 쪽으로 다가가 라디오를 켰다. 그리고 아이는 경실과 방문을 번갈아 쳐다보았다. 경실이 그 방에 더 머무를 이유는 없는 것이다.

팬티를 갈아입어야 해요.

아이의 방문을 닫고 나오면서 경실은 자신이 아이에게 주책없이 헤프게 대한 것 때문에 얼굴이 화끈거렸다. 왜 자신은 매번 이런 푸대접을 받으면서 아이를 확실하게 다잡지 못하는 것일까.

딸이 있어서 얼마나 좋으세요?

아이가 그녀에게 더할 수 없을 정도로 다정스레 감기는 것은 남의 시선을 의식할 때이다. 아이는 눈도 깜짝하지 않고 목소리와 표정까지 바꿔 가며 천연스레 연기를 해 낸다.

엄마 늙는 거, 나 싫어요.

습해 보이는 눈을 깜박거리며, 경실의 뒤통수에 달라붙어 흰 머리를 뽑아 준답시고 어른들의 대화에 끼어드는 아이를 옆집 여자는 매번 침이 마르도록 부러워한다.

저 애는 시집가서도 잘살 거야, 저렇게 사람한테 착착 감기니. 얼굴도 매력이 있지 않아요?

경실보다 대여섯 살 위인 옆집 여자에게는 대학교 2학년과 고등학교 1학년짜리 아들 둘이 있다. 그중에서도 고등학교에 다니는 작은아들 얘기가 나오기만 하면 별것도 아닌 일에 아이는 까르르까르르 웃어 댄다.

아이는 아예 단념했다는 듯 피아노 건반을 두드린다. 피아노 턱을 두드리며 박자를 맞추기 시작한 미스 장의 손이 기계처럼 규칙적으로 오르내린다. 빨래 걸이에 널린 남편의 러닝셔츠와 경실의 내복 아랫도리 사이에서 탐스러운 미스 장의 머리채가 박자에 맞추어 흔들린다.

젊은 처녀를 품어야 회춘한다는데, 주위에 여자가 그렇게 없수. 길바닥에서 치한이라도 되어 보지 그래요.

발기하지 않는 남근을 비비적대다가 미끄러져 내려오는 남편의 귀에 대고 그녀는 괜히 키득거리며 말을 건다.

전혀 생각이 없어, 웬일인지.

남편은 머리맡에 놓인 물 주전자를 들어 유리 컵 가득히 물을 따른다. 길고 흰 손가락으로 거머잡은 컵을 들여다보며 그는 무슨 생각을 그리 골똘히 하는 것일까.

결혼을 하고 처음 맞은 식목일에 남편은 마당에 목련을 심었다.

늦어도 내년 4월이면 당신은 아이를 낳겠지. 아이의 생일이 올 때마다 꽃나무 하나씩을 심자고. 2년 후에는 아이의 동생이 태어나고, 또 2년 후에는 또 동생의 동생이 태어나고. 마당이 아주 널찍한 곳으로 이사 가야만 할 거야.

유난히 아이 소식을 기다리던 그의 꿈은 목련 한 그루를 첫해에 심는 것으로 끝나고 말았다.

그 득실득실한 정자들이 말이야. 한 회분의 정액 2cc에 4000만 마리나 섞여 있다는 정자들이 내 것에서는 단 한 마리도 뵈지 않는다는 거야. 당신은 납득하겠어?

수십 군데의 병원을 돌며 똑같은 검사를 되풀이하던 남편은 하루에도 몇 컵의 냉수를 마셔 댔다. 그의 체내에는 물이 부족한 것이 틀림없었다. 2cc에 4000만, 20cc에 4억, 200cc에 40억 마리의 정자가 마음놓고 헤엄칠 만한, 한 컵의 물이 아니라 풀장을 가득 채우고도 남을 양의 물기가 부족한 것이다.

연주를 하라고. 아무거나 해 봐. 하고 싶은 대로.

누군가에게 떠다밀려 들어서는 음악실에는 온갖 악기들이 널브러져 쌓여 있다. 집채만 한 오르간에서부터 바이올린, 피리, 트라이앵글, 가야금까지. 웬일인지 성한 악기는 하나도 없다. 바이올린은 줄이 끊어져 있고, 오르간 건반은 한쪽이 허물어져 페달 위에 수북이 쌓여 있다. 트라이앵글은 채가 보이지 않고 가야금에는 기러기발이 없다.

음악실 중앙에 웬 사람이 서 있다. 구레나룻이 시커먼 그는 몸통이 뚱뚱한 황토색 바이올린을 켜고 있는 중이다. 그의 턱에 끼워져 있는 바이올린에서는 콩나물 같은 음표가 쉴 새 없이 꾸역꾸역 쏟아져 나오고 있다. 바이올린의 지판을 주물럭거리는 그의 손은 손톱 주위에까지 빽빽하게 털이 덮여 있다.

어서 시작하라니까, 뭘 꾸물대고 있어?

그녀는 부서진 오르간에 다가간다. 페달 위의 건반을 한편으로 밀어내고 그녀는 의자에 앉아 페달을 밟기 시작한다. 남아 있는 건반 중 몇 개가 녹슨 소리를 내기 시작한다. 오르간 소리가 어우러져서 서서히 허공을 메운다. 소리는 흡사 전쟁 영화에서 자주 나오는 공습경보 사이렌 같기도 하고 또 어떻게 들으면 어렸을 때 친정 집 가까이 있던 수녀원에서 아침저녁으로 흘러나오던 음악 종소리와 비슷하기도 하다.

잘했어. 잘하는데. 훌륭해.

그의 목소리는 탁하다. 바이올린을 켜는 그의 얼굴은 전연 알아볼 수 없으나 경실은 그를 분명히 알고 있다. 그는 매번 그녀를 음악실로 밀어 넣는 투박한 손길의 주인이며, 동네 큰길가에 퍼질러 앉아서 자기 서방을 기다린다던 배불뚝이 주근깨 여자의 남편이기도 하다.

새벽에 들려오는 소음들 때문에 잠을 설쳐서 말이야.

나사못처럼 생긴 플라스틱 귀마개를 양쪽 귀에 꽂고, 남편은 스스로의 인기척에 잠을 깰까 전전긍긍하며 잠자리에 소리 없이 기어든다. 가슴까지 단정히 끌어 올린 이불자락, 그 위에 단정하게 올려 놓은 깍지 낀 긴 손가락들. 두꺼운 커튼을 드리운 창에 청람 빛 새벽이 올 때까지, 그녀의 벌거벗은 귀는 남편의 귀에 스며들 수 없는 각양각색의 소리들을 변기처럼 맥맥히 받아 낸다. 모든 색깔이 뒤섞여 버린 칠흑의 밤은 녹록히 물러서는 적이 없다. 미끈미끈한 비늘들을 곤추세우고 둔탁한 꼬리를 뒤흔들며 밤은 한순간도 쉼 없이 그녀의 자궁 입구에 다다라 철썩거린다.

거실에 걸린 벽시계가 종을 다섯 번 친다. 피아노 교습을 마칠 시간이다. 미스 장과 차를 나누고 그러고 나면 남편의 전화가 걸려

올 것이다. 경실은 부엌에 들어가 찻물을 올린다. 그녀는 아이의 방문을 두드린다.

장 선생님, 끝낼 시간이에요.

4시 20분부터 시작했으니까 20분 더 남았는데요.

경실은 문을 열며 여유 있는 미소를 짓는다.

어차피 아이도 따분해하는데 굳이 시간 채울 것 있나 뭐. 나하고 차나 한잔 마셔요.

아뇨, 차는 오늘 너무 많이 마셔서요.

삐삐 주전자의 쇳소리가 미스 장의 애매한 말꼬리를 끊는다. 아이가 피아노 의자를 뒤로 뺀다. 주전자의 요란한 비명은 온몸의 신경 줄을 토막토막 끊어 놓을 것처럼 높고 날카롭다.

시끄러워. 빨리 끄지 않고.

아이가 두덜거렸으나 경실은 서두르지 않는다.

나가 놀아라. 선생님 답답하게 옆에 들러붙지 말고.

그녀는 아이를 힘주어 쳐다본다. 아이는 눈을 내리깔고 현관으로 나선다. 아이가 남 앞에서만 경실을 엄마로서 받아들이는 것처럼 경실 역시 남 앞에서만 엄마의 권위로써 아이를 대한다. 그녀는 주전자의 가스 불을 끈다. 금속성의 긴 비명이 갑자기 끊긴 집 안은 부자연스러울 정도로 조용하다.

뽀삐, 이리 와.

아이의 목소리가 들린다. 마당 한쪽 구석에서 스피츠 한 마리가 쏜살같이 달려온다. 거실로 나온 미스 장이 베란다 유리를 통하여 그들의 노는 모습을 지켜본다.

앉아요.

경실은 홍차 잔을 쟁반에 받쳐 들고 자리를 권한다. 미스 장의 옷차림은 굵은 줄무늬의 큼직한 스웨터다. 목둘레가 터무니없이 넓어, 쇄골은 물론 자칫하면 한쪽 어깨가 온통 드러날 것 같은 헐렁한 디자인이다. 우람한 체격을 가진 남자의 옷을 조그맣고 귀여운 그의 애인이 뺏어 입은 듯한 형국이다. 미스 장이 흰 이를 드러내며 불쑥 그녀에게 말한다.

답답하지 않으세요? 그렇게 목 끝까지 단추를 다 끼우시면. 단추 몇 개쯤 풀어 놓아도 시원해 뵈고 좋잖아요. 목선도 아직 예쁘신데요.

경실의 입가에 미소가 돈다. 그제서야 미스 장은 아차 싶은 얼굴이다.

글쎄, 나는 단추를 자꾸 잠그게 되네. 성격은 고칠 수 없나 봐.

똑같은 질문에 똑같은 대답을 미스 장과 경실은 벌써 몇 번이나 나눈 적이 있다. 경실의 목과 눈가가 다시 근지럽기 시작한다. 그녀는 홍차 잔을 두 손으로 움켜쥐고 후우후우 불어 대기 시작한다.

아이를 잘못 키우나 봐요. 너무 버릇이 없어. 사사건건 고양이처럼 덤벼들어 사람을 할퀴려고나 들고. 젖을 너무 오래 물렸나 봐요. 다들 버릇 나빠진다고 말렸는데도. 젖이 흔했거든. 네 돌이 다 되어서까지 물고 늘어졌다니까.

사모님은 확실히 좀 남다른 점이 있어요. 아이도 하나뿐인데, 무슨 취미 활동이라도 하시지요. 문화 센터 같은 데에 등록하셔도 좋고요. 아저씨가 나다니는 걸 싫어하시나 보죠. 그런 남편이 꽤 있다면서요.

경실은 긴 머리칼을 매만지는 그녀의 하얀 손을 바라본다.

참, 우리 집 아빠가 미스 장 얘기를 하던데. 좋은 선생님이라고.

저를 보신 적도 없다니까요.

미스 장은 경실을 똑바로 쳐다보며 단호하게 말한다. 무슨 생각이 드는지 머무적거리던 미스 장이 타이르는 투로 말을 잇는다.

여자 애들한테 문제가 있기도 하죠. 내 친한 친구 중 하나도 유독 노총각이나 유부남하고만 데이트하는 애가 있어요. 분위기 좋은 고급 레스토랑에다가 돈도 두둑이 받는다나요. 용돈인지 화댄지 알 수는 없지만. 나 보고도 그렇게 돈 벌어서 이번 여름에 유럽 쪽으로 배낭여행을 떠나자고 하더라고요. 저는 피아노 레슨이나 열심히 할 뿐이에요. 사실 저는, 사귀는 남자가 있거든요. 동갑이에요. 군대에 다녀오면 결혼해야죠.

미스 장의 얼굴 화장은 너무 진하다. 경실은 근질거리는 얼굴에 다시 손을 대고 긁기 시작한다. 경실은 거실 한쪽에 걸린 거울에 다가간다. 습기라곤 없어 버걱대는, 거스러미 져 조각조각 흩어지는 피부를 말짱히 벗겨 내지도 못하고 벌건 낯으로 살아가는 그녀의 몰골이 비친다. 매미가 허물을 벗듯 깡그리 한 꺼풀을 벗겨 낼 수 있다면. 이마에서부터 콧날과 턱의 중앙을 향하여 예리한 면도날로 금을 긋고 그 벌어진 틈서리로 말끔한 속 알맹이를 끄집어낼 수만 있다면.

피부가 가라앉지를 않아. 저 하늘 좀 봐. 황사 현상이라나. 중국의 강가에서 일어난 먼지가 수백 킬로미터 공중을 날아온대요. 그

먼지바람 속에 메뚜기 알까지 묻혀 온다잖아. 지독하지, 어떻게 그리 번식욕이 강할까.

마당에서 개와 함께 뒹구는 아이의 웃음소리가 꽤 즐겁다. 미스 장이 자리에서 일어나 베란다 쪽으로 다가간다. 그녀는 베란다 문을 열려다가 움찟한다. 함부로 문 여는 것을 경실이 싫어한다는 사실을 하마터면 또 잊을 뻔했다.

목련이 피기 시작하네요. 세상에, 꽃봉오리가 크기도 해라.

미스 장이 무안한 감정을 얼버무리듯 선 채로 혼잣말처럼 중얼거린다.

우리 집 아빠가 사다 심은 거야. 벌써 십몇 년이 되었네. 딸아이가 태어난 기념이지요.

미스 장이 먼 하늘을 바라보며 말한다.

나는 아들만 많이 낳을 거예요. 다섯이고 열이고. 딸은, 글쎄요, 까탈도 많고 좀 크면 이것저것 얄미울 것 같아요. 신비롭지 않아요? 여자 몸속에서 남자가 나온다는 게.

손에 들고 있던 홍차를 마시며 미스 장은 말을 잇는다.

우습죠? 처녀가 별소리를 다하고. 그래도 난 그래요. 사실 그렇게 생각하니까요. 솔직한 게 좋잖아요?

무릎에서 20센티미터는 족히 기어 올라간 그녀의 짧은 스커트 밑, 그녀의 자궁을 향하여 헤엄쳐 갈 수억의 정자들이 있다. 2cc에 4000만, 20cc에 4억, 남편의 손에 든 물 한 컵 200cc에 40억 마리. 수많은 정자들을 제치고 싸움에서 승리한 가장 강한 놈이 그녀의 알을 뚫고 들어간다.

아이를 뱄을 때는 배가 터지는 줄로만 알았다니까. 아랫배가 온통 송충이 붙은 것처럼 갈라졌어요.

왜 다시 아이를 낳지 않으시죠? 사십이 넘으시면 어렵잖아요.

미스 장이 정색을 하고 경실을 돌아본다. 경실은 손을 들어 개를 가리킨다.

저것 좀 봐. 오늘따라 개가 아이한테 더 달라붙는 것 같지 않아? 묘하게 안다고, 생리 냄새를. 애가 생리 중이거든.

아이는 자라서 결국 어른이 된다. 아이는 다른 아이들과 똑같이 부모에게 갖은 애를 먹이며 사춘기를 보내고, 미스 장과 같이 멋진 여대생이 될 것이며, 아마도 자신이 제일 좋아하는 남자와 꿈 많은 결혼을 하게 될 것이다. 경실은 아이가 앞으로 수십 년의 세월 동안 매달 한 개씩 낳아 놓을 알의 더미를 본다. 그녀는 뭐가 뭔지 알 수 없다. 그녀가 남편을 굳이 승복시켜 그들의 호적에 올린 아이는 빨간 울음을 울며 우유병을 빨아 대는 갓난아이였지, 그 뱃속에 정자를 받아들여 생명을 잉태할 성인(成人)으로서의 여자가 아니었다.

전화벨이 울린다. 남편의 목소리는 녹음기에서 흘러나오는 말처럼 한결같다.

난데. 일이 있어서 좀 늦게 들어갈 것 같아. 기다리지 말고 먼저 저녁 먹어요.

경실은 미스 장을 배웅하러 나란히 뜰로 나선다. 개가 경실과 미스 장 주위를 어지럽게 돌아 댄다. 경실은 개를 발로 찬다. 개가 흠칫 놀라 서서 경실을 쳐다본다.

이젠 완연한 봄이네요. 목련 꽃봉오리가 저렇게 예뻐요.

미스 장은 자목련을 올려다보며 탄성을 올린다.

이놈의 개 땜에 망신만 당하고. 창피스러워서 말이야.

무슨 일인데요?

저것도 수컷이라고 아침마다 고추가 벌겋게 서기에 가축병원에 데리고 갔잖아. 일껏 암캐를 구해서 붙여 주었더니, 그저 무턱대고 덤벼드는데. 몇 번은 어떻게 그 암캐가 궁둥이를 들어 주더라고. 그러다 이건 아니다 싶었는지, 암캐가 그냥 땅에 납작 주저앉아 버리는 거야. 그때부터 저놈은 주위를 뺑뺑 돌며 찔벅거리고. 수컷이면 뭐 해, 씨도 못 뿌리는 게.

가까이 서 있던 아이는 무안하여 개를 발로 차더니 저만치 마당 구석으로 비켜나 버리고 미스 장은 겸연쩍은 얼굴로 대문을 나선다.

경실은 대문을 걸어 잠그고 돌아선다. 얼굴에 근지러움이 들불처럼 번져 간다. 봄의 공기는 너무도 혼탁하다. 정액의 비릿한 풀 냄새에다 값싼 향수 내가 뒤범벅되어 그녀는 도저히 숨을 쉴 수가 없다. 천지가 벌건 신열로 들떠 있다. 자목련의 그 추저분한 빛깔이라니. 그녀는 갑자기 목련에 달려들어 꽃 뿌리를 하나씩 잡아 떼기 시작한다.

무슨 짓이에요? 봉오리는 왜 따는 거예요?

아이가 놀라서 그녀의 손목을 잡는다. 경실은 아이의 얼굴을 똑바로 쳐다보며 야멸치게 손을 뿌리친다.

피고 나서 시들면 너무 지저분해서 말이야. 땅에 떨어진 그 불그죽죽한 이파리 너도 봤지? 꼭 핏자국 같지 않아? 이렇게 소름 끼치는 나무는 처음이야. 사람을 불러서 나무를 잘라 버려야겠어.

아이가 멍하니 경실을 올려다본다. 잔털로 둘러싸인 큼직한 자색 봉오리들은 몇 개 쥐지도 않아 손에 가득하다. 그녀는 봉오리를 잡아 떼던 손을 멈추고 아이를 빤히 들여다본다. 봉오리 중 하나를 아이의 손에 슬며시 쥐어 준다. 그녀는 목소리를 낮춘다.

잡아 봐. 부드럽지. 기분이 어때?

아이의 벌어진 입이 보인다. 경실은 가슴이 두근거린다. 그녀는 아이의 입에 또 하나의 봉오리를 조심스레 집어넣기 시작한다.

입에 넣어도 돼. 구겨지지 않게 입을 크게 벌리는 거야. 이를 대면 안 돼. 혓바닥으로 말이야. 해 봐. 넌 잘할 거야. 그래, 훌륭한데.

아이의 표정은 반쯤 넋이 나가 있다. 심상치 않은 느낌에 짓눌려 아이는 눈을 크게 뜬 채 입을 다물지도 그것을 내뱉지도 못한다. 온 천지에 꽃들은 왜 피는가. 그 흉측한 몸짓들을 사람들은 어찌 보고 즐기는가. 손이 채 닿지 않은 가지 위의 꽃봉오리가 하늘을 향해 서서히 입을 벌리고 있다. 자궁 문이 열리는 으드득거리는 비명이 아슴푸레하게 들려온다.

잔일(殘日)

1

 날씨는 맑은 편이다. 먼 산등성이가 그리는 완만한 선을 따라 층운(層雲)이 낮게 깔렸을 뿐, 3월의 날씨치고는 하늘 색이 제법 푸르다. 거뭇한 산머리 그늘에는 채 녹지 않은 눈이 희끗거리고, 뻗어내린 줄기마다 꺼칠한 침엽수들과 잎을 털어 버린 나무들이 고사목처럼 꽂혀 있다.
 산허리로부터 들녘까지 두어 골짜기를 굽이돌며 아스팔트 도로가 뻗어 있다. 한여름 같으면 녹음에 가려 보이지 않았을 1차선의 차도가 누렇게 바랜 산자락에 검은 상장(喪帳)처럼 두드러진다. 눈여겨보면 차도 한편을 따라 완만한 콘크리트 계단이 놓인 것을 알 수 있다. 서너 발자국을 옮겨 떼어야만 위 계단을 밟을 수 있는 널찍널찍한 계단이다.
 두 노인이 계단을 오르는 중이다. 어깨를 잔뜩 움츠리고 몇 발짝 앞서서 걷는 이는 김주명이다. 키가 크고 마른 체격에 회색 외투를 걸친 그는 오로지 발걸음 세기에만 열중하고 있다. 하나 두울 세엣 네엣, 하나 두울 세엣 네엣. 계단을 올라서서 디디는 매 첫 발자국은 콘크리트 포장 부분에, 나머지 둘째 셋째 넷째 발자국은 돌 없이 잘 고른 연갈색 땅에 놓인다. 한 걸음이라도 허투루 떼어 놓았다가는 무슨 사단이라도 날 것처럼 그는 굳은 표정으로 다음 계단을 쳐다본다.

그보다 약간 처져서 미색 방한 잠바에다 보풀이 난 털모자를 눌러쓴 이는 장선학이다. 주름살이 별로 없고 살색이 검은 편인 김에 비하여, 장의 얼굴은 동안(童顔)에 자잘한 잔주름이 많이 잡혔다.

글쎄 쉬어 가자고. 힘들어 죽겠어. 무에 살판났다고 이리 서둘러.

장이 내지르는 소리에도 앞서 걷는 김은 아랑곳하지 않는다. 장은 기막히다는 표정으로 김의 등판을 노려본다. 가뜩이나 구부정한 어깨에 허연 머리통까지 푹 숙인 그의 뒷모습은 허공에 회색 외투만 둥둥 떠가는 듯하다. 장은 새 계단에 발을 올리려다 말고 몸을 돌려 바닥에 주저앉는다. 상반신을 돌려 김에게 냅다 고함을 지른다.

혼자 가, 혼자. 젠장맞을, 영감태기 성질하고는. 자리보전하고 고롱고롱 앓던 때가 며칠 지났다고.

김의 걸음걸이야 기실 그가 따라잡지 못할 정도로 빠른 것은 아니다. 그러나 장은 마음이 불안하다. 어떻게 해서든 그를 쉬게 해야 한다고 생각한다. 아무래도 김의 오늘 행동거지에는 사람을 당혹시키는 무엇이 있다. 제아무리 탄탄한 체질이라고는 하나 여든이 꽉 찬 나이에다. 뭐니 뭐니 해도 그가 자리를 털고 일어난 지 겨우 열흘밖에 되지 않았다. 주위에 눈길 한 번 주지 않고 쉼 없이 내뻗는 그의 발걸음에서, 장은 민망하게도 가스 불에 얹힌 물 끓는 주전자를 연상한다. 한창 물이 끓어오르는 주전자의 가스를 갑자기 꺼 버렸을 때, 끈 직후 토막의 시간, 주전자 꼭지로 나오는 수증기가 지금까지와는 표가 나게 기승을 부리는 몇 초간이 있다. 가스 불은 이미 꺼졌는데 말이다.

묵묵히 발걸음만 떼어 놓던 김도 하는 수 없는지 걸음을 멈추고, 오르던 계단에 걸터앉는다. 장이 퍼질러 앉은 자리보다 서너 계단 위쪽이다. 끊임없이 구시렁대던 장도 김이 앉는 것을 확인한 후에는 한동안 말이 없다.

주위는 조용하다. 산 아래 큰길부터 한참동안 따라오던 차들의 소음도 골짜기 한 굽이를 감아들자 수그러지고, 어쩌다 울리는 높은 음의 경적 소리가 먼 하늘에 퍼진다. 선뜩 불어 가는 잎샘바람에 잔 나뭇가지들끼리 부딪치는 소리, 우부룩한 마른 덤불의 바스락거림이 고작이다. 계단 옆에 뻗은 차도도 한적하기는 마찬가지다. 그들이 큰 찻길을 가로질러 산자락으로 들어섰을 때 검은 왜건 한 대가 느릿느릿 빠져나갔을 뿐이다. 원래의 지면보다 도드라진 아스팔트 차도는 누가 일부러 청소라도 한 것처럼 나뭇잎 하나 없이 말끔하다.

양 손바닥으로 차가운 뺨과 코를 비비던 김이 고개를 들어 주위를 찬찬히 둘러본다. 초행길이 분명한데도 언젠가 와 본 듯한 친근한 느낌이 드는 까닭은 그의 귓가에 들리는 새소리 때문이다. 그가 어렸을 때 동네 뒷산에서 지저귀던 박새 소리다.

새는 가까이에 없을지도 모른다. 철새들을 볼 수 없게 된 지는 벌써 오래전 일이고 사철 내내 숲에 깃들던 텃새들도 멸종 위기에 놓였다고들 했다. 자신의 귀에만 들리는 갖가지 사물의 소리들을 주위 사람에게 확인하느라 그는 이제 더 이상 애달아하지 않는다. 오히려 그 귀중한 소리들을 놓치지 않기 위해 군말과 행동을 삼갈 뿐이다.

오랜 세월 동안 작고 크게 울려 퍼지던 소리의 알갱이들이 주위의 사물과 경관에 이슬처럼 촉촉이 배었다가, 그가 가까이 다가오는 순간 슬며시 일어나 반겨 주는 것이야말로 얼마나 고마운 일인지. 양로 아파트의 후미진 잔디밭을 지날 때나 아파트 단지 옆에 붙어 있는 시민 공원을 거닐 때면 그는 으레 나무와 푸서리에서 피어오르는 개구리 울음소리와 새소리, 풀벌레 소리들을 들었다. 차들이 넘치는 거리나 지하철 통로에선 콘크리트 벽과 타일 바닥에 들러붙은 젊은이들의 속삭임과 흐느낌, 식솔을 거느린 가장의 한숨 소리와 푸념이 오롯이 들려왔다.

처음에는 그도 물론 꽤 혼란스럽고 우울했다. 어느 날인가부터 귓가에 들리기 시작한, 자신 외에 아무도 듣지 못하는 소리 더미에서 풀려나기 위해 그는 나름대로 안간힘을 썼다. 보지도 않는 TV를 일부러 하루 종일 틀어 놓아 보기도 하고 다른 이들이 늘 모이는 휴게실에 밤늦게까지 앉아 있기도 했다. 쓰레기 소각장이 있는 아파트 단지 구석에서 자신의 몸속에 그득 들어찬 수많은 소리를 게워 내기라도 할 것처럼 미친 듯이 고함을 질러 댄 적도 있었다. 그러나 그의 귀에 들려오는 온갖 소리는 좀처럼 가실 줄 몰랐다. 고성능 청진기라도 들이댄 듯 소리는 날이 갈수록 더욱 크고 또렷하게 들려왔다. 어쩌다 잠이 깬 적요한 한밤중과 새벽 어스름에도 창문 밖에 서 있는 은행나무의 잎 돋는 소리가 들려왔고, 수많은 사람들이 벅신대는 식당 한가운데에서도 외따로 앉은 영감의 쪼그라든 등판에서 묻어나는 서러움과 체념의 중얼거림이 들렸다. 그는 자신이 서서히 미쳐 가거나 아니면 적어도 차츰 귀머거리가 되어 가는 중이라고 믿었다. 주위 사람과 똑같이 별 표 나지 않게 늙고 또 죽어 가는 것이야말로 얼마나 복된 일인가.

그런 상태로 몇 달이 지나갔다. 걱정했던 만큼 그의 청력이 약화되는 것 같지는 않았다. 또 스스로 살펴보아도 정신이 특별하게 혼미스러워진 것도 아니었다. 자신이 구태여 다른 이들을 붙잡고 소리에 대한 이야기를 끄집어내지만 않는다면 그는 다른 이들과 다름없는 극히 정상적인 늙은이였다. 사람의 얼굴을 보기만 하면 대번에 몇십 년 전의 묵은 상황을 들추어내는 3층의 최 영감처럼, 그에게는 주위 사물에 켜로 쌓인 소리의 겹들을 차근차근 일으킬 수 있는 특별한 능력이 생긴 것뿐이었다.

주욱 이어진 필름을 거꾸로 들고 보듯 말이야.

전직이 사진기자였던 최 영감은 사람의 얼굴을 보면 그 사람의 머릿속에서 지워지지 않는 특별한 장면들이 훤히 보인다고 했다. 김의 얼굴을 쳐다보면서 최 영감은 몽롱한 눈으로 말했다.

강가에 앉아 있어, 자네는. 무얼 강물에 빠뜨린 모양이지.

보풀이 인 털모자를 고쳐 쓰며, 장이 서너 계단을 올라 김의 옆 자리에 다가앉는다. 그가 또 게정대기 시작한다.

꼬박꼬박 발을 네 번씩 떼어야 오를 수 있으니 말이야. 외다리 병신들이 계단을 놓았나, 미련 맞기는. 매번 한쪽 다리로만 힘을 줘야 하잖아.

김이 천천히 입을 연다.

우리 같은 늙은이에게나 넷이지, 젊은이들한테야 하나 둘 셋이야.

장은 갑자기 무르춤한다. 이내 김을 노려보며 침을 튀긴다.

그걸 말이라고 해? 여기가 저희들처럼 사지 펄펄한 젊은 것들이 산보 오는 데야? 그 애들이 왜 와. 우리 같은 해골들이나 제 무덤 쪼으려고 오지. 저희들 편한 중심으로다 놓은 게, 그것도 다 잘한 짓이구먼.

종주먹을 들이대듯 장이 김에게 열을 올린다. 김은 아무 말이 없다. 장의 말을 제대로 들었는지 못 들었는지조차 알 수 없다. 장은 얼른 김의 안색을 살핀다. 아무래도 김이 미덥지 않다. 홀쭉하게 야윈 뺨, 파리한 입술, 경더리된 그의 체구는 더욱 좁아들어 걸치고 있는 외투 무게도 견디기 힘들어 보인다. 어느새 먼 들녘에 박혀 있는 김의 아득한 시선을 따라 장 역시 말을 멈추고 나란히 눈을 돌린다.

김은 그들이 헤치고 올라온 산비탈 아래 지대를 내려다보고 있다. 차들이 질주하던 큰길은 언덕에 가려 보이지 않고 차도 너머에 엉성한 녹지대가 널찍이 자리 잡았다. 녹지대 건너 그 앞쪽에 있는 햇빛에 반짝이는 흰 띠가, 지하철을 내린 삼거리역에서부터 한참 동안 길 오른쪽에 끼고 올라온 한강의 지류 토숙천이었음을 김은 그제야 알아본다. 대학생인 듯싶은 청년은 손짓 몸짓을 해 가며 녹지대를 두르지 않고 질러가는 골목길까지 세세하게 가르쳐 주었으나 끝내 둘의 얼굴을 똑바로 쳐다보지는 않았다. 청년과 헤어진 후 횡단 신호를 기다리면서 김은 청년의 시선이 내내 머물렀던 자신의 외투 앞섶을 찬찬히 살펴보았다. 색이 바랜 날깃한 외투 깃, 그것을 여민 흔해 빠진 플라스틱 단추가 달려 있을 뿐이었다.

춥지 않아?

생각에 골똘히 잠겨 있는 김에게 장이 넌지시 묻는다. 두어 번 고개를 가로젓는 김의 모습이 천진난만한 아이 같다. 장은 그의 외투 깃을 세워 주려다 그만둔다.

오늘 아침 눈을 뜨고부터 갑자기 이곳에 와야 한다고 우겨 대는 그를, 장으로서는 도저히 말릴 재간이 없었다. 무뚝뚝함이 지나쳐 뒤둥그러진 데다가, 누구하고도 흉금을 털어놓는 성격이 아닌 김과 한 방에서 기거하면서 장이 체득한 것은, 김이 하자는 대로 따를 수밖에 없는 때가 있다는 것이다. 한 달 가까이 자리를 털지 못하고 앓던 김이다. 이제 한 열흘, 거동이 자유스러워졌다고는 하나 무리한 시도인 것만은 틀림없는 일이다. 예전에 장과 방을 같이 쓰던 황 영감처럼, 김이 또 먼저 세상을 등진다면 이번에는 정말 견뎌 내기 힘들 것이라는 생각이 들었다. 김이 자리에 누워 앓던 근 한 달 동안, 장은 김의 곁을 잠시도 떠날 수가 없었다. 나이가 들 만큼 들었으니 스스로 홀가분하게 죽음을 맞는다면 또 모르되, 옆의 동료가 죽어 가는 것을 대책 없이 애만 태우며 지켜보는 것처럼 넌더리나고 끔찍한 일은 없다.

어차피 제상인지 몰라.

김이 혼잣말처럼 중얼거린다. 녹작지근하게 풀려 있던 장은 아연실색하여 그를 쳐다본다. 자신의 가슴속을 빤히 들여다보고 있었던 것처럼 김이 이렇게 말을 내뱉을 때 그로서는 어떻게 맞받아야 할지 난감하다. 장은 마침 어렸을 때 집에서 지내던 제사상을 생각하는 중이었다. 그의 어린 시절, 어머니는 제사상에 갈피갈피 연갈색 고물을 넣어 만든 시루떡을 정성스레 괴어 올리곤 했다. 걸터앉은 회색 콘크리트 계단, 잡돌 없이 고르게 펴진 연갈색 땅을 보며 자신도 모르게 빠져 들어간 상념이다. 자신과 김의 행동거지가 마치 제상 시루떡에 달라붙어 헤매는 개미 두 마리 같다고 생각하던 참이었다.

도대체 말 한마디를 해도 곱상하게 할 줄을 몰라, 이 영감태기는. 제상이라니, 재수 없게.

장이 얼른 그를 윽박지른다. 그 순간이다. 김이 눈을 감는가 하더니 몸이 장 쪽으로 스르르 기울어진다.

괜찮아? 이봐 김 영감, 괜찮냐고?

김은 몸이 흐느적거려 제대로 추스를 수가 없다. 장은 엉거주춤 일어나 그를 부축하며 안절부절 못한다. 어쨌든지 오늘 외출은 끝까지 말려야 했던 것이다. 김이 눈을 뜨며 가까스로 몸을 가눈다. 장은 가슴을 쓸어내리며 안도의 숨을 쉰다. 김은 속이 메스껍다. 눈을 뜨고 내려다보면, 회색 콘크리트 계단들이 쥘부챗살처럼 달라붙어 그를 언덕 밑으로 태질할 것 같은 기분이다. 한참 동안 그들은 가만히 앉아 있다.

어차피 한 번은 올 길 아닌가.

김이 장을 달래듯 말을 잇는다. 이윽고 기운을 차린 김이 일어서서 갈 길을 재촉한다. 장도 어쩔 수 없다는 듯 다리를 편다. 여기까지 와서 그냥 되돌아갈 수는 없다. 얼른 일을 마치고 집으로 가는 수밖에. 그들은 계단을 마저 오르기 시작한다.

2

언덕길이 끝나고 그들의 눈앞에 넓은 광장이 펼쳐진다. 산허리를 잘라 내어 닦은 대지는 그들이 올라오면서 상상했던 규모보다 훨씬 넓고 번듯하다. 붉은색과 미색 보도블록으로 포장된 널찍한 길이 광장 한가운데로 뻗쳐 있다. 광장 건너 맞은편 산그늘에 음울하게 도사린 검은 대리석 건물이 얼핏 눈에 비쳤으나 그들은 의식적으로 외면한다. 길 오른쪽 잔디밭에 크고 검은 대리석 빗돌이 누워 있다. 우아하고 당당한 궁체(宮體)다. 영원한 안식의 집.

안식 같은 소리하고 자빠졌네. 애매한 가재 돌에 치어 죽는구먼.

장이 투덜대며 가래침을 뱉는다. 김은 외투 주머니에 손을 찌르고 또 앞장서서 걷기 시작한다.

겨울의 찬 기운이 채 가시지 않은 넓은 잔디밭이 양옆으로 펼쳐져 있다. 잔디밭 가장자리를 둘러 허리 높이로 키를 맞춘 회양목이 바람에 스산하게 절그럭댄다. 어디서 굴러 왔는지 상수리 나뭇잎 하나가 김의 발치로 달려든다. 나뭇잎은 잠시 그의 발등을 덮었다가 옆의 우부룩한 회양목 덤불로 굴러가 박힌다. 김은 발걸음을 옮기며 그가 지켜본 수십 번의 가을과 그때마다 나뭇잎을 털어 내던 나무들을 회상한다. 발갛게 또는 노랗게 타오르던 단풍의 찬연한 색깔은 나무가 토해 내는, 헛된 삶에 대한 마지막 함성일 수도 있고, 또 다르게 생각하면 올곧은 수의로 갈아입고 세월을 맺으려는 나름대로의 겸허한 의전일 수도 있다.

나무처럼 모든 것을 털어 버리면.

그는 혼자 입속으로 말을 굴린다. 주머니에서 손을 빼내는 순간 소소리바람 한 줄기가 김의 옷소매로 잽싸게 비집고 들어온다. 낡아서 헐렁해진 내복 소맷부리는 바람을 막아 줄 힘이 없다. 손목부터 팔꿈치, 어깨로 찌르르하게 통증이 퍼져 오른다. 그는 손을 외투 주머니에 도로 쑤셔 넣는다.

광장 한가운데에는 커다란 꽃시계가 자리 잡았다. 가장자리에는 꽃시계를 향하여 색색의 벤치가 몇 개 놓여 있다. 앞서 걷던 김이 벤치에 다가가 걸터앉는다. 아무래도 다리가 허든거린다. 바람도 거의 잦아들고 햇살의 온기가 느껴지는데도 턱이 떨려 온다. 뱃가죽이 이유 없이 한참이나 후들댄다. 장이 김의 곁에 앉으며 곁눈으로 힐끗 그를 쳐다본다. 아무리 뚝심 좋은 김이라 해도 그 역시 한달음에 '안식의 집'으로 들어설 배짱이야 없을 터이다. 노인들이 두엇이라도 모이게 되면 그들은 혹여 누가 '안식의 집' 얘기를 꺼낼까 봐 전전긍긍이었다. 그러나 결국 귀착되는 화제는 '안식의 집'에 관한 일이었다.

그예 오긴 왔구먼. 자네 몸뚱이가 그놈의 고집 반만큼이나 질기면.

장의 뻗가는 솜씨도 이제 한풀 꺾인 기세다.

듬성듬성 흙을 엎어 놓은 시계 판에는 이제 한 달이 안 되어 색색의 초화들이 심어질 것이다. 붉은 베고니아로 시계 언저리를 돌리고 시간별에 맞추어 흰 페추니아, 자주·노랑의 팬지가 바람에 나풀댄다. 꽃을 간질이듯 시곗바늘이 맴을 돌고. 장은 심기지 않은 꽃들을 훤히 보며 말을 잇는다.

우리 딸년이 미국에서 찍어 보낸 사진에도 공원의 꽃시계가 화려하더구먼. 거기는 사철 따뜻한 봄이라 꽃이 안 진다는 거야.

딸을 본 게 양로 아파트에 든 이듬해였으니 벌써 8년이 넘었다. 봄이 오고, 아파트 공원 옆의 꽃시계가 화려하게 새 단장을 할 때마다 그는 으레 딸의 사진을 들먹이곤 한다.

장의 눈에는 쌍둥이 외손녀들의 모습이 선하다. 두 아이가 해 주는 뽀뽀는 비록 까만 머리에 까만 눈동자가 아니라 해도 역시 촉촉하고 향긋했다. 장난꾸러기 요정처럼 한시도 가만히 있지 않고 사붓거리던 그 귀여운 손짓, 몸짓을 다시 한번 볼 수만 있다면. 앙증맞은 손, 가느다란 펜으로 그려 놓은 듯한 조그만 손톱.

웬만하시면 우리와 같이 미국에 들어가서 살아요.

듣기 좋으라는 빈말이었다 해도 그나마 딸이 아니면 누가 그렇게 말해 줄 것인가. 그는 공항까지 따라 나가지 않고 양로 아파트의 문 앞에서 딸과 작별했다. 혹시 노랑머리 사위가 어찌 생각할까 조심스러워서였다. 딸의 말로는 아이들과 자신만 한국에 나오고 사위는 그대로 미국에 있다고 했지만 손녀딸들의 눈치는 그게 아니었다. 눈치를 주면 딸이 마음 아플까 봐 말은 안 했어도 그로서는 못내 섭섭했던 것이 사실이다. 딸의 눈에 그렁그렁 눈물이 고였으나 그녀는 애써 자제했다. 정성 들여 그린 눈 화장이 망가지기 때문이었다. 택시를 향해 서로 뒤질세라 뛰어가던 두 손녀딸들의 뒷모습은 바람에 하늘거리는 노란 팬지처럼 정말 깜찍하고 사랑스러웠다.

양로 아파트에 맡겼던 목돈을 뽑아 그들에게 준 일을 후회할 것은 없다. 어차피 유산이랬자 얼마 되지도 않는 것, 단 하나의 혈육인 딸과 그 딸이 선택한 남편, 한 번도 장인 앞에 나타나 인사는 하지 않았지만 건장하고 쾌활하다는 파란 눈의 사위에게 제때에 도움이 된다면 그 이상 무엇을 바라겠는가. 장은 아파트 옆 시민 공원의 한편, 딸과 손녀딸들이 탄 택시가 사라져 간 유치원 건물 쪽으로 눈길을 돌린다. 아이들이 쏟아져 나올 때가 되었는데. 어떻게 된 일일까. 웬 낯선 검은 건물이 멀찍이 웅크리고 앉아 있을 뿐 주위에는 유치원 건물도, 놀이터도 보이지 않는다. 장은 그제서야 주위를 가까스로 알아본다. 이곳은 그들의 양로 아파트 옆 공원 벤치가 아니라 생전 처음 와 본 '영원한 안식의 집' 앞 광장인 것이다.

쌍둥이 손녀딸의 모습을 떠올리기만 하면 장은 항상 기억이 까뭇까뭇해진다. 딸의 식구들은 아마 다른 곳으로 이사를 한 듯싶다. 그가 보내는 편지는 번번이 주소 불명의 딱지가 붙어 되돌아오곤 한다. 소식이야 일에 쫓겨서 차일피일 미루다 보니 그리 될 수도 있다. 어쩌다 아버지 생각이 난다 해도 그 비싼 항공료를 들여 가며 한국에 나오기란 여간 어려운 일이 아닐 것이다.

그래, 물론…… 다른 꽃이어도 상관없지.

장은 씁쓰름한 표정으로 낯선 주위를 휘둘러본다.

김은 꽃시계의 초침을 숨 막히듯 긴장하여 바라보고 있다. 시곗바늘과 숫자판은 새로 페인트칠 하고 며칠 되지 않은 듯하다. 제일 길고 가느다란 흰색 초침이 12와 1의 숫자 사이에서 건들건들 흔들리고 있다. 초침이 그 자리에 머물러 있는데도 분침과 시침이 가리키는 시각은 정확하다. 그의 손목에 채워진 전자시계와 똑같이 2시 42분에 접어들고 있다. 건들거리는 초침은 새로 시작되려는 1의 숫자를 향하여 가려고 안간힘을 쓰는 듯이 보인다. 마치 1자에 닿기만 하면 자기 할 일을 다해 내는 것처럼 자못 진지하고 심각하다. 김은 시계의 초침에서 눈을 뗄 수가 없다.

　아들의 뇌파 그래프가 그러했다. 붕대로 친친 감은 데다 산소마스크까지 들쓴 아들의 하얗고 커다란 머리는 침대 머리맡 선반에 놓인 납작하고 검은 컴퓨터와 희한한 대조를 이루었다. 검은색 모니터 화면에 가로 그어지는 흰색 선이 일정한 간격으로 튀어 올랐다. 십여 개의 작은 전선들이 아들의 머리통 곳곳에 이어져 무구한 생명력을 흡반으로 빨아내고 있었다.

　제발 그러고 있지 말고, 애야. 어서 일어나서 그 흉측한 전선들을 손으로 휘잡아 떨쳐 내렴.

　그는 주먹을 움켜쥐었지만 그래프는 굴곡이 점점 완만해지면서 어느새 평행선을 긋고 있었다.

　임종입니다.

　모니터를 들여다보며 지루하게 앉아 있던 금테 안경의 새파란 의사가 기다렸다는 듯 입을 떼자, 아들의 얼굴에서는 대번에 핏기가 가셨다. 어미는 통곡 한 자락 제대로 놓지 못하고 가을 논에 볏단 쓰러지듯 침대 옆 바닥으로 잦아들었다. 김의 나이가 육순이 되던 해, 가을이었다.

사십이 가까워 늦장가를 든 그에게, 아들의 존재는 그가 자라며 맛 보여 준 대견함과 기꺼움보다 훨씬 더 큰 충격과 암울을 남기고 홀연히 사라져 갔다. 차 사고였다. 도대체 아들은 무슨 절박한 이유로 한밤중에 차도에 나가 주저앉아 있어야만 했을까. 비로 번들대는 강변도로 아스팔트에서 자정이 넘은 시각에, 아마도 아들은 택시를 잡으려 한 것 같다고 했다.

전혀 보이지 않았어요. 용서하세요. 겁이 나서……. 병원에 데려 가야 한다고 마음은 먹었으면서도…….

사고를 낸 운전자도 그저 꼭 아들 또래의, 얼굴에 주름 하나 새겨지지 않은 청대같이 파란 젊은이였다.

차 사고가 있던 바로 그날 낮에, 웬일인지 아들은 그가 근무하는 문화원 조각 전시관에 찾아왔었다. 초등학교 때 어미에게 손을 잡혀 들른 후 세 번째였던가. 좀처럼 없는 일이었다.

저, 가요.

내미는 용돈도 마다하고 전시장을 획 둘러보더니 또 휘적휘적 걸어 나가는 것이었다. 신경을 바짝 곤두세우고 손아래 직원과 조각 작품들의 반출입 보고서를 맞추어 보던 그는, 아들이 걸친 검은 바바리 자락에 힐끗 눈길을 주었을 뿐이다.

말단 공무원 생활도 정년을 맞았고 생계는 노후 연금으로 유지되었다. 그림자처럼 조용히 살던 아내가 그를 두고 떠나간 것은 아들이 죽은 지 11년 만이었다. 입버릇처럼 외우던 그녀의 소원대로 아내는 고향 아산만으로 흘러드는 무한천의 강줄기, 아들의 뼛가루가 흩어졌던 그 자리에 역시 그의 손으로 뿌려졌다. 아들을 잃고 하얗게 세어 버린 그녀의 머리채처럼 아내의 가루는 강물 위에 곱게 뉘어져 좀처럼 흩어질 줄 몰랐다. 그가 양로 아파트에 들어간 것은 이듬해 봄이었다.

김은 그만 눈을 질끈 감아 버린다. '영원한 안식의 집'의 초침은 영원히 안식하지 못하리라. 요원한 1의 숫자를 향하여 헛되이 용을 쓰고 있을 뿐이다. 아들의 머리에 달려 있던 수많은 흡반들을 휘잡아 떨쳐 내기라도 하듯이 그는 자신의 머리를 세차게 내젓는다.

괜찮아? 이봐, 괜찮은 거야?

장의 당황한 목소리가 들린다. 김은 고개를 들어 검은 건물을 바라본다. 이제 그는 마주 보이는 '영원한 안식의 집' 건물에서 눈을 피하지 않는다. 삶을 마감하는 사람들이라면 당연히 들러야 하는 곳, 그들의 주검을 믿고 맡기는 마지막 절차일 뿐이다.

'영원한 안식의 집'은 길게 누운 3층 건물처럼 보였으나, 사실은 서쪽 끝으로 내려앉은 지대를 이용하여 지은 4층 건물이다. 1층 로비 앞에 즐비하게 늘어선 휜칠한 원통 기둥들, 그것들이 떠받치는 2층 발코니는 온통 검은 대리석으로 꾸며져 있다. 3층 중앙의 유리창 하나에 햇빛이 가늘게 되쏘인다. 납작하게 땅에 엎드린 듯한 건물의 몸피와는 대조적으로, 동쪽에 따로 떨어진 건물에는 높은 굴뚝이 하늘을 찌를 듯 솟아 있다. 연한 보라색 연기가 굴뚝 꼭대기에서 공중에 퍼지는 중이다. 그는 코를 한껏 벌름거렸으나 별다른 냄새는 맡지 못했다.

어딜 가나 저놈의 연기.

장이 나지막하게 뇌까린다. 장에게는 풀죽은 목소리가 어울리지 않는다. 김은 장의 옆모습을 오랫동안 쳐다본다. 정면 얼굴에만 익숙해 있었던 탓인지, 끝이 슬쩍 올라간 그의 콧날이 새삼스럽다. 오늘 아침만 해도 김의 턱에 정색을 하고 면도기를 들이밀던 장이다. 아픈 동안에도 수염은 자라는지 턱이 제법 더부룩했다.

장에게 따뜻한 말 한마디 자연스레 건네지 못하는 자신의 서툰 태도가 김 스스로도 밉살스럽다. 그러나 깊게 파인 얼굴의 주름살처럼 굳어 버린 자신의 무뚝뚝한 성격을 이제 와서 어쩔 수는 없다. 자신이 가까스로 자리를 털고 일어나 식당 출입을 다시 하게 되었을 때 장의 그 환한, 의기양양하던 모습이라니. 김은 그의 표정을 잊을 수가 없다.

별관 신세는 절대로 안 지게 한다고 눈이 벌겋더니만 결국 해 냈구먼.

세상없는 조강지처라도 그렇게는 간병 못 하겠다. 앓고 난 이보다 병구완한 사람 얼굴이 더 엉망이야.

죽었던 친구가 다시 살아온 듯이 반색을 하는 다른 방 노인들을 향해 장은 침방울을 튀기며 으쓱댔다.

이 영감태기가 쓰는 나무 책상은 말이야, 워낙 크고 돌덩이처럼 무거워서 태우려면 꽤 애먹을 게야. 모르긴 몰라도 온종일 탈걸.

며칠 전에는 3층의 심 영감이 세상을 떴다. 작은 체구에 유달리 애살도 많고 꾸덕꾸덕 눈물도 흔하던 영감이었다. 별관으로 옮긴 지 엿새 만의 일이다. 하기야 별관에 입원한다고 하지만 그곳에서

성한 몸으로 걸어 나오는 경우는 거의 없으니 적당히 삶을 마감하는 것도 복이라면 큰 복일 것이다.

별관은 말 그대로 양로 아파트 단지의 뒤쪽에 따로 떨어진 건물이다. 제 손으로 대소변을 가리지 못하게 되면 노인들은 아파트의 규정상 별관에 격리 수용됐다. 아파트 단지 정문 쪽의 두 동(棟)에는 여자들과 남자들이 따로 기거했고 그 뒤쪽으로 꽤 널찍한 안뜰을 사이에 두고 진료소와 별관이 있었다. 굳이 출입을 통제하는 것도 아닌데 그들은 별관에 발을 들여 놓지 않았다. 사람의 발걸음이 뜸하기는 별관뿐 아니라 진료소 주위나 안뜰도 마찬가지였다. 안뜰은 누가 보아도 제법 아담한 정원임에 틀림없었다. 화려한 꽃들이야 별로 없어도 오리나무, 단풍, 벚나무들이 제법 어우러져 한여름에는 그늘도 꽤 실했다. 나무 밑의 안락한 벤치들은 어쩌다 관리 사무실의 직원들이나 외부인들과 한담을 나누기 위해 이용할 뿐 인기척이라고는 없어서, 날씨가 음울한 날에는 괴괴한 기운까지 감돌 지경이었다. 노인들이 그곳을 외면하는 이유는 안뜰에서 그리 멀지 않은 곳에 별관이 있기 때문이었다. 별관에서 흘러나오는 그놈의 신음 소리, 누군가에게 호통을 치는 듯한 단말마의 비명이나 음울한 울부짖음에 심상할 수 있는 노인은 아무도 없었다.

별관 건물 바로 옆으로는 후문이 나 있는데 노인들은 이 후문을 이용하는 법도 없었다. 그들이 노상 다니는 공원만 해도, 후문으로 나가면 아파트 단지의 담장을 에두를 필요가 없는데도 그들은 한사코 '운동도 되는' 앞문을 고집했다. 그 후문으로 드나드는 장의차와 마주치기 싫었기 때문이다. 안뜰 건너 위치한 진료소에 가는 일조차도 노인들은 되도록 피하는 지경이었다. 식당 아줌마나 사무실 사환 아이가 심심치 않게 과자 값이라도 챙기는 일이 그들 대신 진료소에 가서 약을 지어 오는 심부름이었다.

노인들은 너나 할 것 없이 아파트 단지의 앞쪽에서만 얼쩡거렸다. 입으로는 모두, 이대로 뒷문으로 나가 버려야 편치, 한숨을 쉬면서도 혹여 자신의 발자국이 뒷문에 가까워질세라 질겁하는 꼴이었다. 그들은 아파트 앞문으로 들어와서 자신도 모르게 점점 뒤쪽으로 내쳐졌다. 진료소에 몇 번 드나들다가 어느 날 별관에 입원을 하고, 또 어느 날 홀연히 후문을 빠져나가면 그것으로 끝이었다.

열흘이 멀다 하고 들어오는 장의차는 대개 늦은 아침녘에 와서 별관 입구에 서곤 했다. 누가 세상을 떴는지 공식적으로 발표를 하는 것은 아니었지만 소식은 장의차가 도착하기 훨씬 전에 그들에게 알려졌다. 대개는 사무실 직원이나 수위의 입을 통해서였다. 식당에 앉아 아침밥을 먹으며 그들은 누가 세상을 떴는지, 마치 간밤에 비가 온 사실을 주고받듯이 덤덤히 말을 나누었다. 자주 당하는 일이라 그렇기도 했지만 대개는 세상을 뜬 이에 대한 기억이 그들의 머릿속에 그리 뚜렷하지 않기 때문이었다. 유달리 신체상 특징이 있다거나 또는 별관에 들어간 지 며칠 안 되는 동료가 죽었을 때에는, 오늘 죽은 이가 누구인지를 확실히 알고 모두들 애통해하곤 했지만, 별관에 들어간 지 오래된 대부분의 환자들 경우에는 이름 석 자만으로 어떤 사람인지 분명히 알 수 없는 것이 사실이었다. 자기가 기억하는 사람이 틀림없다고 서로 우겨 대다가 눈을 부라리고 끝내 말다툼으로 번지는 경우도 허다했다.

임종의 징후를 보이는 노인들이야 신고가 되는 대로 관리 직원들에 의해 모두 별관으로 옮겨지기는 했지만, 노인들이 기거하는 앞쪽 아파트에 장의차가 머무는 적도 꽤 있었다. 독방을 쓰던 노인들 중에 시신이 딱딱하게 굳은 채 며칠 만에 발견되는 경우도 그리 희귀한 것은 아니었다.
　장의차가 다녀간 날 오후 서너 시가 되면 아파트 단지 구석에서는 어김없이 검고 매캐한 연기가 피어올랐다. 후문 옆의 대형 쓰레기 소각장에서 임자 잃은 이부자리와 옷가지, 궤짝 등속을 태우는 연기였다. 퍼런 입마개로 얼굴을 거의 가린 인부들 몇이 때로는 시시덕대며 불타는 물건들을 쪼개고 발로 쑤석거렸다. 노인들은 대개 그 모양을 아파트에 잇닿은 시민 공원 언덕에서 내려다보았다. 동료의 시신이 직접 화장되는 것도 아니고, 그들이 쓰던 하잘것없는 집기들을 처분하는 것인데도 마음이 평안할 수는 없었다. 야트막한 하늘에 퍼지는 검은 연기 속에서 그들은 하늘로 올라가는 동료들의 마지막 모습을 전송했다. 그리고 또 매번, 언젠가는 그렇게 될 것이 뻔한, 자신의 집기와 궤짝들이 불에 타 들어가는 모습을 곰곰이 되씹었다. 자신의 몸보다도 자신의 집기들이 타 들어가는 것을 상상할 때에 더욱 진저리가 쳐지는 것은 이상스러운 일이었다.
　검은 연기가 사라진 후에도 그들은 멍하니 그 자리에 서 있기 일쑤였다. 공원의 언덕 그 자리에서 고개를 조금 외로 돌리면 아파트 앞문이 보였다. 장의차에 실려 나간 이들을 벌충이라도 하듯 아파트 앞문에는 새로 들어오는 노인들이 한두 명씩 서성댔다. 일단 단지 안에 들어서기만 하면 발걸음을 돌려 나가는 이는 거의 없었다.

양로 아파트야 어느 곳이나 엇비슷했다. 특별히 색다르고 마음에 드는 양로 아파트가 있어서 그들의 남은 날들을 잊고 살 수 있게 되리라고 기대하는 이는 아무도 없었다.

노래를 하나 부를까.

김은 건물을 향해 일어서면서 흥겨운 듯 장에게 말을 건다. 장을 위해 '안식의 집'에 와야겠다는 마음을 먹지 않았더라면 그는 자리에서 일어나지 못한 채 고사한 나무 등걸처럼 그대로 사그라져 버렸을 것이라고 생각했다.

재작년 가을, 장에게 같은 방을 쓰자고 제의했을 때만 해도 김은 그에게 무슨 도움을 받으려는 의도는 전혀 없었다. 새삼스레 자신의 독방 생활이 적적하다고 느낀 것도 아니었다. 사람이 사람을 진심으로 믿고 의지한다는 것이 가능한가 따위의 물음에 회의적이었던 그로서는 그저 장의 오갈 데 없는 처지가 안되어 보였을 뿐이다. 장은 언제 보아도 사람들에게 항상 둘러싸여 있었다. 되지도 않은 말을 주워섬겨서 사람들을 웃기고, 때로는 하찮은 일에도 목줄을 세워 가며 흥분하던 그였다. 그가 병든 닭처럼 고개를 늘어뜨리고 풀이 죽어 시무룩하니까 주위가 온통 스산하고 우울해지는 것이었다.

자신의 몸뚱이를 힘겹게 뒤척여 가며 대소변을 거두던 사람이 장이었음은 김이 혼수상태에서 가까스로 벗어나 어느 정도 정신을 수습하고서야 안 사실이었다. 햇볕이 작열하는 사막을 헤매다 만난 샘물이 장의 손으로 떠먹여 주는 물 한 모금이었음도 자리를 걷고 일어난 후에 알게 되었다. 검고 큰 쇠뭉치가 온몸을 찍어 누르는 악몽에 쫓겨, 또는 고장 난 엘리베이터에 갇혀 지하 바닥으로 내동댕이쳐지는 절명의 순간에서 깨어나 가까스로 눈을 떴을 때 김이 발견한 것은, 자신의 침대 끝에 머리를 대고 혼곤히 잠들어 있는 장의 모습이었다.

미련한 영감태기 같으니. 자기는 만날 청춘인가.

자신이 손을 뻗으면 닿을 곳에 장이 있다는 사실을 알고 난 뒤부터 그는 끝없이 되풀이되던 그 지긋지긋한 악몽에서 풀려날 수 있었다.

김은 장과 눈길이 마주치면 이번에는 어떻게든 웃어 보여야지 하고 마음먹는다. 그러나 장은 무슨 생각에 잠겨 있는지 묵묵히 발걸음만 옮긴다. 둘은 건물 가까이 다가선다. 발자국 하나 없이 잘 닦인 건물의 대리석 바닥에 올라설 때까지 김은 결국 노래 곡목조차 생각해 내지 못한다. 노래는 그만두기로 하자. 김은 본시 노래를 잘 부르지 못했다. 여러 사람들끼리 웃고 떠드는 자리에서 노래를 불러 본 적이 벌써 언제던가.

원통형 기둥에 가려 있었는지 건물 경비원으로 보이는 사람이 불쑥 나타나 그들 앞을 가로지른다. 감색 양복에 금테 모자를 둘러쓴 그는 그들을 쳐다보지도 않고, 뒷짐을 진 채 한가로이 발걸음을 떼어 건물의 동쪽 끝 주차장 쪽으로 걸어간다.

회랑으로 통하는 유리문이 보인다. 문 오른편에 2층으로 통하는 대리석 계단이 나선형으로 놓여 있다. 계단 앞에 '직원 외 출입금지'라고 쓰인 팻말이 보인다. 경비원은 아마 이 계단을 통하여 2층에서 내려왔던 모양이다. 그들은 육중한 유리문을 힘들여 민다. 유리 색깔은 바닥 대리석과 마찬가지로 속이 뵈지 않는 짙은 흑색이다.

3

유리문이 그들의 등 뒤에서 무지근하게 닫힌다. 심한 소독내가 코를 찌른다. 김을 따라 나중에 들어선 장은 섬뜩한 느낌에 그만 정신이 얼떨떨하다. 다시는 되돌아 나오지 못할 함정에 갇힌 기분이다. 뒤돌아 문을 열고 뛰쳐나가고 싶다. '직원 외 출입금지' 팻말은 계단 입구가 아니라, 원래는 회랑 앞에 놓였던 것이 아닐까. 밝은 바깥에 익숙한 탓인지 회랑 안은 어두컴컴하여 주위가 선뜻 눈에 들어오지도 않는다. 휑뎅그렁한 회랑에 걸맞지 않게 몇 되지 않는 좁고 긴 창문은 거개가 블라인드로 가려져 있다. 까마득히 높아 보이는 천장에는 긴 형광등 불빛이 푸르스름하다. 맞은편 벽 허리께에 야광으로 칠한 붉은 화살표가 눈에 들어온다.

사무실은 왼쪽이라네.

장이 반가운 듯 서둘러 말한다. 그들은 화살표를 따라 회랑의 중앙을 가로지르기 시작한다.

어두컴컴한 벽 양편을 따라 웬 물체들이 띄엄띄엄 놓여 있다. 김은 문득 자신이 근무하던 문화원의 전시장을 거니는 듯한 친근감을 느낀다. 1년 내내 작품을 전시하는 그곳도 채광에 무척 신경을 썼다. 작품의 변색 우려 때문이었다. 관람객들이 아직 들지 않은 아침 일찍, 크고 작은 조각 작품 사이로 천천히 발걸음을 떼어 놓을 때면 자신도 전시된 한 점의 조상(彫像)인 양 착각이 들 때가 많았다. 몇 발자국 옮기지 않아 김은 누군가가 한구석에서 그를 쏘아보고 있는 듯한 느낌에 멈칫거린다. 물체를 향해 대여섯 발짝 걸음을 옮겼으나 더 이상 가까이 갈 엄두는 나지 않는다. 누운 채로 그를 빤히 쳐다보고 있는 웬 사내의 시신(屍身)이다. 김은 한동안 꼼짝하지 않는다.

언뜻 지나칠 때는 모로 드러누워 그를 쏘아보는 듯했으나 시신의 눈이 단지 김의 시선과 맞닿은 허공을 향했던 것뿐임을 이윽고 알아차린다. 등줄기가 바싹 굽은 채로 몸이 외로 뒤틀린 육십대쯤 되어 보이는 남자다. 두 손과 두 다리가 그들이 서 있는 홀 중앙 쪽으로 일정한 간격을 두고 나란히 뻗쳐 흡사 반달 모양의 성긴 빗을 연상시킨다. 위아래로 걸친 회색 줄무늬 잠옷이 공교롭게도 바닥 대리석 색깔과 잘 어울린다. 윤기로 반들거렸을 그의 눈동자가 이제는 깊숙이 패어 들어 불투명하게 말라 가고 있다. 영육이 분리되는 순간에 사내는 자신의 홉뜬 눈으로 무엇을 보았을까. 육체에 드리워지는 저승사자의 그림자, 아니면 흐트러진 흰 머리칼 사이로 부스스 빠져 나가는 자신의 혼.

2~3미터 떨어져 옆에 놓인 시신은 앞가슴의 옷자락을 쥐어짜듯 두 손으로 움켜쥔 노인네다. 오그라져 굳은 사지, 헤벌어진 입, 미간을 찌푸린 얼굴에는 마음대로 운신 못 하는 안타까움이 그대로 담겨, 등 뒤집혀 버둥대는 바퀴벌레처럼 안쓰럽기 짝이 없다.

옷차림으로 보아서는 남자들이 많은 편이나 개중에는 여자들도 여럿 섞여 있다. 블라인드가 걷힌 유리창 하나로 햇빛이 들어, 스포트라이트를 받는 주연배우처럼 빛에 드러난 시신은 파마머리의 여자다. 몸을 웅크리고 두 팔 사이에 얼굴을 파묻은 그녀는 벽 쪽을 향해 누워 있다. 뒷목덜미까지 넘어온 희읍스름한 긴 손가락, 손톱, 성긴 머리카락 새로 훤히 드러나 보이는 공 모양의 두상. 벽돌색 스웨터에 갈색 꽃무늬가 있는 치마 차림이다. 꽉꽉해 뵈는 치마허리의 고무줄이 여자의 잘록한 배를 시시각각 죄는 듯하여 김은 공연히 자신의 숨이 가빠 온다. 그 옆에 놓인 이는 길바닥 진창에서 쓰러졌던 것일까. 검은 외투와 바지 자락이 흙더버기가 된 채 누워 있다. 금세라도 웃음을 띠고 악수라도 청할 듯 점잖고 단정한 초로의 신사다. 숱 많은 눈썹, 큼지막한 코. 그러나 그도 입술은 밀랍의 회백색이다. 차가운 대리석 바닥에 뺨 한쪽이 닿아 이내 진저리를 칠 것 같다.

김은 몸 비례로 보아 사람의 목이 평소 가졌던 선입견보다 훨씬 가늘다는 사실을 깨닫는다. 전시장에 놓인 청동과 구리의 조상들, 그 굳건하고 힘찬 몸체들, 손가락들을 그는 하나하나 머릿속에서 되짚어 본다. 실체의 인간의 몸은 그가 생각했던 것보다 훨씬 가녀리고 보잘것없으며, 만지는 대로 바스러져 나갈 듯하다.

김보다 몇 발짝 앞서서 사무실로 향하던 장은 김이 꼼짝 않고 서 있는 바람에 애가 탄다. 장은 곁눈으로 비집고 들어오는 주위의 시신들을 하는 수 없이 찔끔찔끔 살피기 시작한다. 익히 들던 바대로 시신들이 마구 방치되어 있다. 그는 안절부절 못한다. 도대체 자세히 뜯어볼 이유가 어디 있단 말인가. 김의 속셈을 알 수가 없다. 화살표를 따라 얼른 사무실로 가서 수속을 밟으면 될 일을 가지고 시신에 다가서서 무엇을 어찌하자는 것인가. 사실대로 말하자면 그는 시신들이 무섭고 끔찍하다. 애초에 김을 따라 집을 나선 것부터가 잘못이었다. 가고 싶으면 혼자서 가라고 한동안 뻗대기는 했다. 그런데 막상 김이 혼자서 방을 나서는 것을 보니까 그대로 앉아 있을 수가 없었다. 평생을 두고 못 고치는 병이 이놈의 약한 정리(情理)다.

곤장 지고 매 맞으러 간다더니, 빌어먹을 놈의 고집은.

그는 생각나는 대로 욕지거리라도 한바탕 김에게 퍼붓고 싶다. 자신의 호통 소리라도 제 귀로 한껏 듣고 나면 울컥거리는 비위가 조금은 가라앉을 듯싶다. 그런데 도대체 이놈의 턱주가리가 벌려지지를 않는 것이다. 김이야 여느 때와 마찬가지로 들은 척도 안 할 것이고, 대신 여기저기 나둥그러진 시신들이 다투어 말대답을 할 것만 같다. 회랑 벽을 따라 제멋대로 놓인 굳은 시신들은 수십 구가 넘어 보인다. 편하게 몸을 편 이들은 간혹 보일 뿐 거의가 몸이 뒤틀린 형태로 손발이 오그라져 놓여 있다. 피할 수 없는 죽음. 영혼의 이탈. 버려진 몸뚱이. 산사람 곁에서 임종을 맞지 못한 시신들이 숨김없이 보여 주는 몸부림들을 장은 정면으로 쳐다볼 자신이 없다.

장은 김의 어깨를 흔든다. 더 이상 배겨 낼 수가 없다. 심한 약품 냄새로 내장이 뒤집히는 기분이다. 장은 김의 얼굴을 험하게 쏘아본다. 무슨 말을 하려고 했던가. 그의 얼굴을 쳐다보는 순간 장은 말문이 막히고 만다. 시신의 얼굴. 김의 얼굴은 이미 산 사람의 그것이 아니었다. 죽음의 사자는 이렇게 소리도 없이 깃드는 것인가. 장의 심장이 그대로 멈춰 버리는 듯하다. 푸르죽죽하게 늘어진 뺨, 검버

섯, 핏기 없이 갈라 터진 입술, 희멀겋게 말라 가는 그의 눈동자. 자신의 얼굴도 다른 이의 눈에는 이토록 피폐하게 굳어 가는 것일까.

장은 손으로 자신의 입을 황급히 틀어막는다. 자신도 모르게 비명을 지르며 그 자리에 쓰러질 것 같다. 그는 결국 아무 말도 하지 못한다. 혼자서 비칠거리며 홀의 입구로 다가간다. 더 이상 그 자리에 있다가는 시신들 틈에 그대로 뒤섞여 버릴 것만 같다.

미친 영감태기 같으니라고, 이리 고랑때를 먹이고.

젖 먹던 힘을 다하여 유리문을 밀친 장은 가까스로 입술을 달싹인다. 유리문 하나로 경계를 그은 바깥은 여전히 밝고 환한 3월의 봄날이다. 급작스러운 햇빛이 장의 눈을 쪼아 댄다. 해를 노려보고 싶었으나 그는 이내 눈을 감고 만다. 현기증과 함께 메슥거리는 시신의 냄새가 목구멍으로 치받혀 오르기 시작한다. 검은 대리석 원형 기둥을 붙안고 장은 천천히 주저앉는다. 감은 두 눈 속에 두 개의 주홍빛 태양이 어룽댄다.

감히 쳐다보지도 못하게 해는 너무 밝아.

그는 목 놓아 울고 싶다. 이 나이가 되도록 그저 남들에게 겉묻어 구차하게 목숨을 이어온 것뿐, 딱히 남에게 못할 짓을 한 기억도 없건만, 도대체 세상살이는 어찌 이리 고단하단 말인가. 만물이 하나같이 자기들 잇속에만 급급할 뿐, 옆 사람이 어떻게 되거나 따위는 안중에도 없다.

정신을 가다듬어 겨우 뜬 눈에 경비원의 미련한 턱이 비친다. 장은 버릇처럼 입을 크게 벌려 벙싯 웃는다.

원래 어지럼증이 있어서 말이오. 어디 좀 앉을 데가…….

김은 천천히 발짝을 뗀다. 회랑의 끝 왼쪽 모퉁이에 아래층 사무실로 통하는 계단이 나 있다. 김은 여남은 개 계단을 밟고 내려가 층계참을 돌고 다시 몇 계단을 내려간다. 스무 살 남짓한 파마머리 여직원 하나가 김을 힐끗 쳐다본다. 그녀는 형광등 불빛이 환한 유리 진열장을 사이에 두고 웬 노인과 마주 서 있다. 잿빛 중절모와 품이 좁은 외투, 쪼그라진 어깨 등판으로 보아 그도 김의 나이와 엇비슷할 것이다. 가느다란 검은 테 안경을 쓴 여자의 등 뒤, 노인이 쳐다보는 맞은편 흰 벽에는 여러 가지 모자이크 그림들이 걸려 있다. 그림의 전체 형태는 세 가지다. 집 모양이 전체적으로 납작 눌린 듯한 오각형 판과 한 자 정도 폭에 대여섯 자 길이는 실히 되어 보이는 길쭉한 직사각형 판, 또 한 자 남짓한 정오각형 작은 판이 한 조로 되어 있다. 여자와 가까운 쪽에 있는 물결무늬 모자이크는 진노랑, 주황, 벽돌색, 진홍색 들의 조합이다. 조금 떨어져 있는 옆의 것은 연두, 갈색, 진갈색, 보르도, 올리브색 등이 주조여서 전의 것보다 점잖고 가라앉은 색조다. 벽의 한쪽에는 몇 가지 문양(紋樣)이 배열되어 있다. 물결무늬, 규칙적인 버들잎 무늬, 정사각형 바둑판무늬 견본이다.

어느 거로 하시겠어요. 이쪽 오각형 판은 머리 위쪽에 대는 거고 저쪽의 길쭉한 것은 양쪽 옆으로 한 쌍이 나와요. ……잘 들으세요, 저, 할아버지도요. 또 묻지 마시고요.

여자는 잠시 말을 끊고 고개를 들어 김을 빤히 쳐다본다.

작은 오각형 판은 발치에 대는 거고요. 대, 중, 소, 원하시는 대로 크기가 있어요. 색깔도 고르시고요. 특별히 생각하신 게 있으면 주문하셔도 돼요. 색깔은 바꿀 수 있거든요.

관의 안쪽에 장식할 벽화다. 여자는 재빠르고 적확하게 서류의 다음 칸을 짚으며 말을 이어 간다.

이 칸은 '보통'하고 '특별' 중에 고르시는 거예요. 물론 '보통'이라도 그날로 여기 오시게는 되지요. '특별'은 오시는 당일로 시신을 제대로 펴서 방향제 처리 후에 새 옷으로 갈아입히고, 입관되고, 다음 날 아침에 장지로 가게 되시고요. '보통'은…… 여기 1층 홀에 오시면서 보셨죠? 그것도 괜찮아요. 오시는 대로 방부제 처리되니까요. 늦어도 20일 안으로 시체를 펴서 입관되죠.

서류를 들여다보던 노인이 더듬듯이 모자를 벗어 형광등 불빛이 눈부신 진열장 위에 올려놓는다. 그의 자신 없는 목소리가 허공에 뜬다.

화, 화장은 어떻소?

얼굴 화장은 기초적인…….

아니, 불에 태우는 화장 말이오.

여자는 그제사 얼굴을 들어 노인의 얼굴을 똑바로 쳐다본다. 콧등으로 흘러내린 검은 안경테를 손가락으로 바짝 밀어 올리며 빠르고 신경질적인 음색으로 말을 잇는다.

무슨 얘기 하시는 거예요? 경찰에서 연고 없는 시체는 모두 화장하잖아요? 여기는 좀 고급 사람들이……. 이 할아버지는 뭐, 목 아프게 설명하고 나니까.

아, 아니 그냥…… 죽으면 어디 대학병원 같은 데서 해부하거나 이식하고 뭐 그런 거에 쓰이는가 해서.

여자는 맥이 풀린다는 듯 투덜거리며 의자에 주저앉는다. 노인이 멍하니 서서 그녀의 얼굴을 내려다본다. 여자는 한숨을 쉬며 옆에 놓인 재떨이를 당겨 담배를 한 개비 피워 문다.

그냥 가세요, 할아버지. 요새 세상에 좋은 게 얼마나 많은데 불결하게 남의 시체를.

흰 연기가 그녀의 입에서 쏟아져 나온다.

그리고 또, 돌아가신 후에 그런 것쯤 떼어 낸다 한들 뭐 아파요? 그런 분이 뜨거워서 화장은 어떻게 당하세요?

여자가 까르르 웃는다.

벽에 붙여 놓은 그림들을 살펴보고 나서 김은 사무실 벽 쪽에 기대어 놓은 긴 의자에 걸터앉는다. 사무실은 따뜻하다. 옷에 배었던 한기가 그제서야 파고드는지 김은 새삼스레 몸을 떤다.

등록해야지. 그러려고 예까지 온 것 아니오.

노인이 잠긴 목소리로 천천히 말한다. 담배 연기를 맛있게 토해 내고 여자는 손가락에 담배를 낀 채 진열장 앞에 다시 다가선다.

여기, 연락해야 되는 사람들 이름, 주소, 전화번호를 정확하게 쓰세요. 사망 신고가 접수되는 대로 연락이 가요. 입관되기 전에도 조문이 가능해요.

여자의 담뱃불이 또 발갛게 피어오른다.

묘는 20년 보장이에요. 건물 바로 뒷산부터 산에 올라가면 쭈욱 이지요.

20년 후에는……?

관째 화장돼요. 그러니까 관을 좋은 걸로 하셔야 된다고요.

여자의 목소리에 다시 높낮이가 들어간다.

땅속에서 20년 버티려면 나무가 좋아야 하거든요. 물론 안장(安葬) 자리야 콘크리트 조(槽)가 되어 있고 뚜껑도 덮지만, 나무 종류에 따라 값 차이가 많죠. 다른 데서는 합성수지 관을 썼다가 관은 같이 안 태우고 재사용하기도 하지만 우린 그런 관은 취급 안 해요.

봉분은?

봉분 없이 자리에 팻말이 놓여요. 저쪽 문께에 사진 보이시죠? 직접 확인하시려면 저 문으로 나가서 뒷산에 올라가 보시고요.

여자는 고개를 돌리며 턱으로 사무실 구석의 문을 가리킨다. 조금 전에 김이 들어온, 1층 회랑과 통하는 문과는 반대쪽이다. 건물의 서쪽 끝, 바깥으로 직접 통하는 문이다.

4

건물의 동쪽에는 사면이 유리로 된 경비실 박스가 놓여 있다.

박스 안에는 내리쬐는 햇살이 겨운데도 발치에 히터가 벌겋게 켜 있다. 경비원이 히터 위에 얹었던 주전자를 기울여 장에게 녹차를 권한다.

이거 고마우셔라, 젊은 양반.

장은 두 손으로 크게 반긴다. 뜨거운 차의 온기가 목덜미를 타고 가슴에 훈훈히 퍼진다. 건물 안에 들어섰다가 뛰쳐나온 일이 무슨 흉측한 꿈을 꾼 것만 같다. 장은 진저리를 친다. 지옥이라는 것이 진짜 있다면 그 입구가 꼭 그러할 것이다.

빌어먹을 놈의 영감태기, 보자 보자 했더니 원.

친구 되세요?

건물에 두 사람이 다가서던 것을 경비원은 기억하는 모양이다.

글쎄, 나이도 나보다 훨씬 많고, 나야 여기 오려면 아직 멀었지. 어린애같이 우기기에 따라왔더니. 저 친구가 많이 아팠던 뒤끝이라 혼자 보내기가 걱정도 되고 말이오. 날이나 좀 풀린 후에 천천히 오재도 무슨 놈의 쇠고집이 말을 들어 먹어야지 원. 내 방에 같이 데리고 있는 친구거든.

김보다 나이가 세 살 밑인 장은 자신과 김의 처지를 완전히 바꾸어 말하고 한편으로는 찔끔한다. 그에게 미안한 감이 든다. 김은 이제까지 한 번도 다른 이에게 농담으로라도 '장을 데리고 있다.'는 식의 막말은 하지 않았다.

마음이야 넓은 영감인데, 말수도 적고. 쓸데없이 부산하고 경망스러운 족속보다야 훨씬 나아요. 늙은이 말 많은 것도 큰 병이거든.

장은 김의 믿음직한, 훤하고 반듯한 이마를 떠올린다. 자신의 지망지망한 성격보다야 김의 듬직한 성격이 백번 나은 것은 틀림없는 사실이다.

9년 전, 지금의 양로 아파트가 지어져서 입주할 때부터 장은 3층의 2인용 방에 기거했고, 김은 2층의 독신 방, 그것도 딴 이들이 꺼리는 가장 귀퉁이의 방을 자청하여 쓰고 있었다. 식당이나 복도에서 어쩌다 김과 마주칠 때, 장은 그가 새로 입주한 사람인 줄 알고 악수를 청한 적이 여러 번이었다. 도대체 몇 년이 지나도록 낯이 선

영감이었다. 다른 이들과 워낙 어울리는 일이 없고, 말수 또한 벙어리 행세라도 하듯 그리 없었으니 장이 그렇게 생각한 것도 무리가 아니었다.

혼자 있기도 적적하고. 장 영감이 내 처지 좀 봐주어.

김의 목소리가 생생히 들리는 듯하다.

재작년 가을, 장과 같은 방 친구였던 황 영감이 세상을 등지자, 장은 방을 내놓아야 하는 딱한 처지에 놓였다. 둘이서 방을 쓰면서도 장은 관리비의 대부분을 황에게 의지하던 형편이었다. 황은 돈이 꽤 많은 친구였다. 돈이 많은 만큼 까탈도 대단했다. 돈 씀씀이가 헤프면서도 남에 대해서는 공치사도 심하고 몽 사나워서 다른 이에게 빈축을 사기가 다반사였다. 아무리 변죽 좋은 장이라 해도 황의 까다로운 비위 맞추기가 아니꼬운 적이 한두 번 아니었다. 그러나 하는 수 없는 노릇이었다. 그나마 미국에서 딸이 부쳐 주던 쥐꼬리만 한 용돈도 끊긴 지가 오래고 소식을 전하는 엽서 한 장 날아오지 않았다. 양로 아파트 노인들 대부분이 목돈을 아파트 관리 사무소에 예치하고 평생 이자로 아파트의 생활비를 감당하고 있었으나 돈이 여의치 못한 장을 비롯한 몇 사람은 꼬박꼬박 월세를 마련해 내야 하는 입장이었다. 딸에게 주고 남은 얼마 되지 않는 푼돈, 까짓 사람이 살면 백년을 살랴, 헤실바실 써 버리고 나니 이제는 월세도 감당할 수 없는 지경이었다. 그는 다른 이들에게 헛웃음을 지으며 말했다.

예서 나가면 편치 뭐. 먹고 싶을 때 먹고, 자고 싶을 때 자고. 그놈의 정이 무언지, 여기 있으며 얼굴 익힌 해골들 차례로 죽는 것

봐 주기보다야 백 번 낫고말고. 섭섭하기는 하지. 늙은이들이야 기약이 없으니. 내 자주 올게.

말이야 듣기 좋게 엉너리 쳤지만 심란한 것은 당연했다. 허름한 산동네에 단칸 월세도 몇 달, 세 끼 밥은 어찌 감당할 것인가. 그나마 언제 송장 치울지 모른다고 방 얻기도 그리 수월한 일이 아닐 것이다. 천생 갈 곳이라고는 나라에서 운영하는 무료 양로원뿐이었다. 누더기 감방 생활이나 진배없다는 그 삭막한 곳에 내 발로 기어들어야 한단 말인가.

식당에 내려와서도 한구석에 자리하고 앉으면 도대체 말 한마디 하지 않고 얼굴 한 번 들지 않는 김이, 마치 자기 속을 환히 들여다본 것처럼 방을 같이 쓰자고 제의해 왔을 때, 장은 한편으로는 천만다행이라는 생각이 들면서도 적잖게 당황한 것도 사실이었다. 장이 혼자서 입맛 없는 점심을 들고 있을 때였다.

혼자 있기도 적적하고. 장 영감이 내 처지 좀 봐주어.

그 말뿐이었다. 그의 목소리를 제대로 들은 것도 그때가 처음이지 싶다. 장의 얼굴을 똑바로 쳐다보는 것도 아니고, 건너편의 흰 식당 벽에다 독백하듯 말하고는 자리에서 부스스 일어서는 김의 모습을 장은 멍하니 바라보았다. 그의 이마가 무척 훤하고 나이답지 않게 반듯하다고 느낀 것은 그 순간이었다. 장은 엉겁결에 일어서서 그를 따라 식당 문을 나서며 얼른 말을 주워섬겼다.

그러지 뭐, 그럼. 자네가 굳이 그렇게 말한다면야. 나는 방세는 안 내겠네. 하기야 혼자 쓰던 방 둘이 쓴다고 얼마 차이는 없으니까. 한 달이고 두 달이고 살아 보지 뭐. 어차피 이사 가더라도 이

겨울 지나 날은 풀려야 될 테니까……. 고맙구먼.

  그와 한 방을 쓰기 시작한 처음 몇 주일 동안 장은 김의 눈치를 적잖게 살폈다. 어떻게든 그의 마음에 들어야 할 것이었다. 예전에 방을 같이 쓰던 황 영감은 자신이 관리비를 낸다는 구실로 어지간히 덜퍽스럽게 굴었다. 자잘한 심부름은 당연히 장의 차지였고 방 정돈이나 침상 정리도 장이 도맡아 했다. 장은 김과 같은 방을 쓰면서 그보다 더한 시집살이를 각오했다. 관리비 정도가 아니라 월세까지 그가 온통 부담하고 있지 않은가. 김이 꼭 자기를 부린다기보다도, 어쨌든 김은 자신보다 훨씬 편하게 살 권리가 있는 것이다. 장으로서는 양로 아파트에서 쫓겨나지 않는 것만도 천행이었다. 무료 양로원, 그곳이야 갈 때 가더라도 하루라도 더 버티는 수밖에 없었다.

  그러나 김은 황 영감과는 달랐다. 그 많은 경비를, 하다못해 1~2년 동안 내지 않고 유들유들하게 버티어 오던 장의 친목 회비까지 소급해 감당하면서도 그는 쓰다 달다 입 한 번 떼는 법이 없었다. 이모저모 뜯어보아도 김은 돈이 풍족한 영감은 아니었다. 돈푼이나 있는 영감들이야 저희들끼리 모여 아파트의 식단이 어쩌네 저쩌네 해 가며 외식들도 하고, 어디 단체 관광을 간다고 들썩여 대곤 했어도 김은 그들을 거들떠보지도 않았다. 그는 생활비 이외의 헛돈이라고는 전혀 쓰는 법이 없었다. 오히려 장이 생색을 내며 군것질거리를 사 들고 와서 권해도 어쩌다 한 번 손을 뻗을 뿐 달다 쓰다 도대체 반응이 없었다.

  위기가 없었던 것은 아니다. 처음부터 알고는 있었지만 그의 지나친 함구는 장으로서는 무척 참기 어려운 노릇이었다. 저녁을 먹고

난 후 그 긴 겨울밤, 도대체 김은 장이 같은 방에 있는지조차 잊은 듯했다. 밥 먹었느냐, 잘 자라 말 한마디 건네지 않고 맨송맨송 자기 볼일만 보다가 그대로 이부자리에 들어가 잠이 드는 김을 그로서는 이해할 수가 없었다. 그가 흥미 있지 싶은 앞 동의 할망구들 얘기를 일부러 들춰내기도 하고 때로는 김 앞에서 귀찮을 정도로 얼찐대며 그의 시중을 들어 주려고 애썼지만 도시 그는 무심한 기색이었다. 그것은 장을 업신여기는 것도 아니고, 그렇다고 장을 위해 무슨 배려를 하는 것도 아니었다. 그는 도대체 자기 방에 장이 거처한다는 사실을 잊은 사람 같았다. 처음에는 그렇게도 낯이 설고 어렵더니 장도 곧 익숙해져 갔다. 장도 김을 잊고 살면 그뿐이었다.

같은 방을 쓴 지 2년, 뭐니 뭐니 해도 둘에게 가장 어렵고 힘들었던 때는 김이 사경을 헤매던 2월이었다. 노인들에게는 이른 봄이 고비다. 추운 겨울 내내 두꺼운 방한복 사이에 묶였던 혼이 스르르 빠져나가는지 언 땅이 풀리는 2~3월이면 세상을 뜨는 노인이 그리 흔했다. 김이 대단치 않은 기침 끝에 폐렴을 앓던 그 한 달 동안에도 장의차가 아마 예닐곱 번은 드나들었을 것이다. 2월 중순 어느 날엔가는 하루 새 두 영감이 같이 세상을 떴다. 나이를 다 채운 노인들에게야, 그저 하룻밤 잠든 새에 안 듯 모른 듯 세상을 등질 수만 있다면 그처럼 복된 팔자가 또 있을까.

남의 눈이 없는 틈을 보아 가며, 김이 더럽혀 놓은 이부자리를 화장실 한구석의 청소 용구로 지르잡아 널 때 장의 심정은 그렇게 아득하고 착잡할 수가 없었다. 딴 방의 눈치 없는 등속들은 그가 이 아파트에서 쫓겨날까 봐 저리 애면글면 매달린다고 손가락질을 해 댔지만, 굳이 그들을 붙잡아 아니라고 핏대를 세울 마음도 없었다. 김이 그저 정신만 차린다면, 그가 눈만 빠끔히 뜨기라도 하면, 내 발로 이 아파트를 보란 듯이 걸어 나가 버리면 그뿐이지 싶었다.

김은 그렇게 심하게 앓으면서도 신음 소리조차 크게 내지 않았다. 잔병치레라곤 없고 체질이 무쇠처럼 튼튼하다고만 믿었던 그가 사실은 녹슨 양철 조각처럼 온통 삭고도 단지 말을 않고 지내 온 것일 뿐이라는 데에 생각이 미치면 장은 갑자기 눈물이 돌곤 했다. 김이 아무 소리도 듣지 못한다는 것을 알면서도 장은 그에게 크게 호통을 치기도 하고 방 바깥의 얘기들을 열심히 주워섬기기도 했다.

한밤중에 잠이 깨면 어느새 김의 침대에 다가가 그의 숨소리를 듣고서야 마음이 놓이는 자신은 스스로 보아도 어리석은 짐승이었다. 창문으로 들어오는 어둠침침한 여명에 방 안을 휘둘러보면 김의 삼단 서랍장과 책상, 벽에 걸린 그의 외투들이 온통 거뭇하게 보여, 이미 그가 세상을 떠나고 모든 것이 잿더미가 된 것이 아닌가 깜짝깜짝 놀란 적도 한두 번이 아니었다. 김의 병치레가 시일을 끌면 끌수록 2~3년 전 그가 보는 앞에서 세상을 뜬 황 영감의 죽음이 그렇게 생생하게 떠오를 수 없었다. 그 깐깐하던 황 영감도 가고 나니 그렇게 섭섭하던 것을, 김마저 가고 나면 자신이 어떻게 다시 그 상실감을 감당해 낼 수 있을지 생각만 해도 아득했다. 자신의 여생 동안 김의 대소변을 가려 준다 해도 그저 자기보다 먼저 세상을 버리지만 말기를, 장은 외우고 또 외웠다.

물이 끓는 냄비. 경비실 히터에 얹힌 주전자 꼭지의 수증기를 보며 장은 또 다해 가는 생명력에 대해 생각한다. 김은 아직껏 무엇을 하는 것일까. 그러나 그를 따라 다시 회랑에 발을 들여 놓을 엄두는 나지 않는다. 그는 멀찌감치 보이는 광장의 잘 손질된 나무들을 보며 마음을 다잡으려 애쓴다.

잿빛 중절모를 쓴 노인이 바깥으로 나가고 김이 진열대 가까이로 다가선다.

본인이세요?

여자가 재촉한다.

아니. 그래도 내가 쓰지. 같이 왔는데, 내가 알 건 다 알고 있으니까. 은행 카드도 가져 왔고.

장이 옆에 있으면 좋을 것이다. 자신이 '안식의 집'에 등록되는 것을 보면 어떤 표정을 지을까. 하기는 옆에 없는 것이 나을지 모른다. 팬스레 만류한다고, 그 분답스러운 성격에 소동이나 피우면 공연히 귀찮기만 하다.

여자는 새 서류 용지를 진열장 위에 펴놓는다.

여기에다 지금 계신 곳 주소를 정확하게 적어 주시고요. 전화번호 확실하죠? 이 할아버지께는 이제 월요일과 목요일 아침 6시 20분에 전화가 갈 거예요. 괜찮으시겠어요? 집에 계실 때에는 꼭 전화를 받으라고 하세요. 안 받으시면 6시 50분, 7시 20분에 전화를 다시 하고, 그래도 전화를 안 받으면 여기 직원하고 장의차가 가니까요. 그리고 이 표찰은…… 꼭 몸에 지니셔야 돼요. 길에서 무슨 일이 생기면 신고가 와서 곧장 이리로 싣고 오니까요. 괜히 잃어버리고 일 당하시면 우리 쪽에는 책임 없어요. 이게 어디 한두 푼이에요? 재발급도 안 되거든요. 다른 사람이 주워 봐요. 그 사람만 좋지요. 여기 이 펜던트 하나 사시든지요.

여자는 유리 진열장의 금속 줄 뭉치에서 플라스틱 명패가 달린 펜던트를 하나 주욱 뽑아낸다.

이렇게 열고 증명 표찰을 써서 넣는 거예요. 이, 이런 식으로요. 이거 목에 걸고 계시면 잃어버릴 염려가 없지요. 다들 이거 좋아하세요. 가볍고 방수도 되고요. 길에서 한 이틀 비에 젖어도 이 증명은 말짱하니 얼마나 좋아요? 그리고 이건 새로 나온 건데 훨씬 가볍죠.

김은 그녀가 뽑아 준 펜던트를 받는다. 그리고 장의 이름을 서류에 써넣는다. '보통', 그림은 '소'로. 김은 외투 안주머니의 단추를 풀고 조심스레 은행 카드를 꺼낸다. 여자는 카드를 익숙하게 단말기에 집어넣었다가 빼고는 김에게 다시 용지를 내민다. 전화벨이 울린다. 수화기를 잡은 여자의 얼굴이 활짝 피어난다. 남자 친구인 모양이다. 목소리는 갑자기 코맹맹이가 되고 얼굴에는 꽃 피듯 애교가 넘친다.

응, 응. 아니, 안 아팠어. 걱정할 것 없어. 할 수 없지.

여자는 왼손으로 카드 대금 용지의 사인난을 가리킨다. 옆에 있는 볼펜을 내민다. 김이 자신의 이름을 써넣는다.

오늘? 요전에 거기? 거기 싫어, 시설이. 샤워가 왜 그래?

그녀가 서류를 다시 김 쪽으로 돌려 비고란을 가리킨다. 수화기를 한 손으로 막고는 말을 계속한다.

여기다 알려야 되는 분들 주소, 전화번호, 전화, 성명을 확실하게 쓰세요. 사망 신고가 접수되는 대로 연락이 가요. 입관되기 전에 조문이 가능해요.

틀어 놓은 카세트 녹음기처럼 그녀는 잿빛 중절모의 노인에게 했던 말을 그대로 되풀이한다. 손에 들고 있던 수화기를 목과 어깨 사이에 끼우더니, 김의 손에 들려 있던 펜던트를 가로챈다. 뚜껑을 열고 증명 표찰을 쓴다.

만나기만 해 봐, 가만 안 둬. ……그래, 약 올라.

김은 그녀의 반들반들한 얼굴을 쳐다본다. 그녀는 전화를 끊을 기색이 전혀 없다. 김이 연고인란에 ×표를 한다. 그녀는 그에게 고개를 끄덕이며 손짓을 한다. 가도 좋다는 신호다. 그는 그가 들어왔던 회랑 쪽의 문으로 돌아선다.

잠깐만.

수화기를 가린 채 그녀가 김에게 다시 확인한다.

연고인란에 아무도 안 쓰셨어요. 연락할 필요 없는 거죠? 알았어요.

김은 계단을 다시 밟고 층계참에 오른다. 그는 미국에 있다는 장의 딸 주소를 모른다. 그러나 장에게 물어봤자 헛수고다. 겉으로는 전혀 아닌 척하면서 언제 부치는지 장이 미국으로 보낸 편지는 번번이 '수취인 불명' 딱지가 붙어 아파트로 돌아온다. 장과 그의 딸이 연락이 되려면 이제 전적으로 딸 쪽에 달렸다. 딸 쪽에서 마음이 동하여 편지라도 보내든가, 아니면 나중에라도 한국에 나와서 아비를 찾아 양로 아파트에 들르는 길이다. 장이 죽은 후라도 여기 묻혀 있으면 양로 아파트 관리실 측에서 딸에게 이곳을 가르쳐 줄 것이다.

5

 영감님은 접수 안 하시고요?
 관리실 의자에 앉은 장에게 경비원이 은근하게 묻는다. 금테 모자를 썼을 때는 몰랐는데 모자를 벗으니 그의 숱 성긴 머리통이 드러나며 오십은 실히 되어 보인다.
 그 친구가 굳이 오자고 해서 따라왔지. 난 도대체 이런 곳이 마음에 들지 않아요. 죽으면 그뿐이지, 뭐이 세상살이 미련 있다고.
 그러나 아무 사치도 과장도 할 줄 모르는 김이 '안식의 집'에 연연하는 것을 보면 정말 필요한 것인지도 모른다고 장은 생각한다. 언감생심, 가난뱅이 장으로서는 '안식의 집' 회원이란 그림의 떡이다. 그는 미국에 있는 딸을 떠올린다. 딸에게 다시 편지를 내어서…… 돈을 좀 부쳐 달라고 해 볼까. 안식의 집에 묻히면, 그래도 딸이 어쩌다 한국에 나오게 되어도 그리 섭섭하지는 않을 것 아닌가. 그러나 장은 고개를 내젓는다. 딸의 짧은 소매 티셔츠 밑으로 언뜻 비치던 보라색 피멍 자국이 내내 찜찜하다. 사진 속의 사위는 장구머리에 체구가 크고 이목이 뚜렷했으나 눈매가 사늘하고 표정이 없었다. 딸 내외는 미국의 서부에서 햄버거 가게를 한다고 했다. 장사는 잘되는지 다른 고초는 없는지 궁금하다. 일찍 죽은 제 어미가 살아 있었더라면 딸의 하소연이라도 살뜰히 들어 주었으련만.

장의 바람기로 새댁 시절부터 무던히 속을 썩었던 제 어미는 몸이 골골하여 항상 병을 붙이고 살았다. 얼굴은 그저 면추한 정도였지만 마음 하나는 고왔다. 장은 자신이 저지른 젊었을 때의 망동 중에서도 술집에서 어쩌다 눈이 맞은 여자를 집에까지 데려와 딸 앞에서 마누라에게 손찌검을 해 댄 일이 가장 마음에 걸린다. 고등학생이던 딸이 그 일로 해서 집을 뛰쳐나갔는데도, 글쎄 그때는 무엇이 씌었는지 마누라만 족대기느라 딸의 일은 안중에도 없었다. 마누라가 죽은 후 들어선 여자는 몇 달이 지나자 술집 여자답게 어디론지 사라져 버렸다. 딸의 돌 날 들어왔던 금반지까지 남김 없이 챙겨서.

이래저래 한세상, 친구 회사 잡일도 봐 주고, 부동산 중개사무실도 들락거렸다. 돈이 생기면 쓰고, 오가다 만난 여자를 들여와 같이 살기도 했다. 남의 보증 대신에 헛일 조로 받아 둔 땅뙈기 하나가 팔리지 않아, 늘그막의 그에게 목새가 되어 줄 줄은 자신도 몰랐다. 그 땅을 처분하여 양로 아파트에 들어올 수 있었던 것이다. 따지고 보면 딸에게 변변한 아비 구실을 못한 것이 안되었을 뿐 지금 세상을 등진다 해도 그리 억울할 것도 없는 셈이다.

장은 노랑머리 사위가 부모 사랑도 제대로 받지 못한 자기 딸에게 좀 더 다정스레 대해 주면 좋겠다고 생각한다. 소식이야 안 전하면 무슨 상관이겠는가. 젊은이들은 모두 바쁘고 무심하다. 할 수 없는 노릇이다.

그래도 막상 닥치면 안 그런 모양이에요. 아무도 안 돌봐준다는 게 그렇게 꺼림칙한지. 어떤 이는 등록을 해 놓고도 내게 찾아와서 따로 부탁을 하지요. 하기야 내가 봐 주면 뭐가 나아도 좀 안 낫겠어요? 굳이 부탁하는데 모르는 척할 수도 없고. 장의차에 실려 올라오면 우선 내가 체크를 하니까요. 사실 '보통'으로 신청해 놓고도 내가 좀 손을 쓰면 '특별'이나 마찬가지거든요. '특별'이면 돈이 얼마예요, 세 배잖아요.

경비원은 장의 행색을 미심쩍은 눈초리로 훑는다.

그렇겠구먼. 젊은 양반이 신경 써 주면 훨씬 낫겠네. 사실 '특별'이라고 돈만 엄청이지.

그럼요, '특별'은 나라에서 보조가 안 나오니까요. 내가 좀 힘들어서 그렇지, '보통'으로 등록해 놓고 순서만 조금 신경 쓰면 이삼 일에 처리되는데, '특별'이죠 뭐.

경비원은 장 쪽으로 의자를 바짝 끌어당기면서 갑자기 목소리를 낮춘다.

모르셔서 그렇지, 원래 20일이 한도지만 그중에는 50일이 넘는 것도 많다고요. 워낙 '특별'도 많고 일이 밀리니까 말씀이에요. 나도 내 맘대로 다 해 줄 수도 없어요. 그저 꼭 부탁하는 사람 한두 명 정도지.

그거야 그렇겠지.

장이 고개를 크게 끄덕인다. 경비원이 바깥을 쳐다보더니 문득 자리에서 일어난다. 아스팔트 차도로 검은 왜건 한 대가 올라서는 것이 보인다. 장의차다. 문을 열고 경비원이 나선다. 찬바람이 경비실 안으로 밀려 들어온다.

장은 혼자 앉아 있다. 아무리 둘러보아도 회랑의 유리문 쪽으로는 사람의 자취가 없다. 김은 도대체 무슨 용무가 이렇게 긴 것인

가. 경비원을 붙잡고 한바탕 얘기를 풀고 나면 가슴이 후련하리라 생각했는데 갈수록 마음만 더욱 심란스러워지는 것이다.

하여간 지독한 영감태기라니까. 그 나이에 벅벅 우기는 것만 봐도.

김은 회랑을 다시 되짚어 걷는다. 떠도는 소독 냄새가 심하다. 차가운 대리석 바닥에 시신들이 소리 없이 웅크리고 있다. 젊은 여직원의 입에서 생경맞게 흘러나오던 화장, 처리, 불결 따위의 낱말이 귀에서 쉽사리 떠나지 않는다. 긴 벽 쪽으로 서넛을 지나 연노랑 얇은 털스웨터를 입은 자그마한 체구의 여인네가 벽을 보고 누워 있다. 김은 가슴이 덜컥하여 자신도 모르게 그 앞에 주저앉는다. 김의 마른 눈에 어느새 물이 고여 온다.

여보.

아이 어미다. 김은 절절한 반가움과 애처로움에 목이 멘다. 아들을 졸지에 잃고, 결국은 그때 얻은 협심증으로 아내는 죽었다. 화창한 봄날 오후, 그가 외출에서 돌아왔을 때였다. 두 개의 식탁 의자가 거실에 아무렇게나 뒹굴고 아내는 목욕탕 앞에 고꾸라져 있었다. 한 손으로는 자신의 노란 스웨터를 움켜잡고 또 한 손으로는 허공을 향해 무언가를 잡으려는 듯 허우적거리며 차갑게 식어 가는 중이었다. 돌처럼 굳은 딱딱한 여인네의 몸통을 힘들여 젖혀서 김은 그녀의 얼굴을 손으로 받쳐 안는다.

여, 여보 얼굴이 왜.

김은 까물까물한 기억의 꼬투리를 억지로 붙잡아 낸다. 아내의 희읍스름한 얼굴, 상자에 담긴 흰 한 줌의 뼛가루. 아내의 소원대로 그녀는 화장되었다. 아들을 뿌리고 돌아섰던 무한천 줄기, 물줄기가 약하여 흐르는 것 같지도 않던 고요한 강가에서 김은 아내와 작별했다. 벌써 10년이 지난 일이다.

그래, 나도 얼른 당신 곁에 가야지.

새삼스레 고여 오는 외로움을 삭이며 김은 자신도 모르게 어루만지던 낯선 여인의 상반신을 조심스럽게 내려놓는다. 김은 한동안 아낙네의 얼굴을 살펴본다.

차에서 내린 직원이 건물 2층으로 통하는 나선형 계단으로 재게 걸음을 옮기고, 경비원이 부르르 몸을 떨며 다시 경비실의 문을 민다. 경비원이 휘몰고 들어온 찬바람에는 김의 목소리가 섞여 있다.

자네 어디 있나.

의자에 앉은 채로 깜빡 잠이 들었던 장은 귓가에 스치는 김의 목소리에 놀라서 주위를 휘둘러본다. 김은 아무 데도 보이지 않는다. 그러고 보면 김이 이따금 중얼거리던 말이 사실인지도 모른다.

듣고자 하면 들린다고. 입에서 튀어나온 그 말들이 다 어디로 가겠나.

김은 단 한 마디도 허튼 말을 하는 친구가 아니다. 그가 자신을 찾는 소리가 이렇게 똑똑히 들리는 것이다. 사물에 내려앉은 소리의 켜. 허공에 섞여 떠다니는 하고많은 소리들. 장은 그제서야 자신의 귀에 씌워 있던 한 꺼풀의 막이 떨어져 나가는 것을 느낀다. 경비원이 말을 붙인다.

어디 불편하세요?

글쎄, 이 친구가 왜 이리 종무소식인지. 늙은이가 하여간 깐깐해서. 도대체 이 친구를 만나야 '보통'이고 '특별'이고 말을 할 텐데 말이오.

그는 열리지 않는 회랑의 문을 원망스레 쳐다본다. 저곳에 다시 들어가야 하나. 그 수밖에 없다.

여기서 만나기로 하셨어요? 저쪽 문으로도 나오잖아요?

저쪽 문이라니, 여기 이 큰 문 말고, 문이 또 있단 말이오?

저쪽 끝에 사무실에서 직접 나오는 문요. 보이시죠? 보통 그리로 다니지 여기 홀 쪽으로 누가 다니나요, 뒤숭숭해서.

장은 벌떡 일어난다. 그리고 보니 그쪽으로 사람들 한둘이 들락거리고 그중 몇은 광장 쪽으로도 가는 것을 그는 무심히 보아 넘겼다. 장은 경비원에게 인사도 하는 둥 마는 둥 하고 급히 경비실을 뛰쳐나온다. 원통형의 수많은 대리석 기둥을 지나 반비알진 서쪽 대지로 허겁지겁 걸음을 옮긴다.

빌어먹을 영감태기 같으니라고. 끝내 사람 속을 뒤집어놓는구먼.

먼저 가 버린 것은 아닐까. 아무래도 길이 어긋난 듯싶다. 그래도 한번 사람을 찾아보고나 갈 일이지. 흡흡한 정하고는 원래 거리가 먼 영감태기라니. 장은 '사무실'이라 쓰인 문을 단숨에 벌컥 열어젖힌다. 여직원이 그를 쳐다본다. 귀에 수화기를 대고 그녀는 손짓으로 그에게 긴 의자를 가리킨다. 그녀의 하염없는 수다는 좀처럼 끝이 날 줄 모른다. 서성거리던 장은 결국 참지 못하고 큰소리로 묻는다.

여기 왔던 사람 언제 갔나.

흘러내리는 검은 안경테를 바짝 올리며 여자는 눈살을 찌푸린다.

누구요? 아무도 없어요.

여기 아까, 이름이 김주명이라고, 접수 안 했소?

잠깐만 기다려요, 끊지 말고.

여자는 통화를 하는 상대방에게 애교 있게 양해를 구하고 진열장 위에 수화기를 살짝 내려놓는다. 접수 대장을 한두 장 뒤적거리더니 이내 그에게 쏘아붙인다.

김 누구라면……. 아까 전에 접수한 사람인가 본데, 벌써 갔지 여기 뭐 하러 오래 있어요.

장은 종종걸음으로 건물 앞 광장을 가로지른다. 행여나 기대했던 꽃시계 가의 벤치에도 김의 모습은 뵈지 않는다. 안식의 집을 무연히 바라보던 김의 얼굴이 선하다. 왜 이리 마음이 불안한지 알 수 없는 노릇이다. 장은 허위허위 걸음을 옮긴다. 광장 끝에 다다라도 그의 모습은 없다.

전철이야 혼자 탔겠어. 아직 거기까지 닿지는 않았을 거구먼. 시간이랬자 정말 깜빡 잠든 그때뿐인걸.

자신의 마음을 다독이기라도 하듯 그는 중얼거린다. 계단을 밟는다. 발을 헛디뎌 하마터면 크게 구를 뻔했다.

글쎄, 이놈의 계단이 흉측하게 생겨설랑은. 잘못 놓은 거라니까, 우기기는. 뭐든 자기 맘대로지, 남의 말도 도시 귀담아듣지를 않으니.

장은 미친 사람처럼 중얼거리기 시작한다. 무슨 말이라도 하지 않으면 가슴이 터질 것 같다. 혼자 뒤에 버려진 것 같은, 자신을 두고 김이 어디론가 먼 곳으로 훌훌 가 버린 듯한 불안감에 그는 마음을 다잡을 수가 없다.

산자락 한 굽이를 벗어나자 그때서야 저만치 계단을 내려서는 영감의 뒤통수가 보인다.

그러면 그렇지, 영감태기 언제 저기까지 갔어. 글쎄 내가 미쳤지. 여긴 왜 따라나서서 이리 돌아치는지.

장의 입에서는 빙싯빙싯 웃음이 난다. 괜스레 걱정을 태산으로 한 것이다. 소갈머리하고는. 그러나 아무려면 어떠랴. 그가 저기 있지 않은가. 그는 숨이 턱에 차서 그를 쫓아 내려간다. 신바람이 절로 난다.

뒤 좀 보고 가. 무슨 이런 종자가 다 있다나.

앞서 가던 노인이 천천히 돌아선다. 하마터면 장은 또 계단을 헛디딜 뻔했다. 땅딸막한 체구의 낯선 노인이다. 그러고 보니 의복도 김의 것과는 전혀 다른 흑갈색 외투에다 중절모 차림인데 무턱대고 김인 줄 믿고 쫓아온 자신은 또 어떻게 된 노릇인가. 중절모의 노인은 무표정한 얼굴로 다시 계단을 내려선다.

빌어먹을 영감태기. 그래, 헛세상, 혼자 와서 혼자 가는 게지 누구는 용뻬는 재주 있나.

계단에 털썩 주저앉은 장은 숨을 몰아쉬며 중얼거린다.

그깟 참을성이 없어서 먼저 내뺀 거야? 힘도 좋아, 처녀장가라도 가겠구먼.

김은 도대체 어디 있는 것인가. 그는 다시 발짝을 떼어 놓는다. 다리가 허든거리는데도 발자국이 터벅터벅 혼자 찍히는 기분이다. 자신을 버리고 간 쪽은 김이 분명한데 왜 자신이 그를 버리고 멀리 도망가는 기분인지 그는 마음이 꺼림하기 짝이 없다. 그러면서도 뒤를 돌아다볼 용기는 나지 않는다. 돌아다보기만 하면, 그가 검은 연기 속에 묻혀 하늘로 훨훨 올라가고 있을 것 같다.

내가 죽어야 돼, 이 꼴 저 꼴 안 보고. 무슨 호사를 보겠다고 이 미련을 떤담. 아무것도 모르면서 고집은 황소라. 이놈의 영감태기, 그냥 넘어갈 줄 알고? 그놈의 성깔을 죄다 뜯어 고쳐 놓을 거구먼. 물고를 내버려야지.

초침이 건들거리는 시계는 아직도 한 바퀴를 곧 돌아낼 듯 건들거리고 있다. 김은 장과 나란히 앉았던 벤치를 쳐다본다. 잎샘바람이 세게 부는 광장에는 오가는 사람이 하나 없다. 그는 내리막 계단에 발을 올려놓는다. 긴장이 풀려서인지 어디에 주저앉고만 싶다. 헛구역질이 나려고 한다.

장 영감 손에 이 표찰만 쥐어 주면.

죽음이 아무리 급작스럽게 찾아온다고 해도 예감이라는 게 있는 법이다. 이제 며칠 남지 않았다. 그는 양로 아파트의 자기 방에 돌아가 눕고 싶다. 깍지 낀 두 손을 가슴에 단정히 올려놓고 편안히 눈을 감고 싶다. 검은 연기에 휩싸여 자신의 넋은 자식과 마누라 곁으로 훨훨 날아갈 것이다. 그는 외투 주머니에 손을 집어넣는다. 목덜미와 소매, 바짓가랑이로 스며드는 한기를 외투 하나로 막기에는 역부족이다. 계단은 끝없이 이어진다. 박새 소리는 나지 않는다. 나뭇잎을 털어 버린 나무들과 덤불들도 웬일인지 벙어리처럼 말이 없다. 그는 고개를 들어 주위를 둘러본다.

장 영감한테 이 표찰만 주면.

검은 장의차가 '안식의 집' 언덕을 오른다.

장선학이라. 이름 좋네, 신선에다 학이로구나. 무슨 소주 이름이냐. 이, 이거 봐 박가야, 희한하다. 성질 급한 여자 길에서 애 낳는다더니, 등록 날짜가 어제다. 어떻게 그동안 죽지 않고 참았을까.

졸려 죽겠어. 사람 자꾸 치지 좀 마라.

밤에는 뭐 하게 잠도 안 자고 벌건 아침부터 잠투정이냐. 마누라는 저만 있나, 표도 어지간히 낸다.

글쎄, 귀찮아. 왜 이리 분답을 떨어.

거기 테이프 딴 것 좀 넣어 봐. 어제 새로 빌려 왔다며 어째 전의 것보다 더 못하냐. 화끈한 게 그리도 없냐.

광장의 꽃시계를 멀찌감치 휘돌며 차가 건물에 닿을 때까지도 초침은 12와 1 사이에서 곧 새로운 한 바퀴를 돌아낼 듯이 여전히 건들거리고 있다. 차가 건물 앞에 다다른다. 차에서 튕기듯 제일 먼저 내린 이는 운전석 옆에 앉았던 이십대의 새파란 젊은이다. 장의차 뒷문으로 어슬렁거리며 내리는 두 명의 잡역부에게 "보통!" 하고 소리치고는 그는 잰걸음으로 건물에 다가선다. '직원 외 출입금지' 팻말을 긴 다리로 훌쩍 뛰어넘으며 그는 2층으로 통하는 나선형 계단에 경쾌하게 올라선다.

사랑하라, 희망 없이

1

"도망가요! 그런데, 꼬리가 잘리면 두 마리가 되는 거예요?"

꼬리? 지렁이 꼬리? 도대체 나는 무슨 뚱딴지 같은 질문을 해 댔는지.

잠에서 깨어나 처음 눈에 띈 것은, 여느 때와 다름없이 아스타일이 축축 처진 우리 방의 천장이다. 저 정도의 직사각형 아스타일이라면 처음부터 나사를 여섯 개 박았어야 했다. 자잘한 나사를 네 귀퉁이에만 겨우 박아 놓았으니 배들이 불룩하게 처진다. 이제는 할 수 없다. 가운데에 못을 친다 해도 헛일이다. 공간이 너무 떠서 못이 붙어 있을 수가 없다.

작년 가을, 서울에 처음 올라와 이 방에서 자던 첫날 밤, 나는 저 천장 때문에 너무 놀랐다. 불을 끄고 누웠는데 천장이 울퉁불퉁한 것이, 박쥐 떼가 잔뜩 들러붙어 있는 줄 알았다. ─ 나중에 차분히 생각해 보니 그것은 텔레비전 영화의 한 장면이었다. 장소도, 방이 아니라 산꼭대기의 외진 동굴이었고 — 나도 모르게 벌떡 일어나 불을 켰다. 천장에는 아무것도 없었다. 창문을 통해 비치는 부유스름한 가로등 불빛에 배가 처진 아스타일들의 그림자가 뒤얽혀 그렇게 괴이쩍게 보였던 것이다. 겨우 마음을 가라앉히고 형광등 스위치를 다시 내리기는 했지만 편안히 잠들 수는 없었다. 지렁이. 자세히 살펴본 천장의 아스타일에는 한 장에도 수십 마리의 지렁이, 그것도 토막토막 끊긴 갯지렁이가 구불구불 새겨져 있었다. 처진 아스타일마다 갯지렁이가 수북수북 쌓여, 잠이 들기만 하면 내 몸 위에 쏟아져 내려, 겨드랑이고 배고 할 것 없이 그것들이 스멀대는 환상에 뜬눈으로 꼬박 밤을 지새우고 말았다. 그러고 보면 사람은 확실히 환경에 적응하는 동물이다. 보름도 채 되지 않아 나는 축축 처진 천장에 익숙해졌다. 늘어진 아스타일들의 곡선이 어찌 보면 고향 마을 앞바다에 쉴 새 없이 밀려오는 물결 같아서 반갑기까지 하다. 그렇지만 지렁이에게까지 익숙해진 건 아니다. 길쭘하고 끈끈하고 물컹거리는 지렁이는 언제나 지렁이일 뿐이다. 희고 반듯한 아스타일에 하필이면 지렁이 무늬를 찍어 파는 사람들의 심사를 나는 아직도 이해할 수가 없다.

세상에! 꿈속에서 둥둥대던 북소리가 그대로 들린다. 이럴 수가.

비…… 비가 온다. 꿈속에서 나던 북소리는 이제 생각해 보니 빗소리다.

건물 뒤쪽에 있는 털보 아저씨네 한옥 지붕 위로 우리 건물 옥상의 빗물이 모여 떨어지는 소리다. 옥상 난간을 에두른 빗물받이에

구멍이 나서 제법 굵은 물줄기가 3층 높이에서 포물선을 그리며 떨어지는 것이다. 물줄기가 떨어지는 한옥 지붕 위에는 녹이 잔뜩 슨 함석판 하나가 얹혀 있다. 비가 올 때마다 그 함석판이 뚱땅뚱땅 요동을 친다. 시끄럽긴 하지만 지붕 위에 함석판을 올려놓은 것은 잘한 짓이다. 그나마 함석판을 얹지 않았더라면 과자처럼 바삭바삭한 헌 기와 지붕은 벌써 예전에 거덜이 나 버렸을 게 분명하다.

건물 주인은 아무것도 모른다. 자기 식구들이 여기서 살지 않으니 비가 올 때마다 얼마나 뒤숭숭한지, 뒤채 지붕이 얼마나 위태로운지 도통 관심이 없다. 빗소리도 소리지만, 다 쓰러져 가는 한옥 역시 자기 소유인데 그 집 식구들이 다치기라도 하면 어쩌려는지 알 수 없다. 우리 2층 방에서 내려다보면, 기와 틈을 비집고 자란 쑥부쟁이 키가 1미터는 된다. 시골의 허물어져 가는 폐가라면 몰라도 사람 사는 집치고 이렇게 몰골 흉한 기와집도 드물 것이다. 건물 주인은 2~3층 건물을 지으면서 준공이 되는 대로 한옥을 철거할 생각이었다는데, 막상 건물을 다 짓고 보니 또 아까운 생각이 들어서 그냥 두었다고 한다. 말이야 '전셋돈도 수월치 않은 털보 아저씨네 사정 보아주느라고'였다지만, 그래서 털보 아저씨네가 보수 운운할 때마다 고칠 것도 없이 그만 허물어 버리겠다고 협박 아닌 협박을 하는 모양이지만, 주인이 쉽사리 한옥을 허물지는 않을 것이라고 주방 아줌마는 단언한다.

한옥에서 들어오는 월세가 얼만데? 턱도 없지.

아줌마는 자기 입장이라도 어림없다는 듯 찌부러진 눈을 부릅뜬다. 주인 욕할 거 뭐 있어. 그럼, 한 군데 샌다고 옥상 전체 빗물받이를 온통 갈아? 윤희, 네년이 뭣 땜에 흥분하니? 지붕이야 거덜이 나건 말건 네가 거기서 자지도 않으면서.

마담 언니는 한가하게 손톱을 다듬으며 종알거린다. 건물에 두른 플라스틱 빗물받이가 10여 년 전의 구형이라, 똑같은 마디를 구할 수가 없다는 것이다.

건물 1층 점포에서 표구 집을 하는 털보 아저씨네는 풍을 맞은 할머니까지 여섯 식구다. 점포 안쪽 구석에 궤짝처럼 쌓아 올린 연탄 구들에서 털보 아저씨 내외와 여섯 살짜리 막내가 자고, 건물 뒷문에 달아 붙은 이 낡은 한옥에서는 아이들 둘과 할머니가 잔다. 비가 올 때마다 뚱땅대는 소리를 참고 사는 걸 보면 그 집 식구들 성질도 어지간하다.

군악대가 지나가던 꿈속의 거리는 바로 우리 골목 바깥, 마로니에 공원 앞길이다. 맨 끝줄, 작은 북을 멘 군인 하나가 다른 대원들하고 자꾸 발이 어긋난다. 거리의 구경꾼들이 그를 보고 킥킥거린다. 얼굴이 벌게진 그는 발걸음을 고쳐 보려고 하지만 그의 걸음걸이는 다른 이와 영 맞지 않는다. 그 와중에도 북소리는 여전하다. 아니다. 그가 북을 두드리는 것이 아니다. 자세히 보면 그의 손이 아니라 북채 짓이다. 자동으로 움직이는 북채에 그의 흰 손이 들러붙어 있다.

주위의 구경꾼들이 제각기 딴청을 부리면서 한 발짝씩 그에게 다가선다. 자기들끼리 무슨 음모라도 꾸민 눈치다. 그가 드디어 군중에게 갇힌다. 그는 당황하여 자신의 발을 내려다본다. 흰 모자 밑으로 보이는 그의 관자놀이에 불끈불끈 솟는 힘줄이 이제는 애원에 가깝다. 그의 군악대는 어느새 길 저 끝으로 사라져 간다. 그는 주위 사람들의 몸에 파묻혀 일행을 쳐다볼 수도 없다.

꿈속에서 북을 치던 군인은 이제 생각해 보니 분명히 박 선생님이었다. 흰 모자, 흰 제복에 반짝이는 금 단추, 양 어깨에 금빛 술을 늘어뜨린 군악대 제복이 그의 하얗고 긴 손가락에 정말 제격이었다. 뿐만 아니다. 주위에 둘러선 구경꾼 중에는 털보 아저씨, 머리가 반쯤 벗겨진 안경 집 아저씨, 언니, 맞다. 웬일로 겨울 밍크코트를 두른 새빨간 입술의 언니도 섞여 있었다. 갑자기 억울하다. 내가 잘 아는 사람들이 여럿 등장하는 꿈에서 깨게 되면, 꿈이었다는 생각이 들지 않고 나만 내쫓고 자기들끼리 무슨 짓을 계속하는 것 같아 괜히 부아가 난다.

도망가요!

그를 깔아뭉갤듯 점점 좁혀 드는 사람들 틈새에 대고 나는 손나팔을 만들어 크게 소리쳤다. 거기까지는 좋았는데 꼬리가 잘리다니, 박 선생님에게 무슨 꼬리? 꿈이니 망정이지 내가 외치는 소리를 박 선생님이 실제로 들었더라면 큰일 날 뻔했다.

드러누운 채로 팔과 다리를 쭉 편다. 아침에 기지개를 한껏 펴면 키가 커진다고 한다. 5센티미터만 더 크면 좋겠다. 그러면 162센티미터. 키 큰 여자가 겉늙는다고 165센티미터인 언니는 투덜거리지만, 언니 얼굴에 잔주름이 많이 잡히는 것은 원래 언니의 체질인 것 같다. 이제 서른한 살, 하루 종일 얼굴만 매만지는 정성에 비하면, 언니 얼굴은 말 그대로 '구제 불능'이다. 화장을 많이 한 피부라 그런가. 웃기만 하면 뚜렷이 파이는 눈가의 부챗살들은 내가 보기에도 안쓰러운 감이 있다.

한숨이 나온다. 박 선생님 머릿속에는 언니밖에 없다. 그는 내 마음을 몰라도 너무 모른다. 바보 같은 박 선생님. 하기야 나도 내 마음을 잘 모른다. 내가 생각해 보아도 나는 변덕이 너무 심하다. 보통 때에는 사람들에게 멀쩡히 잘 대해 주다가도, 어느 한순간에는 이유도 없이 속이 부글부글 끓어올라 눈 한번 곱게 떠지지 않는다. 그래도 3층 신문 보급소의 현수는 싱글벙글이다. 톡톡 뱉는 내 말버릇이 매력이라나? 어울리지도 않게 능글거리기는. 아무리 젠체해도 현수는 불합격이다. 토끼띠, 스무 살. 풋내가 풀풀 난다. 남자라면 박 선생님 정도는 되어야 믿음직하다. 올해로 서른둘, 토끼라도 늦은 토끼다. 나하고는 열네 살 차이. 나이가 무슨 상관이람? 어떤 여류 화가는 자기보다 마흔 살이나 많은 남자하고 결혼해서도 잘만 산다고 한다.

껍적대는 현수에 비하면 도리어 박 선생님이 순진하기 짝이 없다. 박 선생님이 언니에게 온통 넋이 팔려 있는 것도 따지고 보면 그가 터무니없이 순진하기 때문이다. 언니의 그 천박한 웃음, 아무에게나 요사를 떨어 대는 짓거리라니. 교양이나 인품을 보아도 언니가 박 선생님의 배필은 아니다. 호칭 문제만 해도 그렇다. 처음에 내가 언니를 아줌마라고 부르니까 그렇게 언짢아했다. 어디를 봐서 자기가 아줌마 소리 듣게 됐냐는 것이다. 우리 엄마하고 육촌간이면 아무리 나이가 어려도 내게는 아줌마가 아니고 뭐냔 말이다. 하여간 나는 아줌마를 언니라고 부른다. 뭐, 편한 점도 있다. 아줌마라고 하면 아무래도 좀 행동이 어려울 텐데, 언니라고 하니까 대하기가 만만한 게 사실이다.

두고 보시라. 박 선생님은 얼마 안 가서 내 애인이 된다. 말이야 바른 말이지, 언니야 어쨌거나 산전수전 다 겪은 술집 여자다. 점점 진하고 야해지는 얼굴 화장이라니, 그런다고 이미 잡힌 주름살이 어디 가나? 박 선생님이 받아 주니까 그 얼굴에 별 강짜를 다 부린다. 언니야 사실 나하고는 비교도 안 된다. 열여덟. 누가 봐도 나는 이슬을 갓 머금은 장미 꽃봉오리다! 시집가면 하루도 못 살고 내쫓길 거라고? 보내기만 해 보시지, 박 선생님 뒷바라지만큼은 거뜬히 해 낸다.

비. 비가 온다.

가만히 귀 기울이면, 헌 함석판에 떨어지는 빗물의 간격이 규칙적인 것은 아니다. 소리가 잦아지는 듯싶다가 한순간에 우당퉁탕 시끄럽다. 비. 엊그제 유월에 접어들었으니 장마가 시작인지도 모른다. 비…… 비? 비!

이런, 정신도 참. 우산 생각을 왜 못 했을까! 벌떡 몸을 일으켜 시계를 본다. 머리맡의 탁상시계는 9시 40분을 막 지나고 있다. 그나마 다행이다. 아직 한 시간 정도는 여유가 있다. 재빨리 이불을 개기 시작한다. 그러고 보니 표구 집의 헌 함석판이 고마울 때도 있다. 그렇게 뚱땅거리지 않았더라면 나는 비 오는 것도 모르고 잠만 잘 뻔했다.

이불을 번쩍 들어 윗목의 철제 궤짝에 올려놓는데, 무슨 끈이 팽팽하게 발목에 감긴다. 내 정신 좀 봐. 털실 뭉치다. 다행히도 뜨개질거리는 망가지지 않았다. 나는 얼른 입고 있던 잠옷의 가슴 섶 단추를 끄르고 대바늘이 덜렁거리는 스웨터 자락을 맨 젖가슴에 댄다.

"내 젖을 만져요, 자."

나는 눈을 감으며 나지막하게 중얼거린다. 박 선생님의 하얗고 긴 손가락이 내 가슴을 부드럽게 어루만진다. 스웨터를 다 짜서 선물하면 박 선생님은 어떤 표정을 지을까. 난생 처음으로 짜기 시작한 스웨터는 한 달 동안 겨우 두 뼘이 넘었다. 젖가슴에 댔던 스웨터 자락을 이번에는 얼굴에 댄다. 나도 모르게 한숨이 나온다. 한숨을 자꾸 쉬면 팔자가 세진다는데.

털실 뭉치에서 나는 냄새가 처음에는 참 향긋했다. 메마른 먼지내 같으면서도 한편으로는 알싸한 것이, 고향 뒷산 갈대밭에서 나던 풋풋한 수풀 냄새 같았다. 뒷산 갈대밭이라야 특별히 그럴듯한 곳도 아니었다. 군데군데 고여 있는 물웅덩이, 봄에는 들꽃이 여기저기 피고 가을이면 갈대가 휘날리는, 황량하고 가풀막진 언덕이었을 뿐이다. 고향 언덕이 보고 싶거나, 다시 돌아가고픈 것은 아니다. 단지 냄새가 그렇다는 것이다. 나야 어차피 서울에서 살아가야 할 사람이다.

니는 물질 배우지 마래이. 어차피 집 떠날 년 아이가.

대청 기둥에 걸린 물옷을 입을 때마다 엄마는 성주신 염불 외우듯 같은 말을 되풀이했다.

대처 남자 만나 시집가그래이. 여 있다 또 남편 물에서 잃고 물길 허젓고 다닐라꼬. 호랭이 굴에 드가도 정신만 차리마 된다 캤다. 다방이마 어떻고 술집이마 어떠노.

스웨터에서는 이제 더 이상 풋풋한 수풀 냄새가 나지 않는다. 자꾸 얼굴에 파묻다 보니 로션 냄새가 스웨터 자락에 밴 모양이다. 아쉽긴 하지만 하는 수 없다. 털실 뭉치와 뜨개질거리를 플라스틱 바구니에 담는다. 등판이 끝나면 앞판을 짜고 소매 두 쪽을 짜고⋯⋯ 부지런히만 뜨면 가을이 가기 전에 끝낼 수 있다고 아줌마가 말했다.

박 선생한테? 그 늙은 글쟁이? 이이런, 젖살도 안 빠진 년이.

주방 아줌마는 가당치도 않다는 듯 배꼽을 잡는다. '젖살도 안 빠진 년'이라니. 우리 엄마가 나를 낳은 나이가 열아홉이다. 뜨개질이나 제대로 가르쳐 줄 일이지, 사람들은 별 참견도 다한다.

소리를 죽여 가며 살그머니 방문을 연다. 주방 개수대의 수도를 틀고 한창 김칫거리를 씻어 대는 아줌마의 뒷모습이 보인다. 슬리퍼를 꿰어 신고는 살금살금 벽을 굽이돌아 홀 한쪽 구석의 화장실로 향한다. 세면대의 수도를 소리 안 나게 틀고 고양이 세수를 마친다. 다시 방으로 스며들어 문을 조용히 닫는다. 성공. 이만하면 나도 서울 사람이 다 되었다.

니맨쿠로 물러터진 아아는 서울 물 좀 묵으야 한다카이. 우예좀 똘망똘망해질란강.

엄마가 나를 굳이 서울에 보낸 것도 이런 데 이유가 있었을 것이다. 내가 맡은 차 심부름이나 확실히 하면 되었지 주방 일까지 도울 의무는 없는 것이다.

주방 아줌마의 자개경대 앞에 앉는다. 모서리가 닳아 빨간 옻칠이 군데군데 벗겨진 아줌마의 경대 앞에 앉을 때마다 나는 주방 아줌마의 손톱을 보는 듯하다. 아줌마 손톱의 매니큐어는 온전할 날이 없다. 하기는 온종일 물에 손을 담그고 사니 그럴 수밖에 없을 것이다. 그런 아줌마가 코는 좋아서, 언니가 매니큐어를 바르는 것을 귀신같이 알고 쫓아와 자신의 손가락을 내민다. 매니큐어 색깔이 다르다고 말려도 아줌마는 막무가내다.

　철제 궤짝과 자개경대 틈에 끼워 놓은 내 여행 가방을 잡아당겨서 비닐봉지를 꺼낸다. 아이섀도와 립스틱. 어제 아침에 화장품 할인 코너에서 새로 산 것이다. 아줌마가 보면 또 한마디 거들 것이다.

　몇 번 썼다고 또 새 걸 사냐? 미친년.

　시원한 바다 색깔의 아이섀도. 올 여름 유행색이 달라진 것을 난들 어쩌란 말인가.

　나도 이젠 제법 화장하는 솜씨가 늘었다. 눈화장을 하면 다섯 살은 성숙해 보인다. 열여덟이면 결코 적은 나이가 아니다. 우리 엄마가 시집간 나이가 열여덟이다. 새신랑 우리 아버지는 스무 살. 내가 올해 현수와 결혼을 한다면 우리가 딱 그 나이다. 그러나 나는 그 얘기를 절대로 현수에게 하지 않는다. 돌아가신 아버지야 그렇다 치더라도 엄마 나이가 좀 창피하다. 따지고 보면 내가 엉터리다. 엄마가 일찍 결혼한 것이 한편으로는 창피하면서도, 내 경우야 또 예외라고 생각하는 것이다. 이게 다 박 선생님 때문이다. 나이가 꽉 찬 박 선생님 처지로 보면 내가 올해라도 결혼 못 할 것은 없다는 말이다.

　비키니 옷장에서 새 스커트를 꺼내어 입는다. 지난 주 휴일에 아줌마하고 동대문 시장에서 산 것이다. 아줌마 몰래 동네 수선 집에서 치마 길이를 5센티미터 줄였다. 내가 이렇게 짧은 스커트를 입는 것을 알면 우리 엄마는 뭐라 하실까. 현수는 괜히 나만 보면 치마 길이를 가지고 한마디씩 한다. 그러나 내게는 짧은 게 어울린다.

골목 어귀 디피점 미스 양의 통다리라니. 현수는 괜히 내 앞에서 의식적으로 미스 양 얘기를 끄집어낸다. 얼굴이야 뭐 그렇다고 쳐도 그런 코끼리 다리를 상대로 내가 질투라도 해 줄 것을 기대하는지. 다리통뿐만 아니다. 미스 양의 오리처럼 둥싯대는 히프. 그래도 자존심은 있어서, 미스 양은 곧 죽어도 큰 소리다. 남자들은 실은 비쩍 마른 여자보다 살집 있는 여자를 좋아한다나. 나한테는 그렇게 말하면서 살 빼느라고 매일 점심을 굶는 사실이야 현수도 다 아는 일이다. 웃음소리는 어떻고? 제 깐에는 애교라고 억지로 짜내는 그 이상한 웃음소리를 한번 들으면 웬만한 남자는 십 리 밖으로 도망쳐 버릴 것이다.

계집이라카마 애교도 좀 있이야 되는 기고 눈치 봐 가미 배울 건 배워야 한다카이. 니야 체격도 니 아부지를 닮았으이.

언니와 엄마는 친 육촌간인데 그렇게 안 닮기도 어렵다. 언니는 키가 크고 바짝 마른 체격인데 비해, 물질을 하는 엄마는 어깨가 벌어져 사내처럼 여문 체격이다. 긴 파마머리의 언니가 들에 핀 분홍색이나 자주색 엉겅퀴 꽃을 닮았다면 — 프릴이 잔뜩 달린 자주색 니트 원피스를 입었을 때는 꼭 그렇다.— 엄마는 꽃과는 거리가 멀다. 사람이 아닌 물건으로 비기자면 절구나 옛날 풍구, 뭐 그런 덩치 큰 살림살이가 연상되곤 한다. 아버지만 돌아가시지 않았던들 엄마도 고생을 좀 덜하실 텐데. 현란한 화장에 주렁주렁 액세서리를 달고 나타난 언니를 보고, 목석같은 엄마도 마음이 뒤숭숭했던 모양이다. 언니가 다녀간 날 밤, 장롱 서랍을 열고 밤새도록 이 옷 저 옷 걸쳐 보며 한숨짓던 엄마 모습이 아직도 눈에 선하다.

나는 마라톤을 하기로 했어. 학교에서 선생님이 해 보라고 해서. 황영조 선수도 해녀 아들이라서 가슴이 튼튼하다고 나도 한번 해 보래. 중학교 가는 데 장학생으로 된다니까 나도 좋아. 누나도 좋지. 엄마도 내가 배 안 타니까 좋대.

영배는 초등학교 6학년치고는 편지도 야무지게 잘 쓴다. 엄마가 영배를 낳고 드러누워 있을 때 아버지 배가 돌아오지 않았으니, 아버지는 영배가 이 세상으로 나온 줄도 모르고 저세상으로 들어가셨다. 그러니 영배가 아버지 얼굴을 기억할 리 없다. 나 역시⋯⋯ 나는 사실 아버지 얼굴을 똑똑히 안다고 자부했는데, 재작년에 엄마를 따라 두 재 넘어 외삼촌 장례식에 갔다가 외삼촌 영정을 보고 깜짝 놀랐다. 내가 아버지로 기억하고 있었던 얼굴이 바로 외삼촌 얼굴이었기 때문이다. 집에 와서 엄마에게 채근을 하여 결혼사진을 들여다보니 아버지는 전혀 다른 얼굴이었다.

느그 아부지가 어데 외삼촌 닮았노, 택도 없지. 거무스름한 기나 닮았으까. 같이 배를 탔으이께네.

아버지 얼굴은 계집애처럼 눈, 코, 입술 모두 선이 가는 데 비해, 외삼촌은 코가 밤송이처럼 울툭불툭하게 붙어서 누가 보아도 우악스러운 뱃사람 같았다. 그러니까 영배는 외탁을 한 셈이고 내 얼굴이 아버지를 닮은 것이다. 엄마가 들으면 섭섭하실지 모르지만, 나는 아버지 쪽을 닮은 게 정말 다행이라고 생각한다. 딱 벌어진 어깨에 굵은 뼈마디, 두꺼운 입술까지 내가 닮았더라면 어쩔 뻔했을까.

"조금만 준비해요, 그깟 점심때 몇 명이나 온다고. 우리 먹을 거나 마련하면 되지."

깜짝이야. 언니가 언제 왔는지 주방에서 아줌마와 말하는 소리가 들린다.

"그래도 당근이 없으니 색깔이 안 맞잖아. 야채 트럭 오는 것 기다리느니 슈퍼에 가서 얼른 사 오는 게 낫겠어."

주방 아줌마의 말소리다.

"내가 갔다 올게요."

나는 방문을 열고 신발을 꿰어 신으며 말한다.

"웬일이니, 심부름 한번 시키려면 생난리를 치는 계집애가."

언니가 반색한다. 말이 끝나기도 전에 아줌마가 한마디 한다.

"심부름 핑계 대고 나가서 또 언제나 들어오게?"

저 말솜씨하고는.

"그럼 아줌마가 직접 갔다 와요."

"당근이나 들여 놓고 싸돌아다니란 말이여."

나는 아줌마를 쌩하니 흘겨본다. 아줌마는 파를 썰면서 얼굴도 들지 않는다.

"얘, 너…… 치마 한번 멋있다?"

언니 눈이 쌩하니 내 종아리를 훑는다. 말은 안 해도 언니가 내 다리에 열등감이 있는 것을 나는 벌써부터 알고 있다. 다리 하나만 비교한다면 언니보다 내가 낫고말고. 미스 장은 각선미가 만점이야. 다방의 단골 아저씨들이 내 다리를 만지려고 할 때는 소름이 끼치면서도 기분은 나쁘지 않다.

"뭐, 옛날부터 입던 건데."

"옛날 거 좋아하시네. 시장 한번 가면 눈이 새빨개 가지고 휘적거리고 다니는데⋯⋯. 괜히 조심하라고. 콩꼬투리만 한 년한테 임 뺏기고 울지 말고."

아줌마가 키득대기 시작한다.

"⋯⋯ 임이라니?"

언니가 눈이 둥그레져서 나와 아줌마를 번갈아 쳐다본다. 아줌마의 저 이죽거리는 심술보.

"아줌마는 알지도 못하면서 무슨 헛소리예요? 당근 얼마치나 사와요?"

나는 대답을 채 듣지 않고 주방을 빠져나온다. 아줌마의 커다란 목소리가 뒤따라온다.

"두 개만 사 와. 중간치로. 싱싱한가 보고!"

다방 문을 나서서 계단을 내리닫는다. 언니한테 나는 더더욱 당당해질 필요가 있다. 사랑을 하려면 모든 것을 뛰어넘어야 한다. 용기와 인내가 아니고 행복은 얻어 낼 수 없는 것이다. 박 선생님에 대해서도 뺏든지 뺏기든지, 둘 중의 하나다. 전투 준비 완료!

2

"뭘 그렇게 골라? 겨우 두 뿌리 사 간다면서."

슈퍼 할머니가 눈을 흘긴다. 나이가 들었으니 눈 밑에 살주머니가 축 늘어진 건 어떻게 봐 준다 쳐도, 말 한마디 곰살궂게 붙이지 못하는 이 할머니의 심보도 알아줘야 한다. 할머니 가게 물건들은 할머니랑 똑같이 늙었다. 먼지가 켜로 앉은 선물용 주스 박스, 언제 받아 놓은 것인지 알 수 없는 색 바랜 과자 봉지, 진열 칸에 너저분하게 꽂힌 두루마리 화장지들. 새로 들여 놓는 야채라고는 검은 보자기를 씌운 콩나물 한 통과 두부 몇 판, 그리고 쉬 상하지 않는 감자와 당근 박스가 고작이면서 할머니는 툭하면 '이 동네 것들은 늙은 거나 젊은 거나 얌통머리가 없다.'며 투덜댄다. 골목 바깥, 새로 생긴 슈퍼에 손님을 뺏기는 사실이 무척 약 오르는 모양이다.

"그만 헤적거리라니까! 멀쩡한 당근 다 상하겠네."

"오래된 거 아녜요?"

"오늘 아침에 들여놨어. 물건 보면 몰라?"

할머니는 눈 깜짝도 않고 짜증을 낸다. 노인네가 의뭉스럽기는. 당근 몸통이 이렇게 휘청거릴 정도면 받아 놓은 지 일주일은 실히 지났을 것이다. 하는 수 없다. 당근 두 뿌리 사자고 골목 밖에까지 가기도 그렇고. 그러고 보면 안경 집 골목의 새댁 말이 백번 옳다. '할머니네 가게 물건은 다른 집 것보다 훨씬 못하다. 게다가 값도 더 비싸며, 종류가 다양하지 못해서 어차피 큰 가게로 갈 수밖에 없다. 뭐니 뭐니 해도 물건을 동네 사람들에게 강매하려는 그 마음가짐부터 고쳐 잡수셔야 한다…….' 등 조목조목 따지고 들었다는 말들이 다 맞는 얘기 아닌가. '슈퍼에서 물건을 사 들고 할머니 집 앞을 지날 때에 우리 맘이라고 편한 건 아니다. '이 할머니는 도대체 돌아가시지도 않네.' 하고 중얼거리게 만든 장본인이 바로 할머니 자신임을 명심하시라.'는 말은 좀 과하기는 했지만. 새댁과 할머니가 골목에서 승강이하는 광경을 우연히 보게 된 3층 신문 보급소 소장 아저씨는 '나이도 어린 여자가 안하무인'이라고 혀를 내둘렀지만 하여간 할머니 행짜를 보면 그렇게 당해도 싸다는 생각이 든다.

할머니 손을 거쳐 오면 100원짜리 동전도 늙는다. 돈 내밀기가 무섭게 낚아챈 배에 두른 전대에 쑤셔 넣으면서, 동전 몇 개 꺼내 주는 데는 또 세고, 확인하고 5분도 더 걸리는 것 같다. 우리 다방을 향해 뛰기 시작한다. 몇 집 떨어지지 않은 거리인데도 티셔츠가 비에 금방 젖어 든다. 비야 오너라. 장마가 지면 어떠리. 나는 아무 곡조나 입에서 나오는 대로 흥얼거린다.

애, 윤희야 여기…… 하는 주방 아줌마의 말을 뚝 분지른다. 방문을 열고 우산을 집어 들자마자 나는 튕기듯 밖으로 내닫는다. 튀어 오른 계단의 쇠 편자는 밟을 때마다 꽹과리처럼 쟁쟁거린다.

부릉대는 지프가 보도에 고인 빗물을 튕기며 지나간다. 얼른 한쪽으로 비켜선다. 보슬비 오는 아침, 골목은 다시 한기롭다. 검은색 박쥐우산을 천천히 펼친다. 박 선생님의 손길이 남아 있는, 그의 체취가 배어 있는 우산. 사람의 감정이란 정말 묘하다. 미색 플라스틱 손잡이가 달린 그의 박쥐우산이 내 손에 들어온 날부터 나는 비 오는 날이 무조건 좋아졌다. 언니 말대로 옥상의 빗물이 털보 아저씨네 지붕에 폭포처럼 떨어져서 거덜이 나거나 말거나.

우산을 어깨까지 나지막이 드리운다. 사르르 눈을 감는다. 그의 부드러운 팔이 내 어깨에 둘러지는 순간이다. 우산에 투덕대는 빗방울의 무게, 신선한 빗물 냄새. 그의 품에 안겨, 그의 흰 목덜미에 머리를 살포시 대고……. 촉촉한 초여름 공기가 이렇게 싱그러울 수가 없다.

11시까지만 돌아가면 다방 일은 걱정 없다. 매일 하는 홀 청소야 마음만 먹으면 20분으로 충분하다. 우산 건도 염려 없다. 박 선생님이 다방에 나타나는 때는 정오를 지나서다. 우산을 우리 방에 슬쩍 들여놓기만 하면 되는 일이다. 어수룩한 박 선생님. 박 선생님은 자기 우산을 몰라볼지도 모른다. 그는 도대체 누가 자기를 좋아하고 있는지, 자기에게 어울리는 여자가 누군지도 도통 모른다. 그저 이 세상에 언니밖에 없는 줄 알고……. 답답하기 짝이 없는 노릇이다. 칼국수만 해도 그렇다. 박 선생님은 칼국수를 무척 좋아한다. 거의 매일 칼국수를 먹으면서 질리지도 않는다. 언젠가 '대통령도 칼국수를 좋아한다는데 한번 겨뤄 보시라.'고 했더니, 박 선생님은 '글쎄, 기회가 되면 그래도 좋고……. 바빠서 여기까지 오실 수 있을까.' 웃지도 않고 진지한 얼굴로 그렇게 대답하는 것이었다. 대통령과의 식사를 벌써 예전부터 벼르고 있었다는 식의 표정이었다. 그 때는 어떻게 웃을 수도 없어서 어물쩍 넘겨 버리고 말았지만, 농담에조차 심각하게 대답하는 박 선생님은 어찌 보면 머리가 모자라는 어린아이 같기도 하다.

우리 다방에서는 물론 커피나 음료를 팔지만, 점심 때에는 간단한 칼국수와 김치 볶음밥도 판다.

어차피 우리도 점심은 먹어야 하니까.

언니의 말이지만, 골목 안 2층 다방 수입으로 그나마 살림이 꾸려지는 데에는 점심 식사로 들어오는 수입도 무시할 수 없다. 주방 아줌마가 때로 퉁박을 부리기는 하지만 그 일을 전담하고 있다. 언니는 그 때문에 아줌마에게 무척 고마워한다. 점심 식사를 팔자는 제안도 주방 아줌마가 했다는 것이다. 아줌마는, 언니 말을 빌리면 한마디로 진국이다. 주방에 들어가 봐도 단무지 한 조각, 나물 한 젓가락 허투루 버리는 법이 없다. 뒤퉁스러운 말씨와 찌부러진 눈이 흠이기는 하지만 속내는 무척 따뜻한 사람이다.

 엄마보다도 10살이나 위인 아줌마는 내 생각도 꽤 살뜰히 해 주는 편이다. 보통 자정이 넘어서, 다방 영업이 마무리된 다음에나 잠자리에 드는 나는 아침 9시 정도까지 잘 수밖에 없다. 밤 10시께에 잠이 들어 6시쯤 일어나는 아줌마는 내 잠을 깨울까 봐 무척 조심한다. 조용조용히 요를 갠 후 주방에 나가서도, 설거지나 도마질처럼 시끄러운 일은 되도록 삼가는 것을 말은 안 해도 내가 다 알고 있다. 그놈의 찌부러진 눈만 아니라면, 아줌마의 얼굴도 그리 밉상은 아닌 편이다. 피부도 하야니 고운 편이고 콧날이나 턱의 선도 그런 대로 깨끗하게 빠졌다. 눈만 아니라면…… 아줌마는 정말 소박 맞을 이유가 없다.

 아줌마 눈은 왼쪽으로 썰그러져 있다. 눈꺼풀이 불에 덴 듯 말려 올라가 왼쪽 눈알이 그대로 떨어질 듯 생급스럽다. 날 때부터 그런 건지, 어떻게 하다 다친 건지 도대체 알 수 없다. 새살맞은 언니도 아줌마하고 햇수로 4년째라는데 아직껏 그 일에 대해서는 잘 모른다. 눈 얘기만 나오면 아줌마가 미친 듯이 소리치며 화를 내기 때문이다. 남편이 무슨 짓을 해서 그녀를 그 꼴로 만들어 놓았거나, 아니면 그 썰그러진 눈에 만정이 떨어져 아줌마를 소박 놓았거나

다. 서울에 처음 올라와서 나는 주방 아줌마의 눈을 보고 잔뜩 겁을 먹었었다. 웃지도 않고 자꾸 고개를 외로 꼬면서 나를 살피는 모습이, 동화에 나오는 마귀할멈이 바로 그런 모습일 것 같았다. 아줌마는 말려 올라간 왼쪽 눈을 잘 때에도 뜨고 자는 것일까, 나는 그게 무척 궁금했다. 며칠이 지나 우연히 아줌마의 자는 모습을 보게 되었는데 다행히 눈이 감기기는 감겼다. 오른쪽 눈처럼 똑바로 감기지 않고 많이 씰그러져서 감기긴 했지만, 하여간 두 눈이 다 감겨서 잠든 것을 보니 마음이 놓였다.

아줌마는 보통 때는 무척 사람이 좋은데 화가 났다 하면 사흘은 간다. 애꿎은 주방의 그릇들이 우당탕탕 몸살을 한다. 언니 말을 들으면 아줌마 남편은 새 여자와 살림을 차렸다고 한다. 새 여자와의 사이에 꽤 장성한 아들도 둘이라고 한다. '웬수, 썩어 빠진 인간, 마누라 등쳐 먹고 사는 아귀 같은 남정네.' 입에서 나오는 대로 별 말을 다하면서도, 월말이면 월수 이자 받듯 다방에 들어서는 남편에게 아줌마는 생활비를 꼬박꼬박 건네준다. 나보고는 돈을 어떻게든 모아라, 한 푼이라도 낭비하면 안 된다, 있는 잔소리를 다 해 대면서 정작 아줌마는 월급을 거의 고스란히 남편에게 털리는 것이다.

밀대로 밀어 놓은 듯 납작한 얼굴의 아저씨는 돈을 받는 순간에도 아줌마를 정면으로 쳐다보지 않는다. 아줌마 역시 옆으로 서서 잘 쳐다보지 못하고 비죽이 봉투만 내민다. '몸 편하나?' 하면 '매 그렇지요.' 한다. 기껏해야 자기 아들 안부 한두 마디 건네다 남편이 돌아가고 나면, 아줌마는 방으로 들어가 벽을 보고 눕는다. 그러고는 또 어느새 한 달, 아줌마가 웬일로 뽀얗게 분을 발랐다든지 까닭 없이 잦은 기침을 하는 듯하면 영락없이 남편이 오는 날인 것이다.

기분이 좋으면 아줌마는 「사랑은 눈물의 씨앗」이라는 노래를 흥얼거린다. 그러고는 이 집엔 처녀만 셋이라고 너스레를 떤다. 언니도 호적상으로는 시집간 적이 없으니 처녀이고, 아줌마 역시 자기가 본처이기는 하지만 혼인 사실을 올리지 않아서 호적상으로는 처녀라고 한다. '호적에 올리지도 않았다면서 어떻게 본처일 수 있어요?' 하면, '정식으로 사주단자를 받았으니까.' 하고 딱 부러지게 대답한다. 나는 아줌마의 행동을 이해할 수가 없다. 나는 적어도 그렇게는 안 산다. 아무리 본처로 인정해 준다 해도, 딴 여자와 사는 남자를 평생 남편으로 믿고 섬기는 따위 웃기는 짓은 절대 안 한다. 열녀문 세울 일 있나. 지금이 어떤 세상이라고.

"아침부터 어딜 싸돌아다니냐?"

누군가가 우산을 버쩍 쳐든다. 현수다. 오토바이에 앉은 채 우장을 걸친 품새가, 신문 배달이 빠진 집에 신문을 가져다주고 오는 길인 모양이다.

"무슨 상관이람?"

나는 그에게 소리를 지른다. 어떻담? 하는 식의 말투는 언니에게 배운 말이다. 언니 역시 경상도 출신이라, 배운 서울말일 텐데도 그런 말투는 정말 앙증맞다. 나는 그대로 걸음을 빨리한다. 현수가 오토바이를 두 손으로 끌며 허겁지겁 따라온다. 뭐, 기분이 나쁘지는 않다. 현수 따위 풋내 나는 친구, 나는 관심도 없지만, 자기로서야 나를 따라오는 게 당연하고말고. 미스 양이 이 꼴을 봐야 하는

데. 골목 입구 미스 양네 디피점까지는 아직도 더 가야 한다. 그녀는 현수가 나한테 이렇게 치근댄다는 사실을 까맣게 모른다.

"어디 가? 태워다 줄까?"

"됐네."

"이번 노는 날 어때?"

그가 다그친다. 휴일에 자기 오토바이를 타고 야외로 놀러 가자는 이야기를 벌써 몇 번이나 했다.

현수가 가진 오토바이는 새것이다. 그리고 자기 것이다. 두어 달 전까지만 해도 그가 몰던 신문 보급소 소유의 오토바이는 그야말로 길에 내놓아도 가져가는 사람만 골치 아플 구닥다리 고물이었다. 모양도 30년은 되어 보이는 구식인 데다가 페인트를 덧칠하여 누덕누덕한 꼴은 어찌하고라도, 시동이 걸리지 않아 애를 먹었다. 한 번 신문 배달을 나갈 때마다 30분은 부릉거리니 동네 가게마다 한마디씩 거들곤 했다. 슈퍼 할머니 역시 '시동 걸 시간 있으면 그 다리로 벌써 뛰어갔다 왔겠다.'고 고래고래 소리를 질러 대고, 순해 빠진 표구 집 털보 아저씨조차, 시동 거는 소리를 듣다 못해 '어이, 내 자전거로 신문 갖다 주고 오지.' 했다. 그때 나는 왜 그리 웃음이 나던지. 2층에서 내려다보면서 깔깔거리던 내 웃음소리를 현수가 들었다. 나를 올려다보던 그의 얼굴, 새빨개지다 못해 파란색으로 변하며 곧 울음을 터뜨릴 것 같은 표정이었다. 나는 얼른 고개를 들이밀고 창문을 닫아 버렸다. 지금 생각해도 그 일은 좀 미안하다.

그리고 보름이나 지났을까, 그는 새 오토바이를 타고 나타났다. 그가 거드름을 피우던 꼴이라니. 건물 앞에 오토바이를 내놓고 하루 종일 먼지를 닦더니, 시험해 본답시고 경적을 자꾸 울리는 것이었다. 신문사측에서 중고품을 사 주려 하는 것을 새 오토바이를 사 주지 않으면 '그만두겠다.'고 자기가 말했더니 결국 새것으로 바꿔 주었다는 것이다.

까짓 것, 오토바이 한 대 얼마 된다고. 차도 아닌데. 신문 배달하려면 사실 신문사 이미지도 있는 것 아니냐고요?

그가 떵떵거린 내용은 사실과는 좀 달랐다. 보급소 소장 아저씨 말로는 신문사에서 현수에게 사 준 것이 아니라, 현수가 앞으로 1년 동안 나올 네 번의 보너스를 포기하고 월부로 새것을 샀다는 것이었다. 주방 아줌마는 현수가 헛똑똑이라고 한참 흉을 보았지만, 나는 그 일만은 현수가 잘했다고 생각한다. 사람이 자존심이 있지 헌 오토바이는 정말 너무했다. 젊은 애가 기분 문제 아니냐 말이다.

"같이 갈 여자 많잖아?"

나는 목소리를 착 깔며 부드럽게 대꾸한다. 현수가 내 애인이 아니라도, 그에게 일부러 점수를 잃을 필요는 없으니까.

"야야, 내가 뭐 상대가 없어서 그러는 줄 아냐? 네가 휴일에도 밖에 나가지도 못하고 할망구들 새에 볶이는 게 안돼서 그러지."

하여간 틈을 주면 안 된다. 좀 사정을 봐주려니까 그 새에 까불기 시작한다.

"봐줘서 눈물 나네."

나는 시틋하게 대답하고는 걸음을 재촉한다.

"의정부 쪽으로 달리면 길이 얼마나 좋은데. 경치도 끝내 주고. 야, 너 도대체 어디 가는데 이렇게 바빠?"

현수가 우산대를 잡는다. 순간 기분이 묘하다. 박 선생님의 우산, 우산대를 거머잡은 현수의 손. 두 남자가 서로 대결하는 듯한 분위기. 내게 화냥기가 있는 것일까. 기분이 나쁘지만은 않다. 그의 덜퍽진 손도 그리 싫지는 않다. 사내는 패기가 있어야 한다. 힘도 좀 세고. 그의 풋풋한 땀 냄새도 괜찮다. 그러나…… 내 마음속에는 박 선생님 하나뿐이다. 단지 나는 누구든지, 설사 내가 상대방을 차 버리는 한이 있더라도, 다른 사람이 나를 싫다고 하는 것은 못 참는다.

"되게 비싸게 구네. 그럼 극장에나 가든지."

저만치 골목 어귀, 휘우듬하게 자리 잡은 미스 양네 가게의 '필름'이라고 쓰인 붉은 깃발이 보이기 시작한다. 나는 갑자기 조바심이 난다. 현수가 더 이상 따라오지 않고 걸음을 멈추었기 때문이다. 미스 양네 가게 앞이 차마 못 건널 바다라도 되나? 나쁜 자식, 약아 빠지기는. 치사하게 양다리를 걸치고.

"극장 못 가서 안달 난 사람들끼리나 가시지!"

미스 양이 들었을까. 나는 일부러 크게 소리치고는 종종걸음을 친다. 어디다 나를 비교하느냐 말이다. 천하의 둔치. 내 가치를 모른다면 그것도 현수 제 팔자다. 싸구려 애들은 싸구려 애들끼리 어울릴 수밖에. 미스 양에게서 '현수가 가끔 디피점에 들러 차를 마시고 간다.'는 말을 들었을 때 나는 다 알아봤다.

"눈에 시퍼렇게 그게 뭐냐? 천박하게!"

깜짝이야. 등 뒤에서 소리 지르는 그의 고함에, 나는 나도 모르게 그 자리에 우뚝 서 버린다. 얼굴에 갑자기 열이 확 오른다. 지나가던 아줌마가 내 얼굴을 똑바로 쳐다본다. 우산을 푹 내려 얼굴을 가린다. 우산이 없었더라면 어쩔 뻔했을까. 오토바이 시동 거는 소리. 이내 부웅 멀어져 간다. 저 자식을 그냥. 나는 여기저기 고인 물웅덩이를 건너뛰기 시작한다. 미스 양네 '필름' 깃발이 휙 지나간다. 어린애들은 가라, 가라. 하여간 현수, 쟤는 무식해서 안 된다.

횡단보도를 건너 마로니에 공원으로 들어선다. 젊은 남녀들로 벅적대던 벤치는 물론, 밤늦게까지 노래가 그치지 않는 악사 무대에도 빗물이 흥건히 고였을 뿐 인적이라곤 없다. 저만치, 한 우산을 쓰고 걸어가는 연인 한 쌍이 보인다. 여자가 자신의 우산은 접어 들고 남자의 팔짱을 끼었다. 여자는 긴 생머리에다 노란 바바리를 걸쳤다. 비 오는 날에는 노랑이 참 상큼해 보인다. 나도 모르게 한숨이 나온다. 그렇지만 나도 혼자는 아니다. 박 선생님이 이렇게 큼지막한 우산으로 내리는 비를 막아 주고 있지 않은가.

일도, 내 이름은 일도야. 길이 하나뿐이라는 거지.

왠지 빗줄기 같은 박 선생님. 그의 목소리가 촉촉이 내 몸을 휘감는다. 우산을 최대한 폭 내려 쓴다. 어깻죽지에 우산살이 배겨서 아프기까지 하다.

내가 요새 상상하고 있는 장면은 바로 이 공원에서의 일이다. 우연히 공원에 들른 박 선생님과 마주치는 것이다. 나는 깜짝 놀라 발을 멈춘다. 박 선생님의 핏기 없는 얼굴에 반가운 웃음이 퍼진다.

윤희 씨, 내가 술 한 잔 살까.

나는 다소곳이 그의 뒤를 따른다. 그가 잘 들르는 포장마차다. 그는 아무 말 없이 소주를 몇 잔 들이켠다.

그만 드세요. 몸에 안 좋잖아요.

걱정이 되어 한마디 하면 박 선생님은 정겹게 웃는다.

⋯⋯윤희 씨는 시집가면 남편 사랑을 듬뿍 받을 거야.

그리고 또다시 술을 마신다. 해야 할 말을 꺼내지 못하고 고민하는 눈치가 역력하다. 내가 먼저 운을 뗀다.

왜 결혼하지 않으세요?

윤희 씨는⋯⋯ 내가 결혼하자고 하면 할래?

그야⋯⋯ 박 선생님이 원하신다면요.

그는 아무 말 없이 다시 술을 따른다. 내가 말리려고 술병을 잡는다. 그의 손이 내 손을 덥석 잡는다. 그러고는 나를 와락 껴안는다. 그의 억센 팔 힘에 나는 꼼짝 못 하고 그의 품에 안긴다⋯⋯.

이건 아니다. 박 선생님은 내게 이럴 분이 아니다. 언니에게라면 몰라도. 나 같은 것은 안중에도 없다. 갑자기 서글픈 생각이 든다. 짝사랑.

이런 상상은 어떨까. 술에 잔뜩 취한 박 선생님이 다방에 나타난다. 언니가 보는 앞에서 '윤희, 나하고 어디 좀 갈까.' 빌어먹을. 왜 나는 술기운 없는 맨 정신의 박 선생님, 언니와 전혀 별개인 남자로서의 박 선생님을 상상할 수 없는 것일까.

자정이 지나 다방 문을 닫으려면 언니는 대개 술이 취해 있다. 언니는 거리낌 없이, 같이 술을 마신 남자와 부둥켜안은 채로 다방을 나서곤 한다. 순진한 박 선생님은 아무것도 모른다. 야간 학원 강의 때문에 항상 오후 5시경에 돌아가기 때문이다. 주방 아줌마도 웃긴다. 내가 언니의 행동거지에 대해서 입바른 소리라도 할라치면

사랑하라, 희망 없이 203

벌컥 화를 낸다. 언니가 어떻게 살든 상관 말라는 이야기다. 언니처럼 불쌍한 여자도 없단다. 그런 일은 전혀 모르는 척, 특히 박 선생님 앞에서는 입 뻥긋도 말라고 몇 번씩 단도리를 하는 것이다.

왜, 박 선생님하고 결혼 안 해요?

두어 달 전이던가, 민방위 훈련을 하는 시간이었다. 홀에 손님이라곤 아무도 없고 언니와 주방 아줌마, 나 셋이 앉았을 때 내가 언니에게 물었다. 언니가 피식 웃으며 대답했다.

그 샌님은 나하고 결혼하고 싶어 하지 않아. 그저 동정하는 거지. 왜 있잖아, 싸구려.

박 선생님은 언니만 좋아하잖아요.

날 좋아하는 게 아니라니까. 차마 내 곁을 떠나지 못하는 자기 자신을 좋아하는 거지. 그런 면에서는 미선 씨도 마찬가지고. 내가 불쌍해 뵈는가 봐. 윤희야, 너두 내가 불쌍해 뵈니?

언니가 깔깔거렸다.

미선 씨는 가끔 언니에게 전화를 한다. 전화가 왔다 하면 언니는 만사를 제쳐 놓고 한 시간이 넘도록 떠들어 대곤 한다. 미선 씨가 박 선생님의 연인이었다는 사실이 웃긴다. 한때 연적이었던 여자끼리, 그것도 미선 씨가 딴 남자와 결혼한 후에 먼저 언니에게 전화를 걸었다는 사실이 또한 웃긴다.

언니와 주방 아줌마의 말을 종합해 보면, 언니는 고등학교 2학년 때 집을 나와 서울행 기차를 탔다고 했다. 사창가에 팔려가 사내를 받은 지 며칠 안 되어 만난, 휴가 나왔던 군인이 바로 박 선생님이라는 것이다. 손가락 하나 건드리지 않고 꼬박 밤을 지새우고 이틀

날 돌아간 그는, 그날 오후 다시 그 집에 나타났다고 한다. 포주에게 고래고래 소리를 지르며 언니를 내놓으라고 떼를 썼다. 박 선생님은 늘씬하게 얻어맞은 채 내쫓겼고 언니는 그날 밤으로 다른 집으로 옮겨지고. 그리고 2년 후 언니는 길에서 우연히 박 선생님과 마주쳤다는 것이다.

그러니까 내가 청량리 앞 룸살롱에 있을 때였지……. 나보고 정식으로 사과하는 거야. 내 문제를 해결해 주지 못하고 그때 그냥 귀대해서 정말 미안하다나. 웃기지 않니? 어떻게 해결해 줘? 나는 그 샌님에게 기대도 안 했어. 처음 만났을 때에야, 내 하는 짓이 워낙 서투르고, 그냥 밤새, 무슨 말이건 하라니까, 억지로 사창가에 붙들려 왔다고 살려 달라고 했을 뿐이지. 나야 집에서 나와 서울에 올라올 때부터 각오하고 있었는데 뭘.

룸살롱에 샌님이 자꾸 찾아오는데…… 뭐, 분위기 맞춰 줬지. 찔찔 짜기도 하고. 어떡하니? 자꾸 나보고 미안하다는데. 아르바이트 했다고 목돈도 쥐어 주더라. 마담한테 빚을 갚으라나. 웃기는 일이지. 나는 처음부터 빚이라곤 없었어. 당당하게 요구했지, 나눠 먹자고. 내 몸이 밑천인데 빚은 무슨 빚?

어느 날 계집애가 하나 찾아왔더구나. '김미선이라고 해요. 박일도라는 분 아시죠?' 화장기 없는 맨얼굴에 티셔츠 걸치고, 대학 노트 옆에 끼고 말이야. 부아가 안 나니? 자기가 일도 씨 애인인데 일도 씨가 나를 잊지 못한다나? 내가 그랬지. 손 떼라고. 나는 평생 그 남자 못 버린다고……. 사실 그럴 마음은 조금도 없었어. 샌님이 하도 따라붙어서 그렇지 않아도 어떻게 떼어 버리나 궁리 중이었거든. 그런데 사람 마음이 요상하지, 그 샌님 좋아서 눈물 짜는 여자를 보니까 갑자기 마음이 달라지는 거 있지? 그러고 몇 달 되었나? 그 여자가 다른 남자와 결혼한다고 샌님이 전하더구나. 샌님도 마음이 안 좋은가 봐, 어깨가 축 쳐져서 말하는 폼이. 그걸 보니 또 화가 치밀더라고. 내가 갔지, 그 여자 결혼식에. 파투 놓는 기분으로다. 꽃다발 하나 들고, 속이 다 들여다뵈는 제일 야한 원피스 입고. 깜짝 놀라지, 물론. 그래도 지금 생각해 보면, 미선 씨가 보통 여자는 아냐. 침착하더라고. 나중에 연락하겠다고 전화번호를 묻는 거야. 글쎄, 나 같으면 흉내도 못 내.

미선 씨라는 여자도 주책이다. 전화 통화로 언니에게 남편 흉, 자기 아이 걱정, 별 이야기를 다 늘어놓는다. 언니 역시, 저런, 쯔쯧 힘들겠다, 별 맞장구를 다 친다. 미선 씨 깐에는 오후 2시경이면 다방 영업이 한가할 것이라고 그때쯤 하는 모양인데, 공교롭게도 그 시간은 박 선생님이 다방에 있을 때다. 물론 언니는 미선 씨에게 박 선생님이 와 있다는 말은 하지 않는다. 단지 미선 씨 이름을 들먹여 가며 박 선생님의 표정을 살피곤 하는 것이 고작이다. 박 선생님의 알 듯 말 듯한 편안한 미소, 그게 내게는 수수께끼다. 정말 마음이 그렇게 아무렇지 않을 수 있을까? 시한폭탄 같은 언니 성미로 언제 전화에다 박 선생님 얘기를 쏟아 놓을지 모르는데 말이다. 대학물을 먹은 인텔리, 그래서 그런가. 아니, 시를 쓰는 사람이라 그런지 모른다.

박 선생님이 시인이라는 말을 언니에게 들었을 때 나는 왜 그동안 그 사실을 눈치 채지 못했을까 한심스러웠다. 박 선생님처럼 눈빛이 후들거리는, 눈꺼풀이 얇고 선한 눈초리를 가진 남자를 나는 여태껏 본 적이 없다. 비록 돈벌이 때문에 학원에서 국어를 가르치기는 한다지만, 그가 여느 사람들과 신경 구조 자체가 다르다는 것을 나는 벌써부터 짐작하고 있었다. 그리고 그에게는 확실히 남다른 분위기가 있다!

   그가 언니를 보기 위해 오는 것은 분명하지만, 언니에게 무엇을 바라는 것은 전혀 없다. 칼국수로 점심을 먹은 후 시집을 읽거나, 무언가를 끼적거리거나, 학생들의 작문을 내놓고 채점을 하거나……. 하루 종일 아무 말 없이 앉아 있다가 그대로 돌아갈 때도 있다. 그럴 때는 박 선생님이 다방 안에 놓인 탁자나 소파 같은, 아무 감각 없는 물건 같은 기분이 드는 게 사실이다. 박 선생님은 항상 창가의 자기 자리에 앉는다. 그리고 창밖을 멍하니 내다보기를 즐긴다. 창밖의 풍경이랬자 승용차 두 대가 비비적대며 겨우 빠져 나갈 만한 골목과, 1층 집에다 앞면만 2층처럼 함석판을 세워 '새한 이불', '실로암 안경' 등의 간판을 단 맞은편의 협수룩한 집들, 그리고 그 뒤를 차고 앉은 동네 집들이 고작이다. 멀리 하늘가를 따라 나지막이 둘린 흐릿한 산줄기. 그리고 집 마당에 군데군데 박혀 있는 감나무, 은행나무……. 그게 전부인 것이다. 박 선생님은 지겹지도 않은지 그 풍경에 몇십 분씩 시선을 박고 있다. 어쩌다 보는 그의 충혈된 눈. 전날 먹은 술이 덜 깬 건지, 아니면 무슨 울적한 심사를 주체하지 못해 얼굴로 비어져 나오는 건지 간혹 지친 표정을 지을 때가 있을 뿐이다.

   언니 역시 박 선생님이 있거나 없거나 그대로 손님을 맞는다. 단골손님에게 아양을 떨고 장난을 걸고…… 박 선생님을 그나마 어려워하는 점이라면 점심을 그와 같이 먹지 않는다는 것이다. 박 선생님에게 따로 주고, 그리고 주방 앞 탁자에서 우리 셋이 같이 먹고. 손님으로서 최소한의 예우는 갖춰 주는 셈이다. 하긴 그러니까 칼국수 값을 받을 수 있다. 한 번도 박 선생님에게 점심을 공짜로 대접한 적은 없다. 언니도 참 독한 여자다.

문득 얼굴을 드니 저만치 걸어가던 연인 한 쌍이 가벼운 승강이를 하고 있다. 남자는 이미 젖은 벤치에 철퍼덕 앉았고 여자는 못 앉겠다고 까탈을 부리는 중이다.

여기 앉으라니까.

남자가 여자에게 자기 무릎을 가리킨다. 한참을 망설이던 여자가 주위를 살피더니 ― 물론 나도 쳐다보고 ― 남자의 무릎에 걸터앉는다. 남자가 우산을 푹 내린다. 시시덕대는 소리가 간지럽다. 미친 것들. 그러면서도 슬그머니 질투가 난다. 박 선생님은 절대로 내게 자기 무릎에 앉으라고 할 사람이 아니다. 현수라면…… 그리하고도 남는다. 흥, 현수가 아무리 앉으라고 해도 나는 그의 무릎에는 앉지 않는다. 미스 양이라면 냉큼 올라앉겠지. 갑자기 웃음이 난다. 미스 양의 오리 궁둥이라니. 현수 무릎이 저려도 한참 저릴 것이다. 언니는, 언니는 백 사람의 무릎에라도 마다않고 앉을 여자다. 하여간 언니는 못 말린다. 말도 너무 막 해 댄다. 어제 일만 해도 그렇다.

저런 개잡년. 다방 살림 다 들어먹어, 저 쌍년이.

찻잔 하나 깨뜨렸다고 내게 쏟아 놓은 욕지거리다. 그깟 낡은 찻잔, 금이 간 지 오래라 다방 손님들도 이것 좀 내버리라고 모두 한마디씩 하던 커피 잔이다.

너무 그러지 마요, 윤희 씨도 이젠 어엿한 숙년데.

박 선생님이 말리지만 않았으면 나도 그대로는 안 있었다.

두 사람을 가린 우산이 계속 들먹인다. 괜히 서글픈 생각이 들어서 길가의 벤치로 다가간다. 털썩 주저앉는다. 스커트가 젖고, 팬티가 젖고……. 궁둥이가 썰렁하게 젖어 올수록 가슴도 저릿하게 젖어 온다. 새 스커트라고 생각하니, 마치 내가 슬픈 영화의 여주인공 같은 기분이다. 사랑해선 안 될 사람을 사랑하다가 떠나보내고 그와의 추억이 담긴 벤치에 혼자 앉아……. 아, 사랑이란 정말 무엇일까. 내 가슴속을 박 선생님은 정말 모르는 것일까. 그가 이해하려고만 한다면 내 속마음이야 알고도 남을 것이다. 가슴 깊이 저려 오는 이 서러움을 이해하지 못한다면 그는 정말 시인도 뭣도 아니다. 나는 우산을 더욱 밑으로 끌어내려 그러잡는다. 이런 때는 눈물을 흘리면 제격인데……. 눈물은 나지 않는다. 언니는 거짓 눈물도 멀쩡히 흘릴 사람이다. 그러나 언니는 박 선생님을 별로 좋아하지 않는다. 언니 말대로, 박 선생님은 언니를 좋아하는 것이 아니라 자기 자신을 사랑하고 있는 것인지도 모른다. 그러고 보면 눈이 찌그러진 주방 아줌마가 더 행복한지도 모른다. 적어도 아줌마는 자기 남자를 자기 방식대로 사랑하며 살고 있으니 말이다.

연인들의 우산이 버쩍 올라가는 듯하더니 그들이 벤치에서 일어선다. 여자의 어깨를 그러안은 남자는 좀 전보다도 어딘가 여자에 대해 자신이 있어 보인다. 그들이 내 앞을 지나면서, 젖은 벤치에 하릴없이 앉아 있는 나를 빤히 쳐다보고 지나간다. 웃음을 억지로 참는 표정이다. 남자의 바지 궁둥이는 색이 진해서 그런지 비에 젖은 표가 잘 나지 않는다. 그리고…… 물론 여자의 바바리 궁둥이는 멀쩡하다. 이게 무슨 꼴이람. 스프링 튕기듯 발딱 일어선다. 새 스커트가 너무 아깝다. 미색 면 스커트는 남 보기에도 흉측하게 젖어 들었을 것이다. 세상에. 스스로 생각해 봐도 나는 정말 대책 없는 년이다. 그렇지만, 후회하지는 말자. 박 선생님의 우산을 다시 바짝 내린다. 시를 쓰는 이의 부인이라면, 이 정도의 희생은 당연한 것이다.

3

홀에 막 들어서는 순간 나는 그만 심장이 멈추는 줄만 알았다. 웬일로 박 선생님이 벌써 와 있는 것이다. 반사적으로 들고 있던 우산을 뒤로 홱 돌린다. 그러고는 또 자연스럽지 못한 내 행동에 가슴이 철렁 내려앉는다. 박 선생님이 자기 우산을 알아본 것은 아닐까. 나는 황황히 홀을 건너 내 방으로 들어선다. 빗물이 뚝뚝 긋는 우산을 그대로 방 윗목에 밀어 놓는다. 가슴이 쿵쾅거린다. 이래서 사람들이 죄 짓고는 못 산다고 하는 모양이다.

나는 다른 사람들 물건에 절대로 손대지 않는다. 다른 사람들이 다방에 흘리고 간 돈지갑이라든가 손수건, 하다못해 무어라 적힌 메모 쪽지까지 나는 카운터 서랍에 잘 넣어 두었다가 돌려주곤 한다. 제 주인을 찾지 못한 장갑, 대학 노트, 머리핀, 고장 난 만년필들이 카운터 서랍 하나에 가득이다. 남의 물건에 손대는 것은 정말 나쁜 짓이다. 두칠이 일만 해도 나는 용녀 엄마 편이다. 칠월 칠석에 낳았다고 이름이 두칠인 그 애는 내 친구 용녀의 동생인데, 마을 점포에서 과자를 훔쳐 먹다가 주인아줌마에게 걸렸다. 용녀 엄마가 장작으로 두칠이를 두드려 팼는데 온몸에 멍이 든 것은 물론 손가락을 잘못 얻어맞아 두 개가 부러졌다. '아비 없는 후레자식, 손가락 아픈 게 대수냐.'고 병원에도 안 데려가더니 결국 손가락 두 개를 잘라 내야 했다. '지 새끼를 그래 패다이, 안들 성질 모질다.'고 우리 엄마는 체머리를 흔들었지만, 나는 용녀 엄마가 잘한 일이라 생각한다. 다만 두칠이의 손가락이……. 어린아이 손가락은 다시 잘 붙는다고 하는데 얼른 병원에 갈 걸 그랬다고 생각할 뿐이다.

그러나 박 선생님의 우산만큼은 어쩔 수가 없었다. 임자가 누구인지 뻔히 알면서도, 박 선생님의 우산이기 때문에 나는 돌려줄 수 없었다. 그가 앉았던 자리 한쪽에 비스듬히 기대어 놓은 그의 우산을 손에 쥔 순간, 그의 푸근한 손을 마주 잡는 느낌으로 가슴이 꽉 차오르는 것이다. 하는 수 없다. 이렇게 된 이상 얘기가 나오더라도 딱 잡아떼는 수밖에. '선생님 우산요? 잃어버리셨어요? 못 봤는데요.' 나는 눈을 감고 심호흡을 한다.

홀에 다시 나오는데, 박 선생님이 언니와 카운터 앞에 마주 서 있다.

"어디 가긴? 사우나 가지. 만날 이 시간에 사우나 가는 거, 아직 몰라요?"

언니가 박 선생님에게 눈을 흘기며 카운터의 철제 현금 상자를 쾅 소리 나게 닫는다.

"……그럼, 갔다 와요. 그때까지는 있겠지."

박 선생님이 선 채로 천천히 말하고 손목시계를 들여다본다. 그리고 돌아서서 창가의 자기 자리에 가서 단정히 앉는다. 언니가 그를 쳐다보고 뭔가 말을 하려다가 그만둔다. 다가서는 나를 쳐다본다.

"너는 어딜 그렇게 쏘다니냐? 어머나 미친년, 이 눈탱이 좀 봐. 시퍼래 가지고는. 얼른 지우지 못해?"

하여간 내가 밥이다. 아까 당근을 사러 갈 때는 보고도 가만있더니, 또 생난리를 친다. 박 선생님 앞에서 창피를 주자는 수작인 것이다. 나는 아무 말 하지 않고 카운터 의자에 주저앉는다. 나는 화장도 마음대로 못 하나? 자기는 낮도깨비처럼 분을 뒤집어쓰고 머리에 빨간 염색까지 했으면서.

"누구는 좋겠네, 숫치녀 계집애가 죽는다고 따라붙으니."

박 선생님 쪽으로 고개를 돌려 이죽거리면서, 언니는 비닐로 된 목욕 가방을 거머잡고 다방 문을 나선다. 도저히 참을 수 없다. 이건 분명히 주방 아줌마 짓이다! 내가 박 선생님의 스웨터를 짠다고 언니에게 지절지절 고해바친 것이 분명하다.

아줌마는 주방에 있는 둥그런 간이 의자에 앉아 한가로이 콩나물을 다듬고 있다. 세상에, 이런 분란을 일으켜 놓고 저렇게 뻔뻔하다.

"언니한테 뭐 하러 고자질해요?"

"뭘?"

아줌마가 멀뚱하게 쳐다본다. 찌그러진 눈하고는. 옛말 틀린 것이 하나 없다. 사람이 생긴 대로 논다지 않는가.

"뜨개질 얘기 했죠, 언니한테?"

"할 짓 없으면 자빠져 잠이나 자라, 이년아."

"도대체 왜 그렇게 간섭이 심해요? 내가 어떻게 살거나."

"말이야 바른 말이지, 세상에 남자가 없어서 박 선생이냐? 너희 언니는 어쩌라고."

"말끝마다 언니, 언니. 언니가 뭘요? 언니가 박 선생님 좋아하기나 해요? 발가락의 때만큼도 여기지 않는데."

"…… 이년아, 네가 뭘 아니, 세상 조홧속을."

아줌마는 갑자기 무슨 민요라도 뽑듯 말에 가락을 붙여 흥얼거린다. 그렇게 세상 조홧속에 달통한 양반이 왜 남편 소박을 당하셔? 한마디 하려다가 입을 다문다. 아줌마가 찌그러진 눈으로 꼬나보면 겁이 나는 것이 사실이다.

오늘 박 선생님은 바바리코트 차림이다. 잠바나 남방셔츠 따위, 가벼운 옷차림만 보다가 코트를 보니 낯선 사람 같다. 그의 자리 옆에, 못 보던 새 우산이 비스듬히 기대어져 있다. 이번에는 검은색 체크무늬 우산이다. 손잡이도 전번 것보다 훨씬 짧아 뭉뚝하게 생긴 것이다. 그가 다른 우산을 샀다는 사실이 한편으로 안심이 되면서도 또 한편으로는 맥이 빠진다. 내가 가진 회색 우산에서 그의 손길이 어느새 싹 거둬지는 기분이다. 갑자기 박 선생님이 원망스럽다. 사람이란 옛날 것에 대해서는 쉽사리 잊는 법이다. 그의 머릿속에는 예전의 우산 따위, 잊은 지 오래일 것이다.

창밖을 내다보던 그는 이제 눈을 감았다. 자는 것 같지는 않다. 몸 전체가 딱딱하게 굳어 있다. 무슨 생각을 저리 골똘히 하는 것일까. 나는 그의 탁자로 가서 소리 나지 않게 얌전히 물 컵을 내려놓는다. 다시 카운터로 돌아와 의자에 앉는다. 한눈에 알아볼 수 있을 정도로 그의 얼굴이 초췌하다. 어젯밤 학원 강의가 끝난 후 동료들과 술을 마셨을지도 모른다. 이번엔 또 갑자기 그가 가엾다.

그러니 결혼을 하셔야지요. 내가 해장국을 맛있게 끓여 줄 텐데.

사실 나는 해장국을 끓일 줄 모른다. 그러나 언니가 가끔 아줌마에게 부탁해서 몇 번 먹어 본 적은 있다. 뭐, 정육점에서 선지피 사 오고, 이것저것 야채를 잔뜩 넣고 끓이면 될 것이다.

카세트 라디오에 테이프를 집어넣는다. 「옛 시인의 노래」가 은은히 흘러나온다. 지난번, 큰길의 24시간 편의점에 가서 내 돈으로 사 온 것이다. 박 선생님 이미지와 꼭 맞지 않는가 말이다. 박 선생님을 실제로 보고 노래를 지어도 그렇게 맞출 수는 없을 것이다. 머리카락이 몇 가닥 드리워진 그의 흰 이마에는 굵은 주름이 하나 패었다. 피곤할 때는 휴식이 최고다. 눈을 감은 박 선생님이 잠깐이나마 잘 수 있도록, 카세트의 노랫소리를 한껏 줄인다.

다방 문을 수선스레 열고 들어서는 이는 다름 아닌 현수다. 오죽해? 박 선생님은 다방에 들락거려도 어딘가 기품이 있는데, 현수는 들어설 때마다 문에 부딪치든지 아니면 탁자라도 밀어젖히든지 부산스럽기 짝이 없다. 말 한마디도 조용히 건네는 법이 없다. 자기 깐에는 크게 말하는 것이 남자답다고 생각하는지, 투박스러운 목소리가 쩡쩡 울린다.

목덜미는 왜 저렇게 굵은지. 사람이 좀 시원스러운 맛이 없다. 얼굴이고 어깨고 바라진 품이 바윗돌로 눌러 놓은 것 같다. 나는 손발이 억센 남자는 무식해 보여서 싫다. 어깨가 좁고 마른 체격의 남자가 유식해 보인다. 바로 현수와 박 선생님의 차이인 것이다. 기껏해야 운동선수, 가수, 여배우의 스캔들이 화제고, 하는 행동이라고는 TV에 나오는 코미디언 흉내, 아니면 실수하는 척하며 옆에 앉은 여자애들 몸이나 건드리고 낄낄거리는 것이 일인, 풋내 나는 어린애들은 정말 사절이다. 박 선생님을 보라. 그들과는 유가 다르다. 남이 가지지 못한 우수의 그림자가 있지 않은가. 꼬집어 말한다고 흉내 낼 수 있는 일이 아니다. 현수 따위에게는 평생 설명해 줘도 납득하지 못할, 그야말로 차원이 다른 문제인 것이다.

나는 얼른 카운터에서 일어나 주방으로 향한다. 칼국수 국물이 담긴 큰 솥에서는 아직 김도 오르지 않는다. 나도 모르게 조바심이 난다.

"안녕하세요."

내 뒤를 따라온 현수가 주방 입구 기둥에 몸을 기우듬하게 버티고 선다.

"왔어?"

아줌마가 현수를 보고 응대한다. 현수가 바지 주머니에 손을 찌른 채 나를 보고 빙글빙글 웃는다.

"윤희, 너 오랜만이다. 사람보고 말 한마디가 없냐?"

넉살은. 골목길에서 만난 지 겨우 한 시간이다. 하기야 아줌마에게 알려서 이 될 것은 없다.

"주방까지 쫓아 들어오고 난리야?"

"아이구, 윤희 씨, 꿈도 야무지셔. 내가 왜 널 쫓아다니냐? 아줌마 보려고 왔는데. 아줌마, 칼국수 특으로다 한 그릇요."

몸을 홱 돌이켜 주방에서 나오는데 뒤에서 또 한마디.

"치마나 갈아입어라. 물 대야를 깔고 앉았나, 푹 젖었다."

"아따따, 너희도 처녀총각이라고 연애 거냐? 솜털이 보송보송한 것들이."

아줌마가 키득댄다.

"연애가 통곡을 하네. 아줌마, 괜히 참견 마요!"

다시 주방으로 돌아가 아줌마에게 일침을 놓는다.

"너네들 씩둑꺽둑하는 게 부럽다. 현수, 얼마나 좋으냐, 성격 좋지 몸 실하지."

"아줌마나 실컷 좋아하세요."

"애애 참, 현수야, 윤희가 요새 너 주려고 스웨터 짠다."

"그 스웨터가 왜 현수 거예요? 아줌마, 도대체 왜 그래요?"

기가 막혀. 현수의 얼굴을 봐라. 떡 주기도 전에 김칫국부터 마신다고 현수 얼굴이 새빨갛다.

"쟤가 뭐, 스웨터나 제대로 짜겠어요?"

세상에 도둑 배짱이라더니, 말도 안 나온다. 이럴 때는 자리를 피하는 게 최고다.

"아줌마, 무슨 헛소리만 해 봐요, 가만 안 둬!"

아줌마와 현수가 웃는 소리가 들린다.

카운터 의자에 다시 앉기는 했는데 도대체 아줌마가 신경이 쓰여 죽겠다. 슬그머니 주방 쪽으로 다가가 들어 보니 다행히 스웨터 이야기는 아니다. 현수네 할머니가 어떻고 전세 값이 올라서 어떻고 따위다.

현수가 착한 아이라는 건 나도 안다. 식구들끼리 오순도순 의가 좋은 모양이다. 할머니와 홀어머니, 여동생과 같이 사는데, 팔순이 넘은 할머니도 손자 대학 못 보낸 게 한이라며 시장에서 나물 좌판을 놓고 앉았다 한다. 아줌마는 현수가 오면 뭘 못 줘서 안달이다. 아무리 그런들 무엇 하나. 내 마음을 얻기는 틀렸다. 버스는 떠나고 신작로엔 먼지만 풀풀 날리는 것이다!

11시 반. 오늘따라 시간이 왜 이렇게 더딘지 알 수 없다. 언니도 참 대단한 여자다. 박 선생님이 다른 때보다 한 시간 이상 빨리 나타난 걸 보아도 무슨 중요한 일이 있는 것이 분명한데, 그깟 사우나 하루 빠지면 무슨 일이라도 나는가 말이다. 꾹 다문 박 선생님의 입을 보면 심상찮은 일이 있는 게 분명하다.

이제 생각해 보니 언니도 이상하다. 언니 역시, 보통 때 사우나에 가는 시간보다 30분 이상 빨리 가 버렸다. 언니가 일부러 자리를 피한 것일까.

"이거 미안해서 어쩌지, 윤희 씨?"

칼국수 쟁반을 내려놓는 기척에 눈을 뜬 박 선생님은 돌연 손을 내젓는다.

"오늘은 점심을 안 먹으려고. 어디 갈 데가 있어서 말이지."

"그러세요?"

나는 얼른 쟁반에다 다시 칼국수를 올린다. 하기야 아직 정오도 되지 않았으니 점심 때로는 이른 시간이다. 오늘따라 박 선생님이 일찍 와서 서둘러 내갔던 것뿐이다. 주방을 향해 가는데, 탁자에 앉아 칼국수를 입에 가득 문 현수가 박 선생님의 칼국수를 내려놓으라고 젓가락으로 허공을 휘저어 댄다. 나는 모른 체하고 그대로 지나친다.

"박 선생님이 안 드신대요."

"현수나 주렴. 이왕 끓인 거."

아줌마가 쟁반을 들여다보며 말을 잇는다. 마침 자리에서 일어나 주방으로 따라 들어온 현수가 아줌마 말을 듣고 금방 희희낙락이다.

"역시 아줌마밖에 없다니까, 내 생각해 주는 사람은."

라디오 음악이 조용히 흐른다. 몇 마디 객쩍은 농담을 하던 현수도 제풀에 꺾여 돌아가고 아줌마도 방 안에 들어가 버렸는지 인기척이 없다. 오늘따라 박 선생님은 내가 가져다준 신문도 보지 않는다. 바깥 골목도 내다보지 않고 눈을 감았다가 아니면 탁자 모서리만 뚫어지게 쳐다보며 무언가를 골똘히 생각할 뿐이다. 오로지 그가 하는 행동이라고는 자신의 팔을 들어 손목시계를 본 후, 확인하듯 벽에 걸린 시계에 시선을 주는 것뿐이다.

12시 반. 언니는 오지 않는다. 사우나에 간 지 한 시간 반이면 돌아오고도 남을 시간이다. 오늘따라 무슨 멋을 그렇게 부리는지. 한 시간 반 동안, 나는 두 번 더 박 선생님에게 칼국수를 가져올까요, 물었다. 박 선생님은 그때마다 미소를 지으며 고개를 내저었다. 애꿎은 라디오만 몇 번 켰다가 껐다. 켜 놓자니 수다스러운 진행자의 입담이 그렇고, 끄자니 너무 조용해서 숨도 제대로 쉬지 못할 지경이다. 하여간 언니는 박 선생님의 짝이 아니다. 시인의 아내가 이렇게 무디어서는 안 된다. 언니는 도대체 어디서 무얼 하고 있는 것일까.

이윽고 문이 열리고 언니가 들어선다. 나도 모르게 카운터 의자에서 발딱 일어난다. 사우나에 딸린 미용실에서 화장과 머리 손질까지 마친 언니는 오늘따라 무슨 기분 나쁜 일이 있었던 듯 말 한마디가 없다. 언니는 박 선생님에게 눈길조차 주지 않고 그대로 주방으로 들어간다. 그제서야 나는, 언니 역시 박 선생님 못지않게 긴장해 있음을 깨달았다. 언니가 일부러 늑장을 부린 것이 틀림없는 모양이다.

보리차 컵을 들고 천천히 주방을 나온 언니는 카운터 서랍에서 아스피린을 꺼내어 삼킨다. 그제서야 무슨 결심이라도 한 듯 박 선생님을 똑바로 쳐다본다.

"무슨 일이에요?"

"이삼 일 동안…… 어딜 좀 다녀와야겠소."

박 선생님이 우산을 들고 자리에서 일어난다. 카운터에 다가선다.

"어디요?"

"시골에. 어머니가 편찮으시다는군."

"학원 강의는 어쩌고?"

"오늘부터 주말까지 나흘 동안 휴가거든. 홀 형수님이 내내 수발하시는데 한번 가 뵈어야지."

"그 어머니, 아픈 것도 신식이네. 어떻게 그렇게 자기 휴가 때 딱 맞춰서 아프담?"

"······어머니가 그동안 편찮으셨던 것, 당신도 알지 않소."

"글쎄, 그런 거 뭣 땜에 나한테 보고해요? 누가 못 가게 하나?"

언니는 목을 홱 젖히며 쏘아붙인다. 박 선생님은 바바리코트 주머니에 손을 찌른 채 아무 말 없이 그녀를 내려다보고 있다.

"윤희야, 물 한 컵 더 가져와."

언니는 카운터에 놓은 빈 보리차 컵을 들었다가 쾅 놓는다.

"내일모레면 올라올 거요. 그동안 문단속 잘하고."

"문단속? 웃겨. 언제 일도 씨가 우리 집 문단속 해 줬어요? 뭐 하러 올라와? 누가 자기 기다린다고. 자기 엄마 핑계 안 대면 누가 바짓가랑이 잡고 매달릴까 봐. 웃겨, 세상에. 기도 안 차."

기관총처럼 퍼붓는 언니의 말을 묵묵히 받아 내는 박 선생님. 옆에서 보기에도 민망스럽기 짝이 없다.

"언니."

보리차를 건네주며 나는 언니의 팔을 꽉 잡는다. 내 마음을 아는지 모르는지 언니는 내 손을 기세 좋게 뿌리친다. 언니는 물 한 컵을 단숨에 들이켠다.

"······갔다 올게."

박 선생님의 목소리가 차분하다. 언니는 아무 대답이 없다. 어찌 된 셈인지 카운터 전화 옆에 놓은 전화 요금통을 뒤집어 몇 개 안 되는 동전을 세기 시작한다. 박 선생님이 이윽고 출입문에 다가서자 신경질적으로 웃으며 악을 쓰기 시작한다.

"잘됐어요. 축하해요. 이제 다시는 여기 안 와도 돼요. 고마워라,

10년 묵은 체증이 다 뚫리네. 윤희야, 밥 먹자! 배고프다. 아줌마 밥 다 됐수?"

내 가슴이 왜 이렇게 졸아드는지. 언니의 말이 심해서는 아니었다. 성격이 본래 그런 사람이니 언니에게는 처음부터 기대도 하지 않았다. 박 선생님이 문제였다. 마음 약한 박 선생님이 한순간에 '그럼, 그만두지 뭐.' 해 버릴까 봐 마음이 조마조마했던 것이다. 되어먹지 못한 언니 까탈 때문에, 사내가 자기 어머니에게도 가지 못한대서야 말이 되는가 말이다. 계단을 밟고 내려가는 박 선생님의 발짝 소리를 듣고서야 나는 겨우 안도의 숨을 쉬었다.

"알게 뭐야? 형수인지 숨겨 논 계집인지. 치사한 인간, 누가 자기 붙잡고 매달릴 줄 알고? 아줌마, 밥 먹자니까 뭐 해!"

언니의 앙칼진 목소리. 카운터 앞 소파에 털썩 앉았던 언니는 두 손으로 팔짱을 끼었다가는 이내 풀고 자리에서 벌떡 일어난다.

"겨우 그 말 하려고 꼭두새벽부터 와서 난리를 쳐? 미친 자식, 누가 자기 바짓가랑이 붙잡고 늘어질까 봐. 속 시원해, 시원하고말고. 사이다 맛이다."

"윤희 안됐다? 어떡하니, 임이 가 버렸으니?"

칼국수 냄비를 내오는 아줌마는 공연히 내게 흰소리를 늘어놓기 시작한다.

"아줌마는 도대체 아까부터 왜 그래요, 내가 뭘 어쨌다고?"

아무리 내가 아줌마를 째려보아도 아줌마는 내 감정 따위는 안중에도 없다. 오로지 언니 눈치 보기에만 급급하다.

"빌어먹을 인간. 지겨워, 지겨워. 사람 팔자를 망쳐 놓아도 분수가 있지."

언니는 다시 소파에 앉으며 주절거린다.

"윤희 너, 현수 괄시하지 마라. 그 사진 집 뚱보 계집애하고 붙어 다니더라. 요전에도 밤에 둘이서 어디 갔다 오던데?"

아줌마는 혼자 바쁘다. 손으로는 칼국수를 그릇에 덜랴, 찌푸러진 눈으로는 내게 계속 눈짓하랴. 언니 비위를 맞춰 주라는 신호다.

"됐어요, 현수 같은 애, 두름으로 갖다 줘도 싫어요."

"걔가 어때서? 그만한 녀석도 없구먼. 어른 섬길 줄 알지, 착하지, 마음 씀씀이도 넓고."

그러나 언니에겐 현수 얘기 따위 귀에 들어오지도 않는 모양이다.

"먹어. 먹어 조져."

언니가 젓가락으로 칼국수를 마구 휘젓는다. 그릇에 담긴 국물이 출렁여 쏟아질 듯하다. 아줌마가 언니 앞으로 김치 그릇을 당겨 주며 조근조근 말을 잇는다.

"적당히 해 둬. 오래 있다가 오는 것도 아니고…… 모레면 온다잖아."

"시원해. 다시는 오지 말았으면 좋겠어. 이럴 때 내가 어디로 영영 없어져 버려야 본때를 빼 주는 건데. 칼국수는 웬 허구한날, 지가 무슨 대통령이라고."

언니는 같은 말을 계속 되뇐다. 이상한 일이다. 수상한 의문이 목까지 꽉 차오른다. 박 선생님이 언니를 짝사랑하는 것이 아니라, 언니도 박 선생님을……? 그럼 왜 결혼하지 않고 서로 버티는 걸까.

4

오후 3시가 넘으면서 다방 안은 말 그대로 절간이 되어 버렸다. 언니의 호통으로 라디오를 끈 후, 그나마 자리를 잡고 앉았던 대학생 커플이 마저 자리에서 일어났고 — 자신들의 목소리가 너무 크게 울리는 게 무척 신경이 쓰이는 모양이었다. — 그들이 나가며 들어선 중씰한 사내 둘은 다방을 휘이 둘러보더니 입에서 내놓은 단 한마디가 '나가지.'였다. 손님이 하나도 없다면, 그럴 만한 이유가 분명히 있을 것이라는 투였다. 언니의 독기 서린 신경질을 맞으면서 자리 잡을 손님은 아무도 없을 것이다. 나나 주방 아줌마조차 언니 눈에 안 띄는 구석을 찾아다니는 판이었기 때문이다.

언니는 잠시도 한자리에 머물러 있지 않는다. 계속 홀 안을 바장이며 투덜거린다. 장사 따위, 안중에도 없는 것 같다. 주방 아줌마는 하여간 백년 묵은 여우임에 틀림없다. 주방에 하루 종일 틀어 놓는 라디오도 어느새 꺼 버렸고, 아예 주방 뒤쪽 베란다로 나가서 며칠 전부터 별렀던 밑반찬 단지들을 점검하고 있다. 내가 주방에 들어갈 때마다 베란다에서 얼굴을 들이밀어 언니의 동태를 묻고는, 얼른 언니 옆에 가 있으라고 또 채근을 하는 것이다.

카운터 앞에 선 언니는 우악스럽게 서랍을 뒤진다. 솔빗을 찾아 손에 든 언니는 미용실에서 일껏 올린 머리를 마구 빗어 내리기 시작한다. 미친년, 이것도 머리라고 해 놔? 6000원이나 받아먹으면서. 괜찮은데요, 뭐. 만날 그 머리잖아요. 눈이 삐었니? 이게 괜찮게. 멀쩡한 여자를 가지고 할망구를 만들어도 유분수지. 뒤통수에 비녀로 쪽 지을 일 있어? 재수 옴 붙었어. 머리 하나 제대로 만지지 못하면서 뭐 하러 미용실 간판은 붙여 놓는지. 징그러워, 인간들 징그러워.

언니의 표독스러운 눈은 슬그머니 자리를 피하려는 내게 꽂힌다. 오나가나 스커트가 말썽이다. 이런 잡년, 암내 풍기느라고 요살을 떠는구나. 밑엣도리를 아예 벗고 다니지 그러니? 허구한날 바다에 들어가 물질하는 니 에미를 생각해 봐라. 괜찮은 사내 하나 물면 팔자 고칠 것 같지? 미친년아, 냉수 먹고 속 차려. 머리꼭지에 피도 안 마른 년이 몸 팔아 무슨 영화를 보겠다고. 그 따위로 몸 굴리면 난 네 꼴 안 본다. 내 손으로 너 목 졸라 죽여 버리지. 뭘 빤히 쳐다 봐. 그러고도 잘했다는 거야?

언니의 불벼락은 건물 계단에도 떨어진다. 계단에 박아 놓은 쇠편자가 들떠서 사람들이 지날 때마다 챙챙거리는데 그 소리가 언니를 자극한 모양이다. 세상에, 구두쇠 주인 놈. 그 생긴 것 좀 봐라, 맨들맨들한 얼굴에 얌통머리가 없게 생겼잖니. 사람들이 그렇게 오르내리는데 계단 하나 손질해 주지 않고. 그러게 라디오를 좀 틀어 놓을까요? 이년은 라디오 귀신이 붙었나? 시끄럽게 무슨 라디오야?

다방에서 문을 닫고 있으면 계단의 발짝 소리는 사실 잘 들리지도 않는다. 내 방에서 들리는 빗소리에 비하면 정말 아무것도 아니다. 불같이 화를 내는 중간중간에도 언니가 귀 기울여 계단의 발짝 소리에 신경을 쓰고 있다는 사실은 새로운 발견이었다. 간간이 들리는 발짝 소리가 3층으로 이어질 때마다 언니의 화가 더욱 돋워지는 것을 눈치 없는 나는 한참 후에야 알았던 것이다.

마른걸레에 물을 축여 탁자 위를 꼼꼼히 닦기 시작한다. 아침 청소를 다하기는 했지만, 광택이 죽은 헌 탁자는 물기가 마르기만 하면 금세 구저분해 보인다. 내 기분도 이상스레 착잡하다. 아니, 착잡함을 지나서 참담하기까지 하다. 언니가 짜증을 내면 낼수록, 교양머리라고는 찾아볼 수 없는 언니의 욕설이 심해지면 심해질수록, 박 선생님이 내게서 멀어져 갔기 때문이다. 내가 알지 못하는 무엇인가가 둘 사이에 있다. 끈. 두 사람을 꽁꽁 묶어 놓은 끈. ……서울 생활을 한 것이 작년 9월부터이니 이번 달로 9개월째지만, 사실 나는 언니가 이렇게 불안해하는 것을 처음 보았다. 그제서야 나는 박 선생님이 다방의 정기 휴일을 제외하고는 지난 9개월 동안 하루도 빠짐없이 다방에 나왔음을 깨달았다. 사정이 있어서 한두 시간 늦게 나오거나 한 적은 있어도, 그가 고의로 다방에 오지 않은 적은 단 한 번도 없었던 것이다!

물론 내게 이로운 쪽으로 생각할 수도 있다. 언니가 박 선생님을 좋아하는데 비해, 박 선생님이 언니를 좋아하지 않으니까 언니가 저렇게 화를 낸다거나, 또는 그동안이야 어찌 되었건 오늘 박 선생님이 언니를 본때 있게 무시한 것으로 보아 앞으로 둘 사이는 벌어진다 따위로 말이다. 그러나 내 기분이 왜 이렇게 엉망이 되어 가는 것일까. 딴 생각을 하려고 무진 애를 썼는데도 그것조차 되지 않는다. '언니가 박 선생님을 좋아한다.' 그 사실을 내가 너무 쉽게 지나쳐 버렸던가. 몇 시간 전만 해도 나는 언니를 상대로 어떻게든 싸워 이길 준비가 당당히 되어 있지 않았던가.

박 선생님의 스웨터가 아니라 영배 조끼나 짤 걸 그랬나 보다. 세상에 남매라고는 단 둘인데, 나는 영배에게 너무 무심한 누나다. 떨어져 살다 보니 더욱 그렇다. 지난 아홉 달 동안 꼭 한 번 소포로 학용품 나부랭이를 부쳐 주었을 뿐이다. 아침마다 도시락은 제대로 챙겨 가는지. 중학을 졸업하고 서울에 올라오기 전까지 반년 남짓한 동안 영배에게 도시락을 챙겨 준 일이 그나마 위안이 된다. 갑자기 엄마도 보고 싶다. 새벽마다 선착장에 나가 고기를 받아 와서 버스 정류장에 좌판을 벌이는 우리 엄마. 아침 9시면 좌판을 거두고 집에 돌아오는 시간인데, 나는 요새 그 시간엔 꿈나라다. 겉으로는 우락부락하고 드세기 짝이 없는 과부댁이지만 우리 엄마처럼 속내 고운 이도 드물다.

아지매 잘 위하거래이. 따지고 보면 그 아아도 불쌍한 아이니라.

엄마에게 당숙이 되는 언니의 아버지는 수협에 다니는 공무원이었다고 했다. 선착장 술집 작부와 눈이 맞아서는 공금까지 가로채 둘이서 줄행랑을 치고, 몇 달 뒤부터 웬 배 타는 남자가 그 집에 들락거리고……. 어느 날 언니의 엄마가 마을 우물에 빠져 죽었다고 한다. 그 집에 드나들던 사내가 언니의 엄마와 정을 나누면서, 또 한편으로 그때 겨우 여덟 살이었던 언니를 집적였다는 것이다. 엄마가 죽은 후, 언니는 큰아버지 집에 얹혀살았다. 언니네가 살던 집을 큰아버지가 가지기로 하고 그럭저럭 고등학교까지는 다녔는데, 깔끄랑벼 같은 큰어머니의 구박이 또한 말도 못 했던 모양이었다.

작년 감포에 놀러 왔던 언니를 버스 정류장에 앉아 있던 엄마가 우연히 만나기까지 근 10년 동안, 엄마는 언니가 서울 어딘가에서 꼭 죽은 줄로만 알았다고 했다. 애처러버 우야노 우리 동생. 불쌍해서 어쩌누 우리 성. 두 사람 사이에 쌓였던 회포는 이틀 밤낮을 두고 울고 웃어도 다 풀리지 않았다.

그저 아지매 하라는 대로만 하거래이. 니한테 절대로 나쁘게는 안 할끼구마는. 아무래도 대처가 안 낫겠나, 시집을 간다 캐도.

서울에 간다고 신이 나서 촐싹대는 내게 겨울 내복을 챙겨 주며, 엄마는 큰 배경을 얻은 듯 흐뭇해했다.

언니가 술을 마시기 시작한 것은 4시가 조금 넘어서부터다. 밤에 오는 단골들 몫으로 준비해 놓은 국산 양주를 가져와 혼자 홀짝이기 시작한 것이다.

펌프 회사 사장을 놓지 말았어야 했는데. 그 너구리가 그래도 사람은 괜찮았어. 딸만 둘이라며, 나보고 아들 하나 낳자고 덤비데. 어느 날 마누라라는 게 쳐들어왔는데, 머리끄덩이 쥐는 폼이 벌써 상습이야. 멀쩡한 아들이 둘이나 있다나. 나라고 뭐 녹록한가? 배에 들지도 않은 애 지우는 조건으로 목돈 좀 울궈 냈지. 그 돈이 이 다방 보증금이 되었지만. ……치사하다야. 내가 지금껏 사내들 바짓가랑이 잡아 본 적이 없다. 샌님도 그래. 내가 언제 자기 보고 뭐라고 했나? 대학교를 졸업하고 어느 회사에 취직이 되어 한두 달 다니더니 어느 날 직장을 그만두었다는 거야. 월급이 너무 적어서 안 되겠다나. 학원의 국어 선생으로 나간다고 그러더라. 시골에 있는 어머니에게 생활비를 부쳐 주더라고. 조카들 학비도 대야 한다고 하고. 거머리 같은 인간. 잘됐어, 잘됐어. 벌써 떠났어야지. 결혼해서 자식 낳고 살아야지 뭣 땜에 내 뒤는 따라다녀.

조그만 양주잔으로 성이 안 차는지 병나발을 불기 시작하는 것을 보고 나는 언니에게 다가섰다.

"좀 천천히 마셔요."

"여기 좀 앉아 봐라. 말 좀 하자. 그래, 네년은 그 샌님 어디가 그리 좋더냐?"

"아 아녜요, 난."

"뭘 그래? 내가 중간에서 다리를 놓아 줄 수도 있어. 내가 그 샌님하고 몸을 섞은 적이 있나. ……사실 그 사람이라면 처자식 고생은 안 시킬 거다. 너야 시집 못 갈 이유도 없지. 나처럼 사내를 받길 했냐. 꿀릴 게 뭐 있냐."

언니의 핏발 선 눈이 내 눈 속을 꿰뚫는다. 겁이 더럭 난다. 위아래 눈꺼풀에 과장되게 그린 눈 화장 때문만은 아니다. 무엇이든 활활 불에 태워 버릴 것 같은 눈초리. 언니에게 없는 '순결'이라는 것이 여자들의 몸에 지니고 있는 문서라면 온 세상의 여자들을 그대로 불태워 죽여 버릴 것 같은, 원망에 가득 찬 눈초리였다. 나도 모르게 말이 너듬거려졌다.

"아녜요, 나 난. 난 그저 형부처럼, 아니 아저씨처럼 그렇게 따랐을 뿐이지. 박 선생님한테도 언니밖에 없잖아요?"

말을 억지로 뱉고 나니 확실히 그런 것 같다. 내가 박 선생님을 따른 감정이야 사랑이라고 말할 수는 없을 것이다. 그리고 말이야 바른 말이지, 박 선생님한테 나 같은 아이 안중에나 있었나. 나이도 두 배 가까운데. 내게서 시선을 거둔 언니는 한참 눈을 감고 있다.

"시골 얘기 좀 하데?"

"예, 바닷가라니까 언제 한번 가 보고 싶다고."

"누가 너희 시골 얘기야? 그 인간 시골에 있는 식구 얘기하더냐니깐?"

"형수가 어머니 모시고 사신다잖아요? 어머니가 편찮으셔서."

"미친년, 그걸 믿냐? 형수는 무슨 놈의 형수? 형수가 왜 혼자 살아? 제 마누라지. 사내 말을 믿냐? 아줌마, 여기 술 한 병 더 가져와요."

언니가 버럭 소리를 지르는 통에 나는 깜짝 놀라 자리에서 일어나고 말았다. 술 한 병은 이미 바닥이 났다. 얼굴이 벌건 채로 윗몸을 끄덕이는 언니는 이미 평상시의 언니가 아니다. 주방에서 나온 아줌마는 빈손이다. 나무라듯 언니를 타이른다.

"뭘 그렇게 신경 써? 낼모레면 온다는데. 그 샌님이 안 오고 배겨? 자기가 누구야? 그렇게 자신이 없어?"

"아줌마가 뭘 알아? 그 인간 속을. 형수는 무슨 형수."

"자기 엄마가 아프다는데 가 봐야지 어떡해? 욕심도 사납지, 어떻게 그리 꼼짝 않고 자기만 쳐다보라고 그래?"

"내가 언제? 아줌마 사람 잡네. 정말이야, 시원하다니까. 그 인간 다시는 얼씬도 말아야 할 텐데. 와서 뭐 좋은 일 있다고. 나는 벌써부터 끝이었어. 내가 뭐래? 난 싫어. 지겨워, 그 인간."

아줌마가 기가 막히다는 듯 피식 웃는다.

"아이고, 말은 그렇게 떵떵거려도 내 다 아네. 칼국수만 해도 그래. 만날 끓이는 이유가 그 사람 주려는 것 아니야? 자기는 가루 음식 즐기지도 않으면서."

"내…… 인간이 불쌍해서…… 허구한 날 우리 집에 와서 사니까 그냥 잘 먹는 거 해 주자는 거였지, 뭐 내가……. 잘됐어, 잘됐어. 시골 내려가서 아예 다시는 서울 바닥에 나타나지도 말라고 그래. 홀어머니 좋아하네. 괜히 핑계 댈 것 없으니까."

"글쎄, 걱정 말라니까! 와요 와."

아줌마가 버럭 화를 낸다. 언니가 또 갑자기 나를 쏘아본다.

"미친년. 머리에 피도 안 마른 게 눈탱이는 시퍼래 가지고. 내일 아침 차로 당장 시골 내려가라. 느이 에미 밑에 있다가 웬만한 자리 있으면 시집가. 이런 데 있다가 몸 버리고 신세 망치는 거 빤한 거 아니냐고. ……아줌마도 떠나, 떠나라고! 이놈의 장사 지긋지긋해. 돈 벌어 건물 세 내기 바쁘고. 아줌마야 어디 간들 그 월급 못 받겠어? 다 때려치워야지. 이 꼴 저 꼴 안 보려면."

아줌마가 말 한마디 없이 주방으로 들어간다. 주방을 슬쩍 들여다보니 아줌마는 한가로이 물걸레로 주방 벽을 닦고 있다.

소파에 기댄 언니는 앉은 채로 잠이 들었다. 카운터 의자에 다시 앉은 나는 머리에 물이라도 끼얹은 듯 더욱 정신이 맑아진다. 어떤 일에서건 자신만만하고 당차던 언니는 이제 없다. 제 신세타령에 지친 술 취한 작부가 소파에 늘어져 있을 뿐이다. 아줌마의 찌그러진 눈, 언니의 축 늘어진 몸뚱이. 네가 뭘 아니, 세상 조홧속을. 아줌마의 흥얼대던 말소리가 다시 들리는 것 같다.

최 사장은 저녁 7시가 조금 안 되어서 왔다. 사람 마음이 참 요상하다. 언제 봐도 술 취한 사람처럼 불쾌한 얼굴에 벽장코, 사나흘에 한 번씩 저녁에 와서 술잔을 기울이는 최 사장이 사기꾼 같아서 나는 항상 달갑지 않았는데, 오늘따라 무척 반갑다. 최 사장이라면 언니 기분을 바꿔 줄 수도 있으리라는 기대 때문이다. 골목 바깥 큰길에 부동산 사무실을 가지고 있는 그는 부풋하게 웃기는 소리를 잘한다.

"오셨어요?"

반가이 맞는 나를 보고, 최 사장은 새삼스러운 표정으로 내 몸을 훑는다.

"야, 우리 애기, 이제 보니 한창 물이 올랐구나. 허리도 한들한들 꺾어지는 게."

보리차 잔을 가져다가 얼른 언니가 앉은 탁자에 놓는다. 소파에 퍼드러져 앉아 알은체도 않는 언니를 최 사장이 손으로 툭 친다.

"어디 아파? 사람이 왔는데 알은체도 안 하고. 서방님 오셨구려, 반색을 해야지. 이, 이거 왜 똥 밟은 얼굴이야, 샛서방한테 바람 맞았나."

"샛서방 좋아하네. 마음 통할 서방이나 있으면. 나 같은 거야 아무려면 어때? 끽해 봤자 물장수 년인걸."

"야야, 기다려라. 한 건만 크게 하면 내, 네 머리 제대로 올려 준다니까."

최 사장이 언니의 허리를 낚아채며 너스레를 떤다. 언니가 무표정한 얼굴로 최 사장 품에 안긴다. 갑자기 언니가 안되었다는 생각이 든다. 열흘 가는 꽃이 없다는데, 믿고 살 사내도 자식도 없이 속절없이 늙어만 가면 여자는 참으로 한심할 것이다.

스웨터는 그까짓, 영배 주면 그만이다. 등판을 넓게 짜기 시작했으니. 현수가 달라면 뭐, 현수를 줘도 괜찮다. 세상에, 나도 어쩌면 이럴 수가 있을까. 박 선생님을 사랑한 것은 아닌 모양이다. 진짜로 사랑했다면 이렇게 간단히 포기할 수는 없을 것이다. 그러면 언니가 박 선생님에게 느끼는 감정이 사랑일까? 아니면 박 선생님이 언니에게 품는 것이? 잘못 이어진 끈. 그러나 아무도 잘라 버릴 권한이 없는 탄탄한 끈. 언니가 박 선생님을 받아들일 수 없는 이유는, 결국 자신이 술집 여자 출신이라는 열등감 때문일까. 그래서 내게도 사사건건 간섭했던 것일까.

홀에서는 언니와 최 사장이 계속 들까불고 있다. 언니의 허리를 끼고 가슴을 만지는 최 사장은 오늘따라 장난이 지나친 것 같기도 하다.

창가에 옮겨 앉아 바깥 경치를 바라본다. 빗줄기는 아침보다 한참 약해졌지만 완전히 그치지는 않았다. 어둠이 가득한 골목 바닥에는 우리 다방의 네온사인 불빛이 얼비쳐 울긋불긋하다. 빗물이 번들대는 아스팔트에 번진 색깔들은 어찌 보면 쏟아진 수채화 물감 같기도 하고, 또 어찌 보면 눈물로 화장이 엉망이 된 언니 얼굴 같기도 하다. 물론 언니는 울지 않는다. 나는 언니의 눈물을 이제껏 한 번도 본 적이 없다. 속눈썹을 검게 칠한 언니가 울면 검은 눈물이 흐를 것이다.

"이거 어디다 대고 막말을 해, 보자 보자 하니까."

무슨 말이 오갔는지 최 사장의 목소리에 제법 노기가 있다.

"화나셨나 봐. 최 사장님은 화났을 때가 훨씬 남자답고 섹시하더라."

언니가 가성으로 깔깔대기 시작한다. 최 사장이 하는 수 없이 잠잠해진다. 아무래도 언니의 목소리가 여느 때 같지 않다. 속으로는 검은 눈물을 한창 흩뿌리고 있는지도 모른다. 언니 말대로 박 선생님은 영영 떠나간 것일까. 처음부터 박 선생님을 만나지 않았더라면 언니는 지금쯤 어떻게 되었을까.

일이 터진 것은 순식간이었다. 뭔가 깨지는 소리가 들리고 어억! 하는 최 사장의 비명이 들렸다. 깜짝 놀라 뛰어갔을 때에는 탁자 위에 양주잔이 깨어져 있고 최 사장이 왼쪽 눈을 두 손으로 움켜잡고 있었다. 최 사장의 뺨으로 피가 흘러내리는 중이었다.

"이년이, 죽고 싶어 환장했나? 이런 빌어먹을 년!"

피가 묻어나는 자신의 손을 보자 최 사장이 구둣발로 언니를 지르기 시작한다. 나도 모르게 아줌마를 불러 댄다. 주방 아줌마가 잽싸게 뛰어나오더니 소파에 쓰러진 언니를 몸으로 덮친다. 아줌마의 허리에까지 구둣발질을 하던 최 사장이 가까스로 동작을 멈춘다. 다행히 눈은 안 다친 모양이다. 자세히 살펴보니 피가 나는 곳은 눈이 아니라 관자놀이다. 나는 엉겁결에 젖은 행주를 가져다 내민다. 최 사장은 거들떠보지도 않고 카운터로 다가가 휴지를 상처에 대고 누른다.

"재수 없는 년. 계집이 술주정을 해도 유분수지. 에잇, 술집 것들 곤조라니."

뒤도 안 돌아보고 문을 나서는 최 사장의 뒤통수에 대고, 언니는 아줌마에게 안긴 채로 소리를 지른다.

"티켓 장사? 미친 새끼, 어디다 대고 후림대수작이야? 내가 순진한 계집년들 몸 팔아 돈 챙길 줄 알았니? 세상 말종, 그 돈을 자기가 알겨먹으려고. 저런 새끼는 죽여 버려야 돼. 종로 바닥에 형틀을 매고 목을 매달아 죽여야 돼."

언니를 겨우 똑바로 앉힌 아줌마가 멍하니 서 있는 나를 툭 친다.
"뭐 해? 얼른 치우지 않고."

나는 허겁지겁 유리 조각을 재떨이에 담기 시작한다.

박 선생님이 제발 돌아와야 할 텐데. 그가 와 주지 않으면 언니는 정말 큰일이다. 박 선생님이 있을 때는 매사에 자신만만하고 당차던 언니가, 왜 이렇게 초라하고 불쌍해지는지 정말 못 봐 주겠다. 박 선생님 고향이 어딘지 물어봐 두기나 할걸. 바보 같은 나는 박 선생님이 나가던 입시 학원 이름도 모른다.

5

문 잠그지 마. 잠그면 안 돼.

소파에 쓰러진 채 잠든 언니가 잠꼬대처럼 계속 되뇌는 말은 다방 문에 설치되어 있는 금속 자바라를 채우지 말라는 소리다.

오늘 장사는 글렀는데 문 잠그고 아예 쉬자고.

주방 아줌마의 권유에도 불구하고, 언니는 무슨 생각에선지 문을 열어 놓으라는 소리만 되풀이했다.

머츰하던 비는 다시 굵어졌다. 건물 뒤편에 앉은 털보 아저씨네 지붕 위로 떨어지는 빗소리가 홀에서도 꽤 뚜렷하게 둥당거린다. 아침에 꾸었던 꿈이 다시 생각난다. 박 선생님이 치던 북소리. 꿈땜을 하는 걸 보니, 이제 나도 어른이 되어 가나 보다.

꿈자리가 영 편치 않더라이 카네. 내 꿈이 희한하게 맞는데이.

새벽에 엄마가 구시렁거리면 정말 그날이나 이튿날, 마을에 꼭 무슨 일이 있곤 했다. 고깃배가 때 아닌 풍랑을 만나 마을 사람들이 마음을 졸인다거나, 아니면 외지로 떠나간 마을 사람들의 자식들 중에라도 좋지 않은 일이 있다고 연락이 오는 것이다. 무슨 일 없느냐고 집요하게 마을을 돌아치는 엄마 행동이, 마을 사람들을 진짜 걱정해서라기보다는 도리어 그런 일이 터지기를 바라는 엄마의 이상한 심술 같아서 끔찍한 적도 있었다.

박 선생님이 용을 써 가며 북을 치는데, 점점 좁혀 들어가던 사람들은 무엇을 뜻하는 것일까. 그리고 그를 향해 손나팔을 만들어 소리 지르던 나는, 도대체 어디에 있었을까. 사람들 틈에도 있지 않고, 새처럼, 먼지처럼 허공에 둥둥 떠다니고 있었을까.

잔주름이 잡힌 언니의 지친 얼굴은 자세히 보니 참 여리게 생겼다. 박 선생님이 자기를 쫓아다니던 이야기를 의기양양하게 늘어놓던 그 자신감은 어디에서도 찾아볼 수가 없다.

내가 따졌지, 샘님한테. '처음에 나랑 헤어지고 난 후, 한시도 나를 못 잊었다면서 미선 씨는 언제 사귀었느냐.'고. 당황해서 어쩔 줄 모르는 거 지지. '그건 미선 씨의 일방적인 생각이고 나는 그렇지 않다.'나. 숙맥. 술집에서 수십 남자를 거치고 산 내 앞에서 자기는 깨끗하다고 주장하는 건 또 뭐냐. 재수 없어. ······내 쪽에서 그만 찾아오라고 따돌린 적도 많았다. 그것도 마음대로 안 되더라고. 잊을 만하면 또 술 마시고 와서 인생이 어떻다나, 나 때문에 괴롭다

나. 어떡하니, 혼자 지칠 때까지 놔두는 수밖에.

출입문을 바라다본 나는 하마터면 비명을 지를 뻔했다. 유령처럼 들어서는 이는 박 선생님이었다. 그가 입은 미색 바바리코트가 비에 푹 젖어, 아니, 빗물인지 술인지 그의 온몸에서는 술내가 말도 못 하게 났다.

"박 선생님!"

"뭐 하니? 손님 오셨는데 엽차 올리지 않고."

어느새 언니의 목소리가 낭랑하게 울린다. 깜짝 놀라 뒤를 돌아다보았을 때 언니는 거짓말처럼 반짝 일어나 주방으로 향하는 중이었다. 현기증이 나는지 주방 입구 벽에 잠깐 기댄 것을 제외하고 언니는 보통 때와 전혀 다름이 없었다.

"아줌마, 여기 찻주전자 불이 꺼져 있잖아요? 손님 오시는데."

주방 아줌마에게 이르는 언니의 목소리는 그야말로 청명하게 갠, 높은 하늘이다. 보리차 잔을 박 선생님 앞에 놓으면서 나는 나도 모르게 그의 앞자리에 앉아 버렸다. 무슨 꿈이라도 꾸는 기분이다. 꿈이 아니고는 모두 이럴 수 없는 것이다.

"시골에 가신다고 하셨잖아요?"

"내려가지 않았어."

"그게 무슨 소리예요? 어머니가 얼마나 기다리시겠어요?"

"……형수님이 계시니까. ……나야, 일이 많기도 하고."

"무슨 일이 많아요? 여기 오는 일요? 아들이 왜 그래요? 작년에도 안 가셨다면서요."

나도 내가 왜 이러는지 알 수 없었다. 분해서 몸이 와들와들 떨리고 있었다. 조금 전까지만 해도 이렇지 않았다. 박 선생님이 하루 바삐 와 줄 것을 진짜 고대한 사람이 나였다. 아줌마와 나, 둘의 힘으로 언니를 다잡는다는 게 너무 힘겨웠던 것이 사실이다. 그러나 도대체 이게 말이 되나? 시골에 갔다가 내일모레, 그때 올라오면 될 일이지, 아예 내려가지도 않다니. 여자 때문에, 그것도 술집에서 만난 계집 때문에 자기 엄마가 언제 돌아가실지도 모르는데 가 보지도 못한다니. 나는 답답해서 가슴이 터질 것만 같다. 힐난하는 듯한 내 말투에 박 선생님이 힘없이 웃는다. 새로 산 우산은 또 어디에다 버렸는지 머리꼭대기부터 푹 젖었다. 양손을 바바리 주머니에 찌른 채 소파에 기대어 앉은 모양이 던져 놓은 장작개비 같다. 조는 듯 눈을 껌벅이는 그를 보며 나는 눈물까지 쑥 비어져 나오는 것을 억지로 참는다.

"어머나 사장님, 너무 오랜만이다. 이리 앉으세요. 우리 집하고는 완전히 발 끊으신 줄 알았어."

다방 문을 밀고 들어서는 세 명의 사내들을 향해 떠는 언니의 호들갑이 유난스럽다.

"오늘따라 마담 얼굴이 확 피었는데? 무슨 좋은 소식 있는 거 아냐? 시집가?"

언니의 행동은 더욱 천박스럽다. 그들이 따로 부르지도 않았는데 자리에 합석하여, 사내들의 팔에 젖가슴을 비벼 가며 갖은 아양을 다 떤다. 박 선생님은 편안히 눈을 감았다. 그는 언니의 저런 코맹맹이 소리를 듣지도 못하는 것일까.

보세요, 언니가 어떤 사람인가. 저런 여자 때문에 부모도 버려요? 정신 좀 차리시라고요.

나는 속으로 그에게 종주먹을 댄다. 그러나 그는 꿈쩍도 하지 않는다. 그의 얼굴에 조금씩 떠오르는 표정은 희한하게도, 편안하고 만족스러운 행복감 같은 것이다. 어머니에게 내려갈 것을 포기해야만 했던 불효자로서의 자책감 따위는 아예 없다. 언니에게 무언가를 요구하는 갈망의 표정도 아니다. 언니의 코맹맹이 소리를 자장가처럼 들으며 평안함을 얻고 있는, 도무지 이해할 수 없는 화평한 얼굴이다. 세상에 부러울 것 없는, 천진난만한 어린아이의 얼굴.

"어머, 점잖으신 분이 왜 이래? 건드리지 마요!"

언니의 자지러지는 웃음소리와 함께 그의 표정이 서서히 바뀌기 시작한다. 언니의 허리에 손을 감는 사람이 저만치 떨어져 앉은 사내가 아니라, 마치 박 선생님 당사자인 것처럼, 그의 얼굴 표정이 짓궂게 일그러지고 있다.

"어머머, 어디다 손을 넣어? 옆엣분 쳐다보는 거 봐요!"

이건 분명 박 선생님이 아니다. 정갈하고 맑고 처연한 시인의 것이 아닌, 술 취한 사내, 여자의 유방과 아랫도리를 지분대며 능갈치는 치한의 표정이다. 여자를 깔축없이 짓뭉개며 자신의 정욕을 채우는 만용의 얼굴. 헤벌어진 입술 틈으로 나지막이 흘러나오는 웃음 소리. 이게 다 무슨 일이란 말인가. 나는 그만 왕 울어 버리고 싶다. 언니도, 언니도 그렇다. 아무에게나 몸을 맡기고 시시덕대는, 적어도 저 정도의 싸구려 여자는 아니었다. 도도하고 시건방진, 웬만한 사내들은 상대도 하지 않는 콧대 높기로 유명한 자칭 일류 마담이었다. 술기운이 아직 떨어지지 않은 것일까. 온갖 유치한 짓거리를 스스로 벌이는 와중에도 힐끔힐끔 이쪽을 살피는 언니의 속마음은 또 무엇이란 말인가.

"선생님."

나는 마치 싸움을 거는 심정으로 박 선생님을 불렀다. 그러나 그는 아무 반응이 없다. 그의 태도가 이렇게 가증스러울 수 없다. 그렇게 언니가 좋으면, 천박하고 요사스러운 언니의 행동이 그렇게 즐거우면 떳떳하게 품고 자면 되지 않는가 말이다.

"선생님, 말 좀 하세요."

나는 엉거주춤 일어나 왁살스레 그의 어깨를 흔든다. 잠에서 깨어나듯 그가 천천히 눈을 뜬다.

"……왜, 무슨 일 있어?"

"언니는 좋겠어요."

나는 나도 모르게 입에서 쏟아져 나온 말에 당황한다.

"뭐가?"

박 선생님이 내게 묻는다. 나는 되도록 그의 얼굴을 보지 않고 아무렇지도 않은 듯 재빨리 말을 잇는다.

"최 사장님이라고…… 부동산 하는 분인데 돈이 많은가 봐요. 그분하고 결혼하시기로 했대요."

박 선생님이 빙긋 웃는 듯하더니 또다시 눈을 감아 버린다. 나는 또 가슴이 꽉 막힌다.

"언니가 선생님을 얼마나 귀찮아한다고요. 보호자도 아니면서 만날 따라붙는다고. 선생님만 억울하다니까요. 언니가 어떤 여잔 줄 아세요? 밤에 영업 끝나면 아무렇지도 않게 사내들하고 어울려요. 언니 집에도 끌고 가고요. 박 선생님만 모르신다고요. 일찍 가시니까. 진짜예요, 아줌마한테도 물어보세요."

"윤희 씨, 나…… 이대로 좀 앉아 있을게."

내가 빤히 쳐다보고 있음을 알면서도, 그는 다시 눈을 감는다. 그의 얼굴에는 동요하는 기색이라곤 전혀 없다. 내가 고자질한 것을 믿지 않는다기보다는, 이미 그런 일들은 둘 사이에 문제조차 될 수 없다는 표정이다. 그러니까…… 육체를 뛰어넘은 정신, 정신의 사랑을 한다는 말인가? 그저 서로 곁에 있어 주기만 하면 바랄 것이 없다? 그러면 조금 전까지 그의 얼굴에 서렸던 야비한 수컷의 표정은 무엇이란 말인가. 언니의 저 간드러지는 요부의 웃음을, 나는 또 어떻게 이해해야 옳단 말인가.

나는 하릴없이 자리에서 일어난다. 다방 문을 열고 바깥으로 나선다. 갑자기 내가 어리석다는 생각이 든다. 언니와 박 선생님은 한 운명이다! 옆 사람들이 아무리 이해하지 못한다 해도, 당사자들조차 이해하지 못한다 하더라도. 사랑은 조건이나 형식을 뛰어넘어 그냥 운명처럼 거기 있는 것이다!

비는 하루 종일 그어 댄다. 하늘도, 땅도, 길가의 쓰레기통도 온통 물, 물 구덩이다. 현수와 미스 양이 한 우산을 쓰고 걸어오는 중이다. 비를 맞으며 걷는 내 모습을 보고 현수가 당황하는 폼이 어두운 우산 속에서도 역력하다.

"윤희 아냐? 웬일이냐? 실연당한 여자처럼 비는 죽죽 맞고."

"실연당했어. 미스 양은 좋겠네, 좋은 애인 있어서."

울음이 터져 나오기 직전인데 그래도 난 현수에게는 결사적으로 당당하게 말한다. 쳐다보는 미스 양의 눈초리가 헬기죽하다. 그들 옆을 그대로 지나친다.

비를 맞으니 한결 마음이 편하다. 머리도 옷도 푹 젖지만 덕분에 마음도 푹 젖는다. 하늘은 정말 엄청 많은 눈물을 가졌다. 어두운 밤이라는 사실도 다행이다. 허청허청 아무렇게나 걸어도 흉보는 사람이 없다. 가로등 불빛의 동그란 원을 맞고 지나 보낼 때마다, 언니의 교태를 즐기며 앉아 있을 박 선생님의 얼굴이 환히 보이는 듯하다. 박 선생님도, 언니도 참 측은한 사람들이다.

"윤희 너, 이제 보니 보통 애가 아니다. 미스 양 앞에서 그렇게 노골적으로 그러면, 걔가 뭐가 되냐?"

어느덧 뒤쫓아 온 현수가 애써 숨을 고르며 우산을 씌워 준다.

"……내가 어쨌게?"

"내가 언제 너를 딱지 놓았냐? 실연이니 뭐니 거창하게 나오게."

그는 신이 나서 떠벌리기 시작한다. 따지고 보면 현수도, 주방 아줌마도 모두 불쌍한 사람들이다. 처음으로 나는 그의 팔짱을 끼고 싶다는 생각이 든다.

"네가 그렇게 톡톡거리지만 않으면 내가 미스 양 같은 애하고 어울려 다니겠냐? 하긴 그게 네 매력이지만."

현수가 마음 좋게 히히 웃는다. 비닐로 벽을 친 포장마차 옆을 지나는데 젓가락 박자에 맞춘 유행가가 흘러나온다. 유치하기 짝이 없는, 노인네들의 사랑 타령이라고만 생각했던 뽕짝조 노래가 오늘따라 가슴 깊은 곳을 치고는 마치 제야의 에밀레종 소리처럼 멀리 멀리 퍼져 간다. 현수의 훗훗하고 불규칙한 숨결이 귓가에 닿는다.

독한 술에 취한 것처럼 먹먹한 내 기분과는 달리, 현수는 자기대로 잔뜩 긴장하여 가슴이 설레는 모양이다.

"난 그냥 비 맞을 거야."

억지로 우산 속으로 끌어들이는 현수의 팔을 조용히 잡아뗀다.

"윤희 너, 아직도 화났냐? 분이 안 풀리냐?"

말은 그렇게 하면서도 현수 역시 우산을 접어 손에 쥔다.

공원에 들어찬 나무들은 낮과는 또 천양지차로 보인다. 초여름의 푸른 잎새들이 빗물에 젖으니 훨씬 더 성숙하고 믿음직해 보인다.

"나무들이 오랜만에 시원하게 숨을 쉬는 것 같아."

"당연하지, 인마. 비가 그렇게 왔는데 이파리의 먼지인들 남아나겠냐."

허전하고 씁쓸한 한편으로 나는 어쨌든 행복하다는 생각이 든다. 사랑이라는 낱말의 실체를 오늘 밤 처음 본 것 같은 느낌. 사랑이란, 희망이라곤 전혀 없는 상처투성이 연인들의 이마에 슬며시 그어 주는 하늘의 축복 같은 것.

"윤희야, 너 이제 보니 키 많이 컸다?"

본격적인 장마가 시작되려는 모양인지 나무들에서는 진한 수액 냄새가 난다. 내 어깨에 두르는 현수의 팔을 나는 구태여 뿌리치지 않는다. 사랑하라, 희망 없이. 눈감은 채 마주 선 연인들이여. 가장 깊은 진실은 눈을 감아야 보이나니. 사랑하라, 희망 없이, 사랑하라.

도묘(都墓)

4호선 전철에서 동작역의 휘움한 플랫폼에 내린 사람은 기섭을 포함하여 둘뿐이었다. 그나마 한 사람은 신문 판매원이었다. 전동차에서 내리자마자 그는 옆구리에 신문 뭉치를 낀 채로 쫓기듯이 계단을 내려가 버렸다. 휑뎅그렁한 플랫폼에 혼자 남겨진 기섭은 천천히 발을 옮기기 시작했다. 계단을 내려서서 개찰대에 다가갔다. 바지 주머니에서는 표보다 담뱃갑이 먼저 집혔다. 기섭은 담배를 한 개비 꺼내어 입에 물었다. 다시 라이터를 찾기 시작했다. 역사(驛舍)의 천장은 의외로 나지막했다. 흰색 타일을 바른 투박한 원형 기둥들이 여럿 자리하고 있었다. 거리에서 쏟아져 들어오는 차들의 소음이 멋대로 뒤섞여 쇳소리를 내며 기둥 사이를 휘돌아 나가곤 했다. 개찰대 건너 출입문 한쪽 구석에 서 있던 역무원이 꾸물대는 그의 행동을 지켜보고 있었다. 그는 황급히 표를 찾아 손에 쥐었다. 개찰대에 표를 집어넣으며 넓적다리로 얼른 정지 바를 밀어 젖혔다. 바는 꿈쩍도 하지 않았다. 역무원이 다가오고 있었다. 곧이어 바가 밀려 나갔다. 너무 서둘렀던 모양이다. 역무원은 하릴없이 돌아서면서 팔짱을 꼈다. 회사에서 마주친 남 상무도 그렇게 팔짱을 낀 채 잔뜩 낯을 찌푸리고 있었다.

"저어, 집안에 일이 생겨서요. 오늘 좀 일찍……."

남 상무는 어이가 없다는 듯 픽 웃었다. 눈을 치떠 기섭을 보더니 이윽고 회전의자에서 몸을 일으켰다. 창문 쪽으로 돌아서면서 팔짱을 낀 그 자세로 그는 묵묵부답이었다. 회사 마당 맞은편에 납작하게 자리 잡은 창고 건물이 그의 두둑한 등판 너머로 내려다보였다. 수시로 덧칠하여 얼룩이 심하게 진 창고 건물의 문과 벽은 회색 도료의 난삽한 붓질 자국이 뚜렷했다. 엉성하게 내갈겨진 붉은 페인트의 구호들을 지운다고 지운 게 그 모양이었다. 회사의 어느 구석을 보아도 깨끗한 벽은 이미 남아 있지 않았다. 공장은 작년에 이어 두 번째로 조업 중단 사태를 맞고 있었다.

"……내일 아침까지요, 윤 과장. 나 더 이상은 말 않겠어. 내 말대로 하든지 아니면……."

물러나든지. 어차피 각오한 것이었다. 구구하게 다른 이야기가 덧붙지 않은 것만도 다행인 셈이다.

회사를 위해 도대체 당신이 무엇을 할 수 있습니까? 회사는 바로 우리 자신입니다. 당신은 당신의 일생을 걸고 이 동흥물산을 위해 진정 희생할 각오가 서 있습니까? 그는 이런 유의 잔소리를 얼마든지 어느 곳에서나 새로 시작할 수 있는 사람이었다. 걸핏하면 아무

직원에게나 대놓고 쏟아 버리는 그런 장황한 설교조의 말투가 오히려 듣는 이로 하여금 회사를 위해 하는 일이 진정으로 가치가 있는 일인가 회의를 느끼게 한다는 사실을 그는 모르고 있었다. 기섭의 눈에는 오히려 남 상무 자신이야말로 회사를 위해 무엇을 해야 할지 몰라서 전전긍긍하는 사람으로 비쳤다.

역을 벗어나면서 기섭은 라이터를 찾아 담배에 불을 붙였다. 한눈에 들어오는 국립묘지의 툭 트인 전망이 그에게는 도리어 막막한 느낌으로 와 닿았다. 문득 자신이 우습다는 생각이 들었다. 기막히지. 뭘 바라고 여기에 왔단 말인가. 점심시간이 지나고 새로이 공장 아이들의 노랫소리가 흘러나오면서 기섭은 불현듯 국립묘지에 가야겠다고 마음먹었다. 4월 7일, 아버지의 기일에도 다시 가 보지 않은 곳이었다. 작년 9월 국립묘지를 처음 찾은 뒤로 이번이 두 번째였다.

멋스럽게 자갈을 박아 놓은 전철역 바깥의 콘크리트 보도는 국립묘지 쪽으로 가는 널찍한 육교에 그대로 맞닿아 있었다. 육교 밑으로 얼기설기 쳐진 이중 삼중의 고가도로에는 빽빽이 늘어선 차들의 신경전이 대단했다. 꽤 넓은 폭의 육교를 혼자 차지하고 한가로이 걷는 것이 미안할 지경이었다. 매연이 심했다. 육교에서 내려다보이는 거리의 가로수들은 진이 빠져 보였다. 그나마 껑충하게 가지를 쳐 놓지 않았더라면 신호를 받기 무섭게 굉음을 내며 질주하는 차들로 플라타너스의 너부데데한 잎들이 벌써 갈가리 찢겨 나갔을 것이다.

육교에서 내려서 몇 발짝 떼지 않아 콘크리트 축대에 올라앉은 국립묘지의 철담이 이어졌다. 철담에는 십장생도가 조각되어 있었다. 이윽고 서문(西門)이라 쓰인 안내 표지가 눈에 들어왔다.

　우선 어디 좀 앉자고, 피곤하잖아.

　서문으로 들어서면서 기섭은 친한 친구에게 말을 건네듯 혼자 중얼거렸다. 입구의 왼편 광장에 놓인 전쟁 중에 썼다는 항공기와 탱크들이 이물스러웠다. 담장 밖에서 그악스레 달리는 승용차들의 행렬과는 대조적으로, 구조물들이 낡고 초라하여 폐차장 같은 분위기를 연출하고 있었다. 오른쪽으로 펼쳐진 풍경은 왼쪽과 전혀 달라서 또한 어색했다. 깨끗한 물이 남실대는 아늑한 인공 호수가 자리 잡고 있었다. 호수 주변을 돌며 단정하게 드리워진 등나무 그늘, 색색의 벤치들, 꽃나무들. 달콤한 음악이라도 한 자락 흘러나올 듯 정감 넘치는 풍경이었다. 기섭은 그대로 그곳을 지나쳤다.

　왼쪽이 느그 아버지다.

　어머니는 아무 억양 없이 말했다. 그의 머리로 그려 볼 수 있는 아버지의 모습이라고는 어머니가 보여 준 빛바랜 사진 한 장이 전부였다. 두 사람의 군인이 퀀셋 앞에 서 있었다. 뒷짐을 지고 넉넉히 배를 내민 오른쪽 사람은 키가 작고 볼품이 없었으나 아버지의 상관인 모양이었다. 한 일 자로 위엄 있게 다문 그의 입은 아버지 입의 두 배는 되어 보였다. 간짓대처럼 키가 큰 아버지는 군모를 깊이 눌러 쓰고 차렷 자세로 서 있었다. 온몸이 긴장으로 딱딱하게 굳어 곧 쓰러지기라도 할 듯 위태해 보였다.

　오른쪽이라고요, 엄니?

　짐짓 잘못 들은 체하며 되묻곤 하던 말이다. 방 안에는 파 냄새가 매웠다. 대파를 썰 때마다 어머니는 큼직한 파 잎을 입에 어슷 물었다. 다음 날 식당에서 쓰일 파를 어머니는 밤마다 마련했다.

왼쪽이라카이…… 삐죽 키 큰 사람 말이라.

이해할 수 없었다. 예닐곱 살 어린 나이의 그로서는 도시 받아들일 수 없는 아버지의 모습이었다. 아버지의 얼굴은 군모의 큼지막한 챙으로 가려 눈 밑까지 그늘져 있었다. 절대로 아무 말도 할 수 없다는 듯 꼭 오므려 다문 아버지의 입만 선명했다.

기섭아. 아버지는 단 한 번도 그를 불러주지 않았다. 어린 날의 그 많은 꿈속에서조차도 그는 아버지를 만나볼 수 없었다. 수많은 키 큰 군인 아저씨들이 그의 곁을 스치며 지나갔다. 저벅대는 군화 발자국 소리가 요란히 다가오고 또 멀어져 갔다.

아버지는 어떻게 생겼어?

사진 안 봤다나.

그 알량한 사진 쪼가리라도 다시 보고 싶은 때가 있었다. 고등학교 때였다. 친구와 어울려 동네 뒷산에서 술을 진탕 퍼 마신 날이었다. 아버지한테 따귀를 맞고는 맞고함을 지르고 집을 뛰쳐나왔다는 친구의 푸념을 들으며, 하마터면 울음이 터질 뻔했다. 따귀를 치는 아버지의 손, 뺨에 얼얼하게 남았을 맵싸한 아픔. 미친 자식, 호강에 겨워서. 일그러진 표정을 친구에게 들키지 않은 것은 순전히 밤이었기 때문이다. 잘 마시지도 못하는 소주를 앞에 놓고 친구가 한 잔을 비우는 동안 그는 넋 없이 석 잔 넉 잔을 들이켰다. 친구가 놀라서 병을 빼앗은 것은 그가 끝으로 하늘을 향해 병나발을 불 때였다. 하늘에는 별들이 지천으로 깔렸던 봄밤이었다.

어디로 갔는공 못 찾겠다.

밤새 먹은 것을 토하고 창자 속의 노랑 물까지 게워 올리는 그의 등을 두드리며 어머니는 남의 얘기하듯 무심하게 말했다.

세간 정리할 때 섞여 나갔지 싶다. 그깟 사진 찾아 뭐 하노?

사진이 그의 손에 다시 들린 것은 그 고등학교 시절로부터 20여 년이 지나 기섭이 나이 사십을 채우기 바로 이태 전이었다. 사진은 조그만 자물쇠로 항상 잠겨 있던 어머니의 머릿장 맨 밑바닥에서 나왔다. 어머니의 장례식 후 아내가 어머니의 방을 정리하다가 찾아낸 것이다. 깨끗한 와이셔츠 상자에 정히 담겨서, 다시 아내가 시집올 때 예단을 쌌던 흰 명주 보자기에 곱게 싸여 있었다. 사진은 한 장이 아니었다. 기섭 내외의 결혼사진과 그의 아들 동근이의 돌 사진까지, 석 장이 함께였다.

어머니는 왕십리 큰길가에서 국밥 집으로 외아들인 그를 키워냈다. 소뼈를 고는 큰 가마솥은 1년 내내 불이 꺼지는 날이 없었다. 주인이 전혀 주인답지 않게 순박한 집, 명절 아침에도 쉬지 않는 집이 어머니의 국밥 집이었다. 식탁 사이를 오가는 어머니의 머리에는 항상 흰색의 머릿수건이 둘러 있었다. 음식점이 그런대로 번창하여 주방 아줌마들을 서넛 두게 된 뒤에도 어머니는 그것을 한사코 머리에서 떼려 하지 않았다.

아줌니도…… 누가 대머리 아줌마라고 안 허유?

설거지를 하는 아줌마들이 키득댔다.

음식에 머리카락 빠지구마는.

어머니는 비시시 웃으며 머릿수건을 다시 여미곤 했다. 홀몸으로 감당하기에 결코 수월치 않았을 장사였음에도 어머니는 남 앞에서 목소리를 돋우거나 당당히 내 것을 주장하는 분이 아니었다. 눈언저리까지 가리는 어머니의 머릿수건도 기섭은 그런 어머니의 타고난 성품쯤으로 이해했을 뿐이었다.

손질이 잘되어 들어가 눕고 싶을 정도의 잔디밭과 나무들을 지나면서 차들의 소음은 이내 아스라이 잦아들었다. 새들이 지저귀고 있었다. 너무나 한결같아서 한 사람의 것으로 뵈는 수백의 비석들이 따가운 햇볕에 달궈지는 중이었다. 하지가 가까워 오고 있었다. 길가에 놓인 색색의 플라스틱 벤치들은 햇볕에 그대로 드러나 금방이라도 바스러져 내릴 듯 기진해 보였다.

점점 폭이 좁아 드는 개천을 끼고 그는 한참을 걸었다. 언덕을 오르는 자드락길 초입에 벤치가 보였다. 느티나무 그늘이 제법 널찍하게 드리운 자리였다. 그는 벤치에 등을 대고 깊숙이 들어앉았다. 등허리와 다리께가 휘주근하게 땀에 젖어, 내의뿐 아니라 남방셔츠와 바지까지 몸에 철썩 감겨 왔다. 이마에 흘러내리는 땀을 그는 팔뚝으로 대강 올려붙였다. 비껴 아래쪽의 나무숲을 헤치고 당당하게 솟은 것이 현충탑임에 분명했으나 그는 애써 눈을 주지 않았다. 쨍쨍한 햇빛은 반지르르한 나무 잎새에서도, 고르게 닦인 길바닥에서도 마구 뒹굴었다. 기섭은 발치에 무더기로 난 괭이풀과 여뀌와 바삐 움직이는 개미들의 무리를 한참 내려다보았다. 온몸이 밑으로 잦아지는 기분이었다. 윤 과장, 그렇게 앉아 있기만 하면 다요? 남 상무의 목소리가 다시 귓가에 울려왔다.

공장 애들 난리 치는 거 이렇게 계속 보고만 있을 거냐고? 윤 과장 요새 왜 그래. 나한테 이럴 수 있는 거야? 이게 지금 나 혼자 잘 살자는 얘기냐고. 다 회사 제대로 건져 보자는 얘기 아뇨? 회사가 먼저 있은 담에야 너고 나고 있는 거 아니냐고……. 변했어. 작년 가을까지만 해도 윤 과장 나한테 이러지 않았잖아. 뭐야, 무슨 일이야? ……내가 당신한테 섭섭하게 한 게 있으면 딱 부러지게 말을 하라고.

공장의 조업 중단 사태는 작년 봄부터 비롯되었다. 들불처럼 번지던 부평 공단의 노사분규 홍역을 동흥물산은 그나마 이삼 년 뒤늦게 맞은 셈이었다. 하기야 동흥은 딴 회사들처럼 월급을 상습적으로 며칠씩 늦게 준다거나 야근 수당을 편법으로 처리하는 따위의 얄팍한 수법을 쓰지는 않았다. 외형은 크지 않아도 탄탄한 재무 구조를 유지하고 있었다. 그러나 뭐니 뭐니 해도 그나마 공장이 무난하게 돌아갔던 이유는 남 상무의 아버지 남 사장의 사람 됨됨이가 공장 아이들에게 직간접으로 미친 영향이었다. 빛바랜 농구화에 잠바 차림으로 사장이 공장에 들어서면 공장 안은 눈에 띄게 활기가 넘쳤다. 염색조에 가서 사장은 그들과 같이 염료를 배합해서 색 샘플을 손수 휘저었고, 봉제 라인에 들어서면 사장은 아이들의 가위를 들고 익숙하게 가죽 잠바에 지퍼 구멍을 냈다. 200여 명에 가까운 공장 아이들의 경조사에는 사장의 자필로 쓰인 금일봉이 빠짐없이 뒤따랐다.

회사는 남 사장이 자수성가로 이룩한 땀의 결정이었다. 사장 자신이 공장에서 뼈가 굵어, 마흔이 넘어서 검정고시로 대학 경영학부를 졸업한 사람이었다. 아이들은 남 사장을 따랐다. 구내식당에서 자기들 사이에 묻혀 앉아 식당 밥 한 그릇을 맛있게 비워 내는 사장의 얼굴을 보며 그들은 남다른 각오를 다지곤 했다. 그들이 품을 수 있는 벅찬 자신들의 미래상으로 남 사장은 부족함이 없는 인물이었다.

자알 봐주어. 유운 과장이······.

기섭의 손을 꽉 잡고 열심히 입 모양을 만들어 내던 남 사장의 모습이 눈에 선했다. 혈압으로 쓰러져 병석에 누운 채 1년, 남 사장은 회복의 기미가 보이지 않았다.

나무 이파리들을 흔들며 바람이 한 자락 불어왔다. 새들이 후루룩 날아올랐다. 그는 크게 심호흡을 했다.

작년만 해도 사태가 이 정도로 악화되지는 않았었다. 그때에도 시작은 생산 1부 피혁 염색 가공조부터였다. 피혁으로 기성복을 봉제하는 2, 3부는 주로 여자 애들이었으나 염색 가공을 하는 생산 1부는 일 자체가 남자 일이었다.

생각해 보십쇼, 윤 과장님. 기숙사도 그렇잖아요. 우리라고 뭔······.

대표로 뽑혔다는 송 군은 업무과 기섭의 책상 앞에 서서 울듯이 말했다. 하기야 기섭의 서슬이 하도 시퍼랬기 때문인지도 모른다. 콘크리트 3층 건물로 지어 놓은 새 기숙사 건물은 온수가 아침저녁으로 공급되고 난방도 잘되었다. 그러나 그들의 말대로 공장 뒤쪽으로 10여 년 전에 지어진 20여 칸의 슬래브 지붕 온돌방에서는 연탄내가 잘 빠지지 않아 흐린 날에는 중독자가 생기곤 했다. 기숙사를 새로 들여앉히기에는 공장 아이들 수가 또 어중간하여 몇 년을 미루어 오던 차였다.

 그리고 과장님, 물가가 오르는데 10퍼센트 정도는 올려 주셔도…….

 떠듬거리며 말을 잇는 송 군에게는 도리어 등을 토닥여 주고 싶을 만큼 애정이 갔다. 그러나 이번의 경우는 달랐다. 새로 뽑혔다는 김이라는 녀석은 눈빛부터가 예사롭지 않았다. 녀석이 입사한 지 몇 달 되지 않았기 때문에 기섭으로서는 녀석의 성격도 파악하지 못한 터였다.

 9시간 근무제를 보장하라. 한 달에 네 번 유급 휴가를 인정하라.
 고교에 진학할 수 있는 기회를 달라. 시간과 학비를 지원하라.
 임금을 25퍼센트 인상하라.
 그대로 받아들이기에는 회사로서도 무리라는 것을 그들도 잘 알고 있는 터였다.

 적당한 선에서 타협을 하시죠.
 기섭의 말에 남 상무는 길길이 날뛰었다.

 미쳤어, 윤 과장? 회사 말아먹을 일 있느냐고. 개네들한테 휘둘리면 안 돼. 안 된다면 안 돼.

 윤 과장님, 소문에는 완전히 남 상무 오른팔 통뼈라더만 그렇지 두 않시다. 이거 뭐 더 고단수로 노시나, 왜 그리 물렁하세요? 회사에서 쫓겨나면 그 나이에 어디 가시려고.

 녀석의 느물대는 얼굴이 보이는 듯했다. 도리어 제 편에서 기섭을 봐준다는 표정이었다.

 녀석 말이야, 윤 과장…… 구로 공단 쪽에서는 벌써 짜아한 놈이

더라고. 완전 사기꾼이야. 전에 있던 데서도 애들을 지가 다 선동하고는 뒷구멍으로 큰돈 딱 챙기고 나서 그만뒀다는 거야.

업무과까지 직접 내려온 남 상무는 무슨 대단한 열쇠라도 얻었다는 듯이 신이 나서 그에게 떠벌렸다.

글쎄 좀 더 알아본 후에……

기섭의 미지근한 반응에 남 상무는 벌컥 화를 냈다.

그 따위로 말이야, 당신!

기섭의 만류에도 불구하고 남 상무와 노조 대표의 비밀 대좌가 이루어졌고 그 결과 상황은 불에다 휘발유를 끼얹은 듯 악화되고 말았다.

각성하라. 각성하라. 각성하라. 남 상무가 고급 룸살롱에서 돈과 여자로 노조 측을 매수하려 했다는 말이 공장에서 그들의 구호로 터져 나왔다. 남 상무가 건드린 공장 여자 애들이 한둘 아니라는 수군거림이 회사 간부들의 입에서까지 떠돌아다녔다. 남 상무는 아침저녁으로 윤 과장을 불러 댔다.

윤 과장, 당신, 나한테 이러는 거 아냐. 내가 누굴 믿어? 우리 아버지를 봐서도 그렇지. 이대로 회사를 쓰러뜨릴 수는 없잖아? 어떻게든 해 보자고.

멀리서부터 왁자지껄한 아낙네들의 말소리가 들려왔다. 소리가 길을 따라 점점 가까이 다가왔다. 첫눈에 보아도 촌에서 올라온 행락객들이었다. 거개가 흰 블라우스에 폭이 넓은 스커트 차림의 시골 아낙네들이었다. 울긋불긋한 꽃무늬 양산들이 현란했다. 단체로 구입을 했는지 개중에는 똑같은 양산도 눈에 띄었다.

"내사 서방 때매 총 맞아 죽으도 이리 호강시리 무덤 해 주마 지금이라도 죽겠다."

"그래? 느그 서방님 보고 그리 해 주락할 테이께네, 니 어여 죽어도고. 그 자리 내 드간다이."

왁자한 웃음소리가 하늘로 퍼져 갔다. 산줄기 쪽으로 박 대통령 묘소가 있는 모양이었다. 무리의 뒤쪽으로 조금 떨어져서 안내원으로 보이는 청년이 벌겋게 단 얼굴로 따라오는 중이었다. 수건으로 목덜미의 땀을 닦으며 그늘에 앉은 기섭을 부러운 듯이 쳐다보고 지나갔다. 시시덕거리는 소리가 이내 멀어져 갔다.

와, 육 여사 묘도 보고, 공기도 시원코…… 내사 좋더래이.

길 저만치서 아픈 다리를 끌며 오는 어머니의 모습이 보이는 듯했다. 기섭은 눈자위가 뜨뜻해짐을 느꼈다. 자신은 왜 그렇게 눈치가 없었을까.

국밥 집을 처분한 것은 어머니의 해묵은 다리 관절염이 악화된 탓이었다. 걷기에 큰 불편을 느끼면서도 어머니의 유일한 소일거리는 한 시간씩 버스를 타고 국립묘지에 나들이 가는 일이었다. 국립묘지엔 뭐 하러 자꾸 가느냐고 기섭이 물었을 때 어머니는 웃으며 말하곤 했다.

내 죽으마, 야야. 지발 산소 쓴다고 신경 쓰지 말고 화장시켜서 훌훌 뿌려 줄 수 있겠나. 국립묘지 어디 한구석에 말이라.

금촌의 공원묘지 언덕에 어머니는 묻혔다. 바람이 미친 듯 심하게 불던 3월이었다. 해토머리라도 한겨울 고생 다했다고 묘지 인부들이 생색을 내던 때가 벌써 햇수로 3년째이다. 집 동네 눈 길에 미끄러져서 그 길로 내 쾌차하지 못하고 허망하게 세상을 버린 어머니의 얼핏 지나가는 듯한 말이 바로 한 점 혈육인 자식에게 진정으로 하고 싶은 당부였음을 무신경한 그로서는 눈치도 채지 못한 것이었다. 이제 겨우 열 살을 채운 아들 동근이도 쉽사리 생각해 낼 일이었다.

"할아버지가 용감한 군인이었으면 국립묘지에 있어야 하잖아?"

"……정말, 여보. 아버님께서 6·25 때 참전하셨다면서요."

아내는 새로이 호기심이 동하는 듯 기섭을 쳐다보았다. 며칠 전 일이었다. 동근이 녀석의 숙제가 마침 6월 원호의 달 글짓기였다.

"이제까지 소식이 없는 걸 보면 그때 전사하신 게 분명한 거 아니냐고요. 생전에 어머니야 그리 믿고 싶지 않으셨겠지만……. 국립묘지나 병무청 같은 데에 기록이 있을 텐데. 어쨌거나 아버님 제삿날이라도 정확히 알아야 되잖아요? 생신 날로 제사 지내는 법이 어디 있어요? 아버님이 속해 있던 부대의 전투가 언제였는가만 알아도……."

"그 얘긴 그만합시다."

"당신은 어째 그리 자기 아버지 일을 귀찮아해요? 남의 일도 아니고. 당신 죽은 담에 동근이가 당신한테 그렇게 무심하다면 저승에서도 화는 먼저 낼 거유."

읽히지도 않는 신문에 눈을 주고 있던 기섭은 더 이상 자리에 버티고 있을 수가 없었다. 거실 문을 열어젖히고 베란다로 나가 초여름 밤의 공기를 들이마셨다. 그의 거동을 의아해하는 아내의 시선이 등허리에서 스멀스멀 기어 다녔으나 그는 끝내 입을 다물고 말았다. 공기 속에 떠돌아다닐 산화된 흔들. 영혼도 흩뿌려진 육신만큼 갈가리 찢겼을까. 영혼이 있다면 자유로이 날아다닐 아파트 동(棟)과 동 사이 수직의 허공에다 기섭은 자신의 시선을 고정시키려고 한참을 애썼으나 결국은 되지 않았다. 시선은 번번이 앞 동의 아파트 건물 벽에 닿아서야 멈춰질 뿐이었다.

하기야 어떻게 해서든 숨기려고만 하면 아내나 아이에게 자연스레 꾸밀 수도 있으리라. 그의 어머니가 그에게 30여 년을 그랬듯이. 느그 아부지야, 우예 됐는동 기다려보는 수뿐이지. 어떻게 알아보기라도 해야지요 하고 운을 뗄 때에는 어머니는 남 얘기하듯 무덤덤해지곤 했다. 말으래이. 느그 아부지 벌써 세상 버렸다.

동근에게는 친아버지의 일도 아니고 할아버지의 일이다. 그렇게 궁금하면 국립묘지에라도 한번 가 보라고 아내에게 넌지시 이를 수도 있으리라. 그리하여 동근의 교과서에 쓰인 대로 할아버지야말로 이 나라를 지키기 위해 목숨을 기꺼이 바치고 국립묘지에 묻히셨다고, 이왕이면 화랑 관창이나 윤봉길 의사와 어깨를 겨누도록 자랑스레 부풀릴 수도 있으리라. 그러나 그것은 30여 년 동안 가슴에 묻어 두고 말 한마디 혹여 잘못 비칠까 가슴 졸이던 어머니의 처신보다도 훨씬 더 가증스럽고 비겁하게 그들을 속이는 일일 뿐이었다.

목이 말랐다. 그는 천천히 일어나 언덕길을 되짚어 내려왔다. 현충탑 입구인 현충문이 보였다. 그 앞 광장 한구석으로 휴게소가 있었다. 휴게소 의자에 앉아서 맥주 깡통을 뜯었다. 단번에 반쯤을 들이켰다. 국립묘지 정문과 이어지는 큰길로 멀찌감치 기와집이 보였다. 유족 안내소일 터였다. 녹음이 짙어서인지 작년에 처음 찾아왔던 때보다 건물이 훨씬 작아 보였다.

지난 9월 그가 혼자 국립묘지에 들러 유족 안내소를 찾았던 이유는, 잃었던 아버지를 되찾기 위해서가 아니라 도리어 아버지의 망령을 떨쳐 버리기 위해서라고 해야 옳았다. 밤새 뒤척이던 끝에 내린 결론이었다. 하루가 멀다 하고 꿈속을 어지럽히는 아버지, 아버지의 손에 든 총부리. 국립묘지에 묻어 달라던 어머니의 말씀이 단순한 농담 이상 아무것도 아니었음을 직접 그의 눈으로 확인하기 위해서였다.

유족 안내소에 들어서서 그는 있지도 않은 6촌 형을 들먹였다.

시골에 있는 저희 6촌 형 부탁이라 말입니다.

20여 평 남짓한 유족 안내실은 은행 창구처럼 긴 사무대가 네댓 명의 담당자와 외부인들을 갈라놓고 있었다. 오십대 청소원 아줌마가 긴 걸레로 바닥을 미는 중이었다. 나무 자루 걸레의 삐득대는 소리가 마치 나룻배의 노 젓는 소리처럼 한가했다.

아시는 대로만 적어 보시죠.

빳빳하게 줄이 선 카키색 군복과 계급장. 사무대 정면에 앉아 있던 담당 소령이 민원 신청서 용지를 한 장 떼어 친절하게 그에게 내밀었다. 왼쪽에 서너 발자국 떨어져 서 있던 사병 한 명이 재빨리 두 손으로 사무대 위에 놓인 볼펜을 잡기 편하게 건네주었다. 온화하면서도 빈틈없는, 민첩한 그들의 대응 동작이 확실히 군 업무임을 증명하고 있었다. 사병이 서 있는 뒷벽에는 각기 번호가 매겨진 철제 캐비닛과 서류함 등이 빼곡히 들어차 있었다. 기섭은 마른 침을 삼켰다.

신청인 인적 사항
성명: 윤기섭
주소: 송파구 가락동
고인과의 관계: 친척
참배 인원: 1명

고인 인적 사항
성명: 윤우병
사망 시기: 6·25 때
군별: 육군
계급: 모름
군번: 모름
사망 일자: 모름
묘역 위치: 모름
안장 번호: 모름
기타: 모름

모른다는 점 표시를 계속하면서 기섭은 적이 마음이 놓이는 것을 느꼈다. 아버지일 리가 없어. 그렇고말고. 아버지가 정말 그런 인물이었다면 친자식인 내가, 몰라도 이렇게 모를 수 있나. 그는 순간적으로 담당 군인들에게 되지도 못한 짓거리를 하고 있다고 내쫓길 것 같은 예감에 슬며시 입가에 미소까지 돌았다. 그래, 맞아. 그럴 리 없다. 괜히 온 밤을 설쳤지. 잘 알지도 못하는 친구한테 실없는 소리를 듣고는.

저, 전사 통지서는 옛날에 받았다는데요.

기섭은 변명이라도 하듯 입을 뗐다.

전날 저녁이었다. 인쇄소 양 사장에게 기섭이 전화를 걸었다. 저녁이라도 같이 먹으면서 넋두리라도 할 참이었다. 회사 팸플릿이나 제품 스티커, 인쇄물을 전담하고 있는 인쇄소 양 사장과는 나이도 비슷하고 마음이 맞아서 기섭이 계장일 때부터 서로 스스럼없이 말을 놓는 사이였다. 그날 낮에 양 사장이 회사에 얼굴을 비쳤을 때 기섭은 공장의 각 조 조장들을 불러 놓고 목울대를 세워 가며 한창 흥분하고 있던 중이었다. 미국으로 수출했던 여성용 잠바에 클레임이 걸려서 회사 전체가 비상이었다. 머리가 지끈지끈했다.

글쎄 나도 아까는 저녁이나 같이하자고 갔는데…… 마침 그새 친구가 왔어. 지방에서 오랜만에 올라온 녀석이라.

그럼 뭐, 할 수 없지. 다음에 시간 냅시다.

시무룩하니 전화를 끊으려는데 양 사장이 막 생각난 듯 말을 이었다.

윤 과장, 고향이 청도라고 했지? 이 친구도 고향이 청도라는구면. 마침 잘됐네. 저녁은 내가 사지 뭐.

대구 시청의 말단 공무원으로 있다는 정(鄭)은 공무로 서울에 잠깐 출장을 왔다고 했다. 양 사장과는 대학 동기였다. 기섭이 악수하려 내민 손을 아프게 거머잡고는 팔이 떨어져라 흔들어 댔다. 시원시원한 성격이었다. 그들은 곧 술자리에 앉아서 스스럼없이 한데 어울렸다.

청도 어덴 데예?

각북입니다.

각북? 헤헤이…… 순 촌구석 아잉교?

촌놈들끼리 촌놈 타령하네.

양 사장이 낄낄거렸다. 술잔이 몇 순배 돌아가고 기섭에게 이것저것 묻던 정은 맥이 빠진다는 표정으로 말했다.

우예 그리 고향하고 완전히 끊고 삽니꺼? 죄 지은 일 있나……. 하기사 동곡만 아이마 내사 됐지만도.

기섭으로선 같은 고향 사람이라는 감정이 사실 어색했다. 서울에서 줄곧 자라 고향 땅이라고 한번 밟아 본 적이 없는 그에게 '청도군 각북면'이란 그저 관청의 공식 서류 등의 원적란을 메울 때에나 필요한 낱말이었다. 특별한 애착이나 관심이 따로 있을 리 없었다.

무슨 소리요 그건?

우리 마을엔 어른들 기일이 같은 날 같은 시 아입니꺼. 하기사 6·25 때 그런 마을이 우리뿐인 건 아니지만도요.

거기는 인민군이 쳐들어오지도 않았잖아요?

하모요. 9·28 수복 이후에 공비 토벌한다고 우리 국군 손에 다 안 죽었심꺼?

빨치산이 끝까지 출몰했다는 태백산맥 근처 마을에 그런 비슷한 피해가 적지 않았다는 얘기는 그도 어디선가 들은 적이 있었다. 정의 고향 마을 뒷산인 곰티재에서 청도군 이곳저곳에서 끌려온 숱한 양민들이 빨갱이로 몰려 한날 한시에 총에 맞아 쓰러져 갔다고 했다. 정의 마을만 해도 그의 할아버지를 포함하여 열한 명의 무고한 인명이 희생되었다.

기중에는…… 물론 빨간 냄새 본격적으로 피운 이도 있긴 있었을 낍니다. 그러나 아무리 그렇닥 해도 사람 사는 도리가 안 있는교. 기막힌 것은 총살형을 지휘하던 그 소대장을 우리 마을 사람들이 모두 안다는 사실이라요. 즈그 처남까지 용서 없이 처형했다 아입니까. 당시 우리 마을 이장 어른의 사위였든 기라요.

그랬군요……. 그런데 그게 동곡하고는 무슨 관계가 있는데요?

그 사위가 동곡 사람이라요. 그라이 윤 과장님 고향이 동곡이락 했으마…… 또 압니꺼? 원수는 외나무다리서 만난다꼬, 우리 할부지 쏜 놈하고 피라도 섞였는지.

정은 기섭의 잔에 다시 술을 따르며 껄껄거렸다.

것도 그렇겠네요……. 어디라고요, 장 선생 마을이?

매전입니다. 물 좋고 산세 좋고……. 세상 사람들이 더럽히지만 않았으마 기막힌 곳이지요. 하기사 다 지난 일이고……. 비극이라요. 그 소대장도 얼마 못 가 무슨 전투에서 전사하고 마누라는 결국 목매 죽었다 아입니꺼.

그렇게 할 얘기가 없소? 어여 술잔이나 돌립시다.

옆에 앉은 여자에게 끊임없이 지분대던 양 사장이 말을 가로막아서 얘기는 흐지부지 끝나고 말았다.

야근을 하기 위해 회사로 돌아오면서 그는 신호등을 무시하고 길을 건너다가 하마터면 트럭에 치일 뻔했다. 머릿속의 혼란은 대단했다. 무슨 일이 있었는가. 왜 어머니는 일가친척들과 그렇게 단절하고 살아야만 했을까. 일가붙이들이 어떻게 한 사람도 없을 수 있는가. 어머니가 갑자기 돌아가셨을 때에 기섭은 도대체 어머니의 죽음을 알릴 일가붙이를 자신이 전혀 알고 있지 못함에 얼마나 황당했던가. 국밥 집을 핑계로 명절에도 하루를 쉬지 않던 어머니. 창문이 희붐하게 밝아 오는 것을 바라보며 그가 확인해야 할 사실은 정이 힌트처럼 남긴 한마디였다.

그런 자가 국립묘지에 묻힌 기라요. 자기 처남에게까지 총부리를 댄 그 장교 말이에요. 비석까지 떠억하니 있다 합디다.

어머니가 시도 때도 없이 국립묘지에 즐겨 가던 일들이 갑자기 큰 화두로 다가왔다. 아버지가 국립묘지에 묻혀 있다면, 그리고 그 사실을 어머니가 내게 숨겨 왔다면, 그 이유는?

민원 신청서의 빈칸을 메우며 그는 자신의 행동이 우스꽝스럽기까지 했다. 국립묘지에 있을 게 뭐야. 행방불명된 분이. 실없는 친구 얘기에 괜히 심각해져 갖고는. 요사이 내 신경이 너무 날카로웠어. 어머니의 국립묘지 타령도 우연한 것이고.

고개를 들어 사병을 바라보았다. 사병은 눈앞에 없었다. 몇 미터 떨어진 사무실 구석 쪽의 파일 박스에 달라붙어서 무언가를 뽑아내고 있었다. 기섭이 고인의 이름자를 쓰는 것을 보자마자 이내 그는 서류를 찾기 시작한 듯싶었다.

여기 있네요. 저희가 고인의 위패를 모시고 있습니다.

위, 위패라고요? 여기 국립묘지에요? ……그럼 그때부터 지금까지 쭈욱…….

금화 지구 전투에서 돌아가셨네요. 1952년 4월 7일 적과 교전 중 전사.

금화 지구 전투요?

시신은 없습니다. 군번 1349X 계급 육군대위 윤우병, 출신도 경북, 묘역 현충탑 납골실, 묘비 번호 장교 5호석 37.

여, 여기 분명히 국립묘지에 계시단 말씀이지요?

갑자기 갈라지는 목소리를 추스르며 기섭은 자신에게 다짐하듯 재차 물었다.

시신은 없고 위패만 모시고 있습니다.

하지만…… 내가 찾는 분이 이분이라고 단정할 수는 없지 않습니까. 세상엔 같은 이름도 많으니까요.

물론 그렇죠. 하여간 국립묘지에는 이 이름으로 이분 한 분뿐입니다. 여기 모신 줄 가족들이 전혀 몰랐다는 것이 이상하군요. 혹시 가족 중 어느 분이 연금을 타고 계시다든지 하진 않습니까?

아, 아니요, 연금을 타고 있으면 6촌 형이 저한테 찾아 달라고 할 리 있습니까?

기섭은 능청스럽게 말을 받았다.

하기는 지금까지도 연고가 나타나지 않은 무덤도 수천이니까요. 잠깐만요, 혹시…… 유족 명단에…….

사병이 다른 파일 박스를 뒤지기 시작했다. 기섭은 자신도 모르게 주먹을 꽉 쥐었다.

아, 여기 있네요. 처, 김순녀 씨. 혹시 들어 본 일 있으십니까?

주소 성동구 신당동 38.

그는 순간 땅이 가라앉는 듯한 현기증을 느꼈다. 주소는 그들이 지금의 아파트로 이사 오기 전, 어머니의 국밥 집 주소였다. 김순녀. 물론 어머니의 이름이었다.

그렇죠. 9년 전에 확인을 하고 가셨군요. 그런데 이분도…… 연금 신청은 안 하셨네요.

기섭은 침을 삼켰다.

다, 다른 유족 이름은 없고요?

없는데요, 이분밖에는. 자식이 없으셨던 모양이지요.

고인에 대한 기록을 직접 볼 수 있을까요?

그러시죠. 여기요.

기섭은 사병이 내미는 영현 안치 기록서를 받아 보았다. 숨을 몰아쉴 때마다 턱이 떨려서 신경이 무척 쓰였으나 별 수 없는 일이었다. 사병이 눈치 채지 못하는 것이 다행이었다. 사병은 사무대 위에 놓인 기록서를 손가락 끝으로 짚어 가며 친절하게 다시 읽어 주기 시작했다.

처, 김순녀. 다른 사람 이름은 없는데요.

잠깐만…… 혹시 그 할머니네 아니야?

난데없이 여자 목소리가 끼어들었다. 긴 걸레를 가지고 안내실 바닥을 청소하던 아줌마였다.

왜 장교 5호석 그 할머니. 아저씨 이름 위쪽으로 옮겨 달라고 떼쓰시던 분.

그게 무슨 얘깁니까.

맞다니까요, 김순녀 할머니. 우리 친정 언니하고 이름이 똑같아서 내가 기억한다고. 처음에는 당신 바깥 아저씨가, 이 윤우병 씨가 살아 돌아왔다고 석판에서 이름을 아예 지워 달라고 그러셨잖아요……. 참, 여기 분들은 잘 모르시지. 담당 바뀐 지 몇 달 안 되니까요. 전에 계시던 강 소령님은 그 할머니 잘 아실 텐데. 내 이래 봬도 여기서 일한 지 6년이 넘어요. 사실 내가 여기서는 제일 고참 아뉴.

청소 아줌마가 긴 걸레를 아예 사무대에 기대어 놓고 양손을 내저어 가며 너스레를 떨기 시작했다. 소령과 사병이 소리 내어 웃었다.

진짜 바깥 분이 살아오셨던가요?

살아오기는……. 그 뭐냐…… 주민등록이라도 한 장 가져와 보라고 하니까 그냥 꿩 구워 먹은 소식이었지. 그리고 얼마 후에는, 이번엔 그 바깥양반 이름자를 위쪽에 있는 다른 석판으로 옮겨 달라고 떼 쓰셨지요.

이름을 왜 다른 자리로 옮겨요?

소령이 물었다.

그거야…… 아무리 혼백만 모여 있다 해도 수백 명 다른 사람 혼백에 눌리면 얼마나 답답하겠냐고요. 나부터라도 이왕이면 위에 있는 게 낫잖아요?

아줌마가 그리 하라고 시킨 거 아녜요?

사병과 소령은 큰 소리로 웃기 시작했다. 기섭은 웃지 않았다.

뿐입니꺼? 그 곰티재에서는 아무도 시체 하나 거두지 못했십더. 시체 묻은 구뎅이에 접근만 하모 빨갱이로 몰아 뿌렀으니께네예. 몇 년이 지나 마을 사람 하나가 구뎅이 좀 파다가 그마 참혹해서 다시 안 덮어 뿌릿심꺼? 전신만신 다 얽혀 썩어 뿌고, 아니할 말로 즈그 집 시체가 제일 밑에 깔렸으마 끄집어낸 넘으 시체는 우얄낀데요.

기섭은 한참 사무대를 붙잡고 기대서서 움직이지 않았다. 소령이 다시 친절하게 설명을 덧붙였다.

납골실에 가 보면 아시는데요. 따로 묘가 있는 게 아니고 위패만 모시고 있는 거죠.

기섭은 영현 안치서를 한참 들여다보다가 소령에게 다시 물었다.

그 이전에 말입니다…… 그러니까 이분이 금화 전투에 참가하셔서 돌아가시기 이전에 말입니다. 혹시…… 군대에서 무슨 일을 했다든가…… 이를테면 후방에서 공비 토벌에 참가했다든가, 뭐 그런 기록은 없습니까?

소령은 그제서야 뭔가 수상하다는 듯 그를 바라보았다.

그런 기록은 없죠, 물론……. 아시다시피 여기는 묘지거든요.

묘지. 기섭은 남은 맥주를 조금씩 마셨다. 새가 지저귀고 있었다. 어머니가 국립묘지에 왔다가 어쩌면 바로 자신이 앉은 이 휴게소에 들렀을지 모른다는 생각에 그는 새삼 주위를 돌아보았다.

연인으로 보이는 한 쌍이 현충문 옆에 세워진 안내판에 다가서는 모습이 보였다. 납골실에 모신 이의 유족인 모양이었다. 현충문을 지키고 있던 위병에게 몇 마디 건네고는 안으로 들어가 버렸다.

참, 납골실에 들어가시려면 고인의 아들이라고 하세요.

안내소를 나오는 그의 등 뒤에서 소령이 친절하게 미소를 지으며 일러주었다.

아, 아들은 무, 무슨. 제가, 전 아들이 아녜요.

기섭은 가슴이 철렁 내려앉았다. 사병이 웃으며 말을 이었다.

직계 가족이 아니고는 현충탑에 들어가실 수 없거든요.

탑신 밑의 납골실은 음산했다. 입구에 버티고 있는 대리석 원통 기둥을 끼고 돌아 안쪽으로 들어가는 통로는 좁고 길었다. 대낮인데도 납골실은 어두웠다. 천장에 붙은 자잘한 전등들이 어슴푸레 빛을 발하고 있었다. 병풍같이 늘어선 통로 양쪽의 대리석 벽을 자세히 보니 그대로 수천의 정사각 석판들의 모임이었다. 석판 하나하나마다 또 수십의 이름들이 차곡차곡 새겨져 있었다. 이병 ○○○, 일병 ○○○, 일병 ○○○. 납골실 중앙으로 들어갈수록 계급들이 조금씩 높아져 갔다. 그의 구둣발자국 소리가 이상한 울림을 가지고 석판에 부딪쳐 피어올랐다. 장교석. 1, 2⋯⋯, 5호 석판. 바닥에 닿은 맨 아래 석판이었다. 대, 위, 윤, 우, 병. 아버지의 이름이 거기 있었다. 쭈그리고 앉은 기섭의 정강이보다도 더 낮은 위치에 아버지의 혼백이 누워 있었다. 아버지. 그는 입속으로 말을 굴렸다. 이번엔 속삭이듯 소리 내어 불러 보았다. 아버지.

왼쪽 사람이 아니고 오른쪽? 딱딱하게 긴장한 군인 아저씨. 나의 아버지. 분골쇄신, 큰 뜻을 위하여 전진 전진. 파 잎을 떼어 물고 밤이 깊도록 파를 썰던 어머니의 꼭 다문 입술. 눈이 아리던 매운 내. 흰 머릿수건.

조준, 발사!

차가운 대리석 벽에서 아버지의 목소리가 처음 묻어 나오는 순간이었다. 기섭은 당황하여 주위를 휘둘러보았다. 납골실의 중앙이 되는 널찍한 터에는 커다란 상석과 돌 화병이 놓여 있었다. 종이로 만든 흰 꽃이 구겨진 채 몇 송이 꽂혀 있었다. 그는 귀를 가리고 그대로 납골실을 빠져나왔다. 혼백들이 제각기 입을 열고 외치는 혼란스러움 속에서 그대로 쓰러져 잦아들 것만 같았다.

새가 우짖고 있었다. 기섭은 주머니에서 담배를 꺼내 피워 물었다. 언덕배기에서 한 사람이 내려오고 있었다. 시골 행락객을 몰고 대통령 산소로 올라가던 청년이었다. 휴게소에 들어서며 기섭에게 알은체를 했다. 연신 땀을 닦는 그도 목이 마른 모양이었다. 기섭에게서 조금 떨어진 의자에 앉아 맥주를 한참 들이켰다.

"날씨가 너무 더워요."

그가 기섭에게 말을 붙여 왔다.

"웬 아줌마들이 이 더위에 지치지도 않아요. 시골 여편네들이라 음료수 하나 권할 줄을 아나. 적당적당히 하는 거죠, 뭐……. 올라가는 길만 가르쳐 주고 나는 이 밑에서 기다리겠다고 했어요. 그래도 여기만 돌면 오늘 하루 관광은 끝입니다. 아침에 올림픽 공원에 갔다가 한강 유람선, 63빌딩 가서 수족관 보고."

기섭은 갑자기 애틋한 슬픔으로 가슴이 젖어 오는 것을 느꼈다. 청년의 나이였을 이십대 후반, 자신의 모습은 어떠했던가. 그는 철저한 남 사장의 충복이었다.

자네 어머니 국밥만큼만 변치 않고 진국이라면, 까짓 학벌이 문젠가.

그는 어머니의 국밥 집 단골손님이었다. 대학에 두 번 낙방하고 하릴없이 국밥 집에 들락거리는 그를 밀어주고 토닥여 준 것이 남 상무의 아버지 남 사장이었다. 아버지 없이 자라 온 그에게 남 사장은 하늘처럼 우뚝하고 미더운 기둥이었다.

 회사를 위해서라면, 남 사장을 위해서라면. 그는 기꺼이 모든 희생을 감수해야 한다고 믿었다. 회사에 기습적으로 세무 사찰반이 들이닥쳤을 때 남 사장의 이중장부를 빼내 숨겨 놓고, 취조실에 끌려가서도 며칠을 버티며 끝내 실토하지 않은 이가 바로 그였다. 기섭보다 나이가 여섯 살이나 어린 남 상무가 대학 시절 아버지의 차를 몰고 나가 어린아이를 치었을 때 운전자가 바로 자신이라고 하여 대신 구속당한 일도 그가 자원하다시피 한 행동이었다. 내 몸처럼 지켜 온 회사였다. 어떤 사람이건 무슨 이유건 회사에 누를 끼친다는 것은 그에게 당치 않은 소리였다. 철없이 짖고 까부는 것들은 싹부터 제거해 버려야 돼. 큰 회사가 움직이는 데 소소한 일들은 당연히 희생되는 거 아니야? 작년까지만 해도, 정확히 말해서 그가 이 국립묘지에 찾아왔던 작년 9월 이전까지만 해도 기섭이 공장 노무자들에게 마구 지껄여 대던 말투가 바로 남 상무의 그것이었음을 그는 요사이 문득문득 깨닫곤 했다.

 "그래, 국립묘지에 들어오면 관광객들이 현충탑 앞에서 묵념이라도 합니까?"

 "묵념은요. 국립묘지 참배하러 오나요? 육 여사 묘 잘 꾸며 논 거 보러 오지요."

 "왜 현충탑도…… 훌륭한 구경거리 아니오?"

 "저기 보이는 거요? 저따위 시멘트 탑이야 전국에 널려 있는걸요."

 "11만 명의 무덤이지요. 6·25 때 죽은 시신 없는 11만 명의 혼들이 깃들어 있어요. 한 무덤에 말이오."

"그래요? 11만이라…… 대단하네요……. 아, 맞아요. 나도 안내문에서 보긴 봤지, 참. 하여간 이만한 규모의 공동묘지도 없죠. 전쟁 없었더라면 어쩔 뻔했어요? 이런 관광 명소도 없었을 테니."

청년의 말은 그렇게 하면서도 심드렁한 눈치였다.

"…… 사람이 죽으면 혼이 있다고 생각해요?"

기섭은 청년의 반듯한 이마를 바라보며 불쑥 물었다.

"혼, 혼요?……아, 혼!"

청년은 어리둥절한 표정으로 기섭의 얼굴을 잠시 쳐다보다가 자세를 똑바로 고쳐 앉았다.

"…… 있다고 믿어요. 그냥 그렇게 생각이 들어요. ……초등학교 때 어머니가 오래 앓다가 돌아가셨거든요. 그런데 지금도 나한테 궂은 일이 생기면 꼭 꿈에 나타나요. 우리 누나도 그렇다는 거예요. 그 참 이상하지요. 생각해 보면 어머니가 죽어서도 어디 너희 곁을 떠나겠느냐며 울곤 했지요. 그 말이…… 난 아직도 괜히 든든해요."

청년은 어색하게 비죽이 웃으며 부끄러운 듯이 고개를 돌렸다.

"……그래요. 나도 요새 자꾸 예전에 돌아가신 아버지 생각이 나요. 이 나이에. 뭔가 내게 말해 주시려는 것 같기도 하고."

기섭은 자연스레 튀어나온 아버지라는 낱말을 입속으로 다시 되뇌었다. 아버지가 보고 계시다. 아버지. 아버지. 공중에 흩뜨려진 아버지의 혼. 기섭은 마음이 평안해짐을 느꼈다.

"자, 나 먼저 일어납니다."

기섭은 현충문을 향하여 햇빛 속을 헤쳐 나갔다. 오후 5시가 되어 가는데도 하늘은 여전히 새파랗고 햇살은 여전히 따가웠다.

내일. 기한은 내일이었다.

노조위원장 그 애만 어떻게 해서든 처치하라고. 까짓, 윤 과장이 맘먹으면 안 되는 일 있어? ……돈은 들어도 좋아. 사람 좀 사라고. 뿌리를 뽑아 놔야 돼. 요새 멀쩡한 사람도 사고로 오죽 많이 죽어? 교통사고, 아니, 꼭 그런 것뿐 아니고도 말이오. 윤 과장, 우리가 어디 한두 해 사귄 사이야? 난 아무도 못 믿어. 모든 일은 윤 과장 선에서 끝내라고. 알았지?

그는 휘적휘적 발걸음을 옮겼다. 현충문이 눈앞에 다가왔다. 내일은 마침 토요일이었다. 동근이 학교에서 돌아오는 대로, 서울역으로 나갈 일이었다. 고향 가는 기차표를 대인 하나, 소인 하나. 아들의 가녀린 손목을 잡고 고향을 찾을 일이었다. 다가서는 위병을 똑바로 쳐다보며 기섭은 또박또박 말을 이었다.

"고인의 아들입니다. 들어가 봬도 되겠습니까?"

여인 입상(女人 立像)

결국 그녀는 걸음을 멈추고 주위를 둘러본다. 신촌·잠실 방면, 청량리·의정부, 나가는 곳, 법원, 덕수궁, 남녀 화장실 표지판, 레코드 가게, 옷 집, 김밥 집, 대형 아크릴 광고판, 길쯤한 깡통을 잘라 놓은 것 같은 전화 부스.

부스마다 하나씩 틀어박혀 꿈틀대는 하반신들, 여자들의 긴 머리채, 말의 뒷다리같이 툭툭 불거진 몽톡한 종아리들. 행인들이 지껄이는 토막의 말들, 어지러운 구둣발 소리, 통로의 바닥과 벽에서 우러나는 전동차의 소음.

그녀는 자신이 같은 지점을 세 번째 지나치고 있음을 깨닫는다. 지상의 거리 모양새를 가늠해 보면 그녀가 지금 서 있는 자리쯤에서 시청 쪽으로 갈라지는 통로가 있어야 마땅하다. 그러나 주위를 살펴보아도 따로 난 통로는 보이지 않는다. 허물어지는 동굴 속, 천장에서 쏟아지는 흙비를 피해 허둥대다가 급기야 방향조차 잃고 만 느낌이다.

순간, 그녀는 몸을 가누지 못하고 휘우뚱거린다. 통로를 지나는 이의 어깨가 세게 부딪쳐 왔기 때문이다. 그녀는 통로 한편으로 무르춤하니 밀려서 그의 뒷모습을 한참 쳐다본다. 가죽 잠바 주머니에 손을 넣고 어깨를 잔뜩 움츠린 채 걸음을 재촉하는 그가 그녀에게는 차라리 다정스럽다. 그가 갑자기 돌아서서 그녀를 보고 웃으면 좋을 것이다. 물론 그런 경우의 그는, 그녀와 흉허물이 없는 친숙한 상대일 터이다. 그에게는 인사조의 미소도 지을 필요가 없다. 정말 놀랐다는 표정으로 눈을 흘기고는 그의 등짝이라도 한 차례 철썩 때린다. 다음으로는…… 그에게 잠깐만 자신의 머리를 기대고 눈을 감을 수 있다면, 하고 그녀는 생각한다. 그러나 그것은 공상일 뿐이다. 그녀에게는 그럴 만한 상대가 없다. 그녀는 이제껏 살아오면서 자신에게 격의 없이 장난을 걸어 올 만한, 자신의 머리통을 잠시나마 마음 놓고 기댈 만한 남자를 만들어 놓지 못했다. 남편뿐이었다. 그리고 그는 죽었다.

가죽 잠바의 사나이가 통로의 휘어진 끝으로 감아 들고 행인들이 걸친 갖가지 잠바와 반코트 들이 그의 잔상 위에 수십 겹으로 겹쳐진 후에야 그녀는 비로소 통로 한쪽 빈 벽에 붙어 선다. 듣던 대로 시청역 지하 통로는 예전의 모습과는 딴판으로 변화하고 복잡하다. 그녀는 고개를 끄덕인다.

길이야 어떻게든 나 있겠지, 우선 정신 좀 차리고.

통로가 제아무리 얽혔다 한들 결국 사람이 통하자고 뚫은 것 아니겠는가. 지상으로 오롯이 솟을 수 있다면, 머리 위 시청 앞 광장에 끝없이 늘어섰을 하고많은 차들과 빌딩들을 무시하고 제도용 연필로 직선을 긋듯 가로지를 수 있다면, 그녀는 자신이 가려 하는 다방의 문을 망설이지 않고 곧바로 열어젖힐 것이다.

 그녀는 시청 앞 주변의 거리에 대하여 속속들이 잘 알고 있다고 자부해 왔다. 바랜 깃발이 서너 개 나부끼는 후줄근한 시청 건물, 비껴 건너의 덕수궁. 석조전 앞의 흐드러진 벚꽃, 등나무 벤치. 덕수궁 옆 샛길 건너에 우뚝 선 빌딩들, 빌딩과 빌딩 사이에 끼어 앉은 조붓한 자투리 건물. 그 건물의 2층 빵집에 오르는 나무 계단은 발을 대기 민망할 정도로 어지간히 삐걱거렸다. 북창동 쪽의 잡다한 점포들, 이를테면 문방구, 명함 집, 인쇄소, 양복점, 안쪽 골목에 빽빽이 들어찬 화교들의 호떡 집, 만두 집, 그리고 푸른색 선팅을 한 가화다방의 유리벽. 이 거리는 그녀가 어려서부터 익숙했던 곳이다.

 그녀는 이곳에서 그리 멀지 않은 중고등학교에 6년 동안 다녔고, 대학 시절에는 이곳 주변의 다방에서 미팅을 한 후 수없이 덕수궁 돌담길을 걸었으며, 대학을 졸업한 후에는 또 여기서 가까운 호텔의 연회장에서 결혼식을 올렸다. 결혼을 한 후에는…… 글쎄, 시청 부근에 온 기억이 별로 없다. 신혼살림을 차린 전셋집은 도로 포장도 채 되지 않았던 때의 영동 어느 작은 아파트였고, TV 방송국의 연출자였던 남편의 직장은 여의도에 있었으며, 그녀가 결혼을 한 후 석박사 과정을 밟은 대학원, 그리고 가까스로 일주일에 한 번 시간강사 자리를 얻은 후에는…… 그녀는 부평으로 집을 옮겼다. 친정과 가깝기 때문이었다. 서울로 진입하는 유일한 교통수단이라 할 만한 전철 1호선을 이용하면서, 지하 시청역과 그 연계 통로는 노상 지나다니는 길이었으나 이즈음 몇 년 동안 시청역에서 지상으로 올랐던 기억은 없다.

한 길이 훨씬 넘는 아크릴 광고판의 스테인리스 틀에 그녀의 모습이 일그러져 비친다. 위아래로는 끔찍하게 길어지고 옆으로는 형편없이 줄어든 자신의 몸피를 멍하니 쳐다보다가 그녀는 깜빡 잊었다는 듯 자신의 옷 주머니를 뒤지기 시작한다. 회색 저지 반코트와 바지, 그리고 손에 쥔 반달 모양의 갈색 손가방에까지 차근차근 손을 집어넣는다. 통로를 지나는 사람들 가운데 몇은 그녀를 쳐다보며 걸음을 늦춘다. 소매치기라도 당했나, 호기심 어린 눈들이다. 그녀는 자신의 지갑을 찾고 있는 중이다. 그러나 지갑은 어디에도 없다.

그녀가 지갑을 잃어버린 지는 벌써 여러 날이 지났다. 훑고 또 훑은 그녀의 옷과 가방 틈서리에 엽서 크기의, 두께로도 1인치는 실히 될 통가죽 지갑이 아직껏 끼어 있으리라고는 기대할 수 없다.

겉면에 그려진 불그죽죽한 장미 세 송이, 녹색 이파리 다섯 개, 가죽 끈으로 가장자리를 듬성듬성 꿰맨, 별 특징 없는 누런색 통가죽 지갑이었다. 지갑 안에는 주민등록증, 전화 카드, 잡다한 영수증들, 그리고 돈 3만 6000원이 들어 있었다.

잃어버린 기억이 딱히 없으니 완전히 잃어버렸다고도 할 수 없지.

그녀는 중얼거린다.

지갑은 아주 갑작스러운 순간에, 생각도 못 했던 익숙한 장소에서 튀어나올 것이다. 그녀가 처음 그것을 사용하기 시작할 때에도 그랬다. 지갑은 그녀가 거의 매일 여닫던 경대 서랍 안쪽에, 종이 상자에 싸인 채로 처박혀 있었던 것이다. 작년 봄 이삿짐을 꾸리다가 그것을 발견했을 때 그녀는 상자를 열고도 한참 서먹하게 들여다보았다. 서랍을 조금만 더 열면 빤히 보이는 곳에 있던 그것이 어떻게 그동안 눈에 띄지 않았는지 신기한 노릇이었다. 2~3년 전에, 그러니까 남편이 살아 있을 때 그가 출장길에서 사 온 것이었다. TV 현장 취재 프로의 진행을 맡은 남편은 유럽에 한 달 남짓 체류한 적이 있었다. 경대 서랍에서는 지갑 외에도 독일에서 그가 집으로 부쳤던 엽서 한 장이 함께 나왔다. 탁 트인 하늘에 성당의 높은 첨탑이 죽죽 뻗친 그림엽서에서 그가 새삼스레 안부를 묻고 있다.

노마 엄마, 잘 있습니까? 노마 아빠도 잘 있습니다. 노마도 여전히 잘 있지요?

여전히 장난스러운 그의 목소리에 그녀는 목이 잠긴다.
노마 엄마는 잘 있지 못하고, 노마는 불쌍하기 짝이 없습니다. 그러나 노마 엄마는 비겁하지 않습니다. 혼자 도망치는 따위의 행동은 절대로 안 합니다.
완전히 잃어버렸다고 생각했던 물건을 꿈같이 다시 찾은 기억이 있다. 합성수지로 만든 슬리퍼 한 짝이다. 여고 시절 어느 여름에 그녀는 가족들과 바닷가에 놀러 간 적이 있다. 수영을 하기에는 이른 아침, 동생과 함께 모래밭에 찰싹대는 바닷물을 쫓으며 깔깔거리다가 슬리퍼 한 짝이 벗겨졌다. 눈 깜짝할 새에 파도가 몰려와 그것을 삼켜 버렸던 것이다. 그녀는 넋이 빠져 서 있었다. 동네 신발집을 샅샅이 뒤져서 산, 빨간 플라스틱 꽃이 달린 가볍고 앙증맞은 것이었다. 먼 수평선까지 가득 들어찬 바다의 물 두께만 기막혀 하다가 하릴없이 숙소 쪽으로 몸을 돌린 순간, 그녀의 눈에 뜨인 것은 바로 그 슬리퍼 한 짝이었다. 그녀가 서 있던 물가에서도 꽤 멀리 떨어진 모래사장에 그것은 천연스레 놓여 있었던 것이다. 참, 무엇엔가 홀린 기분이었다.

그녀는 슬그머니 지갑 찾는 일을 그만둔다. 가방을 뒤지고 주머니를 뒤지는 일이 물건을 찾는 행위가 아니라, 도리어 잃어버린 것을 확인하는 작업 같아서 갑자기 당혹스럽다. 모서리가 무디어지면서 서서히 손때가 배어 가는 통가죽 지갑을 쥘 때마다 그녀는 남편의 눅눅한 손아귀를 느끼곤 했다. 그런 감정들은 그녀가 벌써 청산해 버렸어야 할, 한갓 애상에 지나지 않는지 모른다.

아무리 지나간 과거의 기억이라 해도, 그것을 다시 떠올려 곱씹는 행위는 현재에 이루어지는 것이므로 그것은 확실히 현재의 일부분이 될 수 있다고 그녀는 생각해 왔다. 과거의 사물들은 창고에 정연하게 보관된 비품과도 같아서, 문을 열고 끄집어내기만 하면 언제라도 눈부신 햇빛 아래 드러나 생생하게 되살아나는 것이라 믿었다. 그런데 다시 생각해 보면 그게 아닌지도 모른다. 과거의 사물은 항상 그것이 담겼던 특정의 장소나 느낌들을 함께 몰고 오는 까닭에, 현재의 상황과 상충하게 된다. 과거의 사물을 온전히 살아 숨쉬게 하기 위해서는 무정형(無定型)의 현재를 과거의 공간으로 재현

하는 수밖에 없다. 새 비디오테이프에 기존 테이프를 복사하듯, 현재라는 빈 상자에는 과거의 사물들이 송두리째 담기고, 이로써 현재는 과거의 한 장(場)으로 되어 버린다. 과거의 사물을 현재로 끌어내 오려던 그녀의 의도는 번번이 실패하고, 그녀는 어느새 과거의 창고 한가운데 버티고 서 있는 자신을 발견한다. 창고 안의 물건을 둘레둘레 살펴 가며, 혹여 옷자락에라도 쓸려 그것들이 다치지 않을까 숨소리조차 죽이고 있는 그녀, 자신이다.

그녀는 벽에 몸을 기대 선 채 지하 통로를 지나는 이들을 바라본다. 그들의 얼굴은 하나같이 완강하고 약간씩 화가 난 표정이며, 입매가 조금씩 뒤틀려 있다.
그녀는 윤 교수 집에 다녀오는 길이다. 지난주 일요일에 이어 두 번째다.
좀 앉으시죠.
헤벌어진 입을 다물지 못한 채로 TV를 보던 윤 교수가 엉거주춤 일어나면서 그녀에게 자리를 권한다. 커피 선전에 나오는 중년 남자의 몸에 밴 여유처럼, 윤 교수의 안경과 새치 섞인 머리는 기성(旣成)을 느끼게 한다. 그녀는 윤 교수의 맞은편 소파에 앉는다. 그가 쉽사리 눈을 떼지 못하는 텔레비전의 큼직한 화면에는 세 남녀가 차렷 자세로 서 있다. 왼쪽의 남자가 오른손을 들어 자기 턱에 받치며 크게 외친다.
나는 신령!
가운데에 선 여자가 짐짓 굵은 목소리로 말한다.

나는 나무꾼!

안경을 쓴 심각한 표정의 마지막 남자가 두 사람 눈치를 보며 한참 머뭇거리다가 두 팔을 벌리며 소리 지른다.

나는 나무!

웃음을 가까스로 참는 윤 교수의 입이 묘하게 한쪽으로 씰그러진다. 연보라색 홈드레스를 입은 남희는 마치 잠자리에서 그대로 빠져나왔다는 듯이 거슴츠레한 눈초리다. 그녀의 손에는 사과 쟁반이 들려 있다.

시장을 보지 않았더니 대접할 것이 변변히 없네.

화장기 없는 남희의 얼굴이 투명해 보인다. 홈드레스의 소맷부리와 가슴 부분에 풍성하게 달린 프릴은 그녀의 긴 파마머리와 잘 어울린다. 그녀의 흰 손이 사과 껍질을 나른하게 벗겨 내린다.

윤 교수는 같은 대학원의 사학과 선배이자 현재 그녀가 시간으로 출강하고 있는 대학의 조교수이며, 그녀의 여고 동창생인 남희의 남편이기도 하다. 마침 윤 교수의 대학에 전임 자리가 났다는 소식을 듣고 그녀는 두어 번 그의 연구실로 찾아가 도움을 청했다.

남희야 아무리 아니라고 잡아떼지만 우리가 그 눈치 모르겠니? 처음에는 머뭇머뭇하더니 나중에 어렵사리 네 말을 꺼내더라고. 네가 남희를 이해해 줘야 해. 네 쪽에서는 직업이고 친구 남편이니 전혀 딴 마음이 없겠지만 우리 같은 마누라쟁이로서야 찜찜한 게 사실이잖니. 게다가 너는 홀몸이고. 윤 교수 연구실로 직접 들락거리는 건 학생들 보기에도 그렇고 말이야. 네가 남희하고 아예 모르는 사이라면 또 몰라.

친구의 일방적인 전화를 받고 나서 그녀는 한 시간여 동안 꼼짝 않고 앉아 있었다. 그동안 두어 차례 걸려 왔던, 그녀로서는 전혀 대수로울 것이 없었던 남희의 전화를 되씹기 시작했다. 별 용무도 없이 전화 통화를 끌며 어색하게 깔깔거리던 남희의 심중을 왜 먼저 헤아리지 못했을까, 그녀는 한숨을 내리쉬었다.

강의를 끝내고 윤 교수의 방으로 찾아가면 1~2분이면 될 일을 가지고 그녀는 휴일을 택해 그들의 집까지 다녀오는 중이다. 그녀는 전번 일요일에도 그 집에 갔었다. 부평의 집을 나서면서 방문하겠다는 전화를 미리 했음에도 불구하고, 전화를 직접 받았던 윤 교수는 집에 없었다. 전화를 받을 때만 해도 기억해 내지 못했던 중요한 약속이 전화를 끊은 후에 생각나서 하는 수 없이 외출했다는 것이었다.

네 일에 대해서는 힘닿는 데까지 애써 보겠다고 했으니까. 내가 한 번 더 얘기할게. 그런데 우리 남편이 무슨 힘이 있어야지, 너도 알다시피.

그녀는 지난 일주일 동안 어떻게든 남희의 집에 다시 찾아가야 한다고 수십 번 마음을 다잡았다. 자신이 끝을 내 버리면 모든 일이 끝난다는 것을 그녀는 잘 알고 있었다. 윤 교수와 남희에게 매달리는 수밖에 달리 방도가 없었다. 그나마 다른 대학에는 그만한 연줄도 없었기 때문이다. 따 놓기만 하면 언제고 단단히 써먹을 줄 알았던 박사 학위증은 그녀가 단지 학위 소지자임을 증명해 줄 뿐, 대학에서의 일자리는커녕 초·중학교 역사 교사, 유치원 보모

자리도 보장하지 못한다는 사실을 그녀는 최근에야 알게 되었던 것이다.

윤 교수는 급기야 눈물까지 흘리며 웃어 댄다. 코미디 프로가 끝나고 광고 화면이 두어 가지 바뀔 때까지도 윤 교수의 아쉬운 시선은 텔레비전에 박혀 있다.

부탁을 하느라고 했는데 아시다시피 여자 분들한테는 자리를 안 주려고 해서요. 남자들도 하도 여러 사람이 그 자리에 눈독을 들여서 말이지요. 뭐, 꼭 우리 학교가 아니라도 기회야 있지 않겠어요? 세상 살다 보면 새옹지마라고⋯⋯. 그런데 아무리 따뜻해도 명색이 겨울이라 나무들이⋯⋯ 여보, 짚으로 싸 줘야 하지 않을까.

창밖의 화단을 내다보며 뇌까리는 윤 교수의 단조로운 목소리는 시종 변함이 없어서, 그녀는 자신이 그의 눈에 짚이 필요한 벌거벗은 나무로 비쳤던가 갑자기 뒷머리가 쭈뼛해진다. 반코트를 벗고 편히 앉으라는 남희의 종용에도 불구하고 그녀는 자신의 길지 않은 코트 자락을 무릎 위에서 여미느라 여념이 없었다.

땅속의 어느 지점과 또 한 지점에 각기 곡괭이를 든 두 사람이 서 있다. 그들은 서로 마주 보고 통로를 파 가기 시작한다. 한 치도 어긋나지 않는 정확한 방향을 기대하며, 자신의 통로가 상대방의 것과 똑같은 너비, 높이일 것을 꿈꾸며 그들은 힘든 줄도 모르고 열심히 땀을 흘린다. 통로가 드디어 맞뚫린다. 두 사람의 얼굴에 피어나는 환희, 성취감. 그러나 그것도 잠시뿐, 그들은 어느새 새로운 방향을 정하고 또 다른 지점의 타인을 향하여 곡괭이질을 하기 시작한다. 타인과 맞뚫린 통로가 많으면 많을수록 그들의 행동반경은 넓어진다. 그들은 끊임없이 통로를 새로 뚫고, 짬짬이 자신의 통로를 뒤돌아본다. 스스로 생각해 보아도 무척 대견스럽다는 얼굴들이다.

그러나 사통팔달로 통로가 뚫린다 해도 자신이 판 통로에서 한 발짝이라도 벗어나는 경우라곤 거의 없다. 오로지 자기가 뚫은 통로의 구간 안에서 자기 식의 삶을 살아갈 뿐이다. 그들도 가끔은 마주 닿은 타인의 통로를 넘겨다보기도 한다. 그러나 대개는 시큰둥한 표정으로 돌아선다. 통로가 뚫림으로써 타인의 통로로 섞여들 내 쪽의 공기마저도 아깝다는 얼굴들이다. 타인의 통로를 넘겨다본 이유는 자신의 통로가 남의 것에 비해 얼마나 안락하고 탄탄한지 새삼 확인하기 위한 절차일 뿐이다.

그녀 역시 남 못지않은, 자신만의 버젓한 통로가 있다고 믿고 있었다. 그녀의 통로는 그 높이나 폭이 만천하의 일반 규격이라, 다른 이들의 어떤 통로와도 어색하지 않게 이어질 뿐 아니라 누구의 통로보다도 깔끔하고 탄탄한 벽과 천장, 산뜻한 공기를 가지고 있다고 믿어 왔다. 그런데 그렇지 않은 모양이었다. 그녀의 통로를 뚫는 방식이 이미 케케묵은 구식 공법이어서 다른 이들의 그것과는 매끈하게 이어지지 않는다는 점을 뒤늦게 깨달은 것이다.

뿐만 아니었다. 구식 공법의 문제점보다도 더욱 그녀에게 난제로 다가온 사실은, 이제 누구도 기꺼이 그녀가 있는 지점을 향하여 통로를 맞뚫으려 하지 않는다는 점이었다.

그것은 곧 작업이 두 배로 힘들어진다는 의미였다. 그녀의 통로를 다른 이들의 것과 이어지게 하기 위해서는, 상대방과의 중간 지점까지만 통로를 파면 되는 것이 아니라 상대방의 통로에 닿을 때까지 그녀 혼자 힘만으로 감당해야 하기 때문이었다. 엄청난 일이었다. 섣불리 마음먹기도 어렵거니와 중간에서 기운이 빠져 버릴 위험성이 너무 컸다. 게다가 끝까지 파 갔다고 해서 그녀의 통로가 상대방의 것과 자연스레 이어진다는 보장도 없었다.

사태가 그렇다고 해서 그녀가 맥 놓고 주저앉아 있기만 했던 것은 아니다. 꽉 막힌 자신만의 통로에서 갇혀 살 수는 없는 노릇이었기 때문에 그녀는 눈을 크게 뜨고 부단히 온 사방을 둘러보았다. 단지, 어느 쪽으로 파 가야 할지 곰곰이 생각하는 사이에, 어느 길이 더 가깝고 분명한가를 가늠하는 사이에 통로를 뚫는 방법마저 까뭇까뭇 잊기 시작한 것이다. 통로는 이제 원상을 지키기에도 힘에 부쳤다. 여름 소나기 한 번에 인적 드문 오솔길이 슬그머니 사라져 가듯이 오늘은 1미터를 새로 헤쳐 뚫었다 생각하고 땀을 닦으며 뒤를 돌아보면, 어제까지 멀쩡했던 통로 저쪽 끝 1미터가 무너져 내려 잡석과 푸슬푸슬한 흙으로 메워지고 있었다.

통로도 없는 곳을 꿰뚫고 스며들어 버린 사람도 있잖아.

그녀는 통로에서 사라져 버린 남편을 생각한다. 통로의 개념 자체를 부정하고 흙 속으로 스며들 기회란 누구에게나 있는 법이다. 마음먹기만 하면, 물론 그녀에게도 있다.

울긋불긋한 광고판, 주택복권 판매소, 현금 자동 지급기, 을지로 지하보도 입구. 을지로 방향으로 가려는 것이 아니었지만, 같은 길을 되짚던 그녀는 을지로 쪽 통로로 접어든다. 상점 유리창에 진열

된 갖가지 물건들, 방향 지시판, 안내판. 그 많은 화살표와 거리 안내판에도 불구하고 그녀는 자신이 어디쯤 서 있는지 전혀 가늠이 되지 않는다. 그녀가 알 수 있는 것은 자신이 이제는 지하철 연계 통로가 아닌, 지하상가 쪽으로 나왔다는 사실뿐이다.

상점도 광고판도 없는 밋밋한 통로가 나타나고 벽 한쪽에 사진 액자들이 다닥다닥 붙어 있다. 유람선이 떠다니는 한강. 어떻게 찍었는지 물빛이 새파랗다. 붉고 흰 선으로 북북 그어진 고가도로의 야경. 얼굴에 초콜릿 자국이 가득한 사내아이. 떼어 붙인 조각 글자들이 비로소 의미를 갖고 눈에 들어온다. 시에서 주최하는 '우리의 서울' 사진 공모전이다. 입선, 동상, 은상, 드디어 금상 꼬리표다. 아이의 양쪽 손을 잡고 젊은 부부가 석양을 향하여 걸어가는 사진이다. 망원렌즈를 통해 찍은 세 사람의 실루엣이 화면을 메운다.

남편의 얼굴이 클로즈업된, 사람 키만 한 크기의 사진 액자에도 금상 꼬리표가 붙어 있었다.

제12회 보도사진전. 지난봄의 일이니 남편이 죽고 불과 사오 개월 만의 일이었다. 방송국 건물의 따로 분리된 몇 개 출입구 중에서 보도사진전 전시장 입구를 찾느라 다리품을 판 일에 비하면, 전시장 벽에 걸린 수많은 사진들 중에서 남편의 사진을 찾는 데에는 전혀 애쓸 필요가 없었다. 관객이 한데 몰려 웅성대는, 중앙의 벽 한가운데 자리가 분명했기 때문이다.

세상에, 어떻게 저걸 찍었을까.

눈 뜨고 못 보겠다.

입으로는 그렇게 말하면서도 그들은 사진 액자 앞에서 쉽사리 비켜나지 않았다. 남편의 반쯤 감긴 눈. 우그러진 창틀을 둘러쓴, 사람의 얼굴이라 표현할 수 없는 피투성이 얼굴. 목을 타고 흐르는 두 줄기의 피, 햇빛에 반짝이는 영롱한 유리 파편들. 남편의 가슴께에 올려진 잠바 지퍼 손잡이, YKK마크.
'대형차들의 횡포, 이대로 방치해도 좋은가.' 액자 옆에는 제목과 함께 사진 설명도 붙어 있다.

순직한 고(故) 김상수 씨를 추모하며. 그는 아이로니컬하게도 본 TV 방송 보도 특집 '대형차들의 횡포, 이대로 방치해도 좋은가.' 편을 취재하다가 신호를 무시하고 달려온 버스에 의해 불귀의 객이 되었다.

널찍한 회랑 가운데, 몇 사람의 관객들과 어울려 등을 보이고 서 있는 신사복 차림의 남자가 금상 수상자 정(鄭)임을 그녀는 한눈에 알아본다.
하여간 수고했다. 뭐니 뭐니 해도 제일 수고한 사람은 모델이지만. 글쎄, 사진쟁이한테야 절호의 찬스였던 것은 분명하지.
호기롭게 웃어 대는 그의 목소리가 벽 쪽으로 돌아선 그녀의 귀에 들어와 박혀 아무리 고개를 흔들어도 빠져나가지 않는다. 그녀는 그에게 다가가 웃으며 인사한다.
축하합니다.
무엇을, 남편의 참혹한 죽음을? 아니면 그가 마침 남편의 사고

현장에 있다가 사진을 찍을 수 있었던 아슬아슬한 행운을? 그녀는 자신의 입에서 흘러나온 인사말에 자신도 모르게 진저리를 친다. 순간 말을 잃은 정의 입이 가까스로 들썩인다.

나오셨군요.

물을 끼얹은 듯 분위기가 가라앉는다. 주위 사람들의 눈이 일제히 그녀에게 집중된다. 잠깐, 돌아서는 그녀의 소맷부리를 정이 황급히 잡아끈다.

장례식 때 보셨지요? 우리 보도본부장님요. 본부장님, 김상수 피디 사모님이십니다.

키가 작고 딱 바라진 체격의 신사가 황급히 윗옷 단추를 채우며 인사를 차린다.

아, 참, 그러시군요, 반갑습니다. 예까지 직접 나오실 줄은, 그 뭐 연례행사니까요, 와 주셔서 반갑……. 그, 김상수 씨의 투철했던 현장 의식처럼 사모님도 꿋꿋하게 잘살아가시리라 믿습니다. 요새는 어떻게…… 참, 대학에 나가신다 했던가요? 이런, 교수님을 몰라 뵙고. 우리 일이란 게 워낙 정신이 없어놔서요.

반허리 굽히는 그들을 뒤로 하고, 쫓기듯 전시장을 빠져나오는 자신에게 그녀는 한없이 쯧쯧거렸다. 본부장의 느글느글한 얼굴은 그녀가 버스를 타고 다시 갈아탄 전철에까지 지겹게 따라붙었다. 남편의 빈소에 분향을 하고 무슨 큰 선심이나 써 주듯 소리를 낮추던 그의 목소리가 고스란히 다시 살아나 그렇게 삭이기가 힘들었다.

흔한 기회가 아니에요. 줄잡아도 아마 피디 월급 두 배는 될걸요. 본사 지하 매점이라면 그야말로 호박 덩굴이에요. 말이야 바른 말로, 고인이 교통사고를 퇴근길에 당하기만 했어도 순직으로 처리 되겠습니까. 취재 중이었으니 망정이지. 요새 흔해 빠진 게 차 사곤데 말이에요. 나 같은 책상물림이야 순직하려고 해도 어려워요. 마누라와 자식새끼는 조롱조롱이죠. 나는 그저 차바퀴 밑에 깔렸다가도 어떻게든 뛰쳐나오는 수밖에 없단 말이거든요.

인생이란 그런 대로 살아갈 만한 것이라고 치부했다가도 그것이 결국은 살아 내야 하는 무엇이라고 다시금 저작하게 되는 이유는, 아무 뜻 없이 저질러지는, 사람들의 방기한 몸짓과 말들 때문일 것이다. 스스로 생각해 보아도 너무나 하잘것없어서 무어라 집어낼 수도 없는 낱말들의 미묘한 뉘앙스, 자잘한 심상들이 왜 목에 가시처럼 번번이 걸려 소화되지 않는지, 그녀는 늘어서 있는 군상 중의 누구보다도 그녀 자신이 한심스럽다.

입간판으로 세워 놓은 '우리의 서울' 공모전 포스터 옆에는 쑥색 방한 잠바를 입은 초로의 남자가 의자에 걸터앉아 졸고 있다. 사진 액자를 지키는 남자인 모양이다. 그녀가 깨우지도 않았는데 그는 제물에 몇 번 몸을 흠칫거리다가 깜짝 눈을 뜬다. 그러곤 앞에 선 그녀를 멀뚱히 쳐다본다. 그녀는 미소를 지으며 공손히 묻는다.

시청 쪽으로 나가려는데요. 어느 쪽으로 가야 해요?

남자는 방한복 주머니에서 천천히 손을 꺼내어 그녀가 오던 길을 되짚어 가리킨다. 그녀는 구부스름하게 뻗은 남자의 손가락을 자세히 들여다본다. 손톱에 약간 때가 낀, 끝이 모지라진 듯한 그의 손가락들 사이에서 잃어버린 그녀의 통가죽 지갑이 피어오르리라고는 기대할 수 없다. 그녀는 자신이 정말 끝 간 데 없이 어리석다고 생각한다.

그런데 이쪽이라면, ……이리로는 제가 금방 왔던 길인데요.

끝까지 가면 왼쪽으로 큰 층계가 있어요. 그리로 올라가서 또 다시 왼쪽 길이오.

그녀는 자신이 걸어온 통로를 향해 다시 돌아선다. 남자가 가르쳐 준 지점은 그녀가 수차례 헤매던 통로에서 휘우듬히 구부러진 끝 쪽이다. 널찍한 계단을 오른 그녀의 눈에 그제서야 무심코 지나쳤던 안내판이 들어온다. '소공동 플라자 호텔 남대문 방향.' 그렇다. 그녀가 가려는 다방 쪽 거리에 플라자 호텔이 위치하고 있었던 것이다. 그녀는 '호텔 방향'이라는 글자에서 오로지 호텔만을 연상했다. 그녀는 통로의 바닥 무늬에 보폭을 맞추어 걷는다.

길이야 있게 마련이야. 사람이 편하자고 뚫은 길인데.

다방에 딱히 가야 할 이유는 없다. 시청 부근의 다방이 불현듯 생각나고 그곳에 가야겠다고 마음먹은 것은 윤 교수의 집이 있는 구의역에서 2호선 전철에 발을 올려놓은 때였다.

마음먹었다는 것 자체가 중요한 거 아니야? 아는 다방에 잠깐 들르는 일조차 왜 가야만 하는지 조목조목 따질 건 없지.

그녀는 자신에게 종주먹 대듯 중얼거린다. 바닥 무늬에 맞춰 기계적으로 걸음을 옮기는 그녀의 뒷모습을, 그녀는 물끄러미 바라본다. 그녀는 통로 한쪽 벽에 아직도 서 있다. 끔찍하게 길어지고 형편없이 줄어든 채로 대형 아크릴 광고판의 매끈매끈한 스테인리스 틀에 박혀 있다.

 이유는 따로 없어요. 어차피 형수님께 전해 드리려고 마음먹었던 것이니까 드리는 거지요. 테이프를 형수님께 전한다는 것이 과연 옳은가 많이 망설였어요. 처음에는 테이프를 드릴까 말까 망설였고 점점 시간이 흐를수록 과연 어느 시기에 전해 드려야 할 것인가, 이대로 계속 미루다가는 전해 드릴 시점을 영영 잃고 마는 것이 아닌가 망설였어요. 술에 심하게 취했을 때는 그런 상태로 형수님을 방문하는 것이 예가 아니라는 생각이 들었고, 말끔한 맨 정신일 때는 이제 와서 테이프를 전해 드린다는 것이 도대체 말이 안 되는 것 같았어요. 오늘은 형수님을 찾아오기 위해 일부러 술을 마셨어요.
 낮에, 사진전에서 형수님을 뵙고 확실히 마음을 먹었지요. 더 이상 기회를 잃지 않는 가장 효과적인 시간은 바로 지금 현재라는 생각이 들더군요. 어차피 우리는 자기 자신에게 순간순간 정직하면 되는 것이 아닌가, 이로 인하여 흐트러질지도 모르는 형수님의 감정은 결국 형수님의 몫이지 내 몫이 아니지 않은가, 그렇게 간단히 생각해 버렸지요. 도대체 자신의 사는 방식에 대해 남에게 양해 받을 일이 무엇이겠어요.
 비디오테이프에는 상수 형의 죽는 순간이 들어 있습니다. 안방 극장 화면에 비치기에는 너무나 끔찍하고 잔인하다고, 제작팀으로부터 컷 당한 형의 마지막 얼굴들 말입니다. 추모 특집 시간에 방영된 화면을 보셨지요? 대형차들의 정비 상태를 점검한 후, 형의 차가 경찰서로 가기 위해 거리의 차량들에 묻히는 장면. 특집 화면은 거기서 끝이 났지요. 그래요. 형의 차를 찍은 카메라는 제 것이었습니다. 화면에 보이지 않는 또 하나의 차에 제가 타고 있었던 거지요.

네거리에서 신호 대기로 형의 차와 우리 차는 맨 앞줄에 나란히 서게 되었습니다. 형수님이 아시는 대로, 좌회전 신호를 받고 형의 차가 먼저 나가는 순간 반대편에서 과속으로 직진하던 버스가 운전수의 옆 좌석, 형이 앉은 쪽을 눈 깜짝할 사이에 들이받은 겁니다. 차의 보닛이 종잇장처럼 구겨지고, 핑그르르 돈 형의 차가 우리 차 옆에 정지하면서, 형의 머리가 앞 유리를 박고 튀어나오는 순간, 이 시겠습니까, 제 기분이 어땠는지, 제 의지와는 전혀 관계없이 그 장면이 제 카메라에 차곡차곡 담기고 있었단 말입니다.

차에서 내려 형을 들쳐 업을 생각은 안 하고 어떻게 그리 차분하게 필름을 돌리고 있었느냐고요? 글쎄, 제가 그러고 있더란 말입니다. 그뿐입니까? 정신을 잃고 옆으로 쓰러진 운전수 박 씨와, 이미 상수 형이라 믿을 수도 없는 피투성이 얼굴과, 황망하게 뛰어온 버스 기사의 당황한 얼굴을 저는 어떻게든 한 화면으로 처리할 수 있지 않을까, 그들의 둘레를 뱅뱅 돌며 안간힘을 쓰고 있었습니다. 형의 피 흐르는 얼굴에 렌즈를 바짝 갖다 대며 무슨 생각을 했는지 아십니까. 상수 형이 취재하던 그날의 특집 제목, '대형차들의 난폭 운전, 이대로 방치해도 좋은가.'의 가장 확실한 사진은 형의 얼굴 이상 없다는 것이었습니다.

틀고 또 틀어 댄 비디오테이프는 이제 낡을 대로 낡아, 화면 전체에 수평의 흰 선이 마구 그어지고 있다. 기계 돌아가는 소리만 낮게 깔릴 뿐, 아무 음향이라고는 없는 테이프. 조용한 화면에서 질러

대는 남편의 단말마의 비명은 그녀가 한숨조차 소리 내어 쉴 수 없도록 온 세상의 온갖 소리를 가라앉힌다.

남편의 얼굴이 담긴 화면을 그녀는 가능한 한 수십 수백의 순간으로 잘게 쪼개어 정지시키고, 그중 어느 한 화면에서 빠져나갔을 남편의 혼을 잡아내려 애쓴다. 몰골 흉악하게 쭈그러진 차체, 산지사방에 흩어져 햇빛에 반짝이는 유리 파편, 창틀을 목에 들쓴 남편의 피투성이 얼굴. 눈은 이내 감겼고 입은 약간 벌어져 있다. 얼굴 전체와 입에서 흘러내리는 황토색 피. 드라마를 찍을 때에는 붉은 물감 봉지를 입에 물고 있다가 깨문다는데, 봉지를 숨길 만한 틈이 없는 남편의 짧은 고수머리에서는 엄청난 양의 붉은 피가 쉬지 않고 흘러내린다.

시시각각 굳어 가는 그의 표정을 고스란히 외우고 있는 그녀는 이제 그와 함께 화면 속에 어우러져서 무언의 표정 연기를 해 내는 느낌이다. 주인공의 죽음을 설명하기 위해 수많은 엑스트라와 소도구들을 동원하고 카메라를 들이댄 한 편의 드라마처럼, 참 현실도 가상과 그리 다르지 않다는 감탄과 함께, 화면에 뛰어들어 망실한 부인의 연기를 천연덕스레 해 내는 그녀 자신을 본다. 어쩔 줄 모르고 당황하던 그녀의 초기 연기도 세월이 흐를수록 원숙해져 간다.

지하 통로의 계단을 벗어나면서 그녀는 손에 쥔 반달 모양의 손가방을 다른 손으로 옮겨 든다. 호텔의 매끈하고 화려한 타일 벽, 절벽처럼 깎아지른 빌딩. 차들의 소음. 그녀는 현기증을 느끼며 몇 발짝 물러나 까마득한 건물을 올려다본다. 이윽고 그녀는 건물 뒤쪽 골목으로 접어든다.

끊임없이 비어져 나오는 차들의 행렬을 피해 가면서 가까스로 쳐든 그녀의 눈에 비친 것은 수많은 녹색 보자기들이다. 건물 앞면을 가린 정사각형의 비닐 보자기, 한 장마다 한 자씩 씌어 있는 글자들. 철, 거, 전, 문, 성, 도, 건, 설, (주). 펄럭이는 녹색 보자기 틈새로 보이는 풍경은 전쟁 기록 영화의 폭격당한 거리라면 꼭 맞을, 철골조가 그대로 드러난 건물의 형해다.

혹시, 그녀는 갑자기 가슴이 후드득거린다. 다방. 철거 건물 자리쯤에 있었던 푸른색 선팅의 가화다방. 건물 모퉁이를 돌자, 다방의 간판이 곧바로 눈에 들어온다. 다방 건물은 무사했던 것이다. 그녀는 한숨을 내리쉰다. 그런데…… 다방 유리벽에 큼직한 종이가 붙어 있다.

저희 ○○○은 도시 재개발 계획으로 인하여 다음 ○○○○로 ○○○하게 되었습니다. 그동안 저희 ○○○○을 이용해 주신 여러분께 ○○드리며 더욱 큰 ○○○있어 주시기 바랍니다.

주인 백

한 귀퉁이가 찢어진 안내문은 싯누렇게 바래어, 붙은 지 몇 달이나 되었는지 알 길이 없다. 검은색 유성 매직펜으로 쓴 듯한 글자는 그나마 읽을 만하고, 분명히 눈에 더욱 잘 띄라고 붉은색으로 썼을 글자는 탈색되어 흔적조차 보이지 않는다. 그녀는 다방의 유리벽에 바싹 다가가 실내를 들여다본다. 유리벽 안쪽에다 무슨 두꺼운 종이라도 댔는지 그녀의 시선은 코앞에서 더 이상 진전되지 않는다.

괜히 이리로 데려오고 싶었어. 이리로 같이 오기만 하면 왠지 뭐든지 다 잘될 것 같았어.

남편의 홍조 띤 젊은 얼굴에는 겸연쩍은 웃음이 가득하다. 탁자 맞은편에 앉은 그녀가 언제 자리를 박차고 일어날지 몰라 전전긍긍해하면서, 그는 익숙지 못한 솜씨로 그녀의 커피 잔에 설탕을 넣고 크림을 넣고 휘젓느라 바쁘다. 젊은 날의 그녀가 속으로 쿡쿡 웃고 있다.

오향장육 원보성. 채 헐리지 않은 다방 건물 2층에 중국집 간판만 덩그러니 매달려 있다. 다방 옆에 줄줄이 자리 잡고 있던 화교들의 만두 집, 골목은 이미 오래전부터 전혀 다른 거리로 탈바꿈해 있었던 것이다.

각오했던 일이지.

그녀는 천천히 고개를 끄덕인다. 눈으로 확인하는 만큼의 상황, 현재 깨어 있는 의식만이 삶의 전부라는 사실을 그녀는 진작부터 알고 있었다.

창고 속에 아무리 잘 보관한 과거의 사물이라 해도 영원히 변치 않는 것은 없다. 바래고 탈색된 글자들처럼, 의미가 각인되는 바로 그 순간부터 사물들은 조금씩 변질되고 끊임없이 다음 상태로 바뀌어 간다. 생명 있는 것들만 태어나고, 늙고, 사라지는 것은 아니다. 시간 속에 존재하는 것들은 모두 믿기 어려울 만큼 빠른 속도로 낡고 바스라지고 먼지가 되어 바람에 흩날려 버린다.

그러나 자세히 살펴보면 사물들보다 훨씬 더 빠른 속도로 변하는 것은 사물을 대하는 주인일 것이다. 변질된 사물을 매번 아무 조건 없이 받아들이는 창고의 주인, 바뀐 상황에 스스로를 어떻게든 끼워 맞추는 놀라운 능력의 그녀, 자신이다. 다방과 거리가 예전 그대로이기를 바랐던 것은 아니라고 그녀는 애써 부인한다. 그녀가 기억 속의 다방을 찾은 이유는 변질된 사물과 상황을 눈으로 확인하기 위한 것에 지나지 않았음이 분명하다. 그리고 오늘따라 이곳에 오고 싶었던 것도, 변모된 상황을 받아들일 자세가 이제 자신에게 충분히 갖추어졌기 때문일 것이라고 그녀는 고개를 마구 끄덕인다.

그녀는 골목길을 되짚어 나오기 시작한다.

차들의 이악스러운 물결은 여전하다. 맞은편 거리의 대한문. 덕수궁. 샛골목을 사이에 두고 자리 잡은, 유리창이 잔뜩 붙은 건물. 건물의 덕수궁 쪽 모서리, 툭 트인 하늘에 붉은 글씨의 '공중 8층'이라고 쓰인, 그리 크지 않은 간판이 눈에 들어온다. 공중 8층. 공중 8층. 공중에도 8층이 있을까. 그녀는 갑자기 공중으로 뜨고 싶다. 건물 8층에 올라 화장실 창문이라도 열고 한 발만 내디디면 그대로 공중의 8층 공간으로 들어가게 될 것이다. 공중에는 자기만의 통로를 힘들여 낼 필요가 없다. 발바닥 밑까지도 완전히 자유로운, 누구에게나 열린 공간이다.

창문 밖을 잘 봐, 방 하나가 더 있지? 나가 볼까?

남편은 아이와 장난이 심했다. 그와 함께 살던 영동의 4층 아파트에서는 밤이면 안방 창문 바깥쪽에 방 안이 얼비쳐 새로운 방 한

칸이 그럴듯하게 자리 잡곤 했다. 그녀는 아이를 얼싸안은 남편에게 하얗게 눈을 흘긴다.

철없기는 아이하고 똑같아요. 사고라도 나면 어쩌려고.

죽음만큼 사람이 사람을 철저히 배신할 수 있는 것은 없다. 아무리 불가항력의 상황이었다 하더라도 남편은 그렇게 녹록히 당해서는 안 되었다.

그녀는 남대문으로 광화문으로 홍수처럼 흐르는 차들을 본다.

중학교 1학년 때, 시청 앞 광장과 처음 인연을 맺던 날 그녀가 버스와 벌인 하찮은 신경전이 생각난다. 따지자면 그전에 이미 부모의 손에 이끌려 입학시험도 보러 왔었으니 초행길은 아니었으나, 혼자서 등교를 한 첫날이었으니 그렇게 말해도 무방할 것이다. 아버지 말대로 버스에서 내려 등교한 것까지는 좋았는데 방과 후 다시 이 거리에 섰을 때 단발머리의 그녀는 집으로 가는 버스 정류소를 아버지에게 확인하지 않은 것이 생각났다. 그러나 그녀의 단견으로도 집으로 가는 방향의 버스는, 아침에 학교로 올 때 그녀가 내린 지점의 맞은편일 것이 분명했다. 목을 빼고 기다리던 그녀 앞에 135번 버스가 나타났다. 그녀는 버스를 향해 재빨리 움직였다. 그러나 무슨 일인지 버스는 머뭇거리는 기색도 없이 그대로 내빼는 것이었다. 그녀는 당황스러웠다. 바로 옆, 한복을 입은 아주머니가 서 있었다. 135번 여기서 타요? 그렇게 간단한 한마디가 입에서 맴도는 채 나와주지 않았다. 문제는 그녀가 입은 교복에 있었다. 빳빳이 풀을 먹인 하얀 칼라 깃에 교복까지 갖춰 입은 중학생이, 버스 정류소도 모른 대서야 당치도 않은 일이었다. 그녀는 집을 향해 걷기 시작했다. 시청 앞에서부터 그녀의 집이 있는 원효로 종점, 까짓 버스로 열 몇 정류장, 그녀는 더 이상 망설이지 않기로 했다.

가다가 버스가 오면 타기로 하고.

그녀가 찻길을 따라 걷는 동안 135번 버스는 수도 없이 그녀의 곁을 스쳐 지나갔다. 그러나 그녀가 버스 정류소에 도착할 때마다 그녀를 위해 목메어 기다리는 135번 버스는 한 대도 없었다. 한 정류장 한 정류장 지나칠 때마다 그녀는 그중 어느 정류장에서도 자신이 버스를 기다려야 한다는 것이 마음에 내키지 않았다.

걸으면 그뿐이지. 그까짓 몇 정류장.

그녀는 얼굴이 새빨개져서 걷고 또 걸었다. 날씨가 추워서도, 걷기가 힘에 부쳐서도 아니었고, 글쎄, 그것은 고집도 아니었고 억지로 의미를 새기자면 그것은 굉장한 부끄러움이었을 것이다.

바로 이 다리였지. 그녀는 피식피식 웃으며 지하철 계단을 다시 밟기 시작한다. 근육이 채 붙지 않은 어린 날의 두 종아리가 그녀는 갑자기 미덥다.

윤 교수에게 더 이상 매달리는 일은 무의미할지 모른다. 대학의 강단을 차지하여 생계를 잇는다는, 버젓한 명분이 중요한 것은 아닐 터이다. 세월을 놓고 빛이 변치 않을 가치 있는 것이 있다면, 그것은 그녀가 학문에 대해 갖는 진솔한 열정, 그리고 어떤 어려움이 닥치더라도 의연히 헤쳐 나가려는 삶에 대한 의지일 것이다.

질식하려는 현재에서 까맣게 잊고 있던 어떤 추억을 상기하게 되면 그 추억이 가진 신선한 공기로 말미암아 또 한동안은 숨을 쉴 수 있게 된다. 파다가 단념해 버렸던 통로의 한 구간, 격리되었던 공간에 우연히 닿은 것처럼.

끊임없이 통로를 팔 일이다. 방향 설정이 잘못되어 생각지도 않은 곳으로 통로가 뻗어 간다 할지라도. 다른 이의 공법과 맞지 않아 개통의 마지막 순간에 등을 돌리게 되더라도. 중도에 단념해 버린 구간조차 그녀의 것임에 틀림없으며, 그 구간은 또 미래의 어느 중요한 순간에 그녀와 맞닥뜨려 새로운 의미를 안겨 줄지 모른다.

마음먹는 것이 중요하지, 그녀는 다시 중얼거린다. 지하철 자동 매표기에서 떨어지는 노란색 표를 집는다. 그녀는 개찰구로 다가선다.

모든 벽은 문이다

"들어오시는군요. 댁에 계실 거죠? 어디 또 안 나가시죠?"

아파트 현관 입구에 막 들어서는 참이었다. 경비실 창문이 와락 열리며 경비원 권 씨의 상반신이 튀어나왔다. 나는 순간 정신이 아뜩했다. 아침에 서둘러 외출하면서 가스 불에 국 냄비를 얹은 채로 끄지 않았을까. 아니면 언젠가처럼 현관문을 잠그지 않았을까.

"무슨 일 있었어요?"

"아, 아뇨, 저기, 하여간 올라가 계세요."

눈앞에서 곧 사라질 곡두라도 보듯 권 씨는 내 얼굴에서 시선을 떼지 못했다. 항상 느른한 표정의, 떴는지 감았는지조차 분간하기 어렵던 실기죽한 눈이 웬일인지 휘둥그레 번득이고 있었다. 경비실 한쪽 구석의 낡은 철제 책상 위를 손으로 더듬어 그는 어렵사리 전화기를 움켜잡았다. 여유 없이 촐싹대는 꼴이 가히 볼 만했다. 수화기를 거꾸로 귀에 대고는 수화기 줄을 잡으려 허공을 휘젓는가 하면, 잘못된 것을 가까스로 알아챈 후에는 마치 남의 탓인 듯 짜증스레 투덜댔다. 전화 후크를 몇 번이나 두드려 대며 조급을 떨던 그가 또 갑자기 머뭇거리기 시작했다. 이번에는 창틀 하나를 사이에 두고 서 있는 나 때문에 부담스러운 눈치였다. 아쉬운 듯 수화기를 전화통에 다시 올려놓고, 그는 헛기침을 하며 억지 여유를 부렸다. 자기가 생각해도 좀 겸연쩍은 모양이었다.

"올라가 계시지요. 제가 조금 이따 올라가겠습니다."

나는 짐짓 기분 상한 표정으로 몸을 돌려 아파트 층계로 향했다. 매사에 헤덤비는 그의 시러베장단에 누구라 제대로 맞추겠는가. 내일모레면 자식 장가도 들인다는 사람이 나잇값도 못 하고 저 모양이다. 필경 일전에 부탁한 아들의 취직건 때문일 것이다.

요새 그 컴퓨터······도 따로 배웠습니다. 뭐, 내 자식이라서라기보다도 바탕이야 워낙 착한 놈이지요. 사장님 회사 정도 되면 일할 사람도 많이 필요하실 게고, 그저 저는 사모님만 믿고 기다리겠습니다.

달포쯤 되었을까, 권 씨는 손에 쥔 경비원 모자를 비틀어 짜며 연신 허리를 굽혔다.

글쎄, 공장 근로직이라면 모를까. ······대학물까지 먹은 친구라면서 그런 일 하려 들겠어?

취직 부탁이라면 일체 입을 다무는 남편의 성격을 알면서도 나는 어찌 사람이 그리 야박스러우냐고 해묵은 불평을 다시 늘어놓았다. 남편은 부엌 가구 회사의 공장장이었다. 규모가 큰 편은 아니지만 그만하면 회사의 몇 안 되는 핵심 인물이니 사무직 한두 명 정도야 임의로 자리를 마련할 수도 있으련만 그는 정실(情實)이 낀 인사 발령이나 채용이라면 펄쩍 뛰는 사람이었다. 사원 공채 제도가 있는 한, 정당하게 절차를 거친 사람만이 채용되고 승진되어야 한다는 것이 그의 주장이었다. 그렇게 앞뒤 꽉 막힌 사람들이 회사 간부라고 앉아 있으니, 회사가 매양 그 타령 아니냐고 비아냥거려 봐도 그는 들은 척도 하지 않았다. 그는 자신의 표현대로 '옛날 사람'이었다. 그래서 마누라인 내게도 그저 아리잠직한, 1800년대 조선 후기쯤의 아낙이 되어 주기를 바라는 고리삭은 구석이 있었다.

여자들 쪽진 머리가 얼마나 좋아. 요새 여자들은 왜 하나같이 머리를 볶는지. 이젠 아예 우리 민족이 곱슬머리인 것 같잖아?

아무튼 나는 권 씨에게 미안했다. 애초부터 딱 부러지게 거절은 못 하고, 그래도 우리 집을 믿고 기다릴 텐데 싶어서 그가 근무하는 날이면 괜히 출입에 신경이 쓰이곤 했다.

그러나 그런 거북한 감정은 며칠 가지 않았다. 옛날 사람이 아니라 요새 사람인 권 씨는 우리 집뿐 아니라 같은 통로를 쓰는 위아래 집 모두에다 아들의 취직을 부탁해 놓고 있었던 것이다.

우리 집 양반이 알아보겠다고 했어. 권 씨가 나를 붙잡고 그저 한 시간은 통사정을 하더라고. 사람 사는 게 뭐겠어. 서로 도와 가며 살아야지. 안 그래?

상가의 지하 슈퍼마켓 계산대에서 만난 10층 여자의 말이었다. 자동차 부품 업체의 이사였던 그 집 아저씨가 정년퇴직을 한 것이

지난겨울이었다. 신경이 '워낙 예민한' 자신이 남편과 함께 무력증에 빠져서, 모두들 자기만 보면 무슨 큰 병을 앓느냐고 깜짝 놀랄 정도로 살이 내렸다고 그녀는 호들갑을 떨었다. 아직 남은 살집이 푸짐하여 두 턱이 진 오십대 후반의 그녀는 남편이 아직도 취직 부탁을 받는다는 사실이 꽤나 흐뭇한 눈치였다.

승강기는 9층에 머물러 있었다. 단추를 눌렀다. 나도 모르게 한숨이 다시 터져 나왔다. 가뜩이나 속이 상해 집에 들어오던 차였다. 승강기 문 옆 벽의 거울에 비친 내 몰골이 참 한심했다. 간밤에 잠까지 설쳐 얼굴이 부스스한 데다가 이제 보니 머리 모양도 한쪽으로 씰그러져 꼭 설 절은 김장 배추 꼴이었다. 별 생각 없이 걸친 바바리코트는 다림질이 안 되어서 후줄근하기 짝이 없었다. 도대체 이 무슨 궁상이란 말인가. 앞집 여자 따라서 훌훌 털고 에어로빅이나 하러 다녔으면 남에게 터놓지도 못하는 이따위 우스꽝스러운 스트레스, 받을 일도 없을 것 아니겠는가.

글쎄 주인공이 불쌍한 건 알겠는데.

앞부분이 지루해서.

구성에 문제가 있는 것 같아요.

작품을 폄훼하던 문화 센터 여자들의 갈고랑이 같은 목소리가 또 새록새록 되살아났다. 참담한 심정을 겨우 가누고 지푸라기라도 잡는 기분으로 고대하던 지도 선생의 총평은 결국 '소설이란 게 참 들여다볼수록 어렵지요?'였다.

얼마나 더 속을 썩여야 나도 남 앞에 버젓한 작품 하나를 내놓을 수 있을까. 나 같은 무지렁이는 결국 애만 태우다 그냥 이대로

스러져 가는 것일까. 강의가 끝나고 모두들 홀가분한 마음으로 지절거리며 다방으로 몰려가는 길에서 나는 끝내 불편한 심사를 드러내고 말았다.

괜히 삐친 거 야냐, 희숙 씨? 부득이한 집안 사정이 뭐야? 차 한 잔 하고 가는데 무어 시간 걸린다고.

소설 창작반 수강생 중 비교적 친하게 지내는 편인 K씨가 위로하듯 말했으나 나는 만사가 귀찮았다. 눈치를 채거나 말거나. 어지럼증이 일고 다리까지 허든거리는 것이 어서 집으로 돌아와 눕고만 싶었다.

전의 작품은 이렇지 않았는데요. 어째 주제도 진부하고 중언부언하는 것이······.

원고지를 넘기며 마치 사람이 바뀐 것 같다는 듯 고개를 갸우뚱거리던 지도 선생의 찌푸린 미간을 생각하면 이제라도 그만 땅속으로 잦아들고 싶은 심정이다.

승강기에 올라 6자 단추를 누르며 나는 또 원망스레 13자를 바라보았다. 6자와 함께 13의 숫자가 눈에 들어오는 것은 딴은 당연한 일이다. 두 줄로 배치된 승강기 숫자판에는 6자 바로 옆이 13자이기 때문이다. 그러나 13층의 김문주 씨를 알기 전까지는 내가 늘상 누르고 다니는 승강기의 6자가 1부터 15 중 어느 숫자와 짝하고 있는지 나는 사실 모르고 있었다. 그녀와 둘이서만 승강기를 타고 나란히 숫자 단추의 불을 켠 적도 꽤 있었으리라. 문주 씨나 우리 가족이나 모두 3년 전 아파트 단지가 세워진 처음부터 입주한 사람들이었다. 그녀의 존재를 재발견(!)했을 때의 설렘이라니.

옆 자리로 나란한 두 숫자의 위치가 바로 전생에서부터 기약된 그녀와 나의 누겁의 인연임을 증거해 주기라도 하는 것 같아서 가슴이 빼근해 오던 것이다. 문주 씨만 있었더라도. 그녀에게 먼저 작품을 한번 뵈기만 했더라도 이렇게 무참한 혹평은 듣지 않았을 것 아닌가.

벌써 오늘이 4월 2일이다. 그녀가 아무 말 없이 자취를 감춘 게 2월 말이니 달수로는 석 달째에 접어들었다. 도대체 그녀는 어떻게 된 것일까. 사람들의 경솔한 입질대로 그녀의 신상에 무슨 일이라도 생긴 것일까. 캭 죽어 버리기라도 했다는 말인가. 그녀의 꼭 다문 입에 재갈이라도 물리듯 나는 열쇠를 현관문에 거칠게 처넣었다. 이렇게 소식이 감감할 수는 없다. 역시 혼자 사는 여자라 내가 모르는 매몰찬 구석이 있었던 것일까.

처음 한 열흘 그녀가 뵈지 않을 때에는, 머리도 식힐 겸 어디 지방으로 멀리 떠났겠거니 했다. 작가들이야 원래 무시로 취재 여행도 떠난다고 하지 않던가. 당연하지, 그래야 작품도 신선하게 태어날 것이다. 산지에서 직송한, 이슬이 채 마르지 않은 야채, 아가미가 벌떡이는 생선처럼. 더구나 그녀는 남편도 자식도 없는 홀몸이니 무엇 하나 거치적댈 일이 없었다. 모든 연고들로부터 손을 떼고 며칠씩 잠적할 수 있다는 가능성만으로도 독신 생활이란 얼마나 멋지고 풍요로운 것인가. 그녀의 식탁 앞에 붙은 풍란 사진. 지리산 천왕봉의 전설. 입버릇처럼 외던 지리산 기슭 어느 한적한 산막에서, 그녀는 그녀의 마고(摩姑)를 그리며 유유자적하게 신선놀음을 하고 있겠거니 여겼다. 새로운 생명력을 충전받아 눈을 반짝이며 돌아올 그녀를 나는 설레는 마음으로 이제나저제나 하고 기다렸다. 경비원을 통하여 13층으로 인터폰을 자꾸 해 대는 것도 눈치가 보여, 그녀의 집에 직접 올라간 적도 몇 번이었다. 바람이 횡횡대는 13층 복도에서 벨을 누르고 행여 인기척이 있을까 현관문에 한참 귀까지 댔다가는 하릴없이 계단을 되짚어 내려올 때의 마음이, 사랑하는 이에게서 못 들을 말이라도 들은 것처럼 서운하고 적적했다.

보름이 지나면서부터 섭섭한 심사가 슬그머니 고개를 쳐들었다. 이삼 일이 멀다 하고 얼굴을 맞댄 사이였지 않은가. 내 깐으로는 할 말 못 할 말 다 털어놓는 사이라고 자부했다. 주위의 누구보다도 나만은 그녀를 속속들이 잘 안다고 믿었던 터였다. 아무리 사람이 무심하기로서니 그깟 전화 한 통화도 해 줄 수 없단 말인가.

김문주 선생이랑 잘 아신다죠?

경비실의 연락을 받고 내려가 만나본 남자는 말쑥한 신사복 차림의 새파란 젊은이였다. 그녀가 출강하던 야간 입시 학원의 교무 주임이라는 그는 재벌 그룹에 갓 입사한 풋내기 사원같이 맨망스럽고 사람을 내리보는 듯한 구석이 있었다.

김 선생 지금 어디 있습니까? 이력서 보증인은 오빠로 되어 있던데 그 집에서도 까맣게 모르고 있더라고요. 그 여자 다니던 병원은 혹시 어딘지 압니까? 그 왜, 신경증 계통의 약을 계속 복용했잖아요. 병원에서 계속 먹으라고 했다던데요. 벌써 오래됐죠. 친하셨다면서요, 그것도 모르세요?

승용차 문에 열쇠를 꽂으며 그는 나를 의심스러운 듯 다시 쳐다보았다.

　김 선생이…… 이 아파트에서 혼자 살았던 것은 확실합니까?

　내 발목에 뿜어진 그의 승용차 배기가스를 더럽다고 느꼈는지 따뜻하다고 느꼈는지 나는 잘 모르겠다. 맨발에 슬리퍼, 집에서 입던 폴리에스테르 홈드레스에 재킷 하나만 걸치고 팔짱을 낀 채 무르춤하니 서 있던 나로서는 콘크리트 바닥으로부터 감겨드는 쇠톱 같은 3월의 한기만 아직도 기억에 생생하다.

　사람과 사람이 서로 친하다는 척도는 무엇일까. 나는 정말 그녀를 자신 있게 '안다'고 말할 수 있는가. 그녀에 대해 내가 아는 것은 무엇인가. 그녀의 마고할미와 한밤중의 혼 부르기와, 그리고 또.

　문득문득 그녀의 음울한 얼굴이 목의 가시처럼 걸리기는 했다. 빨간 비닐을 씌운 식탁 의자에 옹송그리고 앉아, 거실 마루 끝에 걸린 겨울 햇빛 자락을 물끄러미 바라보던 그녀의 모습이 아직도 눈에 삼삼하다. 더 이상 누구에게 애원할 힘조차 남아 있지 않은, 울 안에 갇힌 산짐승의 자닝한 눈길을 대하는 것 같은 섬뜩함에 내가 도리어 깜짝 놀라 얼굴을 돌리고 말았던 것이다. 그녀에게 그런 눈빛이 있었다니. 이제까지 내가 알아왔던 그녀, 치켜 올라간 눈꼬리에서 오는 인상인지 몰라도 꼿꼿하고 강파른, 어찌 보면 저돌적이기까지 하던 그녀의 실체는 어디론가 사라져 버리고, 거실의 네모진 공간만 한 괴괴한 동굴이 큰 아가리를 벌려, 빨간 혓바닥에 공교로이 올라앉은 그녀를 한입에 삼켜 버리는 듯한 어처구니없는 착시에 빠져들던 것이었다. 무슨 불길한 일이라도…… 방정맞은 느낌을 떨치려고 나는 매번 고개를 흔들었다. 바로 그런 주체할 수 없는 울울한 심사 때문에 그녀는 멀리 여행을 떠나지 않았겠는가.

한 달이 지나면서부터 나는 그녀가 진짜로 염려스러워지기 시작했다. 사고사, 아니면 자살? 뭔가 말을 꺼낼 듯하다가 그만 입을 다물어 버리던 그녀의 단절된 눈빛, 하고 많은 그녀의 표정 중에서 하필이면 왜 그 외로운 산짐승 같은 눈빛이 내내 가슴에 치받히는 것일까. 그녀에게 좀 더 친근하게 다가섰더라면, 그녀의 고민을 내가 나누어 지는 척이라도 했더라면 그녀에게 도움이 되었을까. 지금도 어디선가, 아니 어쩌면 내가 눈치 채지 못하는 아주 가까운 데서 내 손길을 애타게 기다리고 있는 것은 아닐까.

경비원 권 씨와 교대 근무를 하는 김 씨는 몇 번이고 내게 문주 씨 이야기를 하곤 했다.

그때가 2월 말, 그러니까 24일 아니면 25일쯤이었을 겝니다.

김 씨의 그녀에 대한 기억은 처음 말할 때에는 1월 말, 그러니까 그녀가 없어지기 한 달쯤 전의 일이었다가, 얘기를 거듭할 때마다 자꾸 밀려나 끝내는 그녀가 자취를 감춘 바로 그때쯤으로 되어 있었다.

그렇게 말을 시켜도 대답도 않고 그냥 아파트에 들어가더라고요. 겨울 날씨답지 않게 날씨가 푸근해서 밤비가 추적추적 내리는 날이었다. 아파트 외벽이 둘러쳐진 동쪽 끝은 거의 자정이 다 되어 한 번 순시를 하는데, 후미진 잔디밭 끝 둔덕에 검은 물체가 있었다. 처음에는 누구네 집으로 내다 버린 쓰레기 봉지겠거니 싶었다고 했다. 몇 발자국을 그대로 지나친 후에야 그 물체가 고개를 푹 숙인 긴 머리 여자인 것을 알아챘다. 더더구나 어깨에 붙은 금속 고리가 어딘지 눈에 익다고 생각이 들면서 머리가 쭈뼛해 오더라고 했다.

단박에 13층에 사는 여자다 싶었어요. 그 여자 겨울 내내 외출할 때 입는 검은 바바리코트 말이에요. 되돌아가서 말을 붙이니까 얼굴을 드는데, 무섭더라고요. 머리부터 푹 젖어서는, 비 때문만은 아니었어요. 많이 울었는지 얼굴에는 머리카락이 잔뜩 달라붙었고요. 어디 아픈 것 같았는데 머리만 자꾸 내흔들어요, 말 한마디 없이.

김 씨의 말에 나는 표 나게 긍정도 부정도 하지 않았다. 지난 연말부터 그녀가 눈에 띄게 여위고 몹시 침울했던 것은 사실이다. 그러나 내가 알기로 그녀는 남 앞에서 실없이 눈물 따위를 내비칠 여자가 아니었다. 그의 말을 들으면서 어느새 나는 요망스럽게도 커다랗고 검은 맨홀 구멍을 떠올리고 있었다.

맨홀 뚜껑을 드는 순간 죽음을 엿봤을 거예요, 작가는.

커피를 입으로 가져가던 그녀의 흰 손이 보이는 듯하다. 동쪽 끝 후미진 잔디밭에서 그녀는 그녀의 맨홀을 찾고 있었던 것일까.

내가 그녀를 새로이 알게 된 때는 작년 봄이었다. 아파트 단지에 들어오는 구청의 무료 독서 버스 덕분이었다. 2주일에 한 번씩 오는 이동 도서관은 25인승 미니버스를 개조하여 만든 것이다. 버스의 옆면이 날개처럼 높이 들어 올려져 책이 가득 꽂힌 서가가 되고, 뒷문으로는 간이 층계가 내려져서 버스 내부로 들어갈 수 있다. 바깥쪽 서가에는 문학 서적이 주종을 이루는 데 비해 버스 안쪽에는 아동 대상의 책들과 과학 서적, 문고판 책들이 가득했다. 대출도 무료인 데다 2주일 동안이나 빌려 볼 수 있다는 점도 좋았지만, 독서 버스의 책들은 의외로 신간인 데다 수준 높은 것이 꽤 많았다. 문학 지망생들에게는 필독 도서라 불리는, 그러나 시중에서는 별 수요가 없어서 웬만한 서점에서 찾기 힘든 책들도 간혹 눈에 띄었고 너무 값이 비싸서 집에 들여 놓을 엄두도 내지 못하는 두꺼운 장정본의 새 전집류도 가지런히 꽂혀 있었다.

나는 그때 ○씨의 창작집을 찾고 있었다. 문화 센터의 선생님 말을 빌리자면 '문학성이 높은' 책이라 대중적인 인기는 상대적으로 없다는 책이었다. 서가 한쪽 구석, 노상 같은 자리에 꽂혀 있던 회색 표지의 그 책이 그날따라 보이지 않았다. 동네 아파트 여자들 중에도 수준 있는 여자가 가끔 하나씩은 끼어 있는 모양이구나 싶었다. 하릴없이 다른 책을 빌려 가지고 대출증을 받는데 누군가가 바로 그 ○씨의 창작집을 반납하고 있었다. 그녀가 바로 문주 씨였다. 평범한 T셔츠에 바지 차림, 화장기 없는 맨얼굴에 어깨까지 닿는 긴 머리를 털실 끈으로 질끈 묶은, 여느 때와 다름없는 부스스한 용모였다. 팔자 편케 혼자 살면서 어지간히 구접스러운 여자라고 치부했던 그녀에 대한 선입견이 눈 녹듯 스러져 내리고, 어딘가 비범한 구석에 남모르는 이지적 면모를 갖춘, 멋있는 여자로 둔갑하는 순간이었다.

대출 창구를 통하여 그 책을 되빌리고 십년지기를 만난 것처럼 그녀와 반갑게 커피를 마신 것은 당연한 일이다. 유명한 작가 ○씨가 그녀와 나 사이의 가교가 되어 준 셈이었다.

「둥지」, 그 작품 말이에요. 문학상도 탔지요. 어쩌면 그렇게 기막히게 쓸 수 있었을까요?

내 말이 끝나는 순간 우리는 마치 약속이나 한 듯이 똑같이 한숨을 내쉬고는 소리 내어 웃었다. 문학 병을 앓는 사람이 또 하나 같은 지붕 밑에 산다는 것이 얼마나 반가웠던지.

맨홀이 나오잖아요. 그 소설에요.

머뭇머뭇 말을 잇는 그녀는 베란다 바깥의 풍경에 눈을 주었다. 사과를 깎는다고 부산을 떨던 나 역시 엉겁결에 손을 멈추고 그녀의 시선을 따라 바깥을 내다보았다. 구름 그림자가 지나는지 주위가 한풀 어두워지고 있었다.

맨홀 뚜껑을 드는 순간 죽음을 엿봤을 거예요, 작가는.

음울한 자기감정을 지우듯이 그녀는 연이어 농담조로 말했다.

아파트는 말이죠, 다 좋은데…… 맨홀이 없어서 틀렸어요. 저는 죽더라도 시체는 숨기고 싶거든요.

두둑한 눈두덩에 불거진 광대뼈, 어찌 보면 미웁스럽기까지 하던 그녀의 특징 없는 얼굴에 부끄럼성스러운 미소가 담기니까, 주위가 다 환해질 정도로 해맑고 앳된 인상으로 바뀌던 것이다. 그 순간부터 나는 문주 씨에게 그만 반해 버렸다고 해야 옳으리라. 게다가 그녀가 벌써 10여 년 전, 대학을 졸업하던 해에 신춘문예로 등단한 당당한 기성 작가임에랴. 그녀의 자조 섞인 말대로 변변한 작품도 내놓지 못하고, 생활비 마련을 위해 이제는 야간 입시 학원의 국어 선생으로 전락하고 말았다지만 말이다.

그녀를 알게 되었다는 사실은 내게는 한마디로 설렘이었다. 길섶에 떨어진 값진 보석 알을 손에 넣기라도 한 기분이었다. 문화 센터의 수강생들을 붙잡고 나이답지 않게 와락와락 몸을 흔들어 대며 그녀와의 교분을 마구 자랑하고도 싶었지만 나는 그렇게 하지 않았다. 누구와도 같이 나누고 싶지 않은, 두고두고 나 혼자 은밀히 즐기고 싶은 욕심이 훨씬 강했기 때문이다. 그녀는 나의 글쓰기에 있어서 말하자면 숨겨진 카드인 셈이었다. 되지도 못한 글을 그녀 앞에 '작품'이라고 스스럼없이 들이밀며 나는 어리광도 적잖이 부리곤 했다. 앞뒤 문장과는 어울리지도 않는 한심한 수준의 낱말 선별에서부터, 이 나이 먹도록 소화하지 못한 감정의 치기까지, 왜 그녀 앞에 들이밀기 전에는 내 눈에 그것들이 뵈지 않는지 기막힌 노릇이었다.

그녀와의 교제에 있어서는 물론 일방적으로 내가 도움을 받는 입장이긴 했으나, 그녀에게 내가 전혀 아무 존재도 아니었다는 사실은 무척 섭섭하고 자존심 상하는 부분이다. 내가 그녀에게 갖는 감정이 애틋했으니 이심전심으로 그녀 쪽에서도 그러려니 했을 뿐이지, 이제 와서 생각해 보면 나는 눈치가 없어도 너무 없었다. 내가 그녀를 찾아 13층에 올라간 적이 수십 차례라면 그녀가 우리 집에 발을 들여놓은 것은 정말 어쩌다 한 번이었다. 분위기에 약하고 감정에 잘 치우치는 내가, 그녀의 표현을 빌리자면 '감탄사가 반 이상 섞인' 두서없는 말을 늘어놓을 때면 그녀는 예외 없이 웃으며 듣고만 있었을 뿐 그녀 자신에 관한 얘기는 거의 하지 않았던 것이다.

신경이 무딘 나는 그녀의 성품이 워낙 말수가 적고 좀 어두운 면이 있다고 너무 쉽게 속단해 버렸던 감이 있다. 그녀가 자기의 문제를 시시콜콜히 내게 털어놓지 않는 이유도, 거칠 것 없는 독신의 그녀로서야 내 식의 너절한 넋두리 따위는 하고 싶어도 할 것이 없으리라고 간단히 생각해 버렸던 듯하다. 한밤중에 겨울비를 흠뻑 맞아 가며 홀로 잔디밭에 주저앉아 있을 정도로 그녀의 감정이 절박했다는 사실은 정말 눈치 채지도 못한 일이었다.

안방에 들어서서 경대에 핸드백을 내려놓는데 인터폰 벨 소리가 울렸다.

"들어오셨군요."

바로 밑엣집 508호 여자의 코맹맹이 소리였다.

"예, 어디 좀……. 무슨 일 있으세요?"

"아, 아뇨. 경비 아저씨가 뭐라 안 해요?"

"조금 있다가 연락한다고요. 도대체 무슨 일인데요. 뭐 그 집으로 어디 물 새는 데 있어요?"

절로 짜증이 났다. 아무것도 아닌 일을 가지고 무슨 폭발물이라도 터진 것처럼 분답을 떨어 대는 사람들, 산지사방 있는 대로 들쑤셔 놓고는 오히려 언제 그랬더냐 시치미 떼는 약빠른 뭇 인간들의 행태에 뒷북을 쳐 주는 일도 한두 번, 이젠 힘이 달려 못할 노릇이다.

"아 아니요. 물이 새긴요. 그런 얘기가 아니고 13층의 그……. 아니 난 잘 모르는데, 하여간 경비 아저씨가 올라와서 얘기하겠죠 뭐."

인터폰이 끊겼다. 아파트 주거 환경이라는 것이 이렇게 사람을 피곤하게 만든다. 도대체 왜 저렇게 난리들일까. 문주 씨 가지고 또 무슨 흉들을 보려는가.

독신 여자가 실종되었다고 해서 그게 꼭 치정 문제라고는 할 수 없잖아요? 남자……가 없어졌다고 그게 꼭 숨겨 놓은 여자 때문이라고 볼 수 없는 것처럼 말이에요.

나는 고작 그렇게 말했을 뿐이었다. 지난 3월 말 반상회에서였다.

그거야, ……참, 608호는 1308호하고 친한 사이였죠? 그래, 어떻게 감이 좀 잡혀요?

잇몸을 다 드러내고 웃어 대던 508호 여자가 머쓱한 듯 되물어 왔다. 방금 전만 해도, 노처녀가 바람이 났으니 구멍 뚫는 신선놀음에 세월 가는 줄 알겠느냐며 천박하게 너름새를 펴던 여자였다. 이제 그녀는 나를 대하면 꽤 어려워하는 눈치가 역력했다. 얼마나 다행인 노릇인지. 작년 봄에 그녀가 이사 온 후로 우리 라인의 여자들은 모두 그녀의 눈에 띄지 않으려 슬슬 피하는 눈치였다. 말끔하고 화사한 그녀는 외모답지 않게 입이 험하기 짝이 없었다. 남의 흠구덕이라면 그녀는 어깨춤이 절로 나는 모양이다. 지난여름이었던가, 그녀의 남편이 벌인 한밤의 해프닝은 그런 점에서 내게는 쓸모가 있었다.

자정이 거의 다 된 시각이었다. 아이들 둘은 각기 자기 방에서 잠이 들고 거실에서 남편과 앉아 TV 영화 프로를 보고 있을 때였다. 갑자기 벼락이 치는 듯한 소리가 들려왔다. 누군가가 현관문을 발로 쾅쾅 차는 중이었다.

문 열어. 이 문 빨리 못 열어?

현관문이 곧 부서져 나갈 듯한 기세였다. 남편과 나는 순간적으로 마주 바라보았다. 남편이 벌떡 일어나 현관으로 다가갔다.

문 열지 마요!

나는 남편의 등 뒤에 대고 다급하게 소리쳤다.

누구요?

누구냐고, 나보고? 그러는 당신은 누구요?

나는…… 이 집 주인이오.

남편이 도리어 망설이듯 자신 없게 대답했다.

주인? 조오와아 하시네. 이 집 주인은 나요.

술이 잔뜩 취한 목소리였다. 집을 잘못 찾은 모양이었다. 꼬부라진 목소리가 무어라 한참을 웅얼댔다.

문 열어, 순순히. 안 열어? 그래, 누가 주인인지 따져 보잔 말씀이지. 좋다고. 그러면 당신……, 등기, 응 등기. 당신 등기했어? 이 집 등기비가 얼마였어? 자, 말해 보라고. 얼마야, 모르겠지?

당황한 남편은 현관 조망 단추에서 얼른 눈을 떼며 내게 조그만 소리로 물었다.

얼마였지 여보?

기가 막혔다. 등기비가 얼마였는지 기억해 내지 못하면 당장 집에서 쫓겨날 것 같은 불안한 표정이었다.

이이는, 하여간.

나는 현관 벽에 붙은 인터폰을 들어 경비원에게 연락을 취했다.

아아, 이, 이제 알았어.

발음도 똑똑지 않은 목소리는 횡설수설이었다.

당신…… 여기 세든 사람인 모양인데.

난 여기 세도 안 들었고 이 집 진짜 주인이오, 등기도 분명히 했고.

아냐…… 당신 세 들었을 거야. 맞어. 창피해할 거 없어? 다아 그런 거지 뭐. 이 넓은 서울 천지에 제 집 갖고 사는 사람 몇 안 된다고. 그건 그런데…… 혹시 그 안에 우리 마누라도 있소? 마누라까지 내가 세를 놓은 것 같지는 않은데.

연락을 받고 올라온 경비원이 사내를 붙잡는 모양이었다.

사장님 댁은 5층이잖아요. 여긴 6층이라고요. 한 층 내려가셔야지요.

시끌벅적한 소동은 한참 계속되었다.

이봐, 이봐. 저 치가 잘못이라니까. 왜 애매한 나를 붙잡고 이래? 우리 마누라를 내가 세 놓았다잖아. 내가 언제? 이 손 놓으라고. 찾을 건 찾아야지, 인간의 당연한 권리라고. 인권을 이렇게 짓밟을 수가 있는 거야? 여보, 나와. 나오라니까.

글쎄 그게 아니라니깐요, 사장님.

경비원이 진땀을 흘리며 사내를 층계로 끌어내렸다. 남편과 나는 끝내 문을 열지 않고 다투어 가며 현관 조망 단추에 눈을 댔다.

입심이라면 누구에게도 빠지지 않을 508호 여자가 말까지 더듬으며 미안하다고 찾아온 것은 그 일이 있고 나서 이틀 후였다. 한밤중의 발길질로 우리 집 현관 철문 아래께가 우그러지기까지 했던 때문이다.

남자들 술 마시면 다 그렇죠 뭐.

말로야 점잖게 응수했어도 그 일은 한동안 남편과의 잠자리에서 낄낄대는 얘깃거리였다.

그 5층 여자 세 놓는대? 어떡할까. 세나 좀 들어 볼까? 얼굴도 얄쌍하니 꽤 밝히게 생겼던데.

등기비가 얼마인지 걱정하던 일은 까맣게 잊고 남편이 느물거렸다.

후줄그레한 바바리코트를 벗어 걸고 거실 소파에 마구 팽개쳐 놓은 딸아이의 티셔츠를 주워 입었다. 올해로 중학교 2학년이 된 딸 미경이는 키가 벌써 나보다 1~2센티미터 앞섰다. 요즘 들어 부쩍 옷 투정이 늘어 한 번 학교에 입고 간 옷은 이틀을 계속하여 입으려 하지 않는다. 그렇다고 더럽지도 않은 옷을 자꾸 빨기도 뭣한 노릇이다.

엄마, 사람 뇌파 중에 알파파하고 세타파가 있대요. 초능력자들이 한참 초능력을 사용할 때 뇌파를 측정해 보면 깜짝 놀랄 정도로 튀는 게 이 파들이래요. 보통 사람들도 참선하는 상태처럼 마음을 완전히 집중시키기만 하면 누구나 다 이 뇌파를 이용할 수 있다는 거예요.

딸 미경이가 과학 잡지에서 본 기사에 따르면 문주 씨의 말도 일면 그럴듯한 점이 있다.

사람이 진심으로, 그리고 지속적으로 누군가를 애타게 그리면 그 감정은 상대방에게 확실히 전해지게 마련이지요. ……어쩌다 꿈에, 전혀 생각지도 않은 사람이 보일 때가 있어요. 상대방이 나를 애타게 찾고 있는 거죠. 그 사람에게 연락을 해 보면 영락없이 나를 찾고 있었다고 말을 해요.

그녀의 확신에 찬 말에 솔깃해하면서도 또 한편으로는 그녀가 지나치게 외로움을 타고 있는 게 아닌가 하는 생각이 들었다. 까맣게 잊고 있던 친구에게서 난데없이 전화가 걸려오면 나부터도 입에 발린 인사말로 '그래, 그러지 않아도 네 생각 무척 했어. 그런데 연락할 길이 있어야지.' 식의 대꾸를 한 적이 꽤 있었기 때문이다. 초능력은 진짜 존재하는 것일까. 그것이 누구에게나 잠재해 있다면 나는 하여간 어지간히 무딘 사람이 틀림없다. 지금도 드러나지 않는가. 내가 이렇게 문주 씨를 기다리는데 그녀에게서는 아무 연락도 없으니 말이다.

실험을 해 본 적도 있다. 은행에 공과금을 내러가서 긴 대열 끝에 서게 되었을 때 옆 대열에 선 어느 사람을 대상으로, '어깨 한쪽이 가렵다, 가렵다, 가렵다……. 손 한쪽을 올려서 긁자, 긁자.' 내 그물에 걸려 있는 대상은 어깨는커녕 얼굴 근육 하나 꿈쩍이지 않고 도리어 누구의 강력한 그물에 걸렸는지 내가 한쪽 어깨가 근지러워서 손이 올라가고, 어젯밤 샤워할 때 어깨 쪽에 비눗기가 남았던 게 아닐까, 처음부터 내 어깨가 가려우니까 다른 사람에게다 대고 그렇게 초능력을 걸고 싶었던 건 아닐까 하는 식의 엉뚱한 결론이 내려지곤 하는 것이다.

따지고 보면 나는 뭐 하나 특징이 없는 '순수' 주부일 따름이다. 남편 말대로 '어디 가도 그저 표 나지 않아서 편안한' 마누라였고 딸아이 표현으로는 '절대로 엄마처럼 두루뭉수리로 살고 싶지 않은' 엄마였다. 문주 씨가 과일을 먹으며 '나는 과일 중에 이상스레 포도가 좋아요.' 하고 말을 한 후에야, 아, 어쩌면 나는 과일 중에 특별히 좋아하는 것도 싫어하는 것도 없이 이렇게 지질컹이일까 창피했고, '나는 주황색이 싫어요. 전생에 나리꽃이었나 싶어요. 산야에 외롭게 혼자 핀.' 하고 그녀가 멋쩍게 웃었을 때에야 좋아하는 색깔 하나 정해 놓지 못한 내가 너무 한심해서 전생 따위는 따져 볼

틈도 없이 '검은 녹색'을 제일 좋아하기로 그 자리에서 마음먹었던 것이다. 내가 가지고 있는 옷 중에 내게 가장 잘 어울리는 투피스 색깔이 그것이었기 때문이다.

그러나 색깔에 대한 논의는 그녀와의 대화가 처음이자 마지막이었을 뿐, 내 색깔을 정해 놓은 이후로 아무도 내게 '어떤 색을 좋아하세요?' 하고 물어 보는 사람은 없었다. 저녁 설거지를 하는 동안 그릇 정리를 거들어 주는 딸아이에게 하릴없이 '너는 무슨 색을 좋아하니?' 하고 물었을 때 아이는 기다렸거나 한 듯이 '나는 노랑이 좋아, 너무 이쁘지 노랑? 그런데 노랑 좋아하는 애는 변덕이 심하대요. 엄마 상미 알지, 걔는 빨강이 좋대. 웃겨. 그리고 지영이는……' 친한 친구들을 모두 섭렵하면서도 아이는 끝내 내게 무슨 색을 좋아하느냐고 묻지 않았다. 남편도 마찬가지였다. '사과가 참 좋아요.' 재차 말하는 내게 눈길 한번 주지 않고 '실컷 먹어.'가 고작이었다.

사십대의, 일 살이 올라 손 모양이 두텁떡 같은 중년 여자에게 개성이라는 것이 과연 의미가 있을까. 내가 딸아이만 했을 때 지금 내 나이 또래의 중년 여자들이 길에서 방만하게 웃는 모양을 보고 '저 아줌마들, 계속 살 생각인가 보지.' 하고 바로 옆을 스치며 노골적으로 비아냥거리던 기억이 난다.

소설, 소설 창작반? 당신이……? 좋지, 좋아.

문화 센터 강의에 등록했다는 말을 마치 십대 소녀티를 내기로 했다는 고백처럼 어렵사리 털어놓는 내 쑥스러움에, 남편은 목욕탕 문턱에 걸터앉아 발을 씻으며 마치 무슨 유행가 가사를 읊조리듯 흥얼거렸다.

커피 생각이 간절했다. 가스레인지에 물주전자를 올렸다. 문화 센터 여자들은 아직도 다방에서 노닥거리고 있을까. 흉을 볼 테면 보라지. 속이 쓰려 왔다. 아침을 거른 것이 생각났다. 작품 평을 받기 전날 밤에는 나는 항상 잠까지 설쳤다. 문학 강의를 받은 지 1년 반, 소설 습작이라고 이제 겨우 네 편째였지만 평을 들을 때마다 나는 마치 하늘 꼭대기에서부터 바다 밑바닥까지 헤집는 듯한 공중곡예의 아찔함을 느끼곤 했다. 100매가 조금 넘는 단편이었다. 100매를 넘긴 것이 나로서는 이번이 처음이어서 더욱 흥분했는지도 모를 일이다.

거무룩한 체증 속에서 살아가는 여자. 결혼한 지 20여 년, 친정어머니가 임종 순간까지 그녀에게 기별도 않고 죽은 지도 벌써 몇 년이 흘렀다. 아이들도 이젠 커서 손이 덜 가고, 살림도 자리가 잡혀 가는데 그녀의 위장병 증세는 더욱 심해 간다. 병원에서는 그녀에게 마음 내키는 대로 횡허케 여행이라도 떠날 것을 권유한다. 그녀는 고향 가는 기차에 오른다. 그녀의 친정아버지는 아직 살아 있다. 나병 환자로, 격리되지 않고 마을에 그냥 묻혀 산다. 뚜렷한 감염 경로도 모르는 채 결혼한 후 얼마 되지 않아 발병했다고 했다. 초등학교를 갓 졸업하면서 엄마의 단안으로 서울행 기차를 탈 때 그녀는 엄마를 부둥켜안고 울기도 참 많이 울었다. 아무도 모르는 비밀, 그녀가 첫딸을 낳고 백일잔칫날 우연히 사실을 알게 된 남편도 평생 친정붙이를 찾지 않겠다는 약속을 받은 후에야 노여움을 풀었다. 이후 그녀는 남편 얼굴을 똑바로 대하지 못하고 이제껏 살아왔다. 아이들도 어미를 하찮게 본다. 고향 산천이 보이면서 그녀는 방망이질 치는 가슴을 진정시킬 수가 없었다. 고향 마을의 골목도 많이 변했다. 아버지는 어둑한 방 안에서 이제는 노망기까지 있어 뵌다. 구멍 난 양말에 손을 집어넣어 구멍을 자꾸 크게 만들고 있다. 손가락이 하나도 남지 않은 몽당손으로 양말 구멍을 우비는 아버지의 몸짓은 처절하다.

느그 어마이가 이거 찌버 주도 않아. 저그 윗목에 꼼짝 않고 누워 갖고는.

아버지는 윗목 구석에 펴진 또 한 벌의 요를 가리킨다.

아부지요…….

그녀는 목 놓아 울고 싶은 것을 억지로 참는다.

어무이는 저그 뒷산에 안 있임꺼?

산에는 뭐러…….

아부지요…… 정신 바짝 차리고 사이소. 세상이 요새 너무 뒤바뀌싸서 정신 놓아 버리마 큰일 남데이.

가까운 도회지에 나가 사는 오빠, 올케의 냉랭한 전화 목소리가 특히 가슴에 맺힌다. 울울한 마음으로 돌아서서 고향 정류장에 선다. 플라타너스 껍질박이가 눈에 들어온다. 몸통이 뒤틀려 나무 모양이 기괴하게 변형되었으면서도 자잘한 삼각형 이파리들이 햇빛에 찬란하게 반짝인다. 손가락 없는 아버지의 손을 닮은 그 나무의 흉터에서 여자는 눈을 뗄 수가 없다.

서울에 올라오는 버스가 체증으로 고속도로에 마냥 서 있다. 그녀는 신이라도 들린 듯, 그대로 버스에서 내려선다. 그리고 남쪽을 향해 허위적대며 걷기 시작한다. 200여 킬로미터의 고향 떠나온 길을 그대로 두 발로 걸어 낼 듯이. 그리고 입으로 중얼거린다.

양말을…… 양말을 꿰매 주야지 우얄 낀데.

모두 감격해 주기를 나는 바랐다. 그러나 아무도 감동하지 않았다. 평들은 전혀 딴 부분만 들먹이며 계속되었다. '20년씩이나. 너무 자연스럽지 않다. 신세한탄에 그쳤다. 앞부분이 지루하고 밋밋하다. 그녀의 평상시 감정이 좀 더 밀도 있게 그려지면 좋겠다.' 말로야 누가 못 할까. 시종일관 따분한 듯 손가락으로 책상 모서리만 문지르던 지도 선생의 평은 더욱 가관이었다.

주인공이 불쌍하네요. 아버지도 안됐고. 글쎄, 불쌍한 거 누가 모릅니까? 그런데 지금…… 윤리 교과서 씁니까?

맥이 풀렸다. 문주 씨의 말대로 내 깐에는 뭇 작가들의 혼까지 불러 가며 쓴 작품이었다. 남편 몰래 잠자리를 빠져나와 식탁에 앉아 날밤을 새우다가 엎드린 채 새벽잠이 들어 아이들 도시락도 못 싸 준 기억이 새로웠다. 집에 돌아오는 차 안에서 나는 애꿎은 문주 씨에게만 온갖 푸념을 해 댔다. 문주 씨 그녀가 있었더라면 이토록 일방적으로 무안을 당하지는 않았을 것 아닌가 말이다. 도대체 그녀는 어디로 숨어 버린 것일까.

떡 본 김에 제사 지낸다고, 맘에 맞는 남자하고 눌러앉아 살고 있기나 하면 좋겠네.

찾을 방법이 없으니 답답한 김에 자위하는 소리인지, 문주 씨의 올케 된다는 사십대 후반의 여자는 손으로 안경테를 바짝 올리며 종알댔다. 아파트 관리실에 들러 비상 열쇠로 문주 씨의 집을 연 그녀가 경비원의 귀띔으로 나를 불러올렸다. 문주 씨의 집 실내는 예전과 다른 점이 전혀 없었다. 장식장이나 식탁 위에 뽀얗게 앉은 먼지, 뱀 껍질처럼 벗어 놓은 그녀의 바지, 목욕탕 세면대에 아무렇게나 내팽개쳐진 치약, 수건 따위에 그녀의 체취가 그대로 남아 있는 것 같아서 나는 더욱 마음이 안타까웠다. 원형 식탁 위에 흐트러진 몇 장의 원고지로부터 단상을 끼적거린 메모지까지 샅샅이 살피고 내용을 음미해 보았으나 실종의 단서가 될 만한 꼬투리는 발견할 수가 없었다.

이렇게 오래 비울 양이면 오빠한테 전화라도 한번 하지. 전세라도 놓게. 요새 세가 오죽 비싸요? 작년 가을만 해도 여기 세 놓고 방 한 칸짜리로 옮겨 앉아서 은행 이자라도 받아 쓰래도 그렇게 히스테리를 부리더니. 처녀가 혼자 사니까 세상 물정을 모른다고요.

문주 씨가 살던 1308호는 원래 오빠 소유라 했다. 1가구 2주택의 불리한 세제를 피하려 여동생 명의로 해 놓았다는 것이었다. 사람을 겉모양으로야 판단할 수는 없겠지만 그녀의 옷차림새나 말본새로 보아서는 시누이에게 선뜻 자기 몫의 전셋돈을 선심 쓸 정도로 넉넉해 뵈지도, 마음이 푸근해 뵈지도 않았다.

돌아가신 아버지께 땅이 좀 있으셨어요. 내 몫을 팔아서 이 집을 장만했으니 아버지가 사 주신 셈이지요.

언젠가 말결에 집 얘기가 나오자 문주 씨는 그렇게 대답했던 것이다. 나는 가슴이 답답하기 짝이 없었다. 그러나 있지도 않은 문주 씨를 위하여 내가 무슨 자격으로 이의를 제기하겠는가. 식탁 옆 벽에 압정 하나로 눌러 붙인, 얇은 종이 무게도 견디지 못하여 양옆이 말리기 시작한 풍란 사진이 그렇게 쓸쓸해 보일 수가 없었다. 잡지에 실린 화보를 오려 낸 것이라 했다. 암벽 틈서리에 뿌리 몇 가닥으로 달라붙은 풍란 한 포기를 골똘히 쳐다보던 그녀의 모습이 눈에 선했다. 세상 모든 사람들이 자기 사욕에만 빠하고 또 그런 아귀다툼 속에서 목줄을 세우며 살아간다 해도 나는 문주 씨가 하필 그런 환경에 처해 있다는 것이 속상했다. 문학을 위하여 일상적인 삶을 포기한 그녀를, 다른 사람은 아니라도 그녀의 피붙이만큼은 이해해 줘야 할 것 같은 답답함으로 올케라는 여자에게 나는 나도 놀랄 지경의 퉁바리를 부렸다.

금방 돌아올 거예요. 당사자가 나타나면 아파트가 누구 건지 판명도 날 테고. 문주 씨가 이렇게 아무런 실속도 차리지 않고 없어졌다는 자체가 바로 그녀가 곧 돌아온다는 확증 아니겠어요?

13층의 문을 잠그고, 올케 여자와 같이 승강기를 타서 6층에서 먼저 내리면서도, 끝내 잘 가시라는 말 한마디 살갑게 붙이지 않는 나를 그녀는 얼떨떨한 눈초리로 쳐다보았다.

문주 씨의 나이가 나보다 일곱 살이 어린 서른다섯이었으나 나는 정말이지 맹세코 그녀를 무시하거나 말 한마디 허투루 하대한 적이 없었다. 도리어 그녀를 대할 때마다 내 나이가 턱없이 어려져 마치 사춘기의 풋풋한 소녀처럼 가슴까지 달뜨는 지경이었다. 그녀의 입에서 흘러나오는 말 한마디, 스치고 지나가는 표정 하나도 내게는 모두 신기하고 의미로웠다. 때로 대낮까지 커튼이 걷히지 않아 침침한 실내, 고사(枯死)의 분위기, 말린 꽃에서 느껴지는, 학원 선생의 말로 유추하자면 신경증 약의 장기 투여에서 오는 그녀의 곧 부서질 것 같은 메마름조차도 내게는 선망이자 흠모의 대상이었다. 그녀로서는 전혀 느끼지 못했을 독특한 그녀의 집 냄새, 잡동사니를 처넣은 창고나 헌책방에서 남 직한 오래 묵은 먼지의 냄새를 더욱더 깊이 음미하기 위해 나는 한껏 숨을 들이쉬곤 했다.

희숙 씨는 뚜렷한 실체를 가지고 있잖아요. 나는 아무리 둘러봐도 그림자가 없어요. 실체가 없으니 그림자도 없지요. 굳이 살았다고도 할 수 없지요.

그녀가 가정주부로서의 내 평이한 삶을 옹호할 때마다 나는 펄쩍 뛰며 반격을 가했다. 남편, 자식들, 주변 사람이 요구하는 그 지치지도 않는 욕심들, 가족이라는 미명 아래 자행되는 수많은 이기심들에 대해 나는 목청을 돋워 가며 성토해 댔다. 아무리 심한 몸살로 꿍꿍 앓다가도, 식구들의 세끼 밥 때라든가 아침 등교, 출근 준비에는 도리 없이 몸을 꿈쩍여야 하는 우리네 기계적인 일상. 무엇보다도 나는 그녀의 처지가, 마음 놓고 게으름을 부릴 수 있는 그녀의 한가로움이 탄성을 지르고 싶을 정도로 부러웠는지 모른다.

그러나 내가 그녀에게 가진 선망은 단순히 독신 생활에서 오는 자유로움만은 아니었다. 오히려 그녀가 독신으로 살아감으로써 어쩔 수 없이 겪어야 할 외로움, 의기소침, 자신을 설명할 아무 거리가 없는 벌거벗은 자신과의 정면 대결, 외람되게도 그런 것들이었으리라. 그것들은 진정한 작가로서 필요 불가결한 자세일 것이었으며 내 삶의 궤도로서는 평생 꿈도 꿀 수 없는 귀중한 딴 세계일 것이었다.

　그녀가 내 순탄한 삶을 부러워하여 그녀의 침잠된 세계에서 헤적이고 나올까 봐 아마 나는 불안했던 것 같다. 그녀가 혹 눈치 챌지도 모를, 번거롭기만 한 뒷바라지이지만 어쨌거나 남편이 둘러주는 든든한 울이라든가 자식들이 있음으로 해서 누리는 안온함 따위가 나도 모르는 사이에 내게서 묻어날까 봐 나는 언제나 주변을 털기 바빴다. 꽤 정평 있는 작가와 작품들에 거침없이 난도질을 하고, 또 그럴 수밖에 없는 자신을 못 참아 하고, 대인 관계가 원만치 못한 데서 오는 상처를 곱씹어 대는 칼끝 같은 그녀가, 어느 순간 그녀이기를 포기할까 봐 나는 전전긍긍이었다. 그녀가 자신의 성정을 누그러뜨린다는 것이 내게는 왠지 그녀가 문학을 포기해 가는 몸짓인 것처럼 느껴졌기 때문이다. 예술가라는 이들은 모름지기 죽고 싶을 정도의 자학, 삶에 대한 부적응, 정신적 방황으로 지쳐 헤매는 불쌍한 군상이어야 할 것이었다. '왜 사는가.'라는 커다란 명제를 차꼬처럼 차고, 텅텅 빈 머리로 살아가는 뭇 사람들의 업신여김까지 그들의 어깨에 져야 하는, 우리 보통 사람과는 워낙 종자가 다른 사람들일 터였다. 예술가들의 일상이 때로 괴팍스럽고 추하게 일그러져 상도에서 벗어나는 일이 있다 하더라도 우리가 그것을 너그럽게 용납하는 것은, 그들이 자기들의 힘겨운 작업 속에서 대면했을 고독, 삶에 대한 수많은 회의, 절망 등이 우리 보통 사람으로서는 이해하기 힘들 정도의 고통을 수반한다는 것을 막연하나마 인정하기 때문 아니겠는가. 나 역시 스스로 창작의 재능이 없다는 것을 번연히 알면서도 어쭙잖게 문학이라는 동네를 떠나지 않고 어정거리는 이유도, 그들의 힘든 절망과 고뇌는 접어 둔 채로, 그 탁월한 사람만이 누릴 수 있는 방기한 몸짓들을 그들 틈에 묻혀서 어떻게 흉내 내 볼 수도 있지 않을까 하는 객기 때문인지 모른다.

 태어날 때부터 내게 없었던 어떤 부분이 그리워서, 마치 의수나 의족을 매달듯이, 나무를 깎고 또 갈아 끼워 보곤 하지요. 때로는 다른 사람이 쓰던 것을 주워서 맞춰 보기도 하고. 이번에야말로 다른 사람과 전혀 다르지 않다고 거울 앞에서 활짝 웃는 순간에 맞닥뜨리는 이물감, 괴기스러움이라니. 먼지처럼 폭 사그라져 버렸으면 좋겠어요.

 그녀의 말이나 행동을 내가 이해하지 못한 적이 따지고 보면 한두 번이 아니었으나 나는 번번이 되물을 수 있는 적절한 타이밍을 놓치곤 했다. 그녀의 말을 알아듣지 못하는 내 맥맥한 수준이 그녀에게 드러날까 봐 불안한 탓도 있었으나, 더 근본적인 이유는 그녀의 입에서 흘러나오는 요령부득의 이미지를 애매한 채로 놓아두고 훗날 이리저리 상상해 가며 되씹는 것을 나 스스로 즐긴 데에 있었을 것이다.

 싱크대 개수대에는 아침 설거짓감들이 그대로 담겨 있었다. 저녁 찬거리는 그런대로 걱정이 없었다. 어제, 일요일 저녁 떼거지로 몰려온 남편 친구들을 대접하느라 장만한 음식들이 넉넉한 터였다. 커피를 들고 나는 주방 바닥에 주저앉았다. 다리가 아팠다. 뜨거운 커피 잔을 왼손으로 돌려 잡고 나는 오른손으로 잔 밑바닥을 천천히 쓰다듬어 보았다. 그녀의 손바닥이 돌아갔던가, 잔이 움직였던가. 문주 씨는 커피를 마실 때마다 마치 손이 시리기라도 한 듯 잔

밑에 손바닥을 비벼 대는 습관이 있었다.

그날도 어제처럼 손님 접대로 음식을 많이 준비한 날이었다. 밤 9시나 되어 늦저녁을 먹은 후, 남편은 친구들과 밤새워 마작을 한다며 곧바로 안방으로 들어가 문을 닫았다. 밤이 깊어, 술렁이던 아이들도 각자의 방에서 잠이 들었는지 기척이 없고, 안방을 뺏긴 나는 부엌으로 거실로 괜히 서성대고 있었다. 소리를 줄여 놓은 거실의 텔레비전에서는 애국가가 흘러나오고 안방에서는 말소리도 별로 없이 마작 알 부딪치는 소리만 간간이 들려왔다. 문주 씨 말대로 나는 그때 무엇에 이끌렸던 것일까. 13층에 올라가고 싶다는 생각을 불현듯 했다. 한밤중에 깜짝 놀라며 반가워할 그녀의 얼굴도 볼 겸 혼자 사는 그녀가 반찬이나 어디 제대로 갖춰 먹겠나 싶어서 음식 냄비를 챙겨 들었던 것이다.

벨이 두어 번 울리고서야, 누구세요, 하는 그녀의 목소리가 조그맣게 들렸다.

나예요. 6층, 미경 엄마.

괜히 벙싯벙싯 웃음이 났다. 그녀가 얼마나 반색을 할까. 나는 그저 즐거운 마음에 노래라도 흥얼거리고 싶은 심정이었다. 왠지 좀 늦다 싶게 문이 열리고 그녀의 얼굴을 쳐다본 순간 나는 그만 다음 말을 잊고 말았다. 문주 씨 그녀인 것만은 틀림없었다. 진하고 굵게 삐쳐 그린 눈썹, 새빨간 입술. 화장기라고는 거의 없는 그녀의 얼굴에 익숙해 있던 나로서는 하얗게 분칠한 얼굴에 눈 화장까지 짙게 한 그녀를 대하면서 혹시 그녀가 무슨 각시 탈이라도 뒤집어쓴 게 아닌가 혼동할 지경이었다.

너, 너무 밤늦게, 내가······.

말까지 더듬으며 갈비 냄비를 들고 엉거주춤 선 나를 보고 그녀는 서두르는 기색도 없이 현관문을 활짝 열어젖혔다.

들어오세요.

냄비를 받아 들 생각도 않고 돌아서서 거실을 향하는 그녀의 모습을 보며 나는 대번 혼란에 빠져 들었다. 그녀를 따라 들어가는 것이 갑자기 두려웠다. 무언가 심상치 않은 일이 그녀의 아파트 안에서 벌어지고 있는 것이 분명했다. 언제고 이런 날이 올 줄 알았다는 식의 순순한 체념, 그녀의 태도는 거의 명령에 가까웠다. 별스러운 일이 벌어지고 있다는 느낌은 그녀를 따라 들어가는 내게 더욱 확실하게 다가왔다. 그녀의 뒤통수에 드리워진 여러 색깔의 끈이 눈에 들어왔기 때문이다. 길게 기른 생머리를 하나로 질끈 묶은 빨갛고 파란 머리끈들이 한꺼번에 여러 개 달라붙은 모습은 어릴 때 시골에서 보았던 당굿 나무에 걸린 색 헝겊을 연상시켜서 지극히 괴이하고 섬뜩했다. 갈비찜에서 피어나는 냄새와 냄비에서 전해지는 따뜻한 온기가 아니었더라면 혹 내가 꿈을 꾸는 것은 아닌지 살이라도 꼬집을 지경이었다.

뒤숭숭한 혼돈 속에서 어느새 나는 거실 한가운데에 그녀와 나란히 서 있었다. 거실 바닥에 깔린 왕골 돗자리와 칠기 소반은 이제껏 본 적이 없는 물건들이었다. 소반 위에는 소주 한 병과 조그만 사기 술잔 하나가 놓여 있고, 꽤 골동품스러운 놋 향로에서는 향이 타는 중이었다. 소반 앞에 펼쳐진 사절지 정도의 화선지에는 사람 이름인 듯싶은 글자들이 붓으로 여럿 적혔고, 그녀는 글씨를 쓰는 중이었는지 붓이 담긴 벼루와 복숭아 모양의 조그만 연적이 화선지의 양 가장자리에 놓여 있었다. 온몸의 털이 쭈뼛 서는 느낌은 거실 공기가 아주 차가운 데서도 기인했다. 베란다 문 두 짝이 있는 대로 열렸고, 베란다 문 공간에는 혹 앞 동의 누가 구경이라도 할까 봐 그랬는지 흰색 커튼이 치렁하게 드리워 있었다. 11월의 밤바람이 부룩부룩 몰려 들어올 때마다 커튼은 허공에서 한참을 머물러 정신이 사납기 짝이 없었다. 놋 향로에 꽂힌 향은 피어오르는 대로 흩어져 버적버적 타 들어가고, 바람은 벼루와 연적으로 눌러 놓은 화선지 밑으로 기어들어 연신 잉잉거리는 소리를 냈다.

거실은 어두운 편이었다. 천장 가운데 설치된 백열전구 네 개짜리의 큰 등은 꺼져 있었고 안방 쪽 벽에 붙은 30와트짜리 부분 조명등 하나만 켜진 상태였다.

제사 지내시나 보죠. 내가 방해라도.

그렇지 않아도 희숙 씨 생각을 했지요. 마음이 통했나 봐요, 희숙 씨가 올라오신 걸 보면.

입가에 떠오를 듯 말 듯한 미소였지만 그녀의 평온한 얼굴에 나는 다소나마 마음을 가라앉힐 수 있었다. 그렇다고 내 심사가 평소처럼 느긋했던 것은 절대 아니다. 어떻게 행동해야 경우에 맞는 것인지 당혹스럽기는 마찬가지였다. 소반 앞에 무릎 꿇은 그녀를 따라 무릎을 꿇고 고개를 숙여야 하는 것인지, 그냥 이대로 서 있어도 되는 것인지조차 헤아릴 수가 없었다.

눈을 감고 꼼짝 않던 그녀가 조용히 일어섰다. 그녀는 마치 세례라도 주는 성직자처럼 경건하게 양팔을 들어 올려서 한참 허공을 응시하다가, 이윽고 이마에 손을 대고 공손하게 큰절을 하기 시작했다. 두 번 절을 한 후 술잔에 술을 따르고 그녀는 다시 엎드려 절을 한 번 했다. 그리고 그녀는 두 손으로 조용히 술을 마셨다. 동작들은 되풀이되었다. 한동안 양팔을 들어 올렸다가 내리고, 한 번 또는 두 번씩 절을 하고 술을 따르고. 그제서야 눈에 들어온 것이지만, 제사 지내는 여자치고는 그녀의 옷차림도 희한했다. 누가 보면 수녀인 줄 알겠다고 놀릴 정도로 검은색이나 회색만 즐겨 입던 그녀가 도대체 그런 울긋불긋한 옷을 걸칠 줄이야. 네글리제처럼 하늘하늘하고 반투명한, 소맷자락이 꽤 넓은 형광 연둣빛 가운 윗도리에다 밑에는 십여 년 전에나 유행했을 진노랑색 나팔바지였다. 거실 한편에 장승처럼 선 채로, 나는 우리나라 제사에 여자들 옷차림이 어떻더라, 전래하는 색깔이 원래 있던가, 서양에서는 저렇게 입을지도 몰라, 아니 서양 사람들은 제사를 아예 지내지 않지, 우리나라 무당이 혹시 저런 색깔을, 녹의홍상, 아니 녹의황상, 별의별 잡생각들이 꼬리를 물었다.

　그러던 중에 그녀의 시선이 드디어 내게로 옮겨 왔다. 죄라도 지은 듯 가슴이 덜컹 내려앉으며 나는 숨도 제대로 쉴 수 없었다. 어스름한 불빛 속에서도 느껴지는 그녀의 강렬한 눈빛이 순식간에 내 몸의 껍데기를 꿰뚫고, 나 스스로도 느끼지 못했던 몸체의 원형에 닿아 꽂히는 기분이었다. 그녀의 입이 달싹이고 있었으나 말소리는 아주 깊은 동굴로부터 울려 나오는, 어찌 들으면 불그스름한 거실의 구석구석에 깃든 어둠이 멋대로 뭉쳐 자연스레 귓가에 스치는 듯한 나지막한 소리였다.

희숙 씨, 술을 따르세요. 나와 함께 혼을 불러요. 만나고 싶은 작가의 이름을 적고 마음속으로 간절히 그 사람의 혼을 부르세요. 외국인도, 살아 있는 사람도 상관없어요. 어차피 혼령들이니까 시공을 초월하지요.

실체가 없기 때문에 그림자도 없다는 그녀가 움직일 때마다 마치 여러 사람이 한꺼번에 움직이는 것처럼 수많은 그림자가 이 벽 저 벽에 일렁거렸고, 흰 커튼이 바람에 부풀어 오를 때마다 베란다 문으로 누군가가 자꾸자꾸 들어서는 듯한 기이한 느낌을 받은 것이 사실이었다.

구천을 헤매는 혼령들이, 살아 있는 혼령보다 훨씬 빨리 찾아오지요. 문학을 하다가 죽어간 고혼들, 희숙 씨, 그들은 생전에 이름을 얻었건 못 얻었건 평생 우리 주위의 허공을 맴돌 거예요. 언제 어디서고 우리가 불러 주기만 목 놓아 기다리지요.

의식이 끝나자 그녀는 커튼을 벽 한편으로 밀어 젖혔다. 이름들이 쓰인 화선지를 손에 쥐고 그녀는 바람이 부는 베란다로 나섰다. 깎아지른 벼랑처럼 아뜩한 13층의 공간에서 종이에 성냥불이 쉽사리 댕겨질 리 없었다. 나는 여전히 뭐가 뭔지 뒤숭숭한 채로 그녀를 도와 몸으로 바람막이가 되느라 바빴다. 화선지에 이윽고 불이 붙고 몇 초 동안의 환한 빛과 함께 이름들은 이내 검은 재가 되어 바람에 날리기 시작했다. 그중의 한 조각이, 30여 미터 아래 주차장에 서 있는 수은 등불에 비쳐 꽤 오랫동안 너울너울 춤을 추다가 어둠 속으로 사라져 버렸다. 내려다보이는 아파트 공간에 비스듬히 시선을 둔 채로 그녀는 한동안 움직일 줄 몰랐다. 가뜩이나 얇은 연두색 옷자락이 바람에 날려 그녀의 마른 몸의 굴곡이 그대로 드러나고 뒤편으로는 겨드랑이의 여분이 날개라도 돋친 듯 퍼덕였으나 그녀는 춥지도 않은 모양이었다. 나는 그녀를 억지로 떠밀다시피 하여 안으로 데리고 들어왔다. 나까지 감기 들겠다고 너스레를 떨며 황황히 베란다 문을 닫은 후에야 그나마 한숨을 돌릴 수 있었다. 재가 된 화선지처럼, 그녀가 한순간에 너울너울 떨어져 내릴 것 같은 불안감에 나는 어쩔 줄 몰랐던 것이다.

우리는 식탁 의자에 말없이 마주 앉았다. 갑자기 피로가 몰려오는 듯 그녀는 두 팔로 힘겹게 턱을 괴었다. 식탁 옆 벽에 붙은 풍란 사진을 그녀는 축축한 눈으로 쓰다듬듯 바라보았다. 그녀의 입에서는 술 냄새가 진하게 풍겨 나왔다.

지리산 천왕봉에 올라가 보셨어요? 천왕봉의 산신은 여신이지요. 그녀의 이름은 마고, 어느 사람은 마야고라고도 하지요…….

허공을 헤매던 어느 혼령이 그녀의 자그마한 체구에 깃들어 그녀의 입을 빌려 타령이라도 한 자락 풀어 놓듯이, 그녀의 목소리에는 어느새 구성진 장단이 담겼다.

지리산 천왕봉의 산신은 여신이다. 그녀의 이름은 마고(麻姑) 또는 마야고(摩耶姑), 키는 36척에 다리가 15척, 젊고 요염하고 자존심이 강했다. 장터목에 있는 산상지(山上池)에 나아가 자신의 얼굴을 비춰 보며 무엇 하나 모자람 없이 다듬어진 모습에 흡족해하곤 했다. 그중에서도 그녀가 가장 자랑스러워 한 부분은 길고 긴 그녀의 손톱이었다. 색색으로 물들인 그녀의 손톱은 유연한 활등처럼 완곡하고 새의 부리처럼 날카로웠다. 수많은 날 중 어느 날, 손톱을 다듬던 그녀는 산상지에 드리워지는 서늘한 그림자를 느꼈다. 고개를 들어 하늘을 쳐다보았다. 천왕봉 위를 지나는 예사로운 구름이겠거니만 여겼다. 그녀는 그대로 숨이 멎는 듯했다. 반야였다. 뭉실뭉실한 구름 더미 속에서 그녀가 발견한 것은 반야의 웅장하고 광활한 모습이었다. 다듬어지지 않은 강건함, 아득히 높고 자유롭고 어떠한 틀에도 매여 있지 않은 절대의 힘, 그것이었다. 그녀가 넋을 잃고 바라보는 동안 어느새 서쪽 멀리 반야봉에 닿은 반야, 그녀는 마치 꿈을 꾼 듯했다. 그녀는 반야의 휘황한 모습을 잊을 수 없었다. 구름 가운데 힐끗 비치던 믿음직한 미소, 그것은 어쩌면 구름 속에 숨었던 해나 달의 조각이었는지 아니면 반야봉을 싸고도는 구름의 환한 옷자락이었는지도 몰랐다. 반야의 모습을 다시 볼 수 있게 되기를 그녀는 애타게 갈망했다. 그녀는 산상지에 더 이상 자신의 얼굴을 비춰 보지 않았다. 반야의 그림자가 드리워지지 않은 산상지는 이제 그녀에게는 아무런 의미가 없었다. 그녀의 시선은 언제나 서쪽의 먼 반야봉, 반야의 구름 더미에 가 있었다.

반야의 모습은 볼 수 없었다. 서쪽 구름이 가끔 몰려와 산상지에 그림자를 드리우곤 했으나 그녀가 정작 기다리는 반야의 구름들은 아니었다. 그녀는 날카로운 무지갯빛 손톱으로 주위에 있는 나무껍질을 하릴없이 훑기 시작했다. 나무껍질들이 하나씩 하나씩 벗겨져 내렸다. 천왕봉 마루의 모든 나무들이 맨몸이 되고 난 후에도 반야는 오지 않았다. 그녀는 슬픈 눈으로 손톱 밑에 끼어든 나무껍질 조각을 보았다. 가늘고 긴 실오라기가 잡혀 왔다. 그녀의 머리카락처럼 부드럽고 고운 실 다발이었다. 그녀는 부풀어 오르는 희망에 몸을 떨었다. 그녀는 이내 실을 뽑아 베를 짜기 시작했다. 맨몸의 나무들을 베틀 기둥 삼고 나뭇가지에 이리저리 잉아를 걸고 그녀 스스로는 북이 되었다. 잘 가꿔진 잘록한 허리에 실을 감고 그녀는 신명으로 베틀 사이를 오갔다. 구름 너울에 휘감겨 모습을 드러내지 않는 반야, 그녀가 지은 옷을 걸치는 순간 반야의 자태는 뚜렷이 드러날 것이었다. 반야의 키가 얼마나 큰지 그의 팔뚝이 얼마나 우람한지 그녀의 도포를 걸치기만 하면 그의 모습은 확연히 드러날 것이었다. 아무도 규정짓지 못한 반야의 모습, 그녀는 반야를 자기의 가슴속에 영원히 가두어 둘 수 있을 것이었다. 그녀의 흰 몸이 베틀을 오갈 때마다 천왕봉 마루에는 뽀얀 안개 띠가 둘렸고 그녀가 베를 고르기 위해 물을 뿜을 때마다 풀잎에는 함초롬히 이슬이 내렸다. 한없이 얇고 고운 베를 그녀는 정성 들여 짜고 또 짰다.

옷은 드디어 완성되었다. 그녀는 서쪽의 반야봉을 향해 무릎을 꿇었다. 안개같이 가볍고 이슬같이 고운, 천지 사방을 감쌀 듯 넓고 큰 도포 자락을 두 팔로 고이 쳐든 채 그녀는 간곡히 반야를 불렀다. 반야봉의 구름 너울이 서서히 천왕봉을 향해 움직이기 시작했다. 세석평전 한가운데 주저앉은 그녀는 감격과 기쁨에 목이 메었다. 흰 구름 너울에 휩싸인 반야가 드디어 세석평전에 우뚝 섰다. 그러나 어찌된 일인가, 반야는 그녀에게 스치는 눈길 한번 주지 않았다. 그의 믿음직하고 우람한 팔을 뻗쳐 그는 평전에 깔려 있는 하찮은 쇠별꽃을 쓰다듬었다. 작고 보잘것없는 쇠별꽃들이 그의 손길이 스칠 때마다 간드러지게 웃어 대기 시작했다. 그녀는 당혹스럽기 짝이 없었다. 그녀는 반야에게 가까이 다가섰다. 쇠별꽃을 쓰다듬느라 엎드린 반야의 어깨에 그녀는 황급히 자신이 짠 도포 자락을 걸치려 안간힘을 썼다. 그러나 시도는 이루어지지 않았다. 반야는 그녀의 손을 떨치고 홀연히 일어섰다. 그는 그윽한 눈을 들어 마치 허공을 응시하듯 그녀를 바라보고 또 그녀가 쳐든 도포를 바라보았다. 무심한 얼굴이었다. 그녀는 어찌할 줄 몰랐다. 가슴이 터질 것만 같았다. 이윽고 반야는 천천히 돌아서서 자신의 반야봉을 향해 다시 한 발을 내디뎠다. 여느 때와 꼭 같은 모습으로 반야는 광활한 흰 구름 너울에 휩싸여 서쪽 하늘로 멀어져 갔다.

화려하게 꾸미고 애써 다듬어야 완성되는, 반야는 그런 볼품없는 존재가 아니었다. 그가 몰고 다니는 구름 너울처럼 영원히 손에 잡히지 않고 어떤 모습으로도 규정지어질 수 없는 자유로움 자체였다. 아무리 기막힌 의관이라 해도 그의 모습을 장식할 정도로 훌륭할 수는 없었다. 이 세상의 어떤 값비싼 치장도 그의 당당한 모습 앞에서는 세석평전에 구르는 작은 돌멩이만도 못했다.

그녀를 더욱 비참하게 만든 것은 그녀가 이미 늙어 자신의 사지가 전 같지 않음을 안 순간이었다. 인간의 정서로 반야를 사랑한 세월이 한순간 그녀에게 부어져 내렸던 것이다. 인간적인 욕망과 그리움으로 그를 사랑했던 그녀, 산상지에 비친 그녀의 모습은 추하기 이를 데 없었다. 돌보지 않은 그녀의 긴 손톱은 칡덩굴처럼 얽혀 있었고 그녀의 풍염했던 자태는 앙상하게 비틀려 허연 알몸을 드러낸 주위의 꺼칠한 나뭇등걸과 전혀 다를 바 없었다. 그녀는 피눈물을 흘리며 흰 쇠별꽃을 짓이겼다. 쇠별꽃은 영원히 그녀의 천왕봉에서 자취를 감추었다. 그리고 그녀는 다시 반야의 도포를 바라보았다. 자신의 젊음을 바쳐 그토록 정성 들여 짠 반야의 옷, 안개처럼 가볍고 이슬처럼 고운 도포 자락을 그녀는 칡덩굴처럼 얼크러진 손톱을 자신의 가슴에 꽂듯 갈기갈기 찢어 내기 시작했다. 산산조각이 난 그녀의 허망한 기대처럼 천 갈래 만 갈래 흩뿌려진 반야의 도포 자락은 젊고 요염했던 그녀의 향내를 안고 풍란이 되어 지리산 골짜기 여기저기에 피어나기 시작했다. 지치고 늙어 후들거리는 다리로 그녀는 천천히 천왕봉 꼭대기로 향했다. 그녀는 천왕봉 정상의 성모사에 들러 피곤한 자신의 몸을 좌정시켰다. 마고 또는 마야고라 불리던 그녀는 성모산의 성모, 지리산의 산신으로 자리 잡았다.

남편이 찾을지도 모른다는 핑계를 주워섬기며 나는 식탁에서 일어났다. 그녀의 집 문이 닫히고 아무도 없는 복도에 선 나는 마치 누가 내 뒤통수를 잡아끄는 듯한 느낌에 사로잡혔다. 문주 씨의 절절한 부름일 수도 있었고, 그녀가 허공에서 부른 마고할미의 고혼인지도 알 수 없었다. 승강기를 기다릴 여유도 없이 나는 컴컴한 비상계단을 고꾸라지듯 서둘러 내려왔다. 6층 우리 집의 밝은 현관 안에 들어서서 숨을 몰아쉬면서 나는 그제야 혼령의 세계에서 인간의 세계로 하강한 듯한 안도감을 느꼈다. 흩날리던 검은 재처럼 그녀 역시 구겨져 허공으로 가볍게 흩날리는 것은 아닐까 하는 불안한 상상을 하며, 나는 또 한편으로 이 밤에 있었던 모든 일이 혹시 긴 꿈이 아니었던가 의심했다.

지금 돌이켜보아도 나는 그날 내가 어디다 갈비 냄비를 내려놓

앉았는지 기억이 없다. 자의 반 타의 반으로 그녀가 시키는 대로 절을 하고 술잔을 바칠 때 내 손에는 어쨌든 아무것도 없었으니, 아마 냄비는 주방 쪽으로 조금 떨어져 있는 식탁 위가 아니면 마루 한구석 어딘가에 놓였을 것이다. 그녀가 쳐 주는 술로 갑자기 누구라고 정하지도 못한 혼령을 부르고 정성 들여 절을 두 번 한 것은 평생 잊지 못할 체험이었다. 그녀와 그동안 나누었던 하고많은 대화보다도 그날 밤의 일들로 하여 받은 이상한 감동들이 그녀를 좀 더 깊이 이해할 수 있는 기회가 되었던 것은 분명했다. 그녀의 혼 부르기가 가당하고 가당치 않고를 따지기에 앞서, '주부'라는, 남 보기에 그리 보기 싫지 않은 적당한 핑계와, 나이 든 여자로서의 몰염치, 무신경에 서서히 타협해 가고 있던 이제까지의 나로서는 감히 저어할, 어떤 근원적인 두려움을 엿본 느낌이었다. 문학에 대한 그녀의 순애(純愛), 찢어질 듯 팽팽한 긴장감이라고나 표현할 그녀의 원망(願望)에 대하여 나는 그저 안쓰럽다는 느낌뿐 그녀를 도울 수 있는 길이 아무것도 없었다. 섣불리 글을 쓴다고 흉내 내는 짓거리를 이제 그만둬야 할 때가 아닌가 그 밤 이후로 나는 곰곰이 생각했다.

그러면서도 어느 사이에 나의 행동이 조금씩 그녀를 닮아 간 것만은 사실이다. 그녀처럼 표 나게 화장을 한다거나 혼령들을 위한 상을 따로 차리지는 못했지만 귀신이 움직인다는 자정 가까운 시간에 창을 활짝 열어젖히고 손을 크게 벌려 어쭙잖게 큰절을 하다가 남편에게 들켜 얼버무리느라 진땀을 흘린 적도 벌써 몇 번째였다.

공기 중의 혼령이여, 문학을 이루지 못하고 떠나간 뭇 혼령들이여, 내 안에 임하소서. 내 머리와 손을 빌려서 당신의 못 다한 꿈을 이루소서.

나는 가슴을 펴고 기침이 튀어나올 정도로 심호흡을 하곤 했다. 내가 불러들인 혼을 향하여 공손히 절을 하고 가슴을 펼 때마다, 허공에 떠다니는 어떤 정령의 에너지가 속속 들어와 박히는 듯한 신비스러운 감흥을 나는 어느덧 즐기고 있었다. 그뿐 아니었다. 문학을 위해서라면 나 역시 다 썩어 널브러진 시체 조각이라도 마다 않고 껴안아야 하리라 스스로 다짐을 하게 되는 것이었다.

그녀는 어디에 있는 것일까. 그녀가 무슨 사고를 당했다면, 또는 스스로 죽음을 택했다면, 그리하여 그녀의 육체와 혼이 분리되었다면 그녀의 혼은 지금 어느 하늘을 떠다니고 있는 것일까. 그녀의 울 듯한, 체념스러운 얼굴이 영 찜찜했다. 절박한 어느 한 끝에 몰리고 있다는 느낌, 겉으로 보이는 그녀의 행동이나 목소리는 너무나 변함이 없어서 바람 한 점 없는 늪처럼 안정되어 있는데도 그녀에게서는 무언가 뾰족한 모서리, 역삼각형의 윗변을 아슬아슬 걷는 듯한 위태스러움이 느껴지곤 했다. 그 불안한 느낌을 받을 때마다 나는 그녀의 식탁 옆 벽에 붙은, 그 집에 붙어 있는 사실화라고는 단 하나의 그림, 척박한 바위 틈서리에 피어 있는 풍란이 주는 표표함 때문일 것이라고 애써 마음을 가라앉혔다.

깊은 산 바위틈에 떨어진 너의 옷자락, 산등성 너머 휘도는 구름 너울. 바람이 한순간 풀잎에 머물듯, 우리에게 가우(假寓)하는 것을.

그녀의 몽롱한 목소리가 들리는 듯했다.

얼굴에 황토 칠을 한 채 잠이 들면 밤사이 육신을 떠났던 혼이 제 육신의 얼굴인 줄 몰라서 그만 딴 곳으로 간대요.

문주 씨가 장난같이 흘린 말이 갑자기 실감 나서 나는 급히 고개를 흔들었다. 아파트의 수직 공간, 6층에서 13층, 그것이 내게 허여된 높이였다면 그녀는 혼령과의 거리낌 없는 교류를 통하여 시간과 공간을 넘나들 수 있었음을 나는 믿고 싶다. 그녀는 이미 떠도는 혼처럼 자유로웠으므로 구태여 혼령들만의 세계로 자신을 몰아붙일 이유가 없었다. 그녀가 하는 말을 나는 모두 이해할 수 없었으나 생각해 보면 또 어느 하나도 이상할 것은 없었다. 서쪽 하늘을 망연히 바라보는 마고할미의 영이 인간으로 환생하여 문주 씨가 되었을지 모른다고 나는 때때로 생각하곤 했다. 온몸을 던져 매달린 그녀의 문학이 다분히 감상적이어서 현실과는 전혀 괴리된 말장난에서 벗어나지 못했다고 혹자는 혹평을 가했는지 몰라도, 또 치받고 치받히는 아귀 같은 세상에서 밀려나 약에 기대어 자신의 삶을 지탱할 수밖에 없었을지 몰라도 나는 그녀가 그녀만의 신명으로 하늘 높이 솟구칠 수 있기를 진심으로 바랐다. 높은 산, 마고할미가 좌정한 자리에서, 내가 한껏 쳐다볼 수 있는 13층 높이에서.

현관 벨이 마구 울렸다.

"계세요? 경빕니다."

도저히 더 이상은 못 참을 일이었다.

"도대체."

나는 문을 거칠게 열었다. 그제서야 나는 일이 심상치 않음을 알 수 있었다. 문 앞에 서 있는 사람은 경비원 권 씨를 포함하여 장정만 넷이었다. 그중에서 황토색 잠바를 입은, 딱바라진 작은 키의 남자가 먼저 현관으로 들어섰다. 잠바 안주머니에서 수첩을 꺼내더니 묘기 부리듯 후루룩 폈다가 다시 접어 넣었다.

"형사과에서 나왔습니다."

경비원 권 씨가 현관문에 달린 고정 오리발을 구둣발로 가차 없이 밟아 내렸다. 관리실 유니폼을 입은 두 사람은 관리소장과 영선반 직원이었다. 언제 올라왔는지 비상계단에서 508호 여자가 집 안을 기웃거리고 있었다.

"불편하시더라도 협조해 주셔야겠습니다."

형사가 말했다. 무슨 일인데요, 나는 당당히 물어보려 했으나 입이 떼어지지 않았다.

"저희로서도 다른 방법이 없어서요."

그가 말을 이었다. 영선반 직원이 스패너를 쥔 손으로 현관 신발장 맞은편 벽을 위아래로 세심하게 두드려 댔다. 석고 보드라서요. 자기들끼리 눈을 맞추며 고개를 끄덕였다. 이윽고 관리소장이 입을 열었다.

"이해해 주셔야지요. 아시다시피 이 벽 속으로 각 세대에 들어오는 배수관하고 배전 시설이 지나가지 않습니까. 물론 잘 모르시겠지요. 이 집은 짝수 층이라서 배전 문은 없습니다. 이 아파트를 건립할 때 두 층마다, 그러니까 홀수 층마다 문을 내놓았거든요. 그러니까 사모님네는 여기 이 자리가 그냥 벽이고 5층하고 7층에는 문이 있다, 이 말입니다."

관리소장이 다시 신발장 맞은편 벽을 두드렸다.

"그런데요?"

나는 마른침을 삼키며 겨우 물었다.

"웬 여자가 여기로 투신을 한 모양이에요. 바로 여기 사모님네 벽 안쪽 파이프에 걸려 있어요. 아침에 508호 배전 문으로 어떻게든지 작업을 하려고 했는데 아무래도 높아서 손이 안 닿더라고요. 기분 나쁘시더라도 양해하셔야겠습니다."

"우리도 몰랐어요. 지하실에서 전기 검사를 하느라고 우연히 플래시를 비춰 보았는데 뭐 검은 게 있더라고요. 그게 시체라고는 전혀 생각도 못 했어요."

쭈그리고 앉아 아래 벽을 열심히 두드리던 20대 영선반 직원이 자랑스러운 듯 으쓱대며 말했다.

"할 수 없습니다. 5층에서 뵈는 걸로 봐서는 허리가 딱 걸려서 어떻게 움직이지도 않아요. 또 적당히 된다 한들 지하로 떨어뜨릴 수도 없지 않아요? 사람 시신인데."

"그렇죠, 작업은 그리 오래 걸리지도 않고 간단합니다. 곧 원상대로 복구해 드릴게요. 너무 기분 나빠하지 마세요. 시골 같으면 재수 좋으라고 일부러 모르는 사람 제사도 지내는데, 죽은 사람 넋을 편안히 인도하는 일이니까 그저 액땜이라 생각하시고."

관리소장의 말소리가 귓속으로 파고 들어와 우렁우렁 메아리가 되어 울리기 시작했다.

"뭐 하시면 자리를 비우셔도 되고요. 어디 가 계시면 작업이 다 끝나고 연락을 드리지요. 나중에 조서에 도장이나 하나 찍어 주시고요."
 형사는 수첩에다 무언가를 끼적이며 명쾌한 어조로 말을 이었다.
 "도대체…… 이게 다 무슨 일이에요……?"
 나는 마룻바닥에 주저앉았다. 언제 들어섰는지 508호 여자의 목소리가 바로 위에서 들려왔다.
 "좋은 일 하셔야죠, 뭐. 죽은 여자 혼이라도 있다면 608호한테 너무 고마울 거예요. 어떡하우. 이것도 다 인연이고 우리가 쌓은 업인걸."

바람의 눈

56-1번 일반 버스에서 네 사람의 남녀가 내린다. 때맞춰 켜진 보행자 신호에 둘은 곧바로 횡단보도로 내려서고, 나머지 둘 중 한 사람은 버스가 가 버린 방향으로, 또 한 사람은 버스가 왔던 방향으로 돌아서서 걷기 시작한다.

　버스가 왔던 쪽으로 거슬러 올라가는 서른 살 안팎의 젊은 친구는 감색 신사복을 갖춰 입었다. 중키에 핏기 없는 얼굴, 어깨는 약간 굽은 편이다. 그는 목을 뽑으며 느슨해진 넥타이를 고쳐 맨다. 저녁 6시가 넘었는데도 해는 아직 질 기미조차 보이지 않는다. 오전부터 많은 일을 숨 가쁘게 해 냈음에도 불구하고 아직 처리하지 못한 큰 덩어리가 가슴에 걸려 있음을 그는 어쩔 수 없이 인정해야만 한다. 모퉁이 약국을 지나 이내 일방통행 골목으로 접어든다. 그는 그의 부모가 기거하는, 측면 벽에 '만리성'과 '장막교회' 간판이 붙어 있는 3층 회색 시멘트 건물을 쳐다본다.

정확히 말하자면 부모가 기거하는 곳은 그 건물 옥상에 지은 보잘것없는 가건물이다. 건물을 살 때부터 있던 물탱크 실에 슬레이트 지붕을 두어 장 잇대어 방을 앉히고 알루미늄 섀시 문에 경량 칸막이로 벽을 두른, 한두 시간 안에 완전 해체가 가능할 성싶은 허술한 집이다.

2층이나 3층에 거처를 마련하면 그만큼 집세를 받을 수 없으니 손해라는 것이 그들이 내세운 변이지만, 이점은 그것 말고도 또 있다. 헬리콥터나 뜨면 알까, 거리에서는 아무리 살펴도 그 옥상의 가건물이 보이지 않는다는 점이다. 누구의 눈에도 띄지 않을, 자신들의 몸을 숨기기 위한 장소를 찾는 사람들에게야 그만한 안식처는 또 없을 것이다.

형은, 그들이 꿈에라도 마주치기 두려워하는 그들의 큰아들은 과연 어떻게 되었을까. 죽었을까, 아니면 피폐한 상태로 거리를 헤매고 있을까.

"나도 느이 아버지 안 보고 사는 게 소원이야. 오죽하면 칼을 들겠냐?"

형의 목소리가 들리는 듯하다. 형이 정신병원에서 퇴원하던 때가 작년 4월이니, 벌써 1년이 넘은 일이다.

그는 이윽고 건물의 넓지 않은 계단에 발을 올려놓는다. 웬 사내가 계단 위쪽에서 불쑥 나타난다. 사내는 2층으로 올라가는 층계참의 화장실에서 막 나왔음이 틀림없다. 건물 입구에 들어서면서 화장실 문을 세게 닫는 소리의 여운을 들은 듯하다. 그는 몸을 벽에 붙이고 게처럼 옆으로 서서, 역시 게처럼 비껴 내려오는 사내에게 길을 터 준다. 사내는 녹색 계통의 티셔츠를 입었다. 맨발에 합성 고무 슬리퍼를 신고 화장실 열쇠 꾸러미를 손에 거머쥐고 있다. 왜소한 어깨 위에 큼직한 머리통이 얹혀, 섣불리 고개를 숙이다가는 계단 밑으로 고꾸라지기라도 할 것 같은 느낌을 준다.

그가 다니는 출판사의 편집부장도 대단한 가분수다. 부장은 그저 자신의 머리통을 들먹거리지 않으면 말을 못한다. '박승우 씨, 당신 눈에는 이 색깔이 괜찮아 보여? 머리통 작은 사람들은 아무래도 눈 세포 수도 적을 테지?' 또는 '별색만 가지고 뭘 해? 색분해 새로 해 봐. 그러니 오스트발트(W. Ostwald: 독일의 화학자로 오스트발트 표색계를 제안함. 모든 색을 흰색·검정·순색의 혼합으로 보고, 심리적인 4원색 노랑·청록·푸른보라·빨강을 바탕으로 24색상으로 분류. 조화되는 두 가지 색을 찾기 쉽게 되어 있어 디자인 분야에서 많이 사용됨.)가 천재라니까. 얼마나 과학적이야? 걔는 분명히 나처럼 남북 짱구 대가리였을 게 분명해.' 식이다. 자신의 큰 머리통에 대해 열등감을 가지고 있음이 틀림없다.

그는 다시 발걸음을 옮긴다. 계단 외벽은 방수에 문제가 있다. 외벽의 꼭대기로부터 내리그어진 물기 자국은 누군가가 높은 허공에서 오줌발이라도 갈긴 듯한 모양새다. 그는 2층과 3층을 지나 내쳐 옥상으로 통하는 계단을 밟는다. 옥상으로 통하는 출입문은 뻑뻑하기 이를 데 없다. 베니어판이 결결이 일어난 문은 아래로 심하게 내려앉아 웬만큼 힘을 주어서는 꿈쩍하지 않는다. 구둣발로 문 아래께를 내지른다. 문이 부서지듯 열리고 그는 옥상에 올라선다. 그의 등 뒤에서 문이 굉음을 내며 혼자 닫힌다. 다 떨어진 문치고 꼭대기에 달린 스프링만은 성능이 지나치게 멀쩡하다.

그는 옥상 한편에 있는 조잡한 구조물에 다가간다.

"저 왔어요."

그는 구두를 벗고 마루로 올라선다.

"승우 왔네요."

맞은편 주방에서 어머니는 저녁을 차리는 중이다. 그녀는 승우 쪽으로 몸을 반쯤 돌리다 만다. 그녀는 이제 자신의 몸집을 가누기조차 귀찮은 눈치다. 한눈에 보아도 그녀의 몸피는 전과 또 다르다. 박스 형의 큼직한 티셔츠도 품이 째어 보인다.

안방 문은 활짝 열려 있다. 방바닥에 누워 있던 아버지가 슬그머니 일어나 앉는다. 승우는 안방을 기웃거리다가 하릴없이 거실 소파에 엉덩이를 붙인다. 그가 앉은 자리는 열린 안방 문을 통하여 텔레비전 화면이 정면으로 보이는 곳이다. 방청석에 앉은 십대 소녀들이 무대 위의 가수를 향해 아우성을 치고 있다. 그는 잠깐 눈을 감는다. 몸살 기운이 있는지 머리통 한구석이 지끈거린다.

바쁜 하루였다. 오전 내내 편집부장과 함께 책 표지와 글자 색깔에 관해 씨름하다가 점심시간에는 전철로 시청 앞까지 날아가 형의 통장에서 돈을 빼냈다. 출판사가 있는 서초동으로 다시 돌아와 유미를 만나 늦은 점심을 때우고 ― 유미는 같은 편집부에 근무하다가 두 달 전에 출판사를 그만두었다. 본격적으로 시를 써 보겠다나. 어쭙잖은 시이기는 하지만 문예지에 당선이 되었으니 그녀는 자신의 말대로 시인인 것은 분명하다. ― 다시 책의 레이아웃에 매달렸다. 그런대로 일을 끝낼 수 있었던 것은 어젯밤에 숙면을 한 덕이 컸다. 잠 역시도 소나기처럼 해치운 날이었다. 어젯밤 8시부터 무려 열한 시간 동안을, 그는 꿈 한 번 꾸지 않고 푹 잤던 것이다. 나흘 동안의 불면 뒤끝이었다.

마이크 대를 늬어 들고 악을 쓰는 가수의 얼굴이 박자에 맞춰 갖가지 색깔로 바뀌어 간다. 빨강, 주황, 노랑, 남색, 자주, 보라, 검정, 흰색. 사람마다 피부색이 수십 수백 가지로 다양하다면 어떻게 될까. 그리고 그들의 자식들은 또 어떤 희한한 종자로 태어날 것인가.

주방 앞으로 놓인 낯선 포마이카 식탁을 그는 한참 쳐다본다. 마루 공간이 오늘따라 더욱 비좁아 보이는 이유는 4인용 식탁과 나무 의자에 있었다.

"식탁을 들이셨어요?"

"2층 중국집에서 옥상으로 내놓은 거야. 덕분에 상 차리기가 훨씬 수월하구나. 허리도 덜 아프고."

그녀는 굼뜬 몸짓으로 상추가 담긴 주황색 플라스틱 바가지를 식탁 위에 올려놓는다. 이어 싱크대 옆 구석의 선반에서 유리컵을 조심스레 꺼내기 시작한다. 마루를 놓을 때 남은 무늬목 합판을 적당히 벽에 매단 2단 선반에는 크고 작은 냄비, 주전자, 프라이팬에다 주방 세제, 유리컵, 식용유까지 뒤얽혀 자칫하면 한꺼번에 쏟아져 내릴 듯하다. 무질서하게 어질러 놓은 곳은 선반 위뿐만이 아니다. 높낮이가 제각각인 냉장고, 쌀통, 쌀통 위에 얹힌 개다리소반 위에까지 그릇과 양념 병, 온갖 잡동사니들이 덧포개져 복잡하기 짝이 없다.

"웬만하면 이 나무뿌리 탁자를 없애지 그래요. 비좁아서 어디 살겠어요?"

소파 앞에 놓인 느티나무 뿌리 탁자를 그가 발로 툭툭 찬다. 뿌리가 사방으로 뻗은, 탁자 면 둘레만 해도 두 아름이 실히 넘는 대형이다.

"너도 참. 아버지가 그걸 내놓으실 분이냐."

텔레비전 화면이 가려지는가 싶더니 아버지가 안방에서 나온다. 그의 손에는 텔레비전 리모컨이 들려 있다.

"왔냐?"

아들을 똑바로 쳐다보지 않기는 그 역시 마찬가지다. 그는 안방 문 옆에 놓인 장식장을 세세히 살피기 시작한다. 유리 여닫이문이 달린 괴목 장식장 안의 물건들은 모두 기립해 있다. 자주색 비로드 천 위에 높이 괴어 놓은 무공훈장 두 개, 감사패, 부대 단체 사진이 박힌 접시, 그리고 자개 액자에 든 그의 예편 기념사진 등이 세 칸으로 나뉘어 사열을 받듯 똑바로 서 있다.

"전에 살던 아파트에서 또 연락이 왔어요. 이젠 막 화를 내던데요. 1년이 넘도록 퇴거 신고를 안 해 가는 사람들이 어디 있느냐고요."

아버지는 아무 대답이 없다. 맨 밑칸의 낡은 술병까지 하나하나 훑어본 그는 승우 옆에 바짝 달라붙어 앉는다. 안방의 텔레비전을 보기 위해서다. 화면에서는 온몸에 금칠을 한 사내가 마구 뛰어다니며 운동화 광고를 하고 있다.

승우는 아버지에게서 슬며시 떨어져 옆의 안락의자로 옮겨 앉는다. 오랜 군대 생활로 다져진 아버지의 체구는 아직도 빈틈없이 탄탄해 보인다. 짧은 스포츠머리에 휘우듬하게 굽은 콧등, 꾹 다문 입은 흡사 웅크리고 앉은 투견을 연상시킨다. 승우는 갑자기 씁쓸한 심정이 된다. 자신은 도대체 아버지가 어떤 모습으로 살아가기를 기대하는지. 비루먹은 말처럼 쪼그라든 신체? 잔뜩 겁에 질려 남의 눈치나 살피는 지질컹이?

매월 말, 매번 다른 지점을 옮겨 다니며 형의 통장에서 돈을 찾은 지도 작년 12월부터니까 오늘로 여섯 번째다. 단순하게 돈을 착복하기 위해서가 아니라, 아버지가 마땅히 치러야 할 의무를 계속 이행시키기 위해 하는 수 없이 돈을 빼내는 것이라고 거듭거듭 자신에게 되뇐 지도 벌써 반년이 흐른 셈이다.

승우 씨는 좋겠어, 그 나이에도 부모가 용돈을 주고. 덕분에 내가 칼질까지 하지만. 그런데 돈에 뭐 묻었어? 뭘 그렇게 하나하나 들여다봐?

피자 집 카운터에서 돈을 치를 때 곁에 서 있던 유미가 옆구리를 찌르며 킥킥거렸다. 형의 돈을 쓸 때마다, 마치 돈 갈피에 형의 얼굴이 숨어 있기라도 하듯 한 장 한 장 뒤적이고 살피는 것은 이제 어쩔 수 없는 버릇이 되어 버렸다.

어머니가 그릇에 밥을 푸고 있다. 승우가 식탁 의자로 다가간다.

"저녁을 일찍도 차리셨어요. 아직 해가 중천인데요."

"이르기는. 해가 길어져서 그렇지. 너도 얼른 먹고 가서 쉬는 게 나을 게고……. 삼겹살을 사 왔어요. 오랜만에 승우도 온다고 해서. 고기가 얼마나 톡톡한지."

두툼한 목도리를 두른 듯한 그녀의 삼중 턱을 보며 승우는 그녀의 얼굴선이 본래 어디까지였던가 곰곰이 생각한다. 아버지가 식탁 의자에 앉는다. 승우는 유리컵에 물을 따라 입에 조금 머금는다. 컵을 내려놓으면서 그는 단숨에, 결연히 말을 내뱉는다.

"오늘 아침에 돈이 빠졌던데요……. 형 말이에요. 이번엔 시청 지점이에요."

"밥이 어때요? 좀 되지 않아요 여보?"

"뉴스할 때 안 됐나? 산불이…… 산불이 어제 저녁부터 계속 탄다던데."

텔레비전에서는 아이스크림 광고가 한창이다. 호들갑을 떨며 깔깔대는 여자 탤런트의 목소리가 인위적이다.

"정육점 여편네 우습지도 않아요. 안 팔리는 소 허파 한 칼 얹어주면서 어찌나 생색을 내는지. 내일은 쇠고기를 더 사다가 국을 끓이든지. 당신 육개장 어때요?"

"…… 어떻게 하실 거예요?"

"…… 뭘 어떻게 해? 그놈이 제 맘 내키는 대로 여기저기 다니며 돈을 찾는 걸 내가 어쩌겠니?"

"다음 번엔, 이 골목 밖의, 방이동 지점에서 찾을지도 모르죠."

승우는 아버지의 거동을 유심히 살핀다. 다음 순간 승우는 하마터면 잊을 뻔했다는 듯이 서둘러 신사복 윗도리를 벗는다. 짐짓 안주머니가 보이도록 개켜 옆 의자 등받이에 걸쳐 놓는다. 정면으로 드러난 안주머니에는 아직 빳빳한 은행 현금 봉투가 꽂혀 있다. 형의 통장에서 돈을 찾으면서 그가 창구에서 따로 요구한 것이다. 봉투에는 은행 이름과 마크가 선명하게 찍혀 있다.

아버지의 시선이 잠깐 은행 봉투에 머무른다. 아버지가 이내 고개를 숙이고 밥을 헤적이기 시작한다. 승우는 아버지의 얼굴과 은행 봉투를 번갈아 쳐다본다. 할 수만 있다면 아버지의 시선을 거머잡아 봉투를 묶어 버렸으면 싶다.

음식 접시를 내려놓는 어머니의 손이 덜퍽지다.

"1층에 정육점이 들어와서 다행이에요. 아무려면 주인집인데 고기를 막 주기야 하겠어요?"

"작년요, ······9월부터 11월까지 형이 돈을 안 찾아갔잖아요. 그때······ 형의 신상에 무슨 일이 있었던 것이 분명하다니까요. 통장이고 도장이고 지갑을 몽땅 잃어버렸다든가. 돈이야, 딴 놈이 가로채는지도 모른다고요. 가령 형의 주민등록증이 딴 놈 손에 들어갔든지 하면, 통장이야 분실 신고 내면 되는 거죠······. 작년 12월부터 지금 5월이니 벌써 여섯 번째예요. 수상하잖아요? 왜 매번 다른 지점에서 돈을 찾느냐고요. 화곡동, 성수동, 양재동······."

"누가 돈을 가로채겠냐. 그놈이 찾는 게 분명하다."

승우는 자신의 심장 고동이 점점 빨라지는 것을 느낀다. 안주머니 속에 봉투와 함께 든 형 명의의 통장을 꺼내어 아버지 얼굴에 내던지고 싶은 충동을 그는 가까스로 억누른다. 승우는 허겁지겁 물 컵을 손에 쥔다.

"은행에 한번 알아보세요, 진짜 형이 찾아가는지. 고객 얼굴이 다 찍힌다잖아요?"

"고기 얕은 맛은 사실 소보다 돼지가 나아요. 돼지 목살을 푹 삶아서 새우젓을 찍어 먹어도 얼마나 맛있게요."

어머니가 식탁 의자에 무너지듯 주저앉는다. 아버지가 혼잣말처럼 중얼거린다.

"봐라, 그놈이 멀쩡히 잘살아 가지 않니. 돈 대 주니까……. 그놈은 미친 게 아니라니까. 제 아비한테 칼 휘두른다고 다 미친놈이냐. 인간 망종이지. 천하에 둘도 없는 야차 같은 놈."

"정신과 의사 말대로……."

승우는 밥을 입에 넣고 마구 씹기 시작한다.

"형이 어디선가 딴 사람을 해치고 있는 건 아닐까요? 의사가 단언을 했잖아요, 그대로 상태가 악화되면 주위의 어떤 사람한테 어떤 피해를 입힐지 책임질 수 없다고."

"그놈들이 뭐는 책임졌냐? 입원비만 그렇게 받아먹고는. 웬만치 나았다고 집에 오면, 그날로 나한테 칼 휘두르는 거 너도 봤지? 갖은 욕설에, 돈 내놓으라는 협박에. ……나는 그놈한테 할 만큼 했다. 병원에 세 번이나 입원시켜 그 뒷바라지 다하고, 이제 나이 서른이 넘은 놈한테 매달 생활비까지 대 주면 되었지 더 이상 나보고 어쩌라고? 봐라. 돈 주니까 멀쩡하게 잘살지 않냐."

"형이 잘살고 있는지 아버지가 보셨어요? 아무래도 수상하다니까요. ……아버지는 형이 그저 얼른 죽어 버리면 좋겠죠?"

"승우, 네놈은 내가 형의 손에 죽어야 속이 편하겠지?"

"아버지를 죽일 만큼 형은 독한 위인도 못 돼요. 의사도 그랬잖아요. 노리는 부위가 기껏해야 손이나 어깨라고. 독한 사람이 왜 미쳐요?"

아버지가 된장국에다 밥 한 그릇을 한꺼번에 말아 버린다.

"뉴스는 왜 안 하나? 개새끼들."

"좀 먹어 봐라, 승우야. 상추에 싸서. 고기가 톡톡하지 않니? 돼지 삼겹살은 이 맛에 먹는 거란다, 자."

그녀는 고기 접시를 승우 쪽으로 민다.

"안 먹어요. 제가 돼지고기 못 먹는 것 아시잖아요."

"돼지고기를 못 먹어? 왜? ……참, 내 정신 좀 봐. 넌 정말 돼지고기를 입에도 안 댔지, 날 닮아서. ……내가 처녀 적엔 돼지고기를 먹지도 않았잖아요, 여보. 쇠고기 아니면 입에도 안 댔지. 그런데 너, 아직도 음식 까탈을 부리는구나. 네 색시 될 사람은 어렵겠다 얘. 식성이 웬만해야……."

어머니는 손바닥에 편 상추 잎에 고기와 된장과 밥을 얹어서 허겁지겁 입에 우겨 넣는다. 아버지의 말소리는 어느새 말끔하다.

"이번에 산불 난 데가 어디인지 알아, 당신? 포항에 있을 때 말이야. 승우, 너 3학년 때던가, 거기 학교 잠깐 다니지 않았냐?"

"초등학교 때 다니던 학교들을 일일이 어떻게 다 기억해요?"

"그 뒷산 쪽 말이야, 아무래도 거기 같아. 언뜻 화면에 비치는 것이."

아버지가 일어나 소파 쪽으로 간다. 소파에 놓였던 리모컨으로 채널을 이리저리 바꾸다가 벌컥 화를 내며 꺼 버린다.

"천천히 먹어. 누가 뺏어 먹을까 봐 그래?"

식탁 의자에 다시 와 앉은 아버지가 혀를 찬다. 그가 유리컵에 가득 물을 따라 그녀에게 내민다. 그녀는 두 손으로 물 컵을 쥐고 입에 가득 든 밥을 삼키느라 여념이 없다.

"밥이라도 제대로 먹어야지, 그래야 이 많은 일들을 해 내지요. 여자들 집안일이 쉬운 줄 아세요?"

물 한 컵을 들이켜고 난 그녀는 손바닥에 새로 상추를 올려놓는다. 이번에 푼 밥술은 전의 것보다 더 많다. 승우가 닫힌 창문을 쳐다보며 짜증을 낸다.

"창문이라도 좀 열고 사세요. 온 집 안을 꼭꼭 닫아 놓으니까 환기가 안 되잖아요."

"창문을 열 수가 없어, 쓰레기 냄새가 얼마나 지독한지. 특히 2층 중국집 말이다. 옆 건물하고 벌어진 틈서리에다 얼마나 쓰레기를 버리는지 아니. 어제는 칼날이……. 뭐가 번쩍번쩍해서 내려가 보니까 누가 식칼 날을, 손잡이가 빠진 식칼 날을 버리지 않았겠니. 그 사람들 짓이지. 동네 애들이 가지고 놀기라도 하면 어쩌려고."

"뭔들 못 버리겠어요? 부모가 친자식도 내팽개치는 세상인데?"

아버지가 버럭 소리 지르듯 승우의 말을 가로챘다.

"반주 한잔 합시다. 애들이 가져온 산삼주 말이오."

"다 드셨잖아요. 아니 참, 요전에 소주를 다시 부었지요."

재빨리 상추쌈을 우겨 넣은 그녀가 안방 앞 장식장에 다가간다.

"기특하지 않소? 애들이 산삼 캔 걸 나한테 가져오고. 30년산은 좋이 될걸."

"글쎄 말이에요, 당신 참 사병들한테 인기였지요. 그 왜 승우 공부 봐 주던 임 일병도 얼마나 당신 따랐게요? 운전병 그 애 이름이……."

"전 상병, 전우경이."

"아뇨, 전우경이 말고 그 이전에, 태 뭐라든가."

"이인태."

둘은 동시에 똑같이 소리치고 함께 웃기 시작한다. 아버지의 킬킬대는 모습은 형과 닮았다. 체구가 판이한데도, 아버지는 어깨가 딱 벌어지고 거구인데 비해 형은 마치 어디든 숨어 버리기 위해 태어난 사람처럼 젓가락같이 말랐음에도 불구하고, 고개를 꼬며 웃는 모습이라든가 미련한 턱의 선이 그대로다.

"너도 한잔 따르랴?"

아버지가 소주잔에 술을 따르며 묻는다. 승우는 고개를 내젓는다.

"사슴 잡은 몽둥이 10년 우려먹는다더니. 인삼 한 뿌리에 소주를 수십 번은 새로 부었지요?"

"인삼이 아니라 산삼이야. 산삼은 끄떡없다! 그러니 산삼이지."

아버지가 눈을 부릅뜬다.

"저도 조금 주세요, 승우 온다고 내내 서서 돌아쳤더니 몸이 찌뿌드드하네요."

어머니가 빈 물 컵을 내민다.

"얼마나 믿음직한지, 네가 그렇게 삽겹살하고 밥을 잘 먹는 것을 보니······. 애개, 이게 뭐예요, 인심 사납게. 제대로 붓지. ······많이 먹지 않고는 배겨 낼 수가 없어. 몸이 얼마나 휘지는지. 너희 아버지는 만날 흉을 보시지만 사실, 먹으려고 사는 것 아니냐. 당신, 술 더 드려요?"

유리컵에 반쯤 찬 술을 단숨에 마신 그녀는 다시 상추에 고기를 없어 한 입 가득히 문다. 아버지가 젓가락을 들어 나물을 끼적인다.
"참, 어머니."
승우가 그녀를 빤히 쳐다본다.
"형의 외투 어쨌셨어요? 여기 갖고 계세요? 형이 마지막으로 병원에서 퇴원할 때 저한테 준 거, 제가 어머니 보고 잘 두라고 했죠?"
그녀의 표정이 갑자기 일그러진다. 허둥대는 품이 역력하다.
"승화 외투는 갑자기 왜? ……그 누더기야, 이사 오기 전에 버리지 않았니? 승화가 다시 달라더냐? ……그것 때문에 그 애가 전화를 하나? 한밤중에 전화를 해서는 아무 말도 않고."
승우는 그대로 눈을 내리깐다.
피자를 먹던 유미가 한숨을 쉬며 말한다.
팬들 극성도 못 말리겠어. 새벽 서너 시에 전화를 걸어서는, 아무 말도 없이 그저 내 목소리만 듣다가 끊는 거야. 잠을 잘 수가 있어야지. 주간지에 시를 발표하고 난 다음부터 부쩍 더하네.
"출판사는 어떠냐고 물었다."
"피곤하죠, 뭐. 편집부장 성격이 못돼 먹어서요……. 계단에서 우리 회사 편집부장하고 똑같이 닮은 사람을 봤어요. 머리통이 크고 완전 가분수인 친구요. 모르세요?"
"윗사람 노릇하기가 더 어렵다. 부하들을 다그치지 않으면 되는 일이 있나……. 그러나 그중에도, 부하에게 존경을 받는 상사가 있는 법이지. 저 나무뿌리 탁자만 해도 그렇다. 어디 내가 만들어 달라고 입 뻥끗이나 했나. 우리 애들이 아마 한 달은 좋이 달라붙었을 거다. 저 덩치 큰 걸 산에서 캐 가지고 와 여남은 명이 달려들어

샌드페이퍼로 문지르고, 칠하고. 여기 이사 올 때만 해도, 이삿짐 녀석들이 좀 이를 갈더냐."

"탁자에 제발 사람이나 하나 깔려 버리라고 악담을 하고 갔잖아요. 웃돈 안 준다고 두 시간을 버티다가."

"웃돈은 무슨 웃돈. 우리 애들을 불렀으면 그깟 건 일도 아닌데."

어머니는 옆에 놓인 두루마리 화장지를 찢어서 눈언저리로 가져간다. 그러나 눈물은 나오지 않는다.

"당신 우는 거야? 왜 그래. 내가 뭐라고 했기에."

아버지가 깜짝 놀라 묻는다. 그녀가 한숨을 내리쉰다.

"괜찮아요, 제가 운다고 뭐 해결되는 일 있나요? 승우야, 고기 좀 더 구워 올까?"

"돼지고기 안 먹는다니까요."

그녀는 바가지에서 다시 상추를 집어 식탁에 물기를 턴다.

"……음식 장만한다고 괜히 설치다 보니 점심도 걸렀어요. 아침에 찬밥 조금 남은 것 물에 말아 먹고."

"당신, 아까 낮에도 김치찌개에다 밥을 두 그릇이나 먹었어. 새로 밥해서."

"그랬던가? 두 그릇이라니요. 하나는 누룽지 긁은 건데. 하여간 그만 먹어야겠어요."

그녀는 한숨을 내쉬고, 밥알이 붙은 밥그릇에 물을 부어 한 숟가락씩 떠 마시기 시작하다.

"내가 밥을 남길라치면 우리 친정어머니는 내 밥그릇에 물을 확

붓곤 하셨지요. 한 숟갈이라도 더 먹이고 싶으셔서요. 워낙 몸이 약했으니까요."

그녀는 빈 밥그릇을 손에 쥐고 손가락으로 그릇의 때라도 문지르듯 뽀독거린다.

"내 몸 건사하기도 힘이 들더니, 요새 이렇게 살이 찌는구나. 내가 원체 몸이 약해서 사내아이 둘을 키울 엄두도 못 냈잖니. 시어머니까지 모시고 산다는 건 더더군다나. 지금 누가 보면 말짱 거짓말이라고 할 거야. 너희 아버지 뒷바라지만 해도 너무너무 힘에 부쳐서……. 참 여보, 이맘때쯤이면 진달래를 올린 화전도 기막힌데. 당신도 좋아하셨잖아요. 어디던가? 그래, 울진. 요새는 화전 따위, 생각도 못 하는구나. 그런데, 승우야, 고기를, 아니 너 밥을 거의 건드리지도 않았구나?"

"점심을 늦게 먹어서요. 워낙 많이도 푸셨고요."

"저런, 이걸 어쩌니, 아까운 밥을 내버릴 수도 없고. 음식을 버리면 죄로 간다."

기다리고 있었다는 듯이 그녀는 자신의 빈 밥그릇을 한편으로 치우고 승우의 밥그릇을 들어다가 숟가락을 꽂는다. 그녀는 다시 플라스틱 바가지에서 상추를 골라 물을 털기 시작한다.

"여자를 잘 만나야 할 텐데. 요새 처녀들은 모두 제 몸만 알지 남편 뒷바라지는 안중에도 없다잖아요."

비쩍 마른 유미의 몸피를 보면 먹는 것이 다 어디로 가는지 신기할 지경이다.

이 집 피자가 제격이야. 토핑 없는 것만 봐도. 안 그래, 승우 씨?

그는 피자를 그리 좋아하지 않지만 그녀는 무척 즐기는 편이다. 피자에 덮인 흰 치즈 가루를 보고 하이타이를 뿌린 윤금이의 사체를 연상한 것은 어쩌면 자연스러운 일이었다. 그는 결국 피자 한 조각도 제대로 먹지 못하고 포크를 내려놓았다. 입 안에는 성냥개비, 성기에는 콜라병을. 미합중국 만세.

참, 승우 씨는 별 걸 다 외워 가지고 다녀. 하긴 승우 씨 그 엉뚱한 행동에 시상(詩想)이 떠오르는 건 사실이지만.

밤새워 시를 쓴다고 껍적대는 그녀가 한심스럽다. 윤금이 사건도 모르는 주제에 담배를 피워 물면서 한다는 소리가, 자신은 여느 여자들과는 기본 의식구조가 다르다나. 말은 암팡지게 하면서도 그녀의 시는 오로지 '나는 처녀예요. 임자가 없다고요. 여류 시인 어때요? 생각 있어요?'뿐이다. '자궁의 한계를 뛰어넘지 못한다면 매춘부나 여류 시인이나 똑같다.'는 그의 말을 그녀는 제대로 알아듣지도 못하고 끄덕거렸다.

알루미늄 섀시 문이 갑자기 바람에 덜컹거린다. 날이 저물면서 봄바람이 어수선하게 불어 대기 시작한다. 아버지가 소주잔에 새로 술을 따르자 어머니는 얼른 자신의 빈 물 컵을 들이댄다.

"느이 형 배고 나서 말이다. 당신 전방에 혼자 계실 때죠. 어머니 뫼시고 사는 1년 동안은, 돌아가신 분 말씀 드리기 뭣하지만 먹는 것 가지고도 무척 신경 쓰이게 하셨어요. 쌀뒤주 열쇠까지 딱 거머쥐시고, 한 끼 쌀을 딱 재서 내놓으시는데. 밥을 하면 그저 살포시 두 그릇이 나올까 말까, 조금 눈기나 하면 그것도 없고. 김치 반 그릇, 나물 한 가지. 울기도 많이 울었지요. 홀시어머니에 외아들 시집살이, 맵다 해도 그리 매울까. 허리가 하여간 한 줌이었다니까요, 애를 가지고도."

"그래도 당신은 젊었을 때가 괜찮았어. 부인회에서도 빠지는 인물은 아니었지."

"부인회 여자들, 지금쯤 다 어떻게 되었는지."

새시 문을 흔들어 대는 바람 소리가 제법 매몰차다. 승우는 문을 노려본다. 바깥은 이미 어둠이 내렸다. 새시 문 위쪽 유리에는 형광등 아래 모여 앉은 가족의 식사 장면이 제법 정겹게 얼비친다. 승우는 자신도 모르게 지껄여 대기 시작한다.

"윤금이 말이에요. 케네스 마이클 그놈, 독종이에요. 살아 있는 여자에게다 대고 그 짓거리를 다 했다는 거 아녜요."

"윤금이? 성은 뭔데? 사귀는 아가씨냐?"

"양놈들은 하여간 우리보다 한수 위예요. 입 안에 성냥개비를 가득 물리고 성기에다 콜라병을 꽂고요. 온몸에 하이타이를 뿌렸어요."

"이것들 참 뉴스를 안 하려면 속보라도 내 줘야 할 거 아닌가 말이야. 당신, 제발 좀 적당히 먹어 둬."

"항문에다 우산을 꽂았는데 몇 센티미터더라, 20······."

승우가 벌떡 일어나 바지 주머니를 뒤지기 시작한다. 꼬깃꼬깃 접힌 주간지 기사 쪽지를 펴 든다.

"20······ 맞아, 27센티미터. 이게 가능해요? 항문으로 이렇게 깊이 들어갈 수 있어요?"

아버지가 정색을 하고 그를 쳐다본다. 목소리 끝이 갈라진다.

"그따위 걸 매번 오려 가지고 오는 이유가 뭐냐? 우리하고 무슨 상관이 있다고."

"케네스 마이클. 마이클 집안…… 이 사람도 가족이 있겠죠? 도대체 그 부모는 어떤 사람들일까요?"

아버지가 승우를 노려본다. 바람이 문을 흔들어 댄다.

"…… 옥천 쪽에 있을 때다. 산불 진압에 나섰는데 말이야. 당신 생각나? 그, 봄 불이 무섭거든. 낙엽 밑바닥까지 산이 바짝 말라 있으니 완전 불쏘시개라. 하여간 우리 연대를 죄 풀었는데도 하루 종일을 타고 다음 날 새벽에서야 불길을 잡았지. 산불이 장관이다, 그, 한번 보기만 하면."

"많이 먹어라, 승우야. 반찬은 잘 해 주지? 하숙집에서."

"말씀드렸잖아요, 전철 정거장 앞에 있는 아파트에서 문간방 하나만 빌렸다고요. 식사는 안 되고 잠만 자고 나온다니까요."

"그래 참, 잠만. ……밥이야 사 먹는 게 맘 편하지. 요새야 맛있는 음식이 천지에 널렸잖니."

"당신 생각나오? 그 점백이 영감. 산불 낸 작자 말이야."

입에 다시 상추쌈을 우겨 넣는 어머니는 대답을 못하고 고개만 크게 끄덕거린다.

"귀 있는 데부터 뺨 쪽으로 벌건 점이 있었잖아, 그렇지?"

아버지가 젓가락으로 그녀를 가리키며 킬킬대기 시작한다.

"당신 그 산불 났을 때 말이야. 가관이었지. 줄줄 울면서 부대로 뛰어오지 않았소? 눈물에 콧물에 엉망진창이 되어서. 어린애처럼."

"글쎄 말이에요. 지금 생각해도 얼마나 가슴이 뛰는지. 당신한테

갔다가 날이 밝아 관사에 돌아와 보니, 저 애는 아무렇지도 않게 마루에 쓰러져서 자고 있더라고요. 확실히 사내애는 달라요. 난, 정말, 어찌나 무섬을 탔는지. 다들 나보고 나이는 어디로 먹었느냐고 놀려 댔지요. 얼굴도 그때는 얼마나 앳되었어요?"

어머니는 체구에 어울리지도 않는 어리광스러운 표정으로 해쭉거린다. 승우가 물 컵을 소리 나게 내려놓으며 정색을 한다.

"저는 자고 있지 않았어요. 어머니를 밤새도록 찾았지요. 무서워서 바깥에 나가지도 못하고요. 창밖은 온통 새빨갛고, 여기저기서 뭐가 딱딱 부러지는 소리도 들리고요. 나중에는 목이 잠겨서 울음도 안 나오고. ……우리가 꼭 필요로 할 때 아버지 어머니는 항상 옆에 안 계셨어요."

"……점백이 그놈, 힘은 좋았던 모양이야. 주인 여자한테 씨를 뿌렸다는 거 아냐."

"무슨 말씀이에요, 그렇게 여러 번 말씀드렸는데도. 그 얘기가 아니고."

한 입 가득히 문 상추쌈 때문에 그녀는 눈까지 뒤룩거린다.

"그게 아니야?"

"그때도 못 알아들으시더니, 저 양반은 참."

그녀는 된장국을 들어 그릇째 후룩대기 시작한다.

"주인집에 양자로 자기 아들을 주었다는 거 아녜요. 그런데 그 아이가 원래부터 주인집 아이인 걸로, 주인 남자가 산지기 마누라한테 씨를 뿌린 양으로 홀랑 뒤집어씌웠다는 거 아녜요."

아버지는 여전히 젓가락으로 반찬을 헤적이고 있다. 된장국에만 그의 밥은 불 대로 불어서 국물이 전혀 없다. 문을 흔들어 대는 바람 소리가 꽤 줄기차다.

"차라리 형과 같이 서울에서 있었더라면 의지도 되고 좋았을 거예요. 그렇게 몇 번씩 전학 다닐 필요도 없었을 테고. 할머니가 돌아가셨을 때 형이 너무 안됐더라고요. 형이 고등학교 1학년이고 제가 중학교 때였지요. 아침 차로 어머니하고 서울에 올라오니까, 형이, 혼자서 할머니 임종을 치르고 그 방에서……. 어머니, 그때 형의 눈 보셨어요? 그때부터 형 성격이 난폭해졌다고 그러지만 나는 형을 이해할 수 있어요. 형은 충분히 그럴 만했어요. 형이 무슨 잘못이 있어요? 있다면 아버지 어머니 잘못이지요."

나중에 형이 모든 사실을 알게 되더라도 승우 자신은 당당할 수 있고말고. 형을 진정으로 이해한 사람이 동생인 자신밖에 더 있었던가. 형 또한 자신을 좋아했다. 말로 표현하지는 않았어도, 이 세상에서 단 한 사람, 형이 믿고 의지한 사람은 승우 자신밖에 없었다.

처음부터 돈을 가로챌 생각으로 일을 꾸민 것이 결코 아니라는 사실을 형만은 알아줄 것이다. 정신병원에 들락거리면서 형의 보호자 노릇을 한 사람도 승우 본인이었고, 급기야는 형을 피해 잠적해 버리려는 부모에게 형의 생활비만이라도 책임져야 한다고 주장한 사람도 바로 자신이었다. '형에게 유산으로 남겨 줄 목돈'을 챙겨 은행에 거치하도록 아버지를 설득하는 일도 결코 쉽지 않았다. '앞으로는 절대로 신경 쓸 일이 없다.'는 승우의 다짐에 아버지가 겨우 따라 준 것이었다. 사실이 그러했다. 목돈에서 나오는 이자 30만 원이 형 명의의 통장 계좌로 자동 입금되고, 형은 그것을 매달 찾아

쓰기만 하면 되는 일이었다. 형을 따로 만나거나 그와 승강이를 벌이는 따위의 부담은 전혀 없었던 것이다.

형의 통장에서 돈이 빠지지 않는다는 사실을 승우가 알게 된 것은 작년 10월, 형이 병원에서 나와 혼자 생활한 지 고작 6개월이 지났을 즈음이었다. 형의 주민등록증을 입수하고 은행 측에 조회한 결과였다. — 형의 주민등록증은 그들이 아직껏 퇴거 신고를 하지 않은 전의 아파트로 배달되었다. 주인 여자가 승우의 옛 직장으로 연락을 주어 가까스로 손에 넣을 수 있었다. — 형의 계좌에서는 9월분부터 돈이 빠지지 않고 있었다. 형의 신변에 무슨 변화가 있음이 틀림없었다.

12월이 되어 그는 형의 주민등록증을 들고 은행에 가서 통장 분실 신고를 냈다. 그리고 며칠 후 그는 통장에 들어 있던 돈을 형의 명의로 찾았다. 자신이 인감을 새로 신고함으로써, 이제 형은 돈을 찾으려 해도 찾을 수 없게 된다는 사실을 빤히 알면서도 그는 그렇게 해 버렸다. 석 달, 더 이상 기다려 봐야 형이 다시 돈을 찾을 가망이 없다고 봤기 때문이었다.

그렇게 할 수밖에 없었다고 승우는 다시금 되씹는다. 드러내고 즐거워하지는 않았지만 홀가분해함이 역력한 아버지를 그대로 해방시켜 줄 수는 없었다. 진실로 사람을 죽일 수 있는 인간은 형이 아니라 아버지였다. 아버지는 자신의 가슴속에서 형을 이미 죽여 내팽개친 지 오래였다. 잘못된 자식에 대한 양심의 가책 따위는 손톱만큼도 느끼지 못하는 수전노 영감. 형의 해코지가 두려워 문 밖 출입도 못 하는 겁쟁이 군인. 아버지에게는 형이 영원히 살아 움직여야 했다. '죽여 버리겠다.'고 으르렁대는 형의 협박이 그렇게 허망하게 끝날 수는 없었다. 형이 아버지에게서 생활비를 타 쓴 것이, 병원에서 퇴원한 4월부터 고작 다섯 번 아니던가.

형이 다시 돈을 찾기 시작했다는 소식을 전해 듣고, 아버지는 상심하는 기색을 감추지 못했다. '찰거머리, 기생충 같은 놈. 하기야 그놈이 어떤 놈인데 그리 쉽게 끝장이 나겠냐.' 아버지는 혀를 차며 그르렁댔다.

돈이라면 벌벌 떠는 아버지에게는 돈으로 보상하게 함이 마땅하다. 설사 그 돈이 승우, 자신의 호주머니로 들어온다 해도 또 그리 잘못된 일이 무엇이란 말인가. 자신도 이 집안의 아들로서 아버지의 돈을 향유할 권리가 있는 것이다. 피해로 따지면 형만큼, 어쩌면 형보다도 그가 더 큰 피해자일 수도 있다. 미칠 것 같은 상황에서 제정신으로 버티기란 더더욱 어려운 일 아니던가.

"그때, 할머니가 돌아가셨을 때…… 나로서는 어쩔 수 없었어. 느이 아버지가 특수 훈련에 참가한 중이어서 집에 안 계시고……. 연락이야 물론 승화가, 할머니가 위독하다고 전날 아침부터 몇 번씩 했지만, 난, 여보, 나 혼자, 나 사실, 사람 죽는 거 한 번도 못 봤잖아요."

"그래, 장인 돌아갔을 때도 방에 들어가지도 못했다며…… 그런데, 점백이 마누라가 그 말 듣고도 가만있어?"

"마누라가 도망간 지 오래라고 안 해요? 산판 사람하고 붙어서. 당신은 그렇게 가르쳐 드려도 참."

"어머니는 항상 어린애였지요. 걸음마 떼는 아이처럼. 평생 자라지도 않는 어린아이."

그녀는 작은 상추 잎 서너 개를 손바닥에 펴기 시작한다.

"내가 워낙 몸이 약해서 말이지, 두 사내아이를 어디 기를 수나 있었는 줄 아니. 너도 알다시피 나는 새댁일 때 허리가 한 줌이었다. 나 같은 가는 허리가 없다고 다들 혀를 둘렀지. 게다가 할머니도 승화라면 끔찍하셨잖니. 아버지는 항상 지방으로만 돌고. 느이 할머니는 우릴 볼 때마다 한 집에서 같이 살자고 울고불고 떼를 쓰셨지만, 아버지 치다꺼리만 해도 얼마나 많았는지⋯⋯. 봐라, 이, 이 가냘픈 몸으로 너희들 둘을 밑으로 뽑고 허리가⋯⋯."

"지금 어머니 허리 같으면 네 쌍둥이도 한번에 낳으실 수 있을 거예요."

"네 쌍둥이씩이나? 지금 이 나이에? 쟤는 남세스럽게, 못 하는 소리가 없구나."

낯을 붉히는 그녀를 보고 아버지가 놀려 대기 시작한다. 그녀의 덩둘한 손놀림에 상추 바가지가 식탁에서 떨어지고, 그것을 잡으려다 그녀의 손에 쥐었던 상추 잎 서너 개가 식탁에 흩뿌려진다. 바가지를 겨우 잡은 그녀는 재빠르게 행동한 자신이 스스로 생각해도 대견하다는 듯 승우를 보고 환히 웃는다. 승우도 결국 웃음을 터뜨린다. 셋은 모두 커다란 소리로, 오랜만에 마음껏 웃는다. 서로의 웃는 얼굴을 바라보면서, 그들은 자신들이 이제 서로에게 흉허물 없이 가슴을 툭 터놓는 사이가 된 것이 아닐까 잠깐 생각한다. 그러나 웃음이 그치기도 전에, 그들은 이미 상대방의 얼굴에 꽂힌 자신들의 시선을 어떻게 거둘 것인가 고심하기 시작한다. 웃음이 그치고 난 후 그들 사이에 더욱 생생하게 끼어들 침묵을 생각하면 같이 웃는 일조차 괜히 했다는 생각이 든다.

웃음소리는 점점 작아지다가 결국 그치고 만다. 그들의 시선은 모두 식탁의 음식 접시에 박혀 있다. 그들은 꼼짝없이 바람 소리를 듣는다. 바람이 새시 문을 마음껏 흔들어 젖힌다.

"바람도 참. 시끄러워 죽겠구먼."

"글쎄 말이에요. 오늘따라 꽤나 유난스럽네요."

그들은 한결같이 바람을 탓하기 시작한다. 그들의 평화스러운 웃음소리를 그치게 한 장본인이 마치 그 옥상 마당을 휘젓고 다니는 바람 소리인 것처럼. 그들 사이에 존재하는, 결코 허물어뜨릴 수 없는 높은 벽조차 바로 그 미치광이 바람으로부터 자신들이 살아남기 위해 어쩔 수 없이 쌓아야 했던 것처럼.

아버지가 미간을 찌푸리며 극히 사무적인 말투로 어머니에게 묻는다.

"그랬나? 그 참, 누구 말이 맞는지는 알 수 없어. 진짜 주인 남자 씨인지도. 점백이 마누라도 행실이 온전치 않으니 안 그래?"

"그럴지도 모르죠."

어머니는 고개를 주억거린다. 그녀는 술을 따라 허둥지둥 입에 털어 넣는다.

"주인 여자 말이야, 행실이 온전했어? 그 여자가 과부라고 하지 않았어?"

"그렇죠, 주인 남자가 병으로 죽었으니. 산지기 남자가 주인 여자한테 흑심을 품을 만도 했지요……. 내가 기억력이 얼마나 좋다고요, 내가 전화번호 하나 잊어버리는 것 보셨어요? 승우야, 네 얘기도 좀 해야 우리가 알 것 아니냐. 넌 어쩌면 그렇게 말이 없니."

"점백이 영감 이야기가 재미있는데요."

아버지가 킬킬거리며 젓가락으로 거실 바닥을 가리킨다.

"그, 점백이가, 엉겁결에 불을 질러 놓고는, 잡혀 와서 엉엉 우는데 참 가관이었지. 무릎을 꿇고 어깨를 들썩들썩해 가며. 당신, 이제 그만 먹어."

"밥을 많이 먹어야 잠이 잘 와요."

그녀는 비죽이 웃으며 다시 술을 따른다. 이어 크게 트림을 한다.

"승우야…… 밤에 전화가 자꾸 온다, 승화한테서. 그렇다고 무슨 말을 딱히 하는 것도 아니고. 숨소리만 쌕쌕 내다가는 끊고. 새벽 3시도 좋고 4시도 좋고. 잠이 안 와, 그때부터. 너는 몇 시쯤 자니?"

"11시 정도에는 곯아떨어지죠. 회사에서 워낙 일에 시달리니까요. 장난 전활 거예요. 형일 리가 있어요?"

"너무 무서워서 너한테 전화를 걸면…… 통화 중이야. 그 시간에 네가 어디다 전화 걸 리도 없는데. 내가 네 전화번호를 잘못 아는 것 같아. 따로 써 놓은 전화번호도 없고. 에미가 자식 전화번호도 못 외우다니 말이 되니. 나도 이제 그만인가 봐. 머릿속이 뒤죽박죽이야."

그녀의 눈에 눈물이 고인다. 그녀의 얼굴과 두두룩한 목덜미는 온통 취기가 올라 벌겋다. 그녀는 손으로 이마를 짚는다.

"너는 참 믿음직했지. 장교들 부부 모임이 있을 때마다 너 혼자 집을 보곤 했지 않니. 밤새 까딱 않고 눈을 부릅뜨고 앉아서. 모두들 네 칭찬에 침이 말랐지. 누군지 너랑 결혼할 아이는 참 좋을 거야."

승우 씨는 성격이 묘해. 돈 많은 집 아들이니 세상 걱정이라곤 없는 사람 같은데 한편으론 겹겹이 비밀에 싸여 헤어나지 못하는 것 같기도 하고. 믿음직스러운 면이 있는데 또 어떻게 보면 위험천만한 사람 같고.

아버지가 물 컵을 들고 일어나 거실의 소파로 옮겨 앉는다. 그는 안방의 텔레비전을 향해 리모컨을 누른다. 승우도 따라 일어나 안락의자에 걸터앉는다.

"이제사 뉴스가 시작이로구나. 미친놈들, 광고는 또 왜 저리 많은지."

"참, 케이크가 있어. 케이크 먹자꾸나. 네가 온다고 해서 하나 사왔지."

어머니가 네모난 케이크 상자를 가져다가 나무뿌리 탁자에 올려놓는다. 승우는 안락의자에서 몸을 흔들어 대기 시작한다. 그가 몸을 들썩일 때마다 의자의 삐꺼덕대는 소리가 요란하다. 아버지가 텔레비전 볼륨을 신경질적으로 크게 올린다.

어머니는 비닐 장판 바닥에 퍼드러져 앉아서 케이크를 반으로 가르기 시작한다. 텔레비전에서는 여리여리한 얼굴의 여자 아나운서가 높은 톤으로 검찰과 슬롯머신 비호 세력에 대해 떠들고 있다.

"네가 봐도 엄마가 갑자기 늙었지? 왜 그런지 알 수가 없어. 동네 여자들도 나보고 한마디씩 한단다. 사람이 원래 한꺼번에 갑자기 늙는 모양이야."

"문민정부라 역시 달라. 나도 군인이었지만, 역시 정치는 정치인이 해야 하는 모양이다. 요새는 뉴스가 너무 재미있어서 말이다, 책이고 비디오고 하나 안 나간다더라. 여기 1층 비디오 집 말이다. 한숨만 땅이 꺼지라고 내쉰다."

어머니가 천연스레 케이크 칼을 허공에 휘저으며 승우를 부른다.

"케이크 좀 먹어 봐. 동네 골목 바깥에 새로 빵집이 생겼는데 맛이 어떤지."

승우는 아버지 옆으로 바짝 다가앉아 텔레비전 뉴스를 보기 시작한다. 그녀가 눈을 가늘게 뜨며 웃는다.

"그래, 가까이 앉아라. 부자가 그렇게 붙어 앉으니 얼마나 보기 좋으냐. ……어머나, 맛이 괜찮다, 동네 것치고는. 여보, 케이크 좀 드세요. 단것이 몸에 안 좋다고들 하지만 체질에 맞는 사람한테는 인삼보다 낫대요. 당신 식성은 왜 그리 별난지. 사탕 하나를 입에 대지 않으시고."

그녀는 플라스틱 칼에 묻은 크림을 손가락으로 훑어 할쭉거린다. 텔레비전 화면에는 웬 소년의 뒤통수가 클로즈업되어 있다.

"범인은 키가 175센티미터 정도고요. 마른 편이고요. 서른 몇 살 정도…… '가위로 혀를 자르라고. ……나보고, 자꾸 자르라고.'"

"175면 꼭 형만 하네요, 그렇죠, 아버지? 나보다 형이 3센티미터 쯤 컸으니까. 광장동? 광장동이면 여기서……."

아버지가 리모컨을 마구 누른다.

"놔두세요, 거기 뉴스!"

화면이 몇 번 연달아 바뀐다. 승우가 아버지의 팔을 낚아챈다. 아버지가 리모컨을 승우의 무릎에 내동댕이친다.

"텔레비전 하나도 마음대로 못 보겠으니."

승우는 얼른 채널을 돌린다.

"산불 얘기는 하지도 않고. 죽일 놈의 새끼들, 도대체 어떻게 되었다고 말을 해야 할 것 아냐!"

화면에 소년의 뒤통수가 다시 잡힌다.

"팔목 안쪽에 문신이 있었어요. 용꼬리 같기도 하고. 옷에 가려서 안 보이지만 팔 전체에……"

문신은 몸에만 새기는 것이 아니다. 승우, 자신의 머릿속에는 푸른 잉크로 쓰인 형의 병력 카드가 고스란히 각인되어 있다.

병록 번호: 91—5—72

1988년 7월 23일 존속살해 미수 혐의로 동부 경찰서에서 감정 유치된 환자임.

이름: 박승화

생년월일: 1960. 7. 4.

주요 증상: 1) 파괴적 공격적 행동

　　　　　존속상해 — 아버지를 칼로 수차례 찌름. 손, 어깨, 옆구리 자상 확인. 본인은 타살 의도는 없었다고 함.

　　　　2) 기태적 증상

　　　　　항상 외투를 안고 있어야 함. 외투가 자신을 보호해 준다는 생각을 하고 있음.

　　　　3) 횡설수설

　　　　　돌아가신 조모를 엄마라고 부름. 아버지, 어머니를 형, 형수라고, 동생을 조카라고 부름. 의식적임. 자신의 생부 생모가 누구인지를 환자가 확실히 알고 있음.
진단적 인상: 주요 증상 진전 없음. 입원 치료 요.

어머니가 억지로 손에 쥐어 준 케이크 접시를 아버지는 탁자에 그대로 내려놓는다. 그는 애써 숨을 고른다.

"쓸데없는 데 신경 쓰지 말고 얼른 결혼을 해라. 안정된 생활을 해야 사람 꼴이 제대로 되지."

"참, 딸기도 있어. 딸기 주랴? 농약이 있다고는 하지만 어쩌겠니? 농약 안 뿌린 과일이 요새 있어야지."

그녀는 다시 싱크대로 간다. 그녀의 발걸음이 불안정하다.

"우리 어렸을 때는, 딸기 먹으러 일부러 기차를 타고 수원까지 가곤 했지. 요새는 온통 비닐하우스 재배라. 세상이 얼마나 좋으냐."

큰 플라스틱 쟁반에 담긴 딸기를 케이크 옆에 놓고 그녀는 피식피식 웃기 시작한다. 술에 취한 그녀의 얼굴은 온통 진분홍색이다.

"이것 좀 다 치워. 먹으려면 저쪽 가서 혼자 먹든가."

"결혼하면 생활비 좀 대 주시겠어요?"

승우는 아버지를 똑바로 쳐다본다. 아버지가 눈을 치뜬다.

"생활비라니! 승화한테 들어가는 게 한 달에 30이다. 너한테야 집도 해 줬겠다, 직장까지 버젓이 있는 놈이."

"남의 아파트 문간방 얻어 준 게 집이에요?"

"난 너희한테 할 만큼 다했다. 나한테 손톱만큼도 바라지 마라. 사내새끼가 어디 가면 굶어 죽냐? 나는 그렇게 포시럽게 안 컸다. 장가도 제 가기 싫으면 그만두는 거지."

"형이 아예 돈을 안 찾아가면 홀가분하시겠죠? 그 아까운 돈도 안 들고."

"나는 잘못한 것 없어! 나만 보면 죽이겠다고 칼을 휘두르니 내가 피한 거지. 나 때문에 그놈 살인자 만들까 봐. 도대체 내가 그놈한테 잘못한 게 뭐란 말이냐. 왜 나만 보면 죽이려고 덤비냐고? 그놈은 사람이 아니다. 인두겁을 쓴 야차지. 경찰도 돌았지, 뭐 땜에 병원으로 넘겨, 그 흉악한 놈을? 정신병은 무슨 얼어 죽을 놈의 정신병!"

문을 부수는 듯한 소리는 옥상 출입문을 누가 발로 차는 소리일 터이다. 과연 일이 초의 간격을 두고 문 닫히는 소리가 크게 난다. 스프링 때문이다. 다 떨어진 문, 그 문에 달린 스프링 성능이 지나치게 좋은 것이다. 섀시 문 위쪽 유리에 웬 사내 얼굴이 들어찬다. 섀시 문을 여는 아버지의 목소리는 어느새 위엄을 제대로 갖추었다.

"심 병장이 웬일로······. 들어오시오. 이쪽은 우리 아들. 인사드려라. 1층에서 정육점 하는 분이다. 병장으로 제대했지."

승우가 자리에서 엉거주춤 일어난다. 사내가 황감한 표정으로 악수를 청한다.

"그, 그 신문사 정치부 기자로 계시다는 분이구먼요. 말씀 많이 들었습니다."

소파에 걸터앉은 그의 체구는 계단에서 마주쳤을 때보다 더욱 작달막하고 그의 머리통은 더더욱 큼지막하다.

"형님은 미국에서 박사 학위를 하시는 중이라면서요? 어쩌면 형제 분이 그렇게 훌륭하십니까. 사장님 내외같이 복 많은 분들이 세상에 없으십니다. 자식 농사가 최고라지 않아요."

사실이 아니면 당장 하늘에서 떨어지는 천벌이라도 받겠다는 듯이 그는 제법 심각하게 천장을 올려다본다.

"제가 사실…… 가슴이 다 뭉클합니다. 사장님 내외 분이 이리 험한 데서 기거하시면서, 몇 푼 안 되는 돈에 발발 떠시면서, 어떻게든 돈을 모아 아드님 뒷바라지하는 것을 보면. 그 와중에 작은아드님 아파트까지 다 마련해 주시고."

"부모로서 당연히 할 일이지. 그런데 심 병장은 어디서 복무했다고 했던가."

"삼척요. 죄송한 말씀 한마디 올려야겠기에……."

사내는 급히 아버지의 말을 막는다.

"다름 아니라 월말이 다가와서 수금을 좀 할 수 있을까 하고요. 제 맘 같아서야 정육을 얼마든지 사장님 댁에 공짜로 대 드리고 싶지만은, 이 장사가 현물인 데다 원가가 빤해서요. ……비디오 가게 하고야 저희는 입장이 또 다르단 말씀입니다."

"외상이 얼마나 되는데요?"

승우의 물음에 그가 새삼 허리를 크게 굽힌다.

"전달에 조금 남기신 것하고, 이번 달까지 7만 6600원이죠."

"내가 다음 달 초에 주겠다고 자네한테……."

"여기 돈 있어요. 얼마라고요?"

식탁 의자에 걸쳐 놓았던 윗옷에서 승우는 은행 봉투를 꺼낸다.

"잔돈 떼고 7만 6000원만 주시면 됩니다. 하여간, 사장님께서는 천복을 누리십니다. 이렇게 아드님이 효도를 하시니."

"그래, 네가 내렴. 생활비도 워낙 많이 드니 아버지도 힘겨우시지."

케이크 상자를 허겁지겁 추슬러 가지고 싱크대로 간 어머니가 선 채로 한마디 거든다. 사내는 아버지의 눈치를 보며 나무뿌리 탁자를 손으로 쓰다듬는다.

"요전에도 말씀드렸지만, 정말 이 탁자는 볼수록 탐이 나는 물건입니다."

"그렇지? 시중 것하고는 다르다니까. 이 뿌리 하나하나 뻗은 것을 봐. 애들이 무척 고생했어요. 반년은 실히 걸렸지."

승우가 돈을 넘겨주자 사내는 재빠르게 세기 시작한다. 아버지는 신경통으로 고생하는 다리를 눈에 띄게 절룩거리기 시작한다.

"내, 이 다리를 다쳐서 평생 고생이지만 후회는 없어. 사격 훈련 중에 한 아이가 그만 실수로 오발을 해서는……. 목숨을 구한 것만 해도 하늘이 도왔지."

"원래 용감한 분들이야 하늘이 살리신다고 하지 않습니까요. 사장님이야 언제 봐도 현역 군인이십니다. 머리도 항상 이부가리로 깎으시는 데다 군복 바지를 입고 계시니."

"그래, 자네 알아보는구먼, 이 군복 바지. 내 하나 줄까? 가만있자, 자네 체구가. 보급창에……."

그는 주위를 황급히 휘둘러본다. 활기로 넘치는 그의 얼굴이 어느새 얼떨떨한 표정으로 바뀌어 간다. 승우와 사내를 번갈아 쳐다본다. 한참 눈을 쏨벅이다가 말을 더듬기 시작한다.

"내, 내가 물론 예, 예편을 했지. 그래도 나는 지킬 건 칼같이 지켜. 밤 9시 정각 소등, 새벽 5시 반 기상! 우리 애들이, 참, 자네 이

훈장 봤나? 내가 자랑은 아니지만……."

사내는 천 원짜리 넉 장을 주머니에서 꺼내어 승우에게 내민다.

"이만 내려가 봐야겠습니다. 마누라가 워낙 칼질이 서툴러서요. 나중에 또 뵙겠습니다."

사내는 인사를 하는 둥 마는 둥 하며 신을 꿰어 신는다. 아버지는 이미 그를 쳐다보지 않는다. 그는 장식장 앞에 다가가 유리문을 열고 훈장을 만지작거리고 있다. 옥상 문 여닫히는 소리가 연이어 난다.

"승우 너 돈 많이 썼구나. 어떡하니. 하여간 개운타. 정육점 마누라쟁이, 볼 때마다 죽는 소리더니. 여보, 딸기 좀 드세요."

아버지는 섀시 문 앞으로 바짝 다가간다. 유리창에 이마를 대고 그는 어둠이 내린 바깥을 무연히 내다본다. 그가 이마를 댄 때문인지, 문을 흔드는 바람 소리가 훨씬 얌전하다.

"회사 공금인데요, 내일 가지고 들어가야 해요."

승우의 손에는 은행 봉투가 그대로 들려 있다. 아버지가 천천히 걸음을 옮겨 안방으로 들어간다. 안방 문을 닫고 잠그는 소리가 들린다. 승우는 안락의자에 앉아 다시 몸을 끄덕대기 시작한다. 의자의 삐꺼덕대는 소리가 요란스럽다. 어머니는 딸기를 주워 먹느라 여념이 없다.

"과일이 비싸서……. 하기야 1년 중에 요즘이 제일 과일 귀할 때지."

안방에서 나온 아버지는 만 원짜리 지폐 넉 장을 내민다.

"월말까지 쓸 돈이 이것뿐이다."

승우는 돈을 받아 봉투에 집어넣는다.

"은행 여자들이 꽤 예뻐요. 아침에 은행에 들러 돈을 찾는데 한참 애들을 쳐다봤어요. 이 동네 같은 변두리야 별 볼일 없지만, 시청 앞 같은 데는 계집애들 인물이 다 탤런트 같아요."

"다 내 잘못이에요. 어떻게든 승화도 내가 데리고 키웠어야 하는데. 저 애 보세요, 남 못 들어가 아우성인 대학 버젓이 나와 얼마나 믿음직해요?"

어머니가 딸기를 먹다가 갑자기 눈시울을 닦는다. 눈물을 흘리지는 않는다.

퇴원 수속을 밟는 형에게 승우가 가족을 대표하여 찾아간 때는 병원 앞뜰에 벚꽃이 흐드러지게 핀 작년 4월이었다. 형 명의의 통장과 도장을 전해 준 것도 바로 그날이었다.

느이 아버지가 나한테 돈을? 매달 30만 원씩이나? 이런.

그가 입원 중이었던 2월과 3월에 걸쳐 일은 계획대로 진행되었다. 부모들은 이제껏 살던 아파트를 비밀리에 처분하고, 생전 와 보지도 않은 이 방이동 골목 안 건물로 도둑고양이처럼 조용히 스며들었다. 사용하던 전화를 전화국에 반납한 것은 물론이다. 전화를 다시 가설한 것은 그때로부터 만 1년이 지나, 불과 한두 달 전의 일이었다. 전출입 신고도 마찬가지였다. 욕을 먹거나 말거나, 전에 살던 아파트에 당분간 내팽개쳐 두기로 아예 작심한 일이었다. 머지않아 병원에서 나올 아들이 다시는 그들을 추적할 수 없도록, 그들은 온갖 머리를 짜내어 자신들의 흔적을 지워 나갔다. 마침 대령으로 예편한 아버지는 더 이상 부대에 나갈 일이 없었고, 승우 역시 2년 동안 다니던 보험 회사 — 그는 거기서 광고 팸플릿과 사보 편집을 맡

앉었다. ─를 그만두고, 현재 다니는 출판사 편집차장으로 옮겨 앉았다. 나이트클럽 경영과 땅 투기로 돈을 번 졸부가 버젓한 직함도 얻을 겸 시작한 사업이라, 출판에 대한 소신 따위는 없었으나 정기적으로 책은 꾸준히 만들어 내는 회사였다.

　30만 원이 든 통장을 보고 입이 벌어져 연신 키득대는 형을 데리고 승우가 간 곳은 신림동 꼭대기의 허름한 사글세 방이었다.

　그래, 여기 좋다. 산 밑이라 공기도 좋고. 방세 내고도 돈이 많이 남는데 뭐 하러 내가 느이 아버지를 찾냐? 돈이나 꼬박꼬박 부치라고 그래. 나도 느이 아버지 안 보고 사는 게 소원이야. 오죽하면 칼을 들겠냐?

　승우는 꼭 한 번 그곳에 다시 갔다. 형의 주민등록증을 손에 쥐고, 멀찌감치로나마 형의 동태를 파악할 수 있을까 싶어서였다. 방에는 이미 낯선 사람이 들어 있었다. 집주인이 도리어 의아해하는 중이었다. 방세를 안 낸다고 한두 번 싫은 소리를 했더니 그만 어디론지 자취를 감춰 버렸다는 것이었다.

　바닥에 주저앉은 어머니가 어깨를 들썩이며 한숨을 쉰다.

　"내가 워낙 몸이 약해서. 하지만 너희 할머니는 또 얼마나 대가 세셨는지 모른다. 젊은 것들이 저희끼리만 호의호식한다고 얼마나 난리를 피웠는지 아니? 외아들 뺏어 간 여우 같은 년이라고 손등을 할퀴기까지 하고. 할머니하고 같이 살았더라면 난 벌써 꼬치꼬치 말라 죽었을 거야."

　그녀는 왼쪽 손등을 자세히 들여다본다.

　"추석이고 설이고 서울에 다니러 오면, 느이 할머니는 하루 종일 울다가 웃다가 꼭 실성한 양반이고. 승화는 할머니 보고 엄마 엄마 하며 철썩 들러붙어서는, 우리보곤 한 번도…… 정말 단 한 번도 어머니 아버지라고 부르지를 않더구나."

승우는 의자에서 벌떡 일어나 서성이기 시작한다. 윗도리를 입은 그는 안주머니에서 은행 봉투를 꺼냈다가 다시 넣기를 몇 번이고 반복한다.

"앉으렴, 승우야. 어지럽다."

그녀는 조는 듯이 눈을 감는다. 승우는 어금니를 꽉 악문다.

"형 말이에요, 아버지. 생활비 좀 올려 주시죠. 하숙비도 올랐고요."

"승화를 만났더냐."

"아뇨, 어떻게 만나요. 어디 있는지도 모르는데."

"그런데 그 애가 돈이 더 필요한지는 어떻게 아냐."

"제 하숙비가 올랐으니까요. 물가가 올랐다는 말이에요."

그는 승우를 한참 노려본다. 승우 역시 그의 시선을 피하지 않는다.

"형 수중에 돈이 모자라면 아버지를 또 찾아 나서지 않겠어요? 가뜩이나 수상한 전화도 온다니 말이지요. 한 20만 원 더 넣어 주시면……"

"20만 원이라니! 너 정신이 있냐? 그럼 한 달에 50만 원? 우리 먹고살기도 빡빡하단 말이다. 3층 교회도 장사가 안 돼서 이달에 나간다는데."

"어떻게든 부자지간에 칼부림은 피해야 할 것 아니에요? 아버지 말씀대로."

"처음부터 네놈 말을 듣는 게 아니었어. 입원비고 생활비고 다 때려치우고. 초장에 요절을 내 버렸어야 하는 건데. 천하의 아귀 같은 놈."

그가 갑자기 주먹을 쥐고 벽을 치기 시작한다. 경량 칸막이로 조립해 놓은 벽이 우르르우르르 무너지는 소리를 낸다. 벽뿐만 아니다. 장식장 안의 물건들도, 냉장고와 쌀통 위에 얹힌 살림 나부랭이들도 제각기 우룽우룽 떨기 시작한다.

"평생 나한테 들러붙어 피를 빨려고. 거머리, 기생충 같은 새끼."

"글쎄, 앉아서들 얘기하세요. 내가 머리가 핑핑 돌아서 쓰러질 것 같아요, 여보."

"그러게 왜 그렇게 술을 퍼 마셔? 곰 같은 여편네. 기어이 산삼주 한 병을 해치웠군."

아버지는 한 차례 갈겨 버릴 듯한 기세로 그녀에게 다가선다. 그러다가 이내 손을 거둔다. 술에 취한 그녀의 모습을 한심스레 노려본다.

그녀는 나무뿌리 탁자를 두 팔로 그러안았다. 두 아름이 넘는 나무 둥치가 그녀의 품에 녹록히 들 리 없다. 그녀는 단지 탁자에다 머리를 얹고 울툭불툭하게 뻗은 뿌리 자락에 양팔을 한껏 벌려 걸쳐 놓았을 뿐이다. 그녀의 왼팔이 이내 탁자 밑으로 떨어진다. 그녀가 번쩍 머리를 처들더니 손을 올려 불거진 뿌리 한 자락을 거머잡는다. 몇 초 지나지 않아 이번에는 오른팔이 떨어진다. 흐늘쩍대는 그녀의 허연 팔뚝들은 마치 껍질 벗긴 느티나무 둥치가 되살아나 새로이 뻗어 내린 뿌리 같다.

승우가 안락의자에 다시 앉아 조급히 몸을 끄덕거린다. 의자의 삐꺼덕대는 소리가 요란하다.

"언제까지 이렇게 사실 거예요? 형이 무서워 외출도 마음대로 못 하시면서."

"내 말이 바로 그 말이다······. 매달 30만 원도 기막힌데, 게다가 또 20만 원? 너도 알다시피 집세 들어오는 게 뻔하지 않니? 내가 돈을 찍어 내냐."

승우가 신경질적으로 말을 뱉는다.

"집세 말고도 아버지 앞으로 연금도 나오잖아요? 그건 다 어디로 빼돌리세요?"

아버지의 눈에 섬뜩한 빛이 돈다.

"내, 내가 몸이 아파서, 여, 연금이야 내 병원비로 다 들어가는 거고. 보다시피 다리 신경통이 심하지 않냐. 이 집에 갇혀서 운동을 제대로 못 하니까. 제발 그놈의 의자 좀 가만두지 못하겠어!"

아버지의 호통에 어머니가 소스라치며 머리를 버쩍 든다.

"왜 이렇게 몸이 붓는지 알 수가 없어. 반지가 맞는 게 하나 없어요. 이것 좀 봐라, 승우야. 내 손가락이 이상하다. 가운뎃손가락에도 헐렁하던 것이 새끼손가락에도 안 들어가니."

그녀는 양손을 버쩍 올려 헤엄을 치듯 허우적댄다. 그녀의 손끝에 채여 딸기 쟁반의 한 모서리가 나무뿌리 틈새에 기우뚱하게 걸린다. 쟁반에 고였던 딸기 물이 그녀의 치마폭으로 주르르 흐르기 시작한다. 그녀는 몸을 비키지도, 물을 닦을 생각도 하지 않는다. 눈을 꿈벅대며 그 모양을 멀뚱히 바라보고만 있다. 쟁반에 남은 딸기가 밑으로 몰렸다. 성한 것은 없다. 문드러졌거나 썩은 것 몇 알 뿐이다.

　승우가 안락의자에서 일어나 섀시 문으로 다가선다. 넥타이를 풀어 바지 주머니에 구겨 넣는다.

　"가야겠어요. 전화하지 마세요. 워낙 바빠서요."

　"너…… 우리하고 연락을 끊겠다는 말이냐? 그럼 느이 형 일은 누가……."

　"직접 처리하시죠. 바람막이 노릇도 이젠 지쳤어요……. 그렇게 불안하시면 형을 찾아 다시 입원을 시키시든가. 입원비가 더 싸게 먹힐 수도 있죠. 재수 좋으면, 또 알아요? 정신병원에 불이라도 나서 침대에 꽁꽁 묶인 채로 타 죽을지."

　"얘얘, 그러지 말고……. 10만 원 더 주는 걸로 어떻게 안 되겠냐? 3층 교회가 한두 달 더 있을지도 모르고……. 그 이상은 절대 안 된다. 내가 돈이 어디 있냐……. 여기 네 주민등록증이 떨어졌구나. 그런데 이 사진이…… 승화 아니냐."

　승우는 아버지의 손에서 형의 주민등록증을 낚아챘다. 승우가 안주머니에서 은행 봉투를 꺼낼 때 같이 묻어 나온 것이 틀림없다.

　"형 것 맞아요."

　"그게 왜…… 네 주머니에 있냐."

　"전에 살던 아파트 주인이 연락을 했어요, 내 옛날 직장으로. 그 직장 동료가 나한테 다시 전해 줬지요."

　"언제 일이냐?"

　"작년 가을요. 돈이 몇 달 안 빠질 때, 그즈음요. 그러게 제가 말씀드렸잖아요? 형이 이것저것 다 잃어버린 모양이라고. 소매치기라도 당했거나. 그 와중에 누가 주민등록증만 우체통에 넣어 준 거죠."

아버지는 꼼짝하지 않고 그 자리에 서 있다. 승우는 내처 섀시 문 쪽으로 걸어가 구두를 꿰어 신는다. 어머니는 나무뿌리 탁자에 다시 머리를 얹은 채 팔을 버둥댄다.

"승화야, 무슨 말이라도 좀······. 전화를 걸었으면 말을 해야지. 나를 꼬치꼬치 말려 죽일 작정이냐······."

봄바람이 제법 옷깃을 들먹인다. 바람에는 벌써 눅눅한 여름의 냄새가 섞여 있다. 바깥에서 볼 수 있게 설치해 놓은 비디오 가게 화면에는 노랑머리의 남자와 여자가 차 속에서 한창 얼크러져 있는 중이고, 가게 유리창에 바짝 들러붙었던, 이제 갓 중학생이 되었을 성싶은 스포츠머리의 어린 녀석은 그가 쳐다보자 도리어 눈을 하얗게 흘긴다.

승우는 골목길을 빠져나온다. 그는 누군가에게 쫓기듯 자꾸 뒤를 돌아본다. 택시를 타야겠다고 생각한다. 오늘밤에는 — 어젯밤에 잠을 푹 잤으니 오늘은 또 하얗게 지새워야 할 것이다. — 유미에게 먼저 전화를 걸기로 마음먹는다. 매일 새벽 4시까지 시를 쓴다나? 웃기는 소리다. 그가 새벽 3시쯤 전화를 걸면 그녀의 목소리는 영락없이 꿈속을 헤매고 있다. 물론 그는 아무 말 하지 않고 전화를 끊는다. 생각할 것이 있는 사람은 밤을 새워서라도 생각해야 하는 법이다. 여자라도······ 말을 해 놓았으면 적어도 세 번에 한 번쯤은 지키는 것이 도리 아니겠는가.

"돈 먹은 것들은 모두 한 줄로 세워 놓고 총살시켜 버려야 해! 조국 통일을 앞두고 뭣들 하는 거야. 문민정부 만세."

맞은편 길에서 술에 만취한 사람이 고래고래 소리를 지르며 다가오고 있다.

"다 쏴 죽여야 한다고. 따발총으로 드드드득. 할렐루야."

총 쏘는 시늉을 해 대는 그를 쳐다보면서 승우 역시 술 취한 사람처럼 거리낌 없이 소리치기 시작한다.

"한 달에 30만 원이 돈이야? 다 합쳐 봐야 기껏 얼마라고. 퇴직금이라도 받아서 토해 내면 될 거 아냐. 치사한 놈, 갈가위 같은 영감. 떠들기만 해, 널름대는 혀를 잘라 줄 테니."

취한이 그의 얼굴을 쳐다보며 말을 건다.

"형씨, 지금 뭐라고 했소? 나더러 한 소리야?"

"여기 그럼 누가 있냐, 너밖에. 더 입 놀려 봐. 죽여 버려."

그들은 서로 노려본다. 빈 택시가 한 대 굴러와 멈춘다. 승우는 택시에 올라탄다. 운전기사는 모범 운전사 셔츠를 걸쳤다.

"잠실."

닫힌 문을 손바닥으로 두드리며 취한이 무어라 지껄인다.

"일행이십니까?"

"아뇨, 웬 미친놈이. 갑시다."

차가 덜컹대며 움직이기 시작한다. 취한이 차 꽁무니를 향하여 손나발을 만들어 고래고래 소리 지른다.

"봐주쇼, 형씨. 한 번만. 내 잘못했시다. 용서하셔!"

개정판을 내며

첫 창작집 『사랑하라, 희망 없이』를 다시 세상에 내놓는다.

내가 낸 책 중 유독 이 책을 못 잊어하는 독자 분들께 우선 감사드린다. 그리고 그분들의 끈질긴 주장과 떼(?)에 못 이기는 척, 새 판형과 새 표지로 산뜻하게 단장해 주신 민음사 여러분께도 감사드린다. 밤낮이 다르게 변모하는 세상에, 하루에도 수십 종의 새 책이 태어나고 자취 없이 사라지는 이 시기에 특별한 고전도 베스트셀러도 아닌 소박한 소설책을 인정해 주신 후의가 고맙다.

오랜만에 원고를 다시 들여다보니, 어느 작품은 처녀작으로서의 서투른 면모가 그대로 드러나 부끄럽기도 하고, 또 어느 작품은 내게 이런 당찬 면이 있었구나 신기하여 혼자 웃기도 했다.

낱말이나 구절을 조금 바꾸었을 뿐 크게 고친 부분은 없다. 어느 부분은 통째로 들어내고 새로 쓰고 싶은 마음도 있었으나 모자란 부분은 모자란 대로 지적당하는 게 정직하지 싶어 그냥 눈을 감았다.

    문단 안팎의 여러분들께 수많은 빚을 지며 산다. 더 나은 작품을 보여 드리는 것이 그분들께 은혜를 갚는 유일한 길일 텐데······. 첫 창작집을 낼 때나 지금이나 마음만 산처럼 크다.

2008년 8월

윤영수

윤영수

1952년 서울에서 태어나 서울대 역사교육과를 졸업했다.
1990년 《현대소설》에 단편 「생태 관찰」이 당선되어 등단했다.
소설집 『사랑하라, 희망 없이』, 『착한 사람 문성현』, 『소설 쓰는 밤』과
세트 소설집 『내 안의 황무지』, 『내 여자 친구의 귀여운 연애』 등이 있다.
한국일보문학상, 남촌문학상, 만해문학상 등을 수상했다.

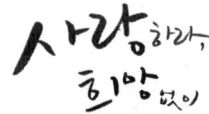

1판 1쇄 펴냄 · 1994년 8월 10일
1판 3쇄 펴냄 · 1994년 12월 19일
개정판 1쇄 찍음 · 2008년 8월 8일
개정판 1쇄 펴냄 · 2008년 8월 14일

지은이 · 윤영수
발행인 · 박근섭, 박상준
편집인 · 장은수
펴낸곳 · (주)민음사

출판등록 1966. 5. 19. (제16-490호)
서울시 강남구 신사동 506 강남출판문화센터 5층 (135-887)
대표전화 515-2000 팩시밀리 515-2007
www.minumsa.com

값 12,000원

ⓒ윤영수, 1994. Printed in Seoul, Korea

ISBN 978-89-374-0172-5 (03810)